Viagens de Gulliver

CLÁSSICOS ZAHAR
em EDIÇÃO COMENTADA E ILUSTRADA

Sherlock Holmes (9 vols.)*
A terra da bruma
Arthur Conan Doyle

As aventuras de Robin Hood*
O conde de Monte Cristo*
A mulher da gargantilha de veludo e outras histórias de terror
Os três mosqueteiros*
Vinte anos depois
Alexandre Dumas

Os livros da Selva
Rudyard Kipling

O Lobo do Mar*
Jack London

Moby Dick
Jaqueta Branca
Herman Melville

Frankenstein
Mary Shelley

A Ilha do Tesouro
Robert Louis Stevenson

As aventuras de Tom Sawyer
Aventuras de Huckleberry Finn
Mark Twain

20 mil léguas submarinas*
A ilha misteriosa*
Viagem ao centro da Terra*
A volta ao mundo em 80 dias*
Jules Verne

* Disponível também em edição bolso de luxo
Veja a lista completa da coleção no site zahar.com.br/classicoszahar

Jonathan Swift

Viagens de Gulliver

Edição comentada

Tradução, apresentação e notas:
José Roberto O'Shea

ZAHAR

Grafia atualizada segundo o Acordo Ortográfico da Língua Portuguesa de 1990, que entrou em vigor no Brasil em 2009.

Título original
Gulliver's Travels

Capa
Rafael Nobre

Ilustrações
Thomas Morten

Revisão da tradução
Martha Chiarelli

Preparação
Juliana Romeiro

Revisão
Valquíria Della Pozza
Thiago Passos

Dados Internacionais de Catalogação na Publicação (CIP)
(Câmara Brasileira do Livro, SP, Brasil)

Swift, Jonathan, 1667-1745
Viagens de Gulliver : Edição comentada / Jonathan Swift ; tradução, apresentação e notas José Roberto O'Shea. — 1ª ed — Rio de Janeiro : Clássicos Zahar, 2023.

Título original: Gulliver's Travels.
ISBN 978-65-84952-10-2

1. Ficção irlandesa . I. Título.

23-165245 CDD-IR823

Índice para catálogo sistemático:
1. Ficção : Literatura irlandesa Ir823

Tábata Alves da Silva — Bibliotecária — CRB-8/9253

EDITORA SCHWARCZ S.A.
Praça Floriano, 19, sala 3001 — Cinelândia
20031-050 — Rio de Janeiro — RJ
Telefone: (21) 3993-7510
www.companhiadasletras.com.br
www.blogdacompanhia.com.br
facebook.com/editorazahar
instagram.com/editorazahar
twitter.com/editorazahar

Sumário

Terceira Parte | Viagem a Laputa, Balnibarbi, Glubbdubdrib, Luggnagg e Japão

Quarta Parte | Viagem ao País dos Houyhnhnms

Apresentação
Jonathan Swift e as viagens do capitão Lemuel Gulliver

Jonathan Swift nasceu em Dublin, na Irlanda, no dia 30 de novembro de 1667, de mãe inglesa, e sete meses após a morte do pai, um inglês que se estabelecera na Irlanda à época da Restauração da monarquia, ocorrida em 1660. Com a morte do marido, a mãe de Swift viu-se empobrecida, e o filho, aos seis anos, precisou contar com a ajuda de um tio para ingressar na escola, em Kilkenny, na Irlanda. Em 1682, aos catorze anos, Swift entrou para o Trinity College, em Dublin, onde em 1686 obteve o grau de bacharel em Artes. Em 1692, entrou na Universidade de Oxford, onde obteve o grau de mestre, uma espécie de degrau para a ordenação sacerdotal anglicana. Em 1702, obteve o título de doutor em Teologia pelo Trinity College.

Em 1689, quando o deposto rei Jaime II avançava em direção a Dublin com o objetivo de estabelecer uma base de operações visando à reconquista do trono, as autoridades do Trinity College permitiram uma evacuação geral. Swift, que à época havia quase cumprido os requisitos para obter o grau de mestre, deixou a Irlanda e foi ao encontro da mãe em Leicester, na Inglaterra, onde a vida do jovem deu uma guinada decisiva. Sir William Temple, ilustre estadista e diplomata Whig e amigo do rei Guilherme, convidou-o a residir em Moor Park, sua casa de campo em Surrey, para trabalhar como secretário particular e editar sua correspondência. Permanecendo lá intermitentemente por dez anos, vivenciando uma atmosfera de cultura e erudição, Swift valeu-se da esplêndida biblioteca de sir William e adquiriu leitura humanista e conhecimento sobre assuntos da corte. Na ocasião, começou a alimentar esperança de ascensão social e política na Inglaterra — jamais de todo concretizada — e conheceu a filha supostamente ilegítima do capataz de Moor Park, Esther Johnson (Stella), uma jovem de dezoito anos. A natureza do relacionamento entre Swift e Stella permanece obscura. Depois que ela se mudou para Dublin os dois passaram a se encontrar com frequência, embora supostamente jamais a sós. Havia proximidade e afeto, e talvez alguma forma de compromisso, embora o casal nunca viesse a coabitar.

O avô paterno de Swift, o reverendo Thomas Swift, era anglicano e sofrera nas mãos dos puritanos, enquanto seu avô materno, o reverendo James Ericke, era puritano e sofrera nas mãos dos anglicanos. Swift seguiu a linha paterna na construção de seu caminho intelectual e espiritual, mas os antecedentes misturados parecem ter contribuído para torná-lo um ser um tanto deslocado: filho de ingleses vivendo entre irlandeses, anglicano por opção vivendo entre católicos.

Em 1694, em Dublin, Swift tornou-se diácono e, em 1695, sacerdote da Igreja Anglicana na Irlanda. Em 1713, foi nomeado decano da catedral anglicana de são Patrício, em Dublin, posto de considerável prestígio, embora a nomeação pareça não ter sido muito do agrado de Swift, que, supostamente, preferia viver na Inglaterra. A partir de 1720, resignado ao "exílio" permanente na Irlanda, passou a se engajar com mais vigor em causas irlandesas, embora a identidade de patriota irlandês não fosse algo que almejasse. Seu trabalho visava conscientizar o povo a zelar por seus próprios interesses, e Swift realizou-o tanto na voz esperançosa e direta de alguém que expõe abusos e propõe soluções quanto na voz satírica de alguém que ironicamente endossa o status quo. Diversas e importantes foram as causas que o escritor abraçou, abrangendo questões econômicas, políticas, sociais e religiosas voltadas sobretudo para o aperfeiçoamento da agricultura e indústria irlandesas, o incentivo ao consumo interno, a proteção da moeda nacional diante das ameaças de desvalorização impostas pela libra esterlina, a proteção dos direitos do clero e a atenção aos pobres. Swift foi considerado um irlandês ilustre, uma espécie de encarnação da voz e da consciência irlandesas, um clérigo contumaz à frente da importante catedral anglicana e um vigoroso participante nas questões nacionais. De fato, ele se tornou o líder da resistência irlandesa à opressão britânica.

Swift reconhecia o direito dos dissidentes (protestantes contrários ao anglicanismo) aos seus credos e à prática de sua fé. Contudo, integrando o chamado alto clero, ao longo da vida acreditou que a Igreja anglicana estabelecida por lei era a instituição oficial da Inglaterra e da Irlanda. Por conseguinte, receando abrir as portas do poder à dissensão religiosa, ele defendia a ideia de que o Estado tinha direito de requerer adesão à religião anglicana como condição para alguém ocupar cargos oficiais.

Religião e política não eram esferas nitidamente distintas. A despeito das sátiras mordazes que produziu, Swift, pode-se afirmar, era moderado em política, e buscava mediar entre as facções extremas dos dois partidos ingleses — Whig (liberal) e Tory (conservador). No verão de 1710, os Whigs perderam ascendência política e os Tories assumiram as rédeas do governo. Após ter defendido a causa Whig, Swift, sentindo-se negligenciado e preterido, e indignado quando os Whigs se aliaram aos dissidentes, tornou-se porta-voz dos Tories, assumindo a editoria do periódico conservador *The Examiner* com a tarefa de justificar e defender a recente troca na liderança ministerial. A carreira pública de Swift abrangeu quase três décadas a partir de 1710, quando ele se tornou um jornalista prolífico, o mais brilhante da Inglaterra então, e assim prosseguiu por um período de cerca de quatro anos. Em 1714, com a morte da rainha Ana e a iminente queda do governo Tory, Swift regressou à Irlanda, encerrando o que ele próprio considerava o capítulo mais importante de sua vida. De volta a Dublin, assumiu o já mencionado posto de decano da catedral anglicana de são Patrício. Embora tenha regressado à Inglaterra em apenas duas ocasiões, continuou atuante até por volta de 1739, quando a saúde debilitada e a idade lhe sugaram a energia. Em 1726, em um desses regressos à Inglaterra, Swift levou consigo o manuscrito de *Viagens de Gulliver* e o livro foi publicado no mesmo ano, em outubro, um mês antes de o autor completar 59 anos. Em 1727, Swift visitou Londres pela última vez, com o objetivo de assistir o amigo e poeta Alexander Pope no preparo de uma publicação conjunta intitulada *Miscelâneas*.

Jonathan Swift dedicou grande parte da vida adulta à religião e à política, e a maioria de suas obras em prosa visava à defesa de alguma causa. Sendo sua produção textual das mais extensas — em 1742 foi publicada em Dublin, por George Faulkner, a edição da vasta obra coligida do autor, abrangendo oito volumes —, cabe aqui registrar as mais importantes.

A Tale of a Tub (1704), a primeira sátira publicada pelo escritor, é um ataque brilhante à "degenerescência na religião e na erudição". A sátira foi considerada escandalosa, sobretudo por ser fruto da pena de um clérigo, e desagradou à rainha Ana. Esse longo ensaio controverso foi publicado em um volume que incluía o texto *The Battle of the Books*, que apesar do tom épico satiriza a então célebre e acalorada controvérsia envolvendo as supostas qualidades dos "antigos" e dos "modernos", bem como *The Mechanical Operation of the Spirit*, uma explicação concisa acerca de *A Tale of a Tub* oferecida pelo próprio autor.

Discourse of the Contests and Dissentions Between the Nobles and Commons in Athens and Rome (1701) é uma alegoria na qual Swift defende integrantes do partido Whig e inicia sua carreira de polemista político. A partir de 1708, com o irônico e satírico *Argument Against Abolishing Christianity*, tem início a publicação de uma série de panfletos acerca de questões religiosas.

Entre 1710 e 1713, Swift escreve em Londres o célebre *Journal to Stella*, uma série de cartas íntimas endereçadas a Esther Johnson, que se mudara para a Irlanda em 1700, que ensejam um relato vívido da rotina do escritor na capital inglesa. Em 1712, surgem dois panfletos destinados a servir à causa do ministério Tory: *A Letter to the October Club* e *A Letter to a Whig Lord*.

Em *The Drapier's Letters* (1724-5), Swift escreve sob a identidade de M. B. Drapier, um comerciante de tecidos dublinense, defendendo questões econômicas de interesse da Irlanda. Embora a autoria das cartas fosse amplamente conhecida, ninguém se apresentou para receber as trezentas libras oferecidas pelo governo por informações que levassem à identificação do "incômodo" Drapier. Essas célebres cartas "anônimas" e *A Modest Proposal* (1729) configuram os mais contundentes exemplos de ensaios nacionalistas, sendo esta última considerada a melhor sátira de curta extensão em língua inglesa. Aqui, Swift assume o personagem de um economista que raciocina exclusivamente em termos econômicos. Depois de articular uma avaliação sombria dos pobres irlandeses, o "economista" apresenta sua "proposta modesta", redigida em tom impessoal e objetivo, contemplando o uso medonho e macabro das crianças miseráveis, que, assadas, cozidas ou grelhadas, seriam um alimento saudável e nutritivo, resolvendo assim o problema crônico da fome no país.

Embora seja mais conhecido como prosador, Swift produziu um corpo importante de poesia, com uma variada gama de tonalidade e relevância, em que se destacam "Description of a City Shower" e "Description of a Morning", descrevendo cenas londrinas, ambos publicados no periódico *The Tatler* (1709); *Cadenus and Vanessa* (1713) é uma espécie de poema cômico em que o autor relata o caso amoroso entre ele (Cadenus, anagrama óbvio de Decanus) e a jovem Esther Vanromrigh, aparentemente composto para ser lido apenas pela jovem. Em *Verses on the Death of Dr. Swift* (1731), mesclando páthos e humor, ele revê a própria vida e obra. Cumpre registrar, ainda, *On Poetry: A Rapsody* (1733), poema que, fazendo jus à noção de rapsódia, é marcado por um estilo efusivo e extravagante.

Viagens de Gulliver

Publicada como livro de viagens, a obra expõe e ridiculariza os então populares relatos otimistas protagonizados por um aventureiro intrépido superando todo e qualquer obstáculo. É difícil negar que as condições sociais e políticas da Irlanda tenham sido importantes fontes de inspiração para essa descrição satírica notável acerca da subserviência intelectual, moral e espiritual elaborada entre 1720 e 1725. A exemplo de outras obras do escritor, *Viagens de Gulliver* chegou a público anonimamente, trazendo apenas a assinatura de Lemuel Gulliver no frontispício da primeira edição.

Swift é considerado um dos maiores satiristas da literatura anglófona, e *Viagens de Gulliver* é sem dúvida sua obra-prima do gênero. A sátira é um subgênero literário que remonta à Antiguidade clássica (praticada por Aristófanes, Juvenal, Horácio, entre outros) e que aborda criticamente um tema, valendo-se de ironia e espirituosidade com os propósitos de corrigir ou, ao menos, aperfeiçoar as instituições humanas ou o próprio ser humano, quando não inspirar reforma. Em seu célebre *Dictionary of the English Language* (1775), Samuel Johnson define sátira como "um poema no qual a malignidade ou a insensatez são criticadas". E o próprio Swift, em *The Battle of the Books*, valendo-se de ironia e espirituosidade, estabelece que "a sátira é uma espécie de espelho no qual os que se contemplam geralmente descobrem os rostos de todos, menos o seu, o que constitui o principal motivo do acolhimento favorável que a sátira encontra no mundo, e explica por que poucos se ofendem com ela". Sem dúvida, para os grandes autores, a sátira era algo afirmativo, imbuído de intenções construtivas e, melhor do que qualquer outro gênero textual, parecia oferecer possibilidades de corretivos para os vícios e o desatino do ser humano e da sociedade. É fato que a retórica ácida, feroz e violenta da sátira swiftiana — a mescla de amargura, espirituosidade, melancolia e angústia — desconcerta alguns críticos e colore, por assim dizer, a avaliação que fazem da pessoa do escritor. Tal visão, no entanto, parece ignorar os extensos e intensos conteúdos cômicos, bem como as brincadeiras intelectuais tão presentes em sua sátira.

As viagens são relatadas na primeira pessoa por Lemuel Gulliver, o terceiro de cinco filhos de um homem de poucas posses. Ele tem origem inglesa, decente e sólida, mas carece de imaginação. Gulliver nasceu em Nottinghamshire, um condado tranquilo, desprovido de qualquer excentricidade. Frequentou o Emmanuel College, uma escola respeitada, mas nada excepcional. Os bairros onde morava — Old Jury, Fetter Lane e Wapping — são todos de classe média baixa. Em suma, trata-se do epítome do inglês padrão em seu tempo.

Gulliver é "gullible" [crédulo]. Acredita no que lhe é dito. É um sujeito honesto e espera que os outros também sejam. Essa expectativa ingênua gera humor — e ironia. Podemos ter certeza de que o relato de Gulliver é sincero. E também podemos ter certeza de que Gulliver nem sempre entende — ou, com frequência, demora a entender — o significado do que vê. Às vezes, tal lentidão resulta em cenas surpreendentemente detalhadas. Por exemplo, quando ele acorda em Lilliput e, aos poucos, passando de um pormenor a outro, descobre que é prisioneiro de homens com menos de quinze centímetros de altura, doze vezes menores do que ele.

Lemuel realiza quatro viagens "a várias nações distantes do mundo". Na Primeira Parte, ambientada inicialmente na ilha de Lilliput, alegoria política da Inglaterra, Gulliver possui superioridade física e até moral em relação aos minúsculos lilliputianos, com os quais Lemuel se decepciona, pois se revelam uma gente um tanto cruel, vingativa e egoísta. Nessa primeira aventura, Swift, por meio de Gulliver, deixa claro que a pessoa de bem preocupa-se com honra, gratidão, bom senso e bondade. O indivíduo ali representado (o lilliputiano) é um anão, literal e figurativamente, comparado com a pessoa dotada de moral (Gulliver). A pompa exagerada do imperador, as rixas entre os habitantes e a guerra com Blefuscu — país situado do outro lado do canal, referência alegórica à França — são, graças à escala reduzida, caracterizadas como ridículas. É mordaz a sátira aos partidos políticos ingleses e à dissensão religiosa, respectivamente, na descrição dos usuários de saltos altos e baixos e na controvérsia acerca da quebra de ovos na extremidade maior ou menor.

Na Segunda Parte, em Brobdingnag, Gulliver ainda é um homem de moral comum, mas os brobdingnaguianos são gigantes em sua moralidade. É certo que não são perfeitos, mas sua superioridade moral é tão grande diante de Gulliver quanto seu porte físico. Em termos de lealdade à Inglaterra, vemos que Gulliver é um homem deveras orgulhoso e que aceita a loucura e a malícia da política e da sociedade britânicas como padrão de conduta natural e normal. Pela primeira vez, vemos Gulliver como hipócrita: no intuito de esconder o que há de desprezível em sua Inglaterra natal, ele mente para o rei de Brobdingnag, monarca sagaz e probo. Aqui, a estatura moral de Gulliver não alcança a dos brobdingnaguianos. Swift reforça a ideia da superioridade moral dos gigantes ao fazer Gulliver identificar os ingleses com os lilliputianos. Tal associação torna o próprio Gulliver ridículo, demonstra a tolice e o autoengano do narrador-protagonista ao se identificar com os gigantes morais. O orgulho do herói está na raiz de suas limitações. Talvez inspirado em sua própria definição de sátira, Swift ironiza a questão por meio de um espelho no qual Gulliver não suporta olhar, bem como pelas conclusões depreciativas expressas pelo rei acerca dos ingleses.

Na Terceira Parte, a última a ser escrita, Swift satiriza os extremos do raciocínio teórico e especulativo. Gulliver embarca em um navio com destino ao Levante. Depois de lá aportar, é nomeado capitão de uma chalupa destinada a visitar ilhas próximas e estabelecer comércio. Nessa viagem, piratas atacam a chalupa e abandonam o capitão em um pequeno barco para se defender sozinho. À deriva, Gulliver descobre uma ilha voadora chamada Laputa, onde trava conhecimento com vários habitantes, incluindo o rei. Os habitantes mantêm-se inteiramente absorvidos por questões relacionadas à matemática e à música. Além disso, astrônomos valem-se das leis do magnetismo para mover a ilha para cima, para baixo, para a frente, para trás e para os lados, controlando assim os movimentos em relação à terra abaixo (Balnibarbi). Gulliver visita Balnibarbi, a ilha de Glubbdubdrib e Luggnagg. Aqui, a sátira volta-se sobretudo contra os filósofos, cientistas, historiadores e projetistas — todos alienados e nefelibatas, com seus projetos escabrosos — da Grande Academia de Lagado, célebre paródia da Real Sociedade de Londres, organização fundada em 1662 com o objetivo de incentivar a busca pelo conhecimento científico. E o escárnio estende-se ao desejo de imortalidade acalentado em vão pelo ser humano e ilustrado pelos "notáveis" struldbruggs, ou imortais. Por fim, Lemuell chega ao Japão, onde conhece o imperador do país. De lá, segue para Amsterdam e, por fim, de volta à Inglaterra.

Na Quarta Parte, Swift desfere o ataque mais direto e devastador contra a civilização humana. Exprimindo um grau de misantropia para nós quase intolerável, Gulliver aparenta representar o meio-termo entre a razão (conforme encarnada pelos sensatos equinos, os houyhnhnms) e o animalismo (conforme encarnado pelos depravados humanos, os yahoos). O orgulho de Gulliver, porém, parece impedir que ele reconheça em si mesmo a aparência de yahoo. Portanto, ele se identifica com os houyhnhnms e, de fato, tenta se tornar um equino. Embora os cavalos, em última instância, rejeitem Gulliver, ele segue pensando nos yahoos como alienígenas e brutos. Separando-se de seus parentes naturalmente depravados, os yahoos, Gulliver também se separa dos yahoos europeus. O dilema o deixa bastante perturbado, e o herói acaba por rejeitar a própria espécie e natureza. Suas atitudes, ao regressar a Londres, fazem dele fonte de espanto e escárnio, pois Gulliver procura mudar sua natureza básica, esforçando-se para tornar a razão o único guia de sua vida.

No final do relato, o viajante ainda tenta se acostumar à vida entre os yahoos, mas prefere a companhia de seu cavalo. Concluindo, ele admite que poderia se reconciliar com os yahoos ingleses

> se eles se contentassem apenas com os vícios e as sandices que lhes atribuiu a natureza. Não me irrito nem um pouco diante da visão de um advogado, um punguista, um coronel, um idiota, um lorde, um jogador, um político, um proxeneta, um médico, uma testemunha, um aliciador, um procurador, um traidor, ou semelhante; tudo isso está de acordo com o devido curso das coisas. Mas quando me deparo com algo que não passa de um monte de deformidade e doença, seja no corpo ou na mente, dominado pela soberba, a visão extrapola imediatamente todas as medidas da minha paciência.

A decadência das faculdades mentais de Swift, fato só ocorrido cerca de quinze ou dezesseis anos após a publicação de *Viagens de Gulliver*, já serviu de base para explicar conteúdos "desagradáveis" que os críticos rejeitaram ou não entenderam. Pareceu válido empurrar a "insanidade" de Swift de volta no tempo e avaliar não apenas o livro como um todo, mas também a "terrível" Quarta Parte, como fruto de uma loucura, ao menos, incipiente. Mas o procedimento não se sustenta, pois muitos desses mesmos críticos elogiam o vigor, a agudeza, a sensatez da mente que produziu as já citadas *Drapier's Letters*, que Swift começou a escrever apenas um mês depois de completar uma versão inicial da Quarta Parte das *Viagens*.

A despeito dos infortúnios, Lemuel, no final de cada uma das quatro partes, volta "são e salvo" para a esposa, uma espécie de Penélope fiel e virtuosa que o aguarda ao término das viagens. Mas nessa literalmente fantástica sátira swiftiana, que nos transporta a nações imaginárias que funcionam com uma lógica diversa da nossa, os seres humanos são retratados com frieza e objetividade, como criaturas passionais, propensas à soberba — o pior dos vícios — e ao egoísmo, em nada autossuficientes e tampouco inclinadas naturalmente à virtude.

A despeito da crítica feroz à humanidade que poderia alienar leitores, *Viagens de Gulliver* alcançou sucesso imediato na ocasião da publicação e segue cativando leitores de todas as idades, seja como narrativa de viagem, literatura juvenil ou sátira contumaz. Afinal, essa obra-prima da literatura ocidental — a bem dizer, a única obra pela qual Swift recebeu remuneração (duzentas libras) — é tão válida hoje como era em 1726, pois sua temática expõe a natureza humana e as instituições políticas, econômicas, sociais e religiosas criadas pelas imperfeições dessa mesma natureza. *Viagens de Gulliver*, ao mesmo tempo ficção deliciosa e sátira cáustica, enseja uma indagação ontológica: nós, seres humanos, somos que tipo de criatura — racional ou irracional?

A enfermidade da qual Swift padecia desde os tempos em Moor Park, um distúrbio do ouvido interno que lhe causava vertigem, náusea e surdez (síndrome de Ménière), agravou-se nos últimos anos de vida do escritor. Em agosto de 1742, ele foi declarado "insano e desmemoriado", vindo a morrer no dia 19 de outubro de 1745. Foi enterrado na catedral de são Patrício, em Dublin, ao lado de sua Stella. Seguindo uma prática então em voga, Swift redigiu o próprio epitáfio — *Ubi Saeva Indignatio/ Ulterius/ Cor Lacerare Nequit* [Onde fúria selvagem/ Mais além/ Não pode lacerar o coração] — e o deixou registrado no testamento, no qual, aliás, um terço do patrimônio foi destinado à fundação de um hospício, o Saint Patrick's Hospital for Imbeciles, inaugurado em 1757. Essa "fúria selvagem" encontrou sua expressão suprema nas grandes sátiras produzidas pela pena do escritor.

É importante entender a verdadeira dimensão da "misantropia" de Jonathan Swift. Em última instância, o escritor não afirma seu ódio à espécie humana, mas seu antagonismo à noção contemporânea de que o ser humano era essencialmente bom e sua convicção de que nada podemos fazer em prol de nossa natureza enquanto não reconhecermos suas limitações morais e intelectuais. Em *A Tale of a Tub*, Swift inclui duas dedicatórias: uma para lorde Somers e outra para "Sua Alteza Real, o Príncipe Posteridade". Este último provou ser um patrono mais generoso, e o trabalho de Swift tem sido recompensado ao longo do tempo, tanto por leitores fiéis, que não param de ler sua obra, quanto por estudiosos interessados, que sobre ela não param de se debruçar e produzir fortuna crítica.

José Roberto O'Shea

José Roberto O'Shea é professor e tradutor. É mestre em Literatura Ocidental (American University) e doutor em Literatura Inglesa e Norte-Americana (UNC-Chapel Hill), com estágios de pós-doutoramento na Inglaterra e nos Estados Unidos. Leciona desde 1990 na Universidade Federal de Santa Catarina, onde atualmente é professor titular voluntário (aposentado), membro permanente do Programa de Pós-Graduação em Inglês e pesquisador do CNPq desde os anos 1990. Tem mais de sessenta traduções publicadas, abrangendo ficção, não ficção, poesia e teatro. Para a Coleção Clássicos Zahar, traduziu ainda *Aladim*, *A Ilha do Tesouro*, *Robinson Crusoé* e *As aventuras de Tom Sawyer* — e, por *Aventuras de Huckleberry Finn*, esteve entre os finalistas do Prêmio Jabuti 2020.

Viagens de Gulliver

VIAGENS

a várias

Nações Distantes

do

MUNDO.

Em Quatro Partes.

Por LEMUEL GULLIVER,

Primeiramente, Cirurgião, e depois Capitão

de vários NAVIOS.

Vol. I.

LONDRES:

Impresso por BENJ. MOTTE, no

Portão de Middle Temple, em Fleet Street

MDCCXXVI[1]

1. Dados constantes do frontispício da primeira edição, datada de outubro de 1726. O texto-fonte desta tradução baseia-se no fixado por Louis A. Landa, que segue a primeira edição publicada por Benjamin Motte e leva em conta também a edição publicada por George Faulkner em 1735, a qual, supostamente com anuência de Swift, incluiu trechos omitidos na primeira edição e tem sido adotada como padrão. Foi observada também a edição adotada pelo Project Gutenberg eBook, disponível em www.gutenberg.org.

Morten
J COOPER

Advertência[2]

A carta do capitão Gulliver ao sr. Sympson, prefixada neste volume, torna desnecessária uma longa Advertência. As interpolações das quais o capitão se queixa foram feitas por uma pessoa já falecida, em cujo critério o editor se baseou para fazer quaisquer alterações que se julgassem necessárias. Tal pessoa, no entanto, não compreendendo corretamente o intuito do autor, tampouco sendo capaz de imitar seu estilo direto e singelo, achou adequado, entre muitas outras alterações e inserções, saudar a memória de sua falecida majestade, dizendo que ela governou sem primeiro-ministro. Temos certeza de que a cópia enviada ao livreiro, em Londres, era uma transcrição do original, sendo que o original estava na posse de um cavalheiro muito digno, em Londres, e amigo íntimo do autor; depois de adquirir o livro em manuscrito e cotejá-lo com os originais, esse cavalheiro encadernou-o com folhas em branco e introduziu as correções que o leitor encontrará em nossa edição. Pois o mesmo senhor nos fez o obséquio de deixar que transcrevêssemos suas correções.

2. Publicada pela primeira vez na edição de Dublin, por Faulkner, em 1735.

Carta do capitão Gulliver a seu primo Sympson[3]

Espero que você esteja disposto a admitir publicamente, sempre que for indagado, que, por conta da sua intensa e frequente insistência, fui convencido a publicar um relato bastante livre e incorreto das minhas viagens, com instruções para contratar alguns jovens alunos de uma das duas universidades[4] para organizá-lo e corrigir-lhe o estilo, como fez meu primo Dampier, seguindo meu conselho, no seu livro intitulado *Uma viagem ao redor do mundo*.[5] Mas não me recordo de lhe ter conferido o poder de consentir em qualquer omissão, e muito menos na inserção do que quer que fosse. Portanto, quanto às inserções, renego aqui a todas, sobretudo um parágrafo sobre sua majestade, a falecida rainha Ana,[6] cuja memória não poderia ser mais piedosa e gloriosa, e a quem reverenciei e estimei mais do que qualquer outra criatura da espécie humana. Mas é provável que você, ou o seu interpolador, tenha considerado que não era minha propensão elogiar qualquer animal da nossa espécie perante meu mestre houyhnhnm; e além disso, trata-se de uma total falsidade,

---

3. Pseudônimo usado por Swift em sua correspondência com o editor Benjamin Motte. A carta foi publicada pela primeira vez na edição de Dublin, por Faulkner, em 1735.
4. No contexto, quando se fala nas "duas universidades", trata-se de Oxford e Cambridge.
5. William Dampier (1651-1715) foi explorador e navegador, quiçá pirata, o primeiro inglês a explorar partes do que é hoje a Austrália. O título completo do livro em questão é *A nova viagem ao redor do mundo*, publicado em 1697. Sendo Dampier figura histórica e Gulliver personagem ficcional, o parentesco mencionado é, obviamente, fictício.
6. Segunda filha de Jaime II e última monarca da dinastia Stuart, Ana (1665-1714) reinou durante doze anos. Apesar de ter ficado grávida dezessete vezes, morreu sem deixar herdeiro. Em seu reino ocorreu a união entre a Inglaterra e a Escócia em um único Estado soberano, com a criação do Reino da Grã-Bretanha (1707). Originalmente, o capítulo 6 da quarta parte trazia um longo panegírico à rainha, que foi cortado em edição posterior. É a este episódio que Gulliver se refere como interpolação.

pois, tanto quanto sei, tendo eu permanecido na Inglaterra durante parte do reinado de sua majestade, ela governou por intermédio de um ministro-chefe,[7] deveras, de dois, sucessivamente, sendo o primeiro lorde Godolphin[8] e o segundo lorde Oxford,[9] de modo que você me fez *dizer algo que não era*.[10] Do mesmo modo, no relato acerca da Academia de Projetistas, bem como em vários trechos da minha interação com meu mestre houyhnhnm, você omitiu algumas circunstâncias materiais, reduziu-as, ou alterou-as de tal maneira que mal reconheço meu próprio trabalho. Quando mencionei isso em uma carta, você se contentou em responder que tinha receio de causar ofensa; que as pessoas no poder eram sempre muito vigilantes em relação à imprensa e inclinadas não só a inferir, mas também a punir tudo o que parecesse insinuação (creio ter sido essa a palavra por você empregada). Mas, por favor, como poderia algo que falei há tantos anos, ocorrido a mais de cinco mil léguas[11] de distância, em outro reino, ser aplicado a qualquer um dos yahoos que agora dizem governar o rebanho, sobretudo em uma época em que eu pouco temia ou refletia sobre a infelicidade de viver sob o domínio deles? Não terei eu motivo de me queixar quando vejo esses mesmos yahoos puxados por houyhnhnms, em veículos, como se estes fossem as bestas e aqueles as criaturas racionais? E de fato, evitar tal visão monstruosa e detestável foi um dos principais motivos da minha reclusão aqui.

Tudo isso achei apropriado expressar, em relação a você e à confiança que lhe dediquei.

---

7. Não seria correto empregar o termo “primeiro-ministro”, pois, a rigor, o primeiro político a ser assim identificado foi sir Robert Walpole, em 1721, já durante o reinado de George I.
8. Sidney Godolphin (1645-1712) foi um importante político britânico do final do século XVII e início do século XVIII. Desempenhou papel fundamental na aprovação do Ato de União (1707) com a Escócia, que estabeleceu o Reino da Grã-Bretanha.
9. Robert Harley (1661-1724) foi um importante político britânico do final da dinastia Stuart e do início da dinastia Hanover, tendo atuado como principal ministro da rainha Anne.
10. Expressão empregada pelos houyhnhnms, na Quarta Parte das Viagens, para significar “mentira”, palavra inexistente em seu idioma.
11. Antiga unidade de comprimento. Era a distância que uma pessoa podia percorrer em cerca de uma hora. Os romanos adotaram a légua como medida, e esta tornou-se uma unidade comum na Europa ocidental e na América Latina. Nos países anglófonos, a légua era de três milhas estatutárias (4,828 quilômetros) em terra ou três milhas náuticas (5,556 quilômetros) no mar.

Em seguida, queixo-me da minha própria grande falta de discernimento, ao ceder à sua insistência e ao seu raciocínio falso, bem como de alguns outros, contrariando minha própria opinião, e concordar que o relato de minhas viagens fosse publicado. Peço que você se lembre de quantas vezes desejei que considerasse, quando você insistia no motivo do bem comum, que os yahoos eram uma espécie de animais totalmente incapazes de correção por meio de preceito ou exemplo, e assim foi comprovado, pois, em vez de ver um ponto final a todo abuso e corrupção, pelo menos nesta ilhota, como eu tinha motivos para esperar que ocorresse, eis que, passados mais de seis meses desde que o alerta foi dado, não percebo que meu livro tenha produzido um único efeito sequer consoante com minhas intenções. Pedi-lhe que me informasse, por carta, quando partidos e facções fossem extintos; juízes se tornassem cultos e íntegros; advogados, honestos e modestos, dotados de um pingo de bom senso; e Smithfield[12] ardesse com piras de livros de direito; a formação educacional da jovem nobreza fosse inteiramente modificada; médicos fossem banidos; as fêmeas yahoos esbanjassem virtude, honra, lealdade e bom senso; os tribunais e as bancadas de ministros insignes fossem cuidadosamente expurgados e varridos; a inteligência, o mérito e o conhecimento recompensados; todos os que execram a imprensa, em prosa e verso, condenados a não comer nada além do próprio papel e a saciar a sede com a própria tinta. Para levar a termo essas e milhares de outras reformas contei sem dúvida com seu incentivo, pois, de fato, eram claramente dedutíveis dos preceitos comunicados em meu livro. E, convém admitir, sete meses teriam sido suficientes para corrigir todos os vícios e desatinos aos quais os yahoos estão sujeitos, se a natureza deles tivesse a menor inclinação à virtude ou à sabedoria. No entanto, até agora, em suas cartas, você tem ficado longe de corresponder às minhas expectativas; ao contrário, semana após semana você sobrecarrega nosso mensageiro com libelos, interpretações, análises, memórias e continuações, e eu me vejo

12. Área no centro de Londres onde eram realizadas execuções públicas, inclusive queima de hereges e seus livros.

acusado de fazer insinuações contra dignitários do Estado; de difamar a natureza humana (pois ainda insistem em nela acreditar), e de humilhar o sexo feminino. Constato também que os autores responsáveis por essa papelada não concordam entre si, pois alguns sequer consentem que eu seja o autor dos relatos das minhas próprias viagens, enquanto outros tornam-me autor de livros que desconheço completamente.

Constato também que o seu impressor foi tão descuidado que confundiu os tempos e errou nas datas das minhas várias viagens e regressos, não designando o ano verdadeiro, nem o mês verdadeiro, nem o dia do mês; e ouço dizer que o manuscrito original foi destruído desde a publicação do livro. Tampouco me resta uma cópia sequer. No entanto, enviei-lhe algumas correções, que você pode inserir, se houver uma segunda edição; contudo, não posso garantir a acurácia das emendas, e deixarei que meus leitores criteriosos e sinceros façam os ajustes que considerarem necessários.

Ouvi dizer que alguns dos nossos yahoos do mar encontram falhas na minha terminologia náutica, que seria inadequada em vários trechos, ou obsoleta. Não posso evitá-lo. Nas minhas primeiras viagens, ainda jovem, fui instruído por marujos mais velhos e aprendi a falar como eles. Mas desde então descobri que os yahoos do mar, tal e qual os da terra, têm por hábito render-se a modismos de linguagem que se alteram todos os anos, de modo que, conforme pude verificar em cada regresso ao meu país, o antigo dialeto estava tão modificado que eu mal conseguia compreender o novo. E observo, quando qualquer yahoo vem de Londres, por curiosidade, para visitar-me em minha casa, que não somos capazes de expressar nossos conceitos de forma mutuamente inteligível.

Se a crítica feita pelos yahoos pudesse de algum modo afetar-me, eu teria motivos para me queixar de que alguns deles ousam pensar que meu livro de viagens é mera ficção criada por meu próprio cérebro, e chegam a insinuar que houyhnhnms e yahoos têm existência tão fictícia quanto os habitantes da Utopia.[13]

13. Ou seja, um local imaginário, em referência à obra de sir Thomas More intitulada *Utopia* (1516).

De fato, cabe confessar que quanto ao povo de Lilliput, Brobdingrag (pois assim a palavra deveria ter sido grafada, e não erroneamente Brobdingnag) e Laputa, nunca ouvi falar de um yahoo tão presunçoso a ponto de contestar sua existência, ou os fatos por mim relatados acerca deles, pois a verdade imediatamente impressiona com a devida convicção todos os leitores. E pode haver menos veracidade no meu relato sobre houyhnhnms ou yahoos quando, no que diz respeito a estes últimos, há tantos milhares nesta cidade que só diferem dos seus irmãos brutos em Houyhnhnmlândia porque são dotados da capacidade de tagarelar e não andam nus? Escrevi visando à correção deles, e não sua aprovação. O elogio consensual de toda a espécie seria menos importante para mim do que o relincho dos dois houyhnhnms que mantenho em meu estábulo, porque com estes, por mais degenerados que sejam, ainda posso aprender algumas virtudes, sem qualquer contaminação de vício.

Será que esses animais infelizes supõem que sou tão degenerado a ponto de defender minha própria veracidade? Yahoo como sou, é bem sabido por toda Houyhnhnmlândia, que, graças às instruções e ao exemplo do meu ilustre mestre, consegui no decorrer de dois anos (embora, confesso, com grande dificuldade) extinguir o hábito maldito de mentir, confundir, enganar e equivocar, tão profundamente enraizado nas almas de toda a minha espécie, sobretudo os europeus.

Tenho outras queixas a fazer nesta ocasião vexatória, mas me abstenho de continuar perturbando a mim mesmo e a você. Devo confessar, com sinceridade, que desde o meu último regresso algumas falhas da minha natureza de yahoo renasceram em consequência de conversas entabuladas com indivíduos de sua espécie, e particularmente os de minha própria família, por conta de uma necessidade inevitável; caso contrário, eu jamais teria empreendido um projeto tão absurdo como o de reformar a raça yahoo deste reino. Mas agora ponho um ponto final em todos esses esquemas visionários, para sempre.

2 de abril de 1727

Do editor ao leitor

O autor destas *Viagens*, o sr. Lemuel Gulliver, é meu velho e íntimo amigo; temos também algum parentesco por parte de mãe. Há cerca de três anos, o sr. Gulliver, cansado da afluência de curiosos que o procuravam em sua casa, em Redriff,[14] fez a modesta aquisição de um terreno, com uma casa confortável, perto de Newark, em Nottinghamshire,[15] sua terra natal, onde vive hoje recluso mas estimado pelos vizinhos.

Embora o sr. Gulliver tenha nascido em Nottinghamshire, onde seu pai residia, ouvi-o dizer que a família era egressa de Oxfordshire, o que pude confirmar, constatando no cemitério de Banbury,[16] naquele mesmo condado, a existência de vários túmulos e jazigos dos Gulliver.

Antes de partir de Redriff, ele deixou sob minha custódia os escritos aqui publicados, delegando-me liberdade para deles dispor como me parecesse adequado. Examinei-os cuidadosamente três vezes: o estilo é bastante claro e simples, e a única falha que encontro é que o autor, à maneira dos viajantes, é um tanto detalhista demais. Há uma aparência de verdade no todo; e, de fato, o autor era tão reconhecido por sua veracidade que se tornou uma espécie de provérbio entre seus vizinhos em Redriff, quando alguém fazia uma afirmação, acrescentar que era tão verídica como se tivesse sido dita pelo sr. Gulliver.

Acatando o conselho de várias pessoas respeitáveis, às quais, com

14. Redriff (ou Rotherhithe) é uma região portuária na margem sul do rio Tâmisa, em Londres. Trata-se do local onde a família de Lemuel Gulliver o esperava sempre que ele regressava de suas viagens.
15. Newark, ou Newark-on-Trent, é uma cidade mercantil localizada às margens do rio Trento, no condado inglês de Nottinghamshire, situado na região de Midlands Oriental.
16. Cidade localizada no condado de Oxfordshire, situado no sudeste da Inglaterra.

permissão do autor, disponibilizei esses escritos, atrevo-me agora a enviá-los ao mundo, na esperança de que possam proporcionar, pelo menos durante algum tempo, melhor diversão aos nossos jovens nobres do que os insípidos rabiscos sobre política e partido.

O presente volume seria, ao menos, duas vezes mais extenso se eu não tivesse ousado suprimir inúmeras passagens acerca dos ventos e das marés, bem como os cálculos e rumos em cada jornada e as descrições minuciosas de navegação marítima durante tempestades, conforme a prática dos marinheiros; do mesmo modo, omiti o relato de longitudes e latitudes, o que me faz pensar que talvez o sr. Gulliver esteja um pouco insatisfeito. Mas decidi adaptar o trabalho tanto quanto possível à capacidade geral dos leitores. Contudo, se minha ignorância em assuntos marítimos me tiver levado a cometer alguns erros, sou o único responsável; e se algum viajante sentir a curiosidade de ver a obra na íntegra, conforme saiu das mãos do autor, estarei pronto a atendê-lo.

Quanto a quaisquer informações adicionais sobre o autor, o leitor terá sua curiosidade satisfeita nas primeiras páginas do livro.

RICHARD SYMPSON

Primeira Parte
Viagem a Lilliput

1

O autor apresenta alguns relatos sobre si mesmo e sua família. Suas primeiras motivações para viajar. Sofre um naufrágio e precisa nadar para salvar a própria vida. Chega são e salvo ao litoral do país de Lilliput. É aprisionado e levado para o interior

Meu pai possuía uma pequena propriedade em Nottinghamshire; fui o terceiro de cinco filhos. Ele enviou-me para o Emmanuel College, em Cambridge,[17] aos catorze anos de idade, onde residi três anos e dediquei-me com afinco aos estudos; mas sendo as despesas com minha manutenção (por mais escassa que fosse minha mesada) excessivas para a escassa fortuna de meu pai, fui feito aprendiz do sr. James Bates, um eminente cirurgião estabelecido em Londres, com o qual permaneci durante quatro anos. Visto que meu pai, de vez em quando, enviava-me pequenas somas de dinheiro, eu as designava ao custeio do meu aprendizado de navegação, bem como para obter conhecimentos de matemática úteis àqueles que pretendem viajar, o que sempre acreditei ser, em algum momento, meu destino. Quando deixei o sr. Bates, fui ao encontro do meu pai e, com a ajuda dele, do meu tio John e de outros parentes angariei quarenta libras e uma promessa de trinta libras por ano para me manter em Leiden.[18] Lá estudei medicina durante dois anos e sete meses, sabendo que tal aprendizado seria útil em longas viagens.

Logo após meu regresso de Leiden, fui recomendado pelo meu bom mestre, o sr. Bates, para ser cirurgião do veleiro *Swallow*, sob comando do

17. Fundada em 1584, Emma (conforme apelidada) é uma das célebres faculdades da Universidade de Cambridge.
18. Cidade localizada no sul da Holanda, onde se encontra a universidade mais antiga do país.

capitão Abraham Pannel, com quem permaneci três anos e meio, fazendo uma ou duas viagens ao Levante[19] e a algumas outras regiões. Quando voltei, resolvi estabelecer-me em Londres, ao que o sr. Bates, meu mestre, incentivou-me, e por ele fui recomendado a vários pacientes. Ocupei uma pequena casa em Old Jury[20] e, sendo aconselhado a alterar meu estado civil, casei-me com a srta. Mary Burton, segunda filha do sr. Edmond Burton, negociante de meias e roupas íntimas, estabelecido em Newgate Street,[21] de quem recebi como dote quatrocentas libras.

Mas meu bom mestre Bates morreu dois anos depois e, contando eu com poucos amigos, minha clientela começou a diminuir, até porque minha consciência não me permitia imitar as más práticas de muitos dos meus confrades. Assim, depois de ter consultado minha mulher e alguns conhecidos, resolvi voltar ao mar. Trabalhei como cirurgião em dois navios, sucessivamente, e fiz várias viagens, ao longo de seis anos, às Índias Orientais e Ocidentais, que propiciaram algum acréscimo à minha fortuna. As horas de lazer eram dedicadas à leitura dos melhores autores, antigos e modernos, mantendo-me sempre munido de um bom número de livros, e quando desembarcava dedicava-me à observação dos costumes e características dos povos, bem como ao aprendizado de idiomas, no que tinha grande facilidade, graças ao vigor da minha memória.

Visto que a última dessas viagens não se revelou muito afortunada, cansei-me do mar e alimentei a intenção de ficar em casa, com minha mulher e a família. Mudei-me de Old Jury para Fetter Lane, e dali para Wapping,[22] na esperança de conseguir clientes entre a marujada; mas isso

---

19. Termo geográfico que se refere, historicamente, a uma extensa área habitada pelos levantinos, que se estende do Oriente Médio, limitada a oeste pelo mar Mediterrâneo e a leste pelo deserto da Arábia e pela Mesopotâmia. De modo geral, a região inclui Síria, Jordânia, Israel, Palestina, Líbano e Chipre.
20. Grafia alternativa para Old Jewry, rua de mão única no coração de Londres, integrando o centro histórico e financeiro da cidade.
21. Rua localizada na parte oeste da City, centro histórico de Londres. Conforme a palavra Newgate (novo portão) sugere, era o local de um portão que integrava a antiga Muralha de Londres, cujas primeiras fortificações foram construídas pelos romanos por volta do ano 200.
22. Fetter Lane é uma rua da City. Wapping é um distrito no leste de Londres, situado entre a margem norte do rio Tâmisa e uma antiga rua chamada simplesmente The Highway.

não ocorreu. Após três anos de expectativa de que a situação melhorasse, aceitei uma oferta vantajosa do capitão William Prichard, comandante do navio *Antelope*, que estava prestes a fazer uma viagem aos Mares do Sul.[23] Zarpamos de Bristol,[24] em 4 de maio de 1699, e nossa viagem foi, no início, bastante auspiciosa.

Não seria apropriado, por vários motivos, incomodar o leitor com os pormenores das nossas aventuras naqueles mares; basta informá-lo que na jornada até as Índias Orientais fomos levados por uma violenta tempestade até noroeste da Terra de Van Diemen.[25] Segundo nossos cálculos, encontrávamo-nos na latitude de trinta graus e dois minutos sul. Doze membros da tripulação tinham morrido em consequência do trabalho extenuante e de alimentos estragados, e os sobreviventes estavam bastante enfraquecidos. No dia 5 de novembro, que marca o início do verão naquelas paragens, em meio a um nevoeiro, os marujos avistaram um rochedo a meio cabo[26] do navio; o vento estava tão intenso que fomos arrastados diretamente contra ele, e o veleiro partiu-se. Seis dos tripulantes, dos quais eu era um, tendo baixado o escaler ao mar, conseguiram escapar do navio e das pedras. Remamos, segundo meus cálculos, cerca de três léguas, mas fomos obrigados a parar, já exauridos pelo esforço físico despendido desde quando ainda estávamos a bordo do navio. Confiamo-nos, portanto, à mercê das ondas, e em cerca de meia hora o barco virou, por conta de uma súbita rajada de vento vinda do norte. O que aconteceu aos meus companheiros no escaler, bem como aos que se agarraram ao rochedo, ou aos que ficaram no veleiro, não sei dizer, mas concluo que todos morreram. Quanto a mim, nadei conforme a sorte me guiou, e fui empurrado pelo vento e pela maré. Muitas vezes tentei, mas não consegui tocar o fundo; no entanto, quando estava qua-

---

23. Área que inclui Austrália, Nova Zelândia, Nova Guiné e outras ilhas a leste da Indonésia.
24. Cidade portuária localizada no sudoeste da Inglaterra, no condado de Gloucestershire, na confluência dos rios Avon e Frome.
25. Primeira designação conferida pelos europeus à ilha da Tasmânia, hoje parte da Austrália. O explorador holandês Abel Tasman foi o primeiro europeu a explorar a região, por ele nomeada em homenagem a Anthony van Diemen, governador-geral da Companhia Holandesa das Índias Orientais que promoveu a expedição.
26. Antiga unidade de medida marítima equivalente a 607 pés ou 185 metros.

se morto e não dispunha mais de forças para lutar, cheguei a um local onde dava pé, e àquela altura a tormenta havia abrandado. O local era tão raso que andei cerca de um quilômetro e meio até chegar à praia, segundo meus cálculos, por volta das oito horas da noite. Então avancei, mais ou menos, oitocentos metros, mas não encontrei nenhum sinal de habitação ou habitantes, ou sentia-me tão debilitado que não fui capaz de enxergá-los. Estava exausto e, por conta disso, da temperatura elevada e de quase meio quartilho[27] de aguardente que bebi ao abandonar o navio, senti-me bastante sonolento. Deitei-me na relva, que era baixa e macia, onde dormi tão profundamente como nunca na vida, e, segundo deduzi, por mais de nove horas, pois quando acordei estava amanhecendo. Tentei levantar-me mas não consegui me mexer, pois, deitado de costas, constatei que meus braços e pernas estavam fortemente presos, de cada lado, ao solo, e meu cabelo, que era comprido e farto, fora amarrado do mesmo modo. Senti, também, várias amarras finas ao longo do corpo, desde as axilas até as coxas. Eu só conseguia olhar para cima; o sol começava a arder, e a luminosidade incomodava meus olhos. Ouvi um barulho indefinido em volta, mas deitado como estava não consegui ver nada, exceto o céu. Logo depois senti algo vivo movendo-se na minha perna esquerda, que, avançando delicadamente sobre meu peito, chegou quase até meu queixo; então, baixando os olhos tanto quanto pude, percebi que era uma criatura humana, com menos de quinze centímetros de altura, empunhando arco e flecha e levando uma aljava nas costas. Ao mesmo tempo senti, pelo menos, outras quarenta criaturas da mesma espécie (conforme conjecturei) seguindo a primeira. Levei um grande susto, e berrei tão alto que todos recuaram, amedrontados, e alguns, conforme fui informado posteriormente, feriram-se na queda ao saltar do meu corpo para o solo. Contudo, logo voltaram, e um deles, que se aventurou até ver meu rosto, espantado e erguendo as mãos, gritou com uma voz tão estridente quanto clara: *Hekinah degul*. Os demais repetiram as mesmas palavras várias vezes, mas eu não sabia o que queriam dizer.

---

27. Medida de volume equivalente a pouco mais de meio litro.

Ali fiquei estirado, em grande inquietação, como o leitor há de acreditar. Por fim, lutando para me libertar, tive a sorte de romper as cordas e arrancar as estacas que prendiam meu braço esquerdo ao solo. Então, erguendo o braço diante do rosto, pude ver o método por eles utilizado para me prender; em seguida, com um solavanco violento que me causou intensa dor, afrouxei um pouco as cordas que prendiam meu cabelo do lado esquerdo, de modo que consegui virar a cabeça cerca de cinco centímetros. Mas as criaturas fugiram uma segunda vez, antes que eu as pudesse agarrar, e sucedeu uma gritaria, com uma sonoridade por demais aguda, e depois que os gritos cessaram ouvi um deles bradar *Tolgo phonac*. Então, no instante seguinte, senti mais de uma centena de flechas alvejarem minha mão esquerda, me picando feito agulhas; além disso, eles dispararam outra saraivada de setas para o ar, conforme fazemos com projéteis na Europa, das quais muitas, suponho, caíram no meu corpo (embora eu não as sentisse) e algumas no meu rosto, que imediatamente cobri com a mão esquerda. Quando aquela chuva de flechas terminou, comecei a gemer, de angústia e dor; em seguida, vendo que novamente fazia esforço para me soltar, eles descarregaram outra salva, maior do que a primeira, e alguns tentaram com lanças espetar-me nos lados, mas felizmente eu estava usando um colete de couro, que eles não conseguiram perfurar. Achei que o mais prudente seria ficar quieto, e meu intuito era assim permanecer até a noite, quando, estando já com a mão esquerda solta, poderia facilmente libertar-me.

Quanto aos habitantes, eu tinha motivos para crer que poderia ser um adversário à altura do maior exército que pudesse marchar contra mim se todos tivessem o mesmo tamanho daquele que eu tinha visto. Mas o destino não quis assim. Quando perceberam que eu me aquietara, os indivíduos não dispararam mais flechas; porém, levando em conta o barulho crescente, deduzi que o número de habitantes aumentava, e a cerca de quatro metros, próximo à minha orelha direita, ouvi batidas ritmadas durante mais de uma hora, como se fossem operários trabalhando; ao virar a cabeça na direção das pancadas, até onde as estacas e cordas me permitiam, vi uma plataforma erguida a cerca de cinquenta centímetros do chão, capaz de acomodar quatro dos habitantes, e duas ou três escadas de acesso. De cima da plataforma, um deles, que parecia ser uma pessoa de distinção, dirigiu-me um longo discurso, do qual não entendi uma sílaba sequer. Mas cabe mencionar que, antes de iniciar a fala, o dignitário gritou três vezes, *Langro dehul san* (essas palavras e as anteriores foram depois repetidas e explicadas a mim). Imediatamente, cerca de cinquenta dos habitantes aproximaram-se e cortaram as cordas que prendiam o lado esquerdo da minha cabeça, o que me permitiu virá-la para a direita e observar a pessoa e os gestos daquele que estava prestes a se pronunciar. Parecia ser de meia-idade, e era mais alto do que os outros três que o assistiam, um dos quais lhe servia de pajem, segurando-lhe o manto, e parecia ser pouco maior do que meu dedo médio; os outros dois ficavam um de cada lado, a postos. O tal senhor era um grande orador, e pude observar vários trechos com ameaças e outros com promessas, expressões de piedade e bondade. Respondi em poucas palavras, e da forma mais submissa possível, erguendo a mão esquerda e ambos os olhos em direção ao sol, como se o chamasse por testemunha; e estando esfomeado, pois não tinha comido absolutamente nada desde algumas horas antes de abandonar o navio, senti com tamanha pressão as exigências da natureza que não pude abster-me de demonstrar impaciência (talvez contra as regras estritas das boas maneiras) e enfiei várias vezes o dedo na boca, para significar que queria comida. O *Hurgo* (pois assim chamam um insigne senhor, como depois aprendi) compreendeu-me muito bem. Desceu da plataforma e ordenou que várias escadas fossem dispostas ao lado do meu corpo, por onde mais de uma centena de habitantes subiram, caminharam até minha boca, carregando cestos cheios de carne, providenciados e enviados por ordem do rei, assim que foi informado sobre minha presença. Observei que provinham de vários animais, mas não fui capaz de distingui-los pelo sabor. Havia paletas, pernis e lombos com formatos de carneiro, e muito bem temperados, porém menores do que as asas de uma cotovia. Comi dois ou três pedaços de cada vez, e engoli três pães em cada mordida, pães que eram do tamanho de balas de mosquete. Alimentaram-me com a maior presteza possível, exibindo mil sinais de espanto e perplexidade diante do meu porte e apetite. Fiz então outro sinal, de que queria beber. Com base no tanto que eu tinha comido, eles deduziram que pequenas quantidades não me bastariam, e, sendo um povo bastante criativo, pegaram, com grande destreza, um de seus maiores barris, rolaram-no em direção à minha mão e abriram-no; bebi tudo de um gole só, o que pude fazer muito bem, pois o barril não continha nem meio quartilho, e o sabor era semelhante ao do vinho da Borgonha, embora muito mais saboroso. Trouxeram-me um segundo barril, que bebi da mesma maneira, e sinalizei, indicando que desejava mais; no entanto, não dispunham de mais para me oferecer.

Depois que realizei tais façanhas, eles gritaram de alegria e dançaram sobre meu peito, repetindo várias vezes, como tinham feito antes, as palavras *Hekinah degul*. Fizeram-me um sinal para descartar os dois barris, mas primeiro alertaram as pessoas, embaixo, para que saíssem do caminho, gritando *Borach mivola*, e quando viram os barris em pleno ar gritaram em uníssono, *Hekinah degul*. Confesso que fui frequentemente tentado, enquanto eles andavam de um lado para o outro sobre meu corpo, a agarrar quarenta ou cinquenta dos primeiros que chegassem ao meu alcance e atirá-los contra o chão. Mas a lembrança da dor que eu tinha sentido, que não seria o pior que poderiam fazer comigo, bem como a promessa de respeitá-los, pois assim interpretei meu próprio comportamento submisso, logo afastaram tais ideias. Além disso, passei a me sentir grato, devido às máximas da hospitalidade, a um povo que me tinha recebido com tamanha despesa e abundância. E nos meus pensamentos não parava de admirar a intrepidez daqueles pequenos mortais, que se aventuravam a subir e caminhar sobre meu corpo apesar de uma das minhas mãos estar livre, sem tremer perante a visão de uma criatura tão assustadora como eu decerto lhes parecia.

Depois de algum tempo, ao observarem que eu já não exigia mais carne, apareceu diante de mim um integrante do alto escalão de sua majestade imperial. Sua excelência, tendo subido na minha canela direita, avançou até meu rosto, seguido por uma comitiva composta por cerca de doze indivíduos; então, apresentando suas credenciais sob o sinete real, que ele aproximou dos meus olhos, falou durante dez minutos, sem quaisquer sinais de raiva, mas resoluto, muitas vezes apontando para a frente, que, conforme descobri mais tarde, era a direção da capital, localizada a cerca de oitocentos metros de distância, para onde, por unanimidade do conselho de sua majestade, eu deveria ser conduzido. Respondi com poucas palavras, mas sem me fazer entender, e fiz um sinal com a mão que estava solta, aproximando-a da outra (passando por cima da cabeça de sua excelência, com receio de feri-lo ou atingir alguém de sua comitiva), e depois levando-a à minha cabeça e ao corpo, para significar que desejava minha liberdade. Aparentemente, ele me compreendeu bem, pois sacudiu a cabeça, em sinal de discórdia, e suspendeu uma das mãos, com um gesto que pretendia demonstrar que eu seria levado como prisioneiro. Contudo, fez outros sinais, para me fazer entender que eu teria carne e bebida suficientes, e bom tratamento. Depois disso, voltei a pensar em tentar romper as amarras; porém, uma vez mais, quando senti a ardência das setas nas faces e nas mãos, que estavam cobertas de bolhas, de onde muitas lanças ainda pendiam, e observando também que o contingente dos meus inimigos aumentava, sinalizei para que soubessem que poderiam fazer comigo o que desejassem. Diante disso, o *Hurgo* e sua comitiva retiraram-se, com muita civilidade e expressões de contentamento.

Logo depois ouvi uma algazarra e repetições frequentes das palavras *Peplom selan*; senti a presença de um grande número de pessoas do meu lado esquerdo, afrouxando as cordas a tal ponto que fui capaz de virar-me para a direita e aliviar a pressão sobre a bexiga; o que fiz abundantemente, para imenso espanto do povo, que, deduzindo pelos meus gestos o que eu estava prestes fazer, abriu espaço à direita e à esquerda a fim de evitar a torrente que de mim verteu com tamanho ruído e intensidade. Antes disso, porém, tinham besuntado meu rosto e ambas as mãos com uma espécie de bálsamo, de odor bastante agradável, que em poucos minutos eliminou toda a ardência produzida pelas flechas. Tais circunstâncias, somadas ao revigoramento propiciado pela comida e pela bebida, que eram muito nutritivas, fizeram-me dormir. Dormi quase oito horas, conforme fui depois informado, e não era de admirar, pois os médicos, por ordem do imperador, haviam misturado um sonífero no vinho daqueles barris.

Parece que no primeiro momento em que, após ter pisado em terra, fui descoberto dormindo no solo, o imperador, logo sendo notificado, determinou em conselho que eu deveria ser amarrado da forma como relatei (o que foi feito durante a noite enquanto eu dormia), que bastante comida e bebida me fossem enviadas e que se construísse uma máquina para me transportar até a capital.

Tal decisão pode parecer demasiado imprudente e perigosa, e estou certo de que não seria imitada por nenhum príncipe europeu em ocasião semelhante. No entanto, a meu ver, a medida foi extremamente prudente, além de generosa. Isso porque se aquela gente tivesse tentado me matar com suas lanças e flechas enquanto dormia, eu certamente teria despertado com a primeira sensação de ardência, o que poderia ter incitado minha raiva e força, fazendo-me romper as cordas que me continham; depois que isso acontecesse, visto que eles não seriam capazes de oferecer qualquer resistência, não poderiam esperar misericórdia.

Aquele povo tem expertise em matemática, e alcançou grande perfeição em mecânica, devido ao apoio e incentivo do imperador, reconhecido como patrono do saber. Esse príncipe conta com diversos engenhos fixados sobre rodas, utilizados no transporte de árvores e outras coisas pesadas. Ele costuma construir seus maiores navios de guerra, alguns dos quais chegam a três metros de comprimento, nos próprios bosques onde crescem as árvores, e depois os transporta nessas máquinas, ao longo de trezentos ou quatrocentos metros, até o mar. Quinhentos carpinteiros e engenheiros foram imediatamente postos a trabalhar na maior máquina construída até então. Era uma estrutura de madeira, erguida a menos de dez centímetros do solo, com cerca de dois metros de comprimento e um metro e meio de largura, e apoiada sobre vinte e duas rodas. A gritaria que eu tinha ouvido foi por conta da chegada desse veículo, que, segundo constava, havia partido da capital quatro horas após eu ter pisado em terra. Ele foi manobrado e estacionado paralelo ao meu corpo, no local onde eu estava deitado. Mas a principal dificuldade era suspender meu corpo e colocá-lo sobre tal maquinário. Oitenta estacas, cada uma com trinta centímetros de altura, foram erguidas para tal fim, e cordas resistentes, da espessura de um barbante, presas por ganchos a inúmeras ataduras, com as quais os operários envolveram meu pescoço, minhas mãos, meu tronco e minhas pernas. Novecentos dos homens mais fortes foram recrutados para puxar as tais cordas através de roldanas presas nas estacas; e assim, em menos de três horas, fui içado e embarcado no veículo, sendo ali amarrado com firmeza. Tudo isso me foi relatado posteriormente, pois, enquanto a operação transcorria, fui mantido em sono profundo pela ação do sonífero adicionado à minha bebida. Mil e quinhentos dos maiores cavalos do imperador, cada um com cerca de onze centímetros de altura, foram empregados para me transportar até a capital, que, como eu disse, ficava a oitocentos metros de distância.

Cerca de quatro horas após termos iniciado a viagem, acordei, devido a um incidente burlesco. Tendo o carro parado, por um instante, para ajustar algo que estava fora de ordem, dois ou três dos jovens nativos tiveram a curiosidade de me observar enquanto dormia; então subiram nele e avançaram devagar até meu rosto. Um deles, que era oficial da guarda, introduziu a ponta afiada de sua lança na minha narina esquerda, o que me fez cócegas, qual um talo de palha, e provocou um violento espirro. Em seguida, os jovens evadiram-se, sem serem percebidos, e só três semanas mais tarde fiquei sabendo a causa do meu súbito despertar. Empreendemos uma longa marcha no que restava do dia e descansamos à noite, eu com quinhentos guardas de cada lado, metade empunhando tochas e metade com arcos e flechas prontos para serem disparados caso eu tentasse fugir. Na manhã seguinte, ao nascer do sol, prosseguimos, e por volta do meio-dia chegamos a duzentos metros dos portões da cidade. O imperador, acompanhado de toda a corte, veio ao nosso encontro, mas os oficiais de alta patente não consentiam, de modo algum, que sua majestade se arriscasse subindo no meu corpo.

No local onde o veículo parou havia um templo antigo, considerado o maior de todo o reino, o qual, tendo sido maculado alguns anos antes em decorrência de um assassinato brutal,[28] passou a ser visto, segundo o zelo dos habitantes, como profano, e por isso havia sido relegado ao uso comum, e todos os ornamentos e móveis de lá removidos. Naquele edifício foi determinado que eu deveria me alojar. O grande portão, voltado para o norte, tinha menos de um metro e meio de altura e pouco mais de meio metro de largura, através do qual eu podia facilmente engatinhar. De cada lado havia uma pequena janela, não mais do que quinze centímetros acima do solo. Através da janela do lado esquerdo, os ferreiros do rei fixaram noventa e uma correntes, como as que pendem dos relógios das damas na Europa, e quase do mesmo comprimento, as quais foram presas à minha perna esquerda com trinta e seis cadeados. Diante do templo, do outro lado da avenida, a seis metros de distância, havia uma torre com, pelo menos, um metro e meio de altura. Ali o imperador, acompanhado de vários lordes da corte, ascendeu para ter a oportunidade de me ver, conforme me foi informado, pois eu não conseguia avistá-los. Estimou-se que mais de cem mil habitantes houvessem saído da cidade com o mesmo propósito; e, apesar da ação dos meus guardas, creio que não menos de dez mil indivíduos, em diferentes ocasiões, subiram no meu corpo com a ajuda de escadas. Em breve, porém, foi expedida uma proclamação proibindo subidas no meu corpo, sob pena de morte. Quando constataram que tinha ficado impossível, para mim, libertar-me, os operários cortaram todas as cordas que me prendiam; então levantei-me, sendo meu estado de espírito mais melancólico do que nunca na vida. E não há como expressar a barulheira e o espanto do povo ao me ver de pé e caminhando. As correntes que prendiam minha perna esquerda tinham cerca de dois metros de comprimento, e propiciavam-me não apenas a liberdade de andar para trás e para a frente em semicírculo mas, fixadas a dez centímetros do portão, permitiam-me entrar, engatinhando, e deitar no interior do templo sem ter que encolher o corpo.

28. Possível alusão ao Palácio de Westminster, sede do Parlamento inglês, onde o rei Carlos I foi condenado à morte em 1649.

2

O imperador de Lilliput, cercado por vários integrantes da nobreza, visita o autor na prisão. A pessoa e os hábitos do imperador são descritos. Eruditos são designados para ensinar o idioma local ao autor. Ele é favorecido por seu temperamento sereno. Seus bolsos são vasculhados, e a espada e as pistolas são confiscadas

Quando fiquei de pé olhei em volta, e devo confessar que jamais tivera uma visão mais pitoresca. A área em redor parecia um jardim contínuo, e os campos cultivados, cada qual com aproximadamente três metros quadrados, assemelhavam-se a canteiros de flores. Os campos eram entremeados de bosques que se estendiam por, mais ou menos, um oitavo de acre,[29] e as árvores mais altas, a meu ver, pareciam ter dois metros de altura. Avistei a cidade, à esquerda, que fazia lembrar a pintura de um povoado no pano de fundo de um palco.

Sentia-me bastante pressionado por necessidades fisiológicas havia algumas horas, o que não era de se admirar, pois já fazia quase dois dias desde a última vez que tinha me aliviado. Era grande meu apuro, somando a urgência à vergonha. O melhor expediente que pude pensar foi entrar em casa, e assim procedi; em seguida, fechando o portão, fui até o limite do comprimento da corrente e livrei meu corpo daquela carga desconfortável. Mas foi a única vez que pratiquei tal ato de modo tão impuro, ao qual só posso esperar que o leitor benévolo faça alguma concessão, depois de considerar de forma madura e imparcial meu caso e a aflição em que me encontrava. A partir daquele momento, estabeleci

29. Unidade de medida para superfícies agrárias, variável segundo as localidades; o acre inglês e americano é igual a 40,47 ares, sendo o are igual a 100 metros quadrados.

o hábito de, assim que levantava, desincumbir-me da questão ao ar livre, recorrendo à extensão máxima da corrente, e todas as manhãs, antes da chegada de qualquer visita, o devido cuidado era tomado para que o material repugnante fosse removido em carrinhos de mão por dois serviçais apontados para esse fim. Eu não me deteria tanto em um pormenor que talvez, à primeira vista, possa parecer pouco importante se não achasse necessário justificar meu caráter perante o mundo no que diz respeito a asseio pessoal, o que, segundo me disseram, alguns de meus detratores tiveram o prazer, a propósito dessa e outras ocasiões, de questionar.

Quando essa aventura terminou saí de casa, pois precisava apanhar ar fresco. O imperador já descera da torre e avançava a cavalo em minha direção, o que quase lhe custou caro, pois o animal, embora muito bem adestrado, ainda não se acostumara com a visão de algo semelhante a uma montanha movendo-se diante dele e empinou sobre as patas traseiras. No entanto, o príncipe, que é exímio cavaleiro, manteve-se na sela até que seus acompanhantes correram e seguraram a rédea enquanto sua majestade desmontava. Depois de apear, ele me observou com grande admiração mas se mantendo fora do alcance da minha corrente. Ordenou aos cozinheiros e mordomos, já a postos, que me servissem comida e bebida, transportadas em veículos sobre rodas por eles empurrados até que eu pudesse alcançar a carga. Peguei os veículos e logo esvaziei todos; vinte estavam carregados de carne, e dez de bebida. Cada carro que transportava carne proporcionou-me dois ou três bocados, e esvaziei a bebida contida em dez recipientes e armazenada em jarras de barro com um só gole; e assim procedi com o restante. A imperatriz e os jovens príncipes e princesas de sangue real, acompanhados por diversas damas, sentavam-se a alguma distância em suas cadeiras. Contudo, diante do acidente ocorrido com o cavalo do imperador, eles correram e aproximaram-se de sua pessoa, a qual agora passo a descrever.

Ele é mais alto do que qualquer membro de sua corte, e a diferença é quase a medida da largura da minha unha, fato que por si só basta para assombrar os que o contemplam. Seus traços faciais são marcantes e másculos, com lábios austríacos e nariz aquilino, tez morena, postura ereta, tronco e membros proporcionais, todos os movimentos elegantes e porte majestoso. Ele já havia transposto o apogeu, somando quase vinte e nove anos de idade, dos quais tinha reinado cerca de sete, em plena felicidade e geralmente vitorioso. A fim de melhor observá-lo, deitei-me de lado, de modo que meu rosto ficasse à altura do dele, enquanto ele se mantinha a apenas três metros de distância; no entanto, depois daquela oportunidade, pude segurá-lo muitas vezes na palma da mão e, portanto, não tenho como me enganar na descrição. Sua indumentária era simples e singela, sendo o estilo algo entre o asiático e o europeu; na cabeça, porém, usava um elmo leve, de ouro, adornado com pedras preciosas e uma pluma na crista. Empunhava a espada em riste, para se defender caso eu me soltasse; a lâmina tinha quase oito centímetros de comprimento, e o cabo e a bainha eram de ouro, encrustados com diamantes. Sua voz era aguda, mas muito clara e bem articulada, e pude ouvi-lo claramente quando me levantei. As damas e os cortesãos exibiam trajes magníficos, de maneira que o local onde estavam parecia uma anágua estendida no piso, bordada com figuras de ouro e prata.

Sua majestade imperial dirigiu-me diversas palavras a que enunciei respostas, mas nenhum de nós conseguiu entender uma sílaba do que o outro falava. Havia vários clérigos e advogados presentes (conforme deduzi, com base em suas vestes), os quais receberam ordens para se dirigir a mim, e falei com eles em todas as línguas das quais detinha o mínimo conhecimento, ou seja, alemão e holandês, latim, francês, espanhol, italiano e língua franca,[30] mas foram todas em vão. Após cerca de duas horas, a corte retirou-se e fiquei sob forte guarda para impedir a impertinência e até mesmo a maldade do populacho, que ansiava por se aglomerar ao meu redor, tanto quanto a coragem lhes permitia; alguns tiveram o descaramento de disparar flechas contra mim, enquanto eu estava sentado no chão, junto à porta de casa, sendo que, por pouco,

30. Linguagem que um grupo multilíngue de seres humanos adota ou desenvolve para que todos consigam comunicar-se uns com os outros. A partir dos séculos XVI e XVII o italiano e o francês serviram de base como língua franca na Europa, sobretudo na região do Mediterrâneo.

uma não atingiu meu olho esquerdo. Mas o coronel ordenou que seis dos líderes fossem apreendidos, e achou que a punição mais adequada seria entregá-los amarrados em minhas mãos, o que foi feito por alguns soldados, empurrando-os com os cabos de suas lanças até que chegassem ao meu alcance. Peguei todos com a mão direita, aprisionei cinco deles no bolso do casaco e, quanto ao sexto, fiz uma careta, como se pretendesse devorá-lo vivo. O pobre homem esgoelou-se, desesperadamente, e o coronel e os oficiais ficaram bastante angustiados, sobretudo quando me viram sacar o canivete; mas logo acabei com o medo que sentiam, pois, com um olhar manso, cortei imediatamente as cordas que o atavam, pousei-o delicadamente no solo e ele saiu correndo. Tratei os demais da mesma maneira, retirando-os, um a um, do bolso; e observei que tanto os soldados quanto os demais ficaram bastante aliviados com a demonstração de clemência, que foi descrita em meu favor junto à corte.

À noite, entrei com alguma dificuldade em casa, onde me deitei no chão, e assim continuei a proceder durante cerca de quinze dias; ao longo desse tempo, o imperador expediu ordens para que uma cama fosse fabricada para mim. Seiscentas camas da medida comum foram trazidas em carroças e trabalhadas no interior da casa; cento e cinquenta dessas camas, amarradas juntas, compunham a largura e o comprimento, em quatro camadas, mas mal me livravam da dureza do chão, que era de pedra lisa. Com base nos mesmos cálculos, forneceram-me lençóis, mantas e cobertores, até aceitáveis para alguém que estava havia tanto tempo habituado a agruras.

À medida que a notícia da minha chegada se espalhou pelo reino, um número impressionante de pessoas abastadas, ociosas e curiosas veio me ver, de modo que as aldeias vizinhas ficaram quase vazias, e teria havido grande negligência na lavoura e em questões domésticas caso sua majestade imperial não tivesse, por meio de várias proclamações e decretos, tomado providências contra tal inconveniente. O imperador ordenou que aqueles que já tivessem me visto voltassem para casa e não chegassem a menos de cinquenta metros do meu domicílio sem a devida licença da corte, o que propiciou considerável arrecadação de receita pelos ministros de Estado.

Nesse meio-tempo, o imperador reuniu várias vezes o conselho a fim de deliberar sobre como proceder comigo; e, mais tarde, um amigo particular, uma pessoa ilustre e das mais bem informadas sobre segredos de Estado, me disse que a corte se via com muitas dificuldades diante da minha presença. Temiam que eu fugisse, e que minha dieta fosse por demais dispendiosa que causasse escassez e fome. Chegaram a decidir matar-me de inanição, ou, ao menos, disparar flechas envenenadas contra meu rosto e minhas mãos que em pouco tempo causariam minha morte, mas concluíram que o mau cheiro de um cadáver tão gigantesco poderia provocar uma pestilência na capital, que, provavelmente, haveria de grassar por todo o reino. Durante as deliberações, vários oficiais do exército foram até a porta da grande câmara municipal; dois deles sendo admitidos, apresentaram um relato do meu comportamento diante da impertinência dos seis contraventores antes mencionados, o que causou uma impressão tão favorável em sua majestade e em todo o conselho a meu respeito que foi emitida uma ordem imperial obrigando os vilarejos em um raio de oitocentos metros ao redor da capital a entregarem, todas as manhãs, seis bovinos, quarenta ovelhas e outras provisões para meu sustento, além de uma quantidade proporcional de pão, vinho e outras bebidas, cujo pagamento foi autorizado por sua majestade junto ao Tesouro do reino. O referido príncipe vive sobretudo à custa do próprio patrimônio e raramente, ou seja, apenas em ocasiões extremas, impõe a cobrança de impostos aos súditos, que são obrigados a defendê-lo durante as guerras às suas próprias expensas. Foi providenciado, também, um contingente de seiscentos indivíduos para servirem como meus empregados domésticos, aos quais foram atribuídos salários que cobrissem gastos com casa e comida e para os quais tendas foram armadas, muito convenientemente, em ambos os lados da porta da minha casa. Foi igualmente determinado que trezentos alfaiates me confeccionassem um traje à moda do país, que seis dos súditos mais eruditos de sua majestade me ensinassem seu idioma e, por último, que os cavalos do imperador, da nobreza e das tropas da guarda fossem frequentemente exercitados à minha vista, para se acostumarem com minha pessoa. Todas essas ordens foram devidamente postas em prática, e em cerca de três semanas alcancei um progresso notável no aprendizado da língua nacional, sendo que nesse ínterim o imperador honrou-me com várias visitas, e com satisfação auxiliou os mestres no processo da minha aprendizagem. Logo começamos a estabelecer algum tipo de conversa, e as primeiras palavras que aprendi foram para expressar meu desejo de que ele concordasse em conceder minha liberdade, o que eu repetia todos os dias, de joelhos. A resposta, até onde eu podia compreender, era que a questão dependia de tempo, não podia ser considerada sem as deliberações do conselho, e que, primeiro, eu deveria *Lumos Kelmin pesso desmar lon Emposo*, isto é, jurar uma trégua com ele e seu reino. No entanto, garantiu que eu seria tratado com toda a complacência e aconselhou-me a conquistar, com resignação e discrição, o beneplácito dele próprio e dos súditos. Disse ainda que esperava que eu não levasse a mal se ele expedisse ordens a alguns oficiais competentes para me revistarem, pois era provável que eu levasse comigo armas que decerto seriam perigosas se fossem proporcionais a um indivíduo tão gigantesco. Eu disse a sua majestade que ficasse tranquilo, pois estava disposto a me despir e virar os bolsos pelo avesso diante dele. Isso expressei parte em palavras e parte em sinais. Ele respondeu que, de acordo com a legislação do reino, eu deveria ser revistado por dois de seus oficiais, que ele sabia que isso não poderia ser feito sem meu consentimento e assistência e que tinha uma opinião tão favorável sobre minha benevolência e meu senso de justiça que confiava seus súditos às minhas mãos, e que tudo o que porventura me fosse confiscado seria devolvido quando eu deixasse o país, ou adquirido pelo preço que eu estipulasse. Peguei os dois oficiais nas mãos, coloquei-os primeiro dentro dos bolsos do casaco e depois dentro de todos os outros bolsos de minhas roupas, exceto nos dois bolsinhos em que guardava o relógio e outro bolsinho secreto que não queria que fossem vasculhados, nos quais guardava alguns itens que não eram de interesse para ninguém além de mim mesmo. Em um dos bolsinhos havia um relógio de prata, e no outro uma pequena quantidade de ouro dentro de uma bolsa. Os oficiais, munidos de papel, pena e tinta, fizeram um inventário detalhado do que viram e, em seguida, pediram-me que depositasse tudo no chão para ser entregue ao imperador. Mais tarde, traduzi para o inglês, cuja transcrição, palavra por palavra, é a seguinte:

> *Imprimis*,[31] no bolso direito do casaco do Grande Homem-Montanha (pois assim interpreto as palavras *Quinbus Flestrin*), após a mais rigorosa busca, encontramos apenas um extenso tecido grosso, suficientemente grande para servir de forração para o piso do salão estatal de vossa majestade. No bolso esquerdo, vimos um enorme baú de prata, com uma tampa do mesmo metal, que nós, os investigadores, não conseguimos suspender. Pedimos que o baú fosse aberto, e um de nós, nele entrando, viu-se enfiado até o meio da canela em uma espécie de pó, e uma pequena porção do tal pó, subindo até nossos rostos, fez com que espirrássemos várias vezes seguidas. No bolso direito do colete, encontramos um grande maço de folhas finas e brancas, dobradas umas sobre as outras, da largura de três homens, amarradas com um forte cabo e marcadas com caracteres negros, que, humildemente, pensamos se tratar de escritos, sendo cada letra quase metade do tamanho da palma das nossas mãos. No bolso esquerdo do colete havia uma espécie de apetrecho de cuja parte posterior estendiam-se vinte longas hastes, fazendo lembrar as paliçadas na corte de vossa majestade, com que inferimos que o Homem-Montanha penteie os cabelos, pois nem sempre o incomodamos com perguntas, visto que tínhamos grande dificuldade em fazê-lo nos entender. No bolso maior, do lado direito de sua cobertura do meio (assim traduzo a palavra *Ranfu-Lo*, com a qual se referiam a meus culotes), vimos um pilar de ferro oco, do tamanho de um homem, preso a um pedaço de madeira maciça, maior do que o pilar, sendo que de cada lado do pilar grandes pedaços de ferro destacavam-se, formando figuras estranhas, cuja utilidade não fomos ca-

31. Em latim, "em primeiro lugar", termo empregado para iniciar uma lista de itens ou considerações.

pazes de discernir. No bolso maior, do lado esquerdo, encontramos outro mecanismo do mesmo tipo. No bolso menor, do lado direito, havia várias peças de metal chato e redondo, branco e avermelhado, de diferentes pesos; algumas das peças brancas, que pareciam ser de prata, eram tão grandes e pesadas que meu parceiro e eu mal conseguíamos erguê-las. No bolso menor, do lado esquerdo, havia dois pilares pretos de formato irregular; somente com grande dificuldade conseguimos alcançar sua parte superior, pois estávamos no fundo do bolso. Um deles estava coberto e parecia bem fechado; mas na extremidade superior do outro havia uma substância branca e arredondada, com cerca do dobro do tamanho de nossas cabeças. Dentro de cada um dos pilares havia uma grande chapa de aço; demos ordens para que ele nos exibisse os objetos, pois achávamos que pudessem ser mecanismos perigosos. Ele os retirou dos invólucros e nos disse que, em seu próprio país, tinha por hábito raspar a barba com uma das chapas e cortar carne com a outra. Em dois bolsos não pudemos entrar: a estes ele se referia como bolsos para relógio; eram duas grandes fendas, cortadas na parte superior da cobertura do meio, que, devido à pressão do abdômen, mantinham-se como se estivessem seladas. Da fenda direita, pendia uma longa corrente de prata, em cuja ponta havia um belíssimo motor. Pedimos-lhe que nos mostrasse o que quer que havia na ponta da tal corrente, que parecia ser um globo, metade de prata e metade de um metal transparente, pois, no lado transparente, vimos algumas formas estranhas, desenhadas circularmente, e pensamos que pudéssemos tocá--las, mas constatamos que nossos dedos eram obstruídos pela substância translúcida. Ele encostou o tal motor em nossos ouvidos e havia um ruído incessante, como o de um moinho de água; deduzimos que se tratava de algum animal desconhecido, ou do deus que ele adora, mas estamos mais inclinados a esta última noção, porque ele nos garantiu (se o entendemos bem, pois ele se expressava de forma muito imperfeita) que raramente fazia algo sem o consultar. Chamou-o de seu oráculo, e disse que o tal motor indicava a hora certa para cada ação de sua vida. Do bolsinho esquerdo, retirou uma rede, de tamanho suficiente para ser utilizada por um pescador, mas que abria e fechava feito uma bolsa, e servia-lhe com tal fim; ali dentro encontramos várias peças maciças de metal amarelo, que, se forem ouro verdadeiro, devem ter imenso valor.

Tendo, em obediência às ordens de vossa majestade, diligentemente revistado todos os bolsos, observamos, em seguida, uma faixa em volta de sua cintura feita do couro de algum animal gigantesco, da qual, no lado esquerdo, pendia uma espada do tamanho de cinco homens, e do direito uma bolsa, ou coldre, dividido em dois compartimentos, cada um capaz de conter três súditos de vossa majestade. Em um dos compartimentos havia diversas esferas, ou bolas, feitas de um metal bastante pesado, mais ou menos do tamanho das nossas cabeças, e somente mãos fortes poderiam erguê-las; o outro compartimento continha uma porção de grãos pretos, sem grande volume ou peso, pois conseguimos segurar mais de cinquenta nas palmas das mãos.

Este é o inventário exato do que encontramos no corpo do Homem-Montanha, que nos tratou com absoluta civilidade e com o devido respeito às ordens de vossa majestade. Assinado e selado no quarto dia da octogésima nona lua do auspicioso reinado de vossa majestade.

Clefren Frelock, Marsi Frelock

Quando o inventário foi lido para o imperador, ele solicitou, em termos muito gentis, que eu entregasse os diversos itens. Primeiro pediu minha cimitarra,[32] a qual removi, incluindo a bainha. Nesse meio-tempo, ele ordenou que três mil de seus melhores soldados (de prontidão para defendê-lo) me cercassem, a distância, com seus arcos e flechas prontos para serem disparados, mas não os contemplei, pois meus olhos estavam inteiramente voltados para sua majestade. Então, pediu que eu sacasse a cimitarra, a qual, apesar de um pouco enferrujada pela ação da água do mar, reluzia quase por inteiro. Aquiesci, mas imediatamente os soldados soltaram um grito de pavor e surpresa, pois o sol brilhava e o reflexo da lâmina ofuscou-os enquanto eu a brandia,

32. Espada de lâmina curva, com gume no lado convexo, usada por certos povos orientais (árabes, turcos, persas), sobretudo por guerreiros muçulmanos.

de um lado para outro, na mão. Sua majestade, que é um príncipe por demais magnânimo, ficou menos assustado do que eu esperava; ordenou-me que devolvesse a arma à bainha e a lançasse ao solo, o mais devagar possível e a cerca de dois metros da ponta da corrente que me prendia. O próximo item por ele solicitado foi um dos pilares de ferro oco, referindo-se às minhas pistolas de bolso. Retirei-as e, a pedido dele, expliquei tão bem quanto pude o uso da arma; carregando-a apenas com pólvora, que fechada hermeticamente no coldre havia escapado da água do mar (inconveniente contra o qual todos os marinheiros prudentes se previnem ao máximo), primeiro adverti o imperador que não tivesse medo, e depois disparei para o ar. O espanto foi muito maior do que a visão da cimitarra. Centenas de pessoas tombaram como se tivessem sido fulminadas, e até mesmo o imperador, embora se mantivesse firme, precisou de algum tempo para se recuperar. Entreguei as duas pistolas da mesma maneira que havia feito com a cimitarra, e depois o coldre de pólvora e as balas, implorando-lhe que a pólvora fosse guardada longe do fogo, pois detonaria com a menor faísca e mandaria pelos ares o palácio imperial. Entreguei também o relógio, o qual o imperador se mostrou muito curioso para examinar, e disse a dois de seus oficiais de maior estatura que o carregassem em uma vara nos ombros, como fazem os carroceiros na Inglaterra com um barril de cerveja. Ele ficou impressionado com o ruído contínuo produzido pelo mecanismo, bem como com o movimento do ponteiro menor, que ele pôde perceber com facilidade, pois a visão deles é bem mais potente do que a nossa. Pediu a opinião dos sábios que o cercavam e as respostas foram as mais diversas e díspares, conforme o leitor bem pode imaginar sem que eu precise repeti-las, embora seja verdade que não fui capaz de compreendê-las muito bem. Em seguida, entreguei as moedas de prata e cobre; a bolsinha, contendo nove dobrões de ouro e algumas moedas menores; a faca e a navalha; o pente e a caixinha de prata, onde eu guardava o rapé; o lenço e o diário. A cimitarra, as pistolas e o coldre foram transportados em carroças até os depósitos de sua majestade, mas os outros pertences me foram devolvidos.

Tinha eu, conforme já mencionei, um bolso escondido que escapou da busca, dentro do qual havia um par de óculos (que às vezes uso, devido à debilidade da minha visão), uma luneta de bolso e algumas outras pequenas utilidades que, não tendo nenhuma importância para o imperador, não vi necessidade de entregar, achando que tais itens talvez se perdessem, ou estragassem, se deles abrisse mão.

3

O autor diverte o imperador e homens e mulheres da nobreza de um modo bastante inusitado. As diversões da corte de Lilliput são descritas. O autor conquista a liberdade mediante determinadas condições

Minha afabilidade e boa conduta conquistaram o imperador e sua corte, bem como, de fato, o exército e o povo em geral, a tal ponto que comecei a alimentar esperanças de em pouco tempo obter minha liberdade. Empreguei todos os métodos possíveis para cultivar essa disposição favorável. Os nativos, pouco a pouco, passaram a ter menos receio de mim. Às vezes, eu me deitava e deixava cinco ou seis deles dançarem na palma da minha mão; e, finalmente, meninos e meninas arriscaram-se a brincar de esconde-esconde nos meus cabelos. Àquela altura, eu tinha feito um bom progresso na compreensão e na expressão oral do idioma de Lilliput. O imperador resolveu, um belo dia, entreter-me com diversos espetáculos típicos do país, nos quais eles superam todas as nações que conheci, tanto pela destreza como pela exuberância. O que mais me agradou foram os dançarinos na corda bamba, que atuavam sobre um fio branco com cerca de sessenta centímetros de comprimento e a trinta centímetros de altura do solo, no que tomo a liberdade, pedindo paciência ao leitor, para deter-me um pouco.

Esse tipo de entretenimento só é praticado por indivíduos que na corte se candidatam a cargos importantes e almejam grande prestígio. Estes são treinados em tal arte desde jovens, e nem sempre têm berço nobre ou possuem educação formal. Quando um cargo importante está vago, seja por morte ou por preterimento (o que tantas vezes ocorre), cinco ou seis desses candidatos solicitam ao imperador a possibilidade de entreterem sua majestade e a corte com um bailado na corda, e aquele que saltar mais alto sem cair é contemplado com o cargo. Muitas vezes, os próprios ministros-chefes são ordenados a demonstrar suas habilidades e a convencer o imperador de que não perderam a competência. Flimnap, o tesoureiro, tem autorização para fazer uma pirueta sobre a corda, pelo menos, três centímetros acima do que qualquer outro lorde em todo o Império. Já o vi dar cambalhotas, diversas vezes, em cima de uma bandeja fixada em uma corda que não era mais espessa do que um barbante usado para fazer embrulhos na Inglaterra. Meu amigo Reldresal, primeiro-secretário para assuntos privados, é, na minha opinião, se não estou sendo parcial, o segundo depois do tesoureiro, sendo que os demais funcionários estão todos, mais ou menos, no mesmo nível.

Tais diversões são frequentemente acompanhadas de acidentes fatais, dos quais há um número elevado de registros. Eu mesmo testemunhei dois ou três candidatos fraturarem algum membro do corpo. Mas o perigo é muito maior quando os próprios ministros são ordenados a demonstrar sua destreza, pois, esforçando-se para superarem a si mesmos e aos companheiros, arriscam-se tanto que são raros os que não tenham sofrido alguma queda, sendo que alguns já sofreram duas ou três. Garantiram-me que, um ou dois anos antes da minha chegada, Flimnap teria com certeza fraturado o pescoço caso uma das almofadas do rei, que por acaso jazia no chão, não tivesse amortecido o impacto.

Há também outra diversão, que só é realizada diante do imperador e da imperatriz, e do ministro-chefe, em ocasiões especiais. O imperador dispõe sobre a mesa três fios de seda de quinze centímetros de comprimento, sendo um azul, o outro vermelho e o terceiro verde. Os fios constituem prêmios oferecidos às pessoas que o imperador pretende distinguir concedendo-lhes algum privilégio. A cerimônia é realizada no grande salão estatal de sua majestade, onde os candidatos são submetidos a uma prova de destreza muito diferente da anterior e sem o menor paralelo em qualquer outro país do novo ou do velho mundo. O imperador segura uma vara nas mãos, mantendo as pontas paralelas ao horizonte, enquanto os candidatos, avançando um a um, saltam por cima da vara, ou arrastam-se por baixo, para trás e para a frente, várias vezes conforme a vara sobe ou desce. Em dados momentos, o imperador segura uma ponta da vara e o ministro-chefe a outra; às vezes, o ministro a segura inteiramente sozinho. Quem fizer a sua parte com mais agilidade e pular e rastejar por mais tempo é recompensado com o fio de seda azul; o vermelho é concedido ao segundo, e o verde ao terceiro, e todos usam os fios enrolados em duas voltas na cintura. São poucos os indivíduos ilustres naquela corte que não ostentam uma dessas faixas.

Os cavalos do exército, bem como os dos estábulos reais, treinados diariamente diante de mim, já não se mostravam ariscos, e chegavam perto dos meus pés sem se assustarem. Montados, os cavaleiros saltavam por cima da minha mão enquanto eu a apoiava no solo, e um dos caçadores do imperador montado em um corcel vigoroso saltou por cima do meu pé, com sapato e tudo o mais; foi um salto deveras prodigioso. Tive a sorte de divertir o imperador, certa vez, de um modo bastante inusitado. Pedi-lhe que mandasse trazer-me diversas varetas, cada qual com sessenta centímetros de comprimento e a espessura de uma bengala comum. Sua majestade ordenou ao guarda responsável pelas florestas que tomasse as devidas providências e, na manhã seguinte, seis lenhadores chegaram, com o mesmo número de carroças, puxadas por oito cavalos cada uma. Peguei nove varetas, fixei-as com firmeza no chão, em formato quadrangular, abrangendo cerca de oitenta centímetros quadrados; depois, peguei outras quatro varetas e amarrei-as paralelamente, em cada canto, a cerca de cinquenta centímetros do solo; em seguida, amarrei meu lenço às nove varetas eretas e o estendi, por todos os lados, até ficar justo feito o couro de um tambor; as quatro varetas paralelas, projetadas cerca de doze centímetros acima do lenço, serviam como parapeitos laterais. Quando terminei o trabalho, pedi ao imperador que deixasse uma tropa de sua melhor cavalaria, somando vinte e quatro animais, exercitar-se sobre aquele campo. Sua majestade aprovou a solicitação e eu os ergui, um a um, montados e armados, com os oficiais designados para treiná-los. Assim que se enfileiraram, eles se dividiram em duas tropilhas, simularam combates, dispararam flechas com pontas rombudas, sacaram espadas, perseguiram e foram perseguidos, atacaram e recuaram, e, em suma, exibiram o melhor adestramento militar que jamais vi. As varetas paralelas impediam que cavaleiros e cavalos caíssem da plataforma, e o imperador ficou tão encantado que ordenou a reprise do entretenimento ao longo de vários dias, sendo que, uma vez, consentiu em ser por mim erguido para expedir a palavra de ordem; e com grande dificuldade convenceu até a própria imperatriz a me deixar erguê-la, em sua liteira, a dois metros da plataforma, de onde ela pôde ter uma visão ampla de toda a apresentação. Foi sorte minha não ter ocorrido nenhum acidente grave em tais espetáculos; apenas uma vez, um cavalo fogoso que pertencia a um dos capitães, batendo com os cascos, abriu um rombo no meu lenço e, escorregando, foi ao chão com o cavaleiro; no entanto, prontamente acudi a ambos e, cobrindo o furo usando uma das mãos, resgatei a dupla com a mesma facilidade com que antes os erguera. O cavalo que caiu deslocou a escápula esquerda, mas o cavaleiro não se machucou, e depois costurei meu lenço, fazendo o melhor que podia. Contudo, não confiei mais na resistência do tecido em se tratando de iniciativas tão perigosas.

Cerca de dois ou três dias antes de ter obtido minha liberdade, enquanto eu divertia a corte com aquelas façanhas, chegou um mensageiro para informar a sua majestade que alguns de seus súditos, cavalgando perto do local onde eu havia sido encontrado, depararam-se com uma grande massa negra esparramada no solo, uma forma muito estranha, estendendo bordas arredondadas e quase do tamanho do dormitório de sua majestade, e com uma elevação central da altura de um homem; que não se tratava de um ser vivo, ao contrário do que a princípio eles haviam pensado, pois jazia imóvel sobre a relva, e alguns deles tinham andado em volta da coisa várias vezes; que, trepando uns nos ombros dos outros, tinham chegado ao topo, plano e uniforme, e, pisoteando-o, descobriram que era oco por dentro; que, humildemente, supunham ser algo pertencente ao Homem-Montanha; e que se sua majestade assim desejasse eles poderiam trazer a tal coisa utilizando apenas cinco cavalos. Logo deduzi o que seria e fiquei intimamente feliz com a informação. Parece que, quando alcancei a costa, depois do naufrágio, estava tão confuso que, antes de chegar ao lugar onde adormeci, meu chapéu, por mim amarrado com um barbante na cabeça enquanto remava, e que tinha ficado preso todo o tempo em que nadei, caiu depois que pisei em terra; eu imaginara que o barbante houvesse se rompido por conta de algum acidente do qual nem me dera conta, e que o chapéu tivesse se perdido no mar. Solicitei a sua majestade imperial que ordenasse que o chapéu me fosse trazido o mais rápido possível, descrevendo-lhe o uso e a natureza do objeto, e no dia seguinte os carroceiros trouxeram-no, mas ele não se encontrava em muito bom estado. Dois furos haviam sido abertos na aba, a cinco centímetros da borda, e dois ganchos foram presos nos orifícios; os ganchos foram fixados por uma longa corda aos arreios, e assim meu chapéu foi arrastado por mais de oitocentos metros; no entanto, sendo o solo naquela região bastante liso e nivelado, os danos foram menores do que eu esperava.

Dois dias depois dessa aventura, o imperador, tendo ordenado que o destacamento de seu exército alojado na capital e nos arredores ficasse de prontidão, achou por bem divertir-se de modo bastante singular. Pediu-me que ficasse de pé, qual um colosso,[33] com as pernas entreabertas o máximo possível, desde que não me causasse nenhum desconforto. Então, deu ordens a seu general (um líder veterano e experiente, e grande defensor dos meus interesses) que alinhasse as tropas e as marchasse por baixo das minhas pernas, sendo a infantaria formada em fileiras de vinte e quatro soldados, e a cavalaria em fileiras de dezesseis animais, com tambores rufando, bandeiras desfraldadas e lanças em riste. O contingente somava três mil homens e mil cavalos. Sua majestade ordenou, sob pena de morte, que todos os soldados em marcha observassem a mais estrita decência em relação à minha pessoa, o que, no entanto, não impediu que alguns dos oficiais mais jovens olhassem para cima enquanto

33. Isto é, uma estátua de proporções gigantescas, como a célebre maravilha erigida no porto de Rodes.

passavam entre minhas pernas; para confessar a verdade, meus culotes estavam naquela ocasião em tão mau estado que ensejaram oportunidade de riso e espanto.

Encaminhei tantos memorandos e petições pela minha libertação que sua majestade finalmente abordou o assunto, primeiro junto ao gabinete de ministros e depois perante todo o conselho, onde ninguém se opôs ao pleito exceto Skyresh Bolgolam, que se aprazia, sem qualquer provocação, em ser meu inimigo mortal. Mas apesar da objeção, o pedido foi aprovado por todos e ratificado pelo imperador. Bolgolam era *Galbet*, ou seja, almirante do reino, e gozava da confiança do príncipe, sendo indivíduo bem preparado em sua área de atuação mas dotado de temperamento moroso e azedo. Por fim ele foi convencido a assentir, mas fez prevalecer que as regras e condições sob as quais eu seria libertado, e às quais deveria jurar obediência, fossem redigidas por ele próprio. As regras foram apresentadas por Skyresh Bolgolam, pessoalmente, acompanhado de dois subsecretários e várias indivíduos ilustres. Depois que as condições foram enunciadas, foi-me exigido que jurasse a elas obedecer, primeiramente à maneira de meu próprio país e depois segundo o método prescrito pela legislação local, ou seja, segurar meu pé direito com a mão esquerda, encostar o dedo médio da mão direita no topo da cabeça e o polegar na ponta da orelha direita. Mas como o leitor pode estar curioso para saber algo sobre o estilo e a forma de expressão peculiar àquele povo, assim como para conhecer as regras sob as quais recuperei minha liberdade, fiz uma tradução integral do documento, palavra por palavra, com a maior fidelidade possível, a qual aqui ofereço ao público:

> Golbasto Momarem Evlame Gurdilo Shefin Mully Ully Gue, o poderosíssimo imperador de Lilliput, deleite e terror do universo, cujos domínios se estendem por cinco mil *Blustrugs* (cerca de vinte quilômetros de circunferência) até as extremidades do globo; monarca de todos os monarcas, mais alto do que os filhos dos homens; cujos pés pressionam o centro, e cuja cabeça bate contra o sol; cujo simples aceno faz tremer os joelhos dos príncipes da terra; ameno qual a primavera, agradável qual o verão,

profícuo qual o outono, terrível qual o inverno. Sua majestade mais do que sublime propõe ao Homem-Montanha, recentemente aportado em nossos domínios celestiais, as seguintes regras, que por juramento solene ele será obrigado a obedecer:

Primeiro: O Homem-Montanha não se afastará de nossos domínios sem nossa licença, expedida sob nosso insigne selo.

Segundo: Não poderá entrar em nossa capital sem nossa autorização expressa, sendo que em tais ocasiões os habitantes serão notificados com duas horas de antecedência, para que permaneçam no interior de suas residências.

Terceiro: O referido Homem-Montanha limitará suas caminhadas às nossas estradas principais e não poderá perambular por prados, tampouco se deitar em plantações de cereais.

Quarto: Ao caminhar pelas referidas estradas, tomará o maior cuidado para não pisotear nenhum de nossos amados súditos, seus cavalos ou carroças e não poderá tomar qualquer um de nossos súditos em suas mãos sem o consentimento do indivíduo.

Quinto: Caso alguma ordem exija envio urgente, o Homem-Montanha será obrigado a levar, no bolso, o mensageiro e o cavalo em uma viagem de até seis dias, uma vez a cada lua, e devolver o dito mensageiro (se necessário) a salvo à nossa presença imperial.

Sexto: Será nosso aliado contra os inimigos na ilha de Blefuscu e fará o máximo para destruir sua frota, que atualmente se prepara para nos invadir.

Sétimo: O referido Homem-Montanha, em seus momentos de lazer, deverá assistir e auxiliar nossos operários, ajudando-lhes a erguer grandes pedras para a construção do muro do parque principal e de outros dos nossos edifícios reais.

Oitavo: O referido Homem-Montanha deverá, dentro de duas luas, entregar um levantamento exato do perímetro de nossos domínios, mediante cálculo baseado em suas passadas ao redor da costa.

Finalmente: Após o juramento solene de obedecer a todas as regras explicitadas acima, o referido Homem-Montanha receberá uma provisão diária de carne e bebida suficientes para o sustento de 1724[34] de nossos súditos, gozando de livre acesso a nossa pessoa real, bem como de outros sinais do nosso beneplácito. Expedido em nosso Palácio de Belfaborac, no décimo segundo dia da nonagésima primeira lua de nosso reinado.

Aceitei e jurei observar essas regras com grande satisfação e contentamento, embora algumas não fossem tão honrosas quanto eu gostaria, tendo em vista que procederam inteiramente da maldade de Skyresh Bolgolam, o alto-almirante; feito isso, minhas correntes foram de imediato removidas e fui posto em plena liberdade. O próprio imperador concedeu-me a honra de sua presença durante toda a cerimônia. Exprimi meu agradecimento, prostrando-me aos pés de sua majestade, mas ele ordenou que eu me levantasse e, depois de muitas palavras elogiosas, as quais, a fim de evitar qualquer acusação de vaidade não vou repetir, acrescentou que esperava que eu fosse um servo prestativo e fizesse por merecer todos os privilégios que ele já me havia conferido ou que viesse a conferir no futuro.

O leitor terá notado que na última regra relativa à reconquista da minha liberdade o imperador estipulou que me fosse entregue uma quantidade de carne e bebida suficiente para o sustento de 1724 lilliputianos. Algum tempo depois, ao perguntar a um amigo na corte como haviam chegado àquele número exato, ele me disse que os matemáticos de sua majestade, aferindo minha estatura com a ajuda de um quadrante e constatando que minha altura excedia a deles na proporção de doze para um, concluíram, a partir da semelhança entre nossos corpos, que o meu corresponderia a, pelo menos, 1724 corpos deles, e consequentemente exigiria uma quantidade de alimento necessária para sustentar esse número de lilliputianos. Com base nesse fato, o leitor pode avaliar a competência daquele povo, bem como da economia previdente e bem calculada posta em prática por príncipe tão eminente.

34. Vale ressaltar a importância do número 12 no livro. Os habitantes de Lilliput são 12 vezes menores que Gulliver. Os de Brobdingnag são 12 vezes maiores. Na edição de Benjamin Motte de 1728, o valor foi alterado para 1728, que é o cubo de 12 (12 × 12 × 12).

4

Mildendo, a capital de Lilliput, é descrita, bem como o palácio do imperador. Uma conversa entre o autor e o primeiro-secretário acerca de questões de interesse do Império. O autor se oferece para servir ao imperador na guerra

Depois de conquistar a liberdade, meu primeiro pedido foi uma licença para conhecer Mildendo, a capital do Império, ao qual o imperador aquiesceu de imediato, embora com a recomendação especial de que eu não causasse nenhum dano nem aos habitantes nem às suas casas. O povo foi notificado, por meio de uma proclamação, do meu intuito de visitar a cidade. A muralha que a cerca tem oitenta centímetros de altura e, pelo menos, trinta centímetros de largura, de modo que uma carruagem puxada por cavalos podia ser por ali conduzida com total segurança; a muralha era também ladeada por torres fortificadas a cada três metros de distância. Passei por cima do grande portão ocidental bem lentamente, avançando de lado pelas duas avenidas principais, vestindo apenas meu colete curto com receio de danificar os telhados e os beirais das casas com as fraldas do casaco. Caminhei com a máxima cautela para não pisar em qualquer pessoa que porventura ainda permanecesse nas ruas, embora as ordens fossem muito rígidas para que todos ficassem em suas casas pelo bem da própria segurança. As janelas dos sótãos e dos andares superiores das casas estavam tão apinhadas de espectadores que pensei que em todas as minhas viagens jamais tivesse visto lugar tão populoso. A cidade forma um quadrilátero perfeito, cada lado da muralha abrangendo cento e cinquenta metros de comprimento. As duas grandes avenidas, que se cruzam e dividem a capital em quatro partes, têm cerca de um metro e meio de largura cada. As travessas e vielas, nas quais não pude entrar, mas apenas ver ao passar, têm entre trinta e quarenta centímetros de largura. O lugar é capaz de abrigar quinhentas mil almas.[35] As casas têm de três a cinco andares. As lojas e os mercados são bem abastecidos.

O palácio imperial situa-se no centro, onde confluem as duas grandes avenidas. É cercado por um muro de sessenta centímetros de altura, construído a seis metros de distância dos edifícios. Obtive permissão de sua majestade para passar por cima do muro e, sendo o espaço bastante amplo entre este e o palácio, pude vislumbrá-lo facilmente de todos os lados. A ala externa forma um quadrilátero de doze metros e inclui duas outras alas; no meio de tudo ficam os aposentos reais, que eu ansiava por ver, mas cuja visão era extremamente difícil, pois os grandes portões, que separavam um quadrado do outro, tinham quarenta e cinco centímetros de altura e dezoito de largura. Já os edifícios da ala externa tinham, pelo menos, um metro e meio de altura, e era impossível, para mim, passar por cima deles sem causar danos imensos, embora as sólidas paredes fossem construídas de pedra talhada com dez centímetros de espessura. Ao mesmo tempo, o imperador manifestava grande desejo de que eu contemplasse o esplendor de seu palácio, mas isso só consegui fazer três dias mais tarde, depois de ter cortado com minha faca algumas das árvores mais frondosas do parque real, localizado a cerca de cem metros da cidade. Com a madeira dessas árvores, fabriquei duas banquetas, cada uma com noventa centímetros de altura, e ambas capazes de suportar meu peso. Depois que as pessoas foram alertadas uma segunda vez, segui novamente até o palácio, levando nas mãos as duas banquetas. Quando cheguei diante da ala externa, fiquei de pé sobre uma delas e, com uma das mãos, segurei a outra; esta eu suspendi por cima do telhado e, delicadamente, posicionei-a entre a primeira e a segunda ala, onde havia um espaço de dois metros e meio de largura. Em seguida, passei por cima dos edifícios, de uma banqueta para outra, de maneira muito conveniente, e depois icei a primeira banqueta valendo-me de um bastão dotado de um

35. Consta que fosse essa a população de Londres em 1700.

gancho. Com tal artifício, entrei na ala mais central e, deitado de lado, aproximei o rosto das janelas dos andares intermediários, deixadas abertas de propósito, e contemplei os aposentos mais magníficos que podem ser imaginados. Ali avistei a imperatriz e os jovens príncipes, em diversos alojamentos, cercados por seus principais servidores. Sua majestade, a imperatriz, teve a bondade de sorrir muito graciosamente para mim, e estendeu-me a mão através de uma janela para que eu a beijasse.

Mas não anteciparei ao leitor mais descrições desse tipo, pois as reservo a um trabalho maior, que está quase pronto para ser encaminhado ao prelo, contendo uma descrição geral do Império, desde sua criação e passando pela extensa sequência de príncipes, incluindo um relato especial acerca de guerras e políticas, leis, formação educacional e religião, bem como sobre plantas e animais, hábitos e costumes peculiares, além de outros assuntos bastante curiosos e úteis. No momento, meu objetivo é discorrer apenas sobre eventos e interações envolvendo o povo, ou minha própria pessoa, durante uma permanência de cerca de nove meses naquele Império.

Certa manhã, mais ou menos quinze dias depois de ter obtido minha liberdade, Reldresal, o primeiro-secretário para assuntos privados (conforme era denominado), veio à minha casa acompanhado apenas por um criado. Ordenou que sua carruagem aguardasse a distância e pediu-me uma hora de audiência, ao que prontamente consenti, devido a sua importância e méritos pessoais, sem falar nos muitos préstimos com que me beneficiara na ocasião das minhas solicitações à corte. Ofereci-me para ficar deitado, de maneira que ele pudesse se aproximar mais do meu ouvido, mas ele preferiu deixar-me segurá-lo em minhas mãos durante a conversa. Iniciou enaltecendo minha liberdade, disse que não negaria ter algum mérito pessoal no processo, mas acrescentou, no entanto, que se não fosse pelo estado atual das coisas na corte, talvez eu não tivesse obtido minha libertação tão cedo. Pois, disse ele, por mais afortunada que nossa condição pareça aos estrangeiros, estamos diante de dois poderosos males: um violento embate interno e um risco de invasão, por parte de um inimigo bastante poderoso, vindo do exterior. Quanto ao primeiro, é preciso entender que há mais de setenta luas lutam entre si no Império dois partidos políticos, sob os nomes de Tramecksan e Slamecksan,[36] palavras que indicam os saltos altos e baixos dos sapatos usados pelas respectivas facções, pelos quais se distinguem. É alegado, na verdade, que os saltos altos são mais simpáticos à nossa antiga Constituição; porém, por mais que isso seja um fato, sua majestade resolveu empregar apenas saltos baixos na administração do governo e em todos os cargos relativos à Coroa, como não se pode deixar de observar; é possível constatar também que os saltos imperiais de sua majestade são pelo menos um *Drurr* mais baixos do que qualquer outro salto usado em sua corte (*Drurr* é uma medida usada por eles, que corresponde a cerca de quatro milímetros). A animosidade entre os dois partidos é tamanha que eles não comem juntos, não bebem juntos e não se falam. Calculamos que os Tramecksan, ou saltos altos, superem-nos em número, mas o poder está do nosso lado. Supomos que sua alteza imperial, o herdeiro da coroa,[37] tenha alguma preferência pelos saltos altos; pelo menos, constatamos claramente que um de seus saltos é mais alto do que o outro, o que o faz coxear. Agora, no meio dessa inquietação interna, estamos à mercê de uma invasão por parte da ilha de Blefuscu, o outro grande Império do universo, quase tão vasto e poderoso quanto o de sua majestade. Pois, julgando pelo que ouvimos o senhor afirmar, que existem outros reinos e Estados no mundo habitados por criaturas humanas do seu porte, nossos filósofos têm muitas dúvidas e preferem inferir que o senhor caiu da Lua, ou de alguma estrela, porque é certo que uma centena de mortais do seu porte haveria de acabar, em pouco tempo, com todos os frutos e todo o gado dos domínios de sua majestade. Além disso, nossas histórias de seis mil luas não fazem qualquer menção a outras regiões, exceto os dois grandes Impérios de Lilliput e Blefuscu, duas potências que, conforme pretendo relatar-lhe, estão envolvidas em uma guerra ferrenha há trinta e seis

---

36. Na alegoria política, os partidos Tory e Whig, associados respectivamente à alta Igreja (anglicana mais próxima do catolicismo) e à baixa Igreja (anglicana mais próxima do protestantismo).

37. Referência ao príncipe de Gales, futuro Jorge II.

luas. A escaramuça começou pelo seguinte motivo: é consenso que, antes de se comer um ovo, deve-se quebrá-lo na extremidade inferior; porém, aconteceu que o avô de sua majestade atual, quando menino, desejoso de comer um ovo, ao quebrá-lo de acordo com a prática antiga, cortou um dedo. Por conseguinte, o imperador, pai do menino, baixou um decreto ordenando a todos os súditos, sob graves penas, que passassem a quebrar a extremidade superior dos ovos. O povo ressentiu-se tanto dessa lei que nossas histórias relatam a ocorrência de seis rebeliões, em consequência das quais um imperador perdeu a vida e outro a coroa.[38] Essas comoções civis foram constantemente fomentadas pelos monarcas de Blefuscu, e quando eram reprimidas os exilados sempre buscavam refúgio no Império rival. Calculamos que onze mil pessoas, em diversas ocasiões, preferiram morrer a se submeterem a quebrar ovos na extremidade superior. Centenas de livros volumosos foram publicados sobre tal controvérsia, sendo que as obras de autoria dos Defensores da Extremidade Inferior[39] foram proscritas durante muito tempo, e o respectivo partido impedido, por lei, de ocupar cargos.[40] No decorrer dessas desavenças, os imperadores de Blefuscu pronunciaram-se, frequentemente, por intermédio de seus embaixadores, acusando-nos de promover uma cisão na religião e de ofender uma doutrina fundamental do nosso insigne profeta Lustrog, conforme estipulada no quinquagésimo quarto capítulo do *Blundecral* (que seria o *Alcorão* deles). Tal imputação, no entanto, é considerada uma deturpação do texto, pois as palavras são as seguintes: "Todos os verdadeiros crentes devem quebrar ovos na extremidade conveniente". E a decisão quanto à extremidade conveniente, na minha humilde opinião, deve caber à consciência de cada homem, ou, ao menos, ficar a cargo de um primeiro-magistrado. Agora, os exilados Defensores da Extremidade Inferior têm sido contemplados com tantos privilégios na corte do imperador

38. Referências a Carlos I, executado em 1649, e Jaime II, deposto em 1688.
39. Na alegoria política, os Defensores da Extremidade Inferior correspondem aos católicos, e os Defensores da Extremidade Superior, aos protestantes.
40. Referência ao Ato de Prova, que impedia católicos e dissidentes protestantes de ocupar cargos a menos que aceitassem o sacramento anglicano.

de Blefuscu, e com tanto apoio secreto e incentivo ao seu partido aqui em Lilliput, que uma guerra sangrenta vem sendo travada entre os dois impérios há trinta e seis luas, com alternância de sucesso; nesse tempo, perdemos quarenta navios de guerra e um número muito mais elevado de embarcações menores, além de trinta mil dos nossos melhores marinheiros e soldados, e os danos sofridos pelo inimigo são considerados um pouco maiores do que os nossos. Entretanto, eles agora equiparam uma frota grandiosa e preparam-se para nos atacar, e sua majestade imperial, depositando grande confiança na sua bravura e força física, ordenou-me que apresentasse esse relato de assuntos imperiais ao senhor.

Pedi ao secretário que apresentasse meus humildes préstimos ao imperador e lhe dissesse que, embora eu acreditasse que não me coubesse, na condição de estrangeiro, interferir em questões partidárias, estava disposto a arriscar a vida para defender sua pessoa e seu Estado contra todo e qualquer invasor.

5

O autor, por meio de um estratagema extraordinário, impede uma invasão. Um augusto título honorífico lhe é outorgado. Embaixadores enviados pelo imperador de Blefuscu chegam e solicitam uma trégua. Um incêndio acidental ocorre nos aposentos da imperatriz. O autor age de modo crucial para salvar o que restou do palácio

O Império de Blefuscu é uma ilha situada a nor-nordeste de Lilliput, de cuja região é separado apenas por um canal de oitocentos metros de largura. Eu ainda não tinha visto o local e, diante do alerta da invasão planejada, evitei aparecer naquele lado da costa com receio de ser descoberto por alguns navios do inimigo, que nada sabia sobre a minha existência, pois todas as comunicações entre os dois impérios estavam estritamente proibidas durante a guerra sob pena de morte e havia um embargo imposto por nosso imperador a navios de todos os tipos. Comuniquei a sua majestade uma ideia que eu havia formulado, no intuito de apreender a totalidade da esquadra inimiga, a qual, conforme nossos olheiros garantiam, estava ancorada no porto, pronta para zarpar com o primeiro vento favorável. Consultei os marinheiros mais experientes sobre a profundidade do canal, que eles muitas vezes haviam sondado, e disseram-me que no meio, na maré alta, era de setenta *Glumgluffs*, ou seja, mais ou menos um metro e oitenta centímetros, em medida europeia; quanto ao restante, não passava de cinquenta *Glumgluffs*. Caminhei até o litoral nordeste diante de Blefuscu, onde, deitado atrás de uma colina, retirei minha luneta de bolso e visualizei a frota inimiga ancorada, composta de cerca de cinquenta navios de guerra e um elevado número de embarcações de transporte; em seguida, voltei e dei ordens (eu contava com um mandado para tal) de que me trouxessem um cabo de grande extensão e resistência, bem como barras de ferro. O cabo era quase tão espesso quanto um bom barbante de fazer embrulho, e as barras tinham o comprimento de uma agulha de tricô. Trancei o cabo triplamente e, também à guisa de reforço, torci as barras de ferro, de três em três, dobrando as extremidades em formato de gancho. Então, depois de assim fixar cinquenta ganchos a um número igual de cabos, voltei ao litoral nordeste; em seguida, tirei o casaco, os sapatos e as meias e entrei no mar, usando meu colete de couro, cerca de meia hora antes da maré alta. Avancei o mais rápido que pude e nadei, no meio do canal, cerca de trinta metros até sentir que o fundo dava pé; cheguei à esquadra em menos de meia hora. Os inimigos ficaram tão assustados quando me viram que pularam dos navios e nadaram até a costa, onde havia nada menos do que trinta mil almas. Então peguei os cabos e, fixando um gancho na abertura situada à proa de cada embarcação, amarrei todas as respectivas pontas. Enquanto eu assim me ocupava, o inimigo descarregou milhares de flechas, muitas das quais me atingiram nas mãos e no rosto, e, além de causarem forte ardência, muito atrapalharam meu trabalho. Minha maior preocupação era com meus olhos, que teriam, decerto, sido vazados se não tivesse logo pensado em um expediente. Eu guardava, entre outras pequenas necessidades, um par de óculos em um bolsinho secreto, que, conforme já comentei, havia escapado da revista feita pelos agentes do imperador. Peguei os óculos e fixei-os sobre o nariz, tão firme quanto possível; assim armado, prossegui bravamente com o trabalho, apesar das flechadas do inimigo, muitas das quais atingiram as lentes mas sem produzir qualquer outro efeito além de entortá-las um pouco. Depois de fixar todos os ganchos, agarrei as pontas das amarras e comecei a puxar, mas nenhum navio se moveu, pois estavam todos firmemente presos por suas âncoras, de modo que a parte mais ousada do meu plano não podia ser levada a termo. Então soltei os cabos, e deixando os ganchos fixados aos navios cortei, sem hesitação, com minha faca as amarras tesas que prendiam as âncoras, o que fez com que fosse alvejado por cerca de duzentos petardos no rosto e nas mãos; depois, peguei a ponta atada dos cabos aos quais os ganchos estavam amarrados e, com grande facilidade, arrastei atrás de mim cinquenta dos maiores navios de guerra do inimigo.

Em um primeiro momento, os habitantes de Blefuscu, que não tinham a menor ideia das minhas intenções, ficaram confusos e espantados. Tinham me visto cortar os cabos e pensaram que meu objetivo fosse apenas deixar os navios à deriva ou se chocar uns contra os outros; mas quando perceberam que toda a esquadra se movia uniformemente e viram-me puxando os cabos, a gritaria de tristeza e desespero foi tamanha que é quase impossível descrevê-la ou imaginá-la. Ao me ver fora do alcance deles, parei um instante, a fim de arrancar as flechas que pendiam das minhas mãos e do rosto, e esfreguei um pouco do mesmo bálsamo que me havia sido dado quando cheguei em Lilliput, conforme já pude mencionar. Em seguida, tirei os óculos e, depois de aguardar cerca de uma hora, até que a maré baixasse um pouco, cruzei pelo meio do canal com minha carga e cheguei são e salvo ao porto real de Lilliput.

O imperador e toda a sua corte estavam à beira-mar, esperando o desfecho daquela grande aventura. Viram os navios avançando, em formato de uma vasta meia-lua, mas não me enxergaram, pois eu estava imerso até o peito. Quando alcancei o meio do canal, a apreensão geral aumentou, porque o nível da água chegou ao meu pescoço. O imperador concluiu que eu me afogara e que a frota inimiga se aproximava de forma hostil; no entanto, tal receio foi logo afastado, pois, visto que o canal se tornava mais raso a cada passo que eu dava, consegui alcançar um ponto de onde podia ser ouvido; então, segurando a extremidade do cabo pelo qual a frota estava presa, bradei:

"Viva o poderosíssimo imperador de Lilliput!".

O eminente príncipe recebeu-me em terra com todos os louvores possíveis e, ali mesmo, instituiu-me *Nardac*, que é o título honorífico mais elevado do país.

Sua majestade desejava que eu me valesse de outra oportunidade para trazer aos seus portos os demais navios do inimigo. E a ambição dos príncipes é tão incomensurável que ele pensava em nada menos do que reduzir todo o Império de Blefuscu a uma província, e em governá-la por meio de um vice-rei; em aniquilar os exilados Defensores da Extremidade Inferior e obrigar a população a quebrar ovos na extremidade superior, para que ele pudesse então se tornar o único monarca do mundo. Mas consegui desviá-lo desse desígnio, recorrendo a diversos argumentos extraídos de tópicos relacionados à política e à justiça, e protestei, claramente, que jamais serviria de instrumento para levar um povo livre e corajoso à escravidão. Quando o assunto foi debatido em conselho, os ministros mais sábios concordaram comigo.

Essa minha declaração aberta e ousada era tão contrária aos esquemas e políticas de sua majestade imperial que ele jamais haveria de me perdoar. Ele mencionou a questão, com grande habilidade, no conselho, e fui informado de que alguns dos membros mais lúcidos pareciam, pelo menos a julgar por seu silêncio, ser da minha opinião; outros, porém, meus inimigos ocultos, não se abstiveram de fazer certas afirmações que indiretamente me afetavam. E a partir daquele momento teve início uma intriga entre sua majestade e uma junta de ministros maldosamente inclinados contra mim, que eclodiu em menos de dois meses e quase acarretou minha total destruição. Têm pouquíssimo peso os maiores serviços prestados a príncipes quando contrabalançados com qualquer recusa de satisfazer seus caprichos.

Cerca de três semanas após essa aventura, chegou de Blefuscu uma missão diplomática solene, trazendo humildes ofertas de paz, que logo foi firmada em condições bastante vantajosas para nosso imperador, de cujos detalhes pouparei o leitor. Eram seis embaixadores com uma comitiva de cerca de quinhentas pessoas, e sua entrada na corte foi magnífica, condizente com a grandiosidade do governante de Blefuscu e a importância da pauta a ser discutida. Quando o tratado foi concluído, ao qual pude fazer várias contribuições magnânimas em virtude do crédito que agora tinha, ou ao menos parecia ter, junto à corte, suas excelências, os embaixadores, a quem foi informado secretamente quanto eu tinha sido útil à sua causa, fizeram-me uma visita formal. Começaram tecendo elogios à minha bravura e generosidade, convidaram-me a visitar o reino em nome do imperador seu governante e pediram-me que lhes demonstrasse algumas provas de minha força prodigiosa, sobre a qual tinham ouvido tantas maravilhas; prontamente, atendi aos pedidos, mas não incomodarei o leitor com os pormenores.

Depois de ter durante algum tempo entretido suas excelências, que se mostraram infinitamente satisfeitos e espantados, pedi-lhes que me concedessem a honra de apresentar meus mais humildes respeitos ao imperador, seu governante, cuja fama de virtudes havia tão justamente enchido o mundo inteiro de admiração e cuja pessoa real eu gostaria de conhecer antes de regressar ao meu país. Assim, na próxima vez que tive a honra de ver nosso imperador solicitei sua autorização para visitar o monarca de Blefuscu, que ele se aprouve em conceder, de forma muito fria, conforme pude notar, embora não pudesse adivinhar a razão, até que alguém me sussurrou que Flimnap e Bolgolam haviam descrito minha interação com tais embaixadores como sinal de desafeto, do que tenho certeza que meu coração estava totalmente isento. E foi então que, pela primeira vez, comecei a conceber ideias negativas acerca de cortes e ministros.

Cumpre observar que os embaixadores falavam comigo por meio de um intérprete, sendo as línguas de ambos os impérios diferentes entre si, tanto quanto quaisquer outras na Europa, cada nação orgulhando-se da ancestralidade, beleza e energia do próprio idioma e declarando desprezo pelo do vizinho; no entanto, nosso imperador, valendo-se da vantagem obtida pela captura da esquadra inimiga, obrigou os embaixadores a apresentar as credenciais e a fazer a preleção em lilliputiano. E cabe confessar que, por conta da intensa relação de comércio entre os dois reinos, da contínua e mútua acolhida de exilados, do costume em ambos os impérios de intercambiar a jovem nobreza e a classe abastada a fim de adquirirem cultura conhecendo o mundo e aumentando sua compreensão de outros seres humanos e outros hábitos, há poucas pessoas de distinção, ou comerciantes, ou marinheiros, incapazes de se comunicar em ambas as línguas. Isso pude constatar algumas semanas depois, quando fui prestar minha homenagem ao imperador de Blefuscu, uma visita que, no contexto de grandes infortúnios, por conta da maldade de meus inimigos, provou ser uma aventura muito feliz para mim, conforme relatarei no devido momento.

O leitor deve recordar que, quando subscrevi aquelas regras sob as quais recuperei minha liberdade, algumas me desagradavam por serem demasiado servis, e só mesmo minha necessidade extrema fez com que me submetesse. Mas sendo eu agora um *Nardac*, do mais elevado escalão naquele império, tarefas subservientes eram vistas como abaixo da minha dignidade, e o imperador (para fazer-lhe justiça) nunca as mencionou. No entanto, não demorou muito para que eu tivesse uma oportunidade de prestar a sua majestade, pelo menos como eu pensava então, um serviço de extrema importância. Certa vez, assustei-me à meia-noite com os gritos de centenas de pessoas à minha porta e, ao ser acordado de repente, fiquei apavorado. Ouvi a palavra *Burglum* ser repetida incessantemente. Vários membros da corte do imperador, acotovelando-se por entre a multidão, imploraram-me para ir imediatamente até o palácio, onde os aposentos da imperatriz estavam em chamas por descuido de uma dama de honra que adormecera enquanto lia um romance. Levantei-me prontamente e, graças às ordens expedidas para que as pessoas abrissem caminho diante de mim e à noite enluarada, consegui chegar ao palácio sem pisar em ninguém. Constatei que escadas já haviam sido instaladas nas paredes dos aposentos e que a provisão de baldes era adequada, mas a água ficava distante. Os baldes eram do tamanho de grandes dedais, e as pessoas, desesperadas, passavam-me os recipientes o mais rápido que podiam; porém, o incêndio era tão violento que o efeito era ínfimo. Eu poderia, sem dificuldade, ter abafado o fogo com meu casaco, mas infelizmente, na pressa, o tinha deixado para trás e trajava apenas meu colete de couro. A situação parecia deveras desesperadora e deplorável, e o magnífico palácio teria ardido até o solo se, por presença de espírito, algo incomum para mim, eu não tivesse pensado em uma solução. Na noite anterior, eu havia bebido grande quantidade de um vinho delicioso chamado *Glimigrim* (em Blefuscu ele é conhecido como *Flunec*, mas o nosso é considerado melhor), que é bastante diurético. Pela maior sorte do mundo, não tinha excretado nada do vinho. O calor que senti ao me aproximar das chamas e ao me agitar para apagá-las logo transformou o vinho em urina, que expeli em tal quantidade, e direcionei tão bem aos locais apropriados, que em três minutos o fogo foi totalmente extinto, e o restante daquele nobre imóvel, cuja construção demorou tantas eras, foi preservado da destruição.

O dia amanheceu e voltei à minha casa sem esperar para me congratular com o imperador, pois, embora eu tivesse prestado um serviço por demais importante, não sabia se sua majestade se ressentiria da maneira como o trabalho fora realizado, visto que, de acordo com a Constituição do reino, é crime, para qualquer indivíduo, a despeito do nível hierárquico, urinar nas dependências do palácio. Mas fui tranquilizado por uma mensagem de sua majestade dizendo que daria ordens à Suprema Corte para que me fosse concedido um indulto formal, o que, no entanto, foi negado. E, em sigilo, asseguraram-me que a imperatriz, absolutamente enojada com o que eu havia feito,[41] mudara-se para a ala mais distante da corte, tendo decidido, irrevogavelmente, que aqueles edifícios jamais fossem restaurados para seu uso; além disso, na presença dos principais confidentes, ela afirmou que jamais deixaria de se vingar.

41. Na alegoria política, consta que haja aqui uma referência à rainha Ana, que havia se horrorizado com a vulgaridade contida em *A Tale of a Tub*. Na ocasião, Swift a chamara de "monarca pudica".

6

Sobre os habitantes de Lilliput, seus saberes, suas leis e seus costumes, a educação infantil. O modo de vida do autor no país. Como ele defende uma grande dama

Embora eu pretenda reservar a descrição do Império para um escrito específico, nesse ínterim muito me apraz gratificar o leitor curioso com algumas ideias gerais. Assim como a estatura média dos nativos é de cerca de quinze centímetros, existe uma proporção exata quanto às dimensões de todos os outros animais, bem como das plantas e árvores. Por exemplo, os cavalos e bois mais altos têm de dez a doze centímetros de altura; as ovelhas, quatro centímetros, mais ou menos; os gansos são do tamanho de um pardal, e assim as gradações diminuem, até chegar às menores criaturas e objetos, que para mim eram quase invisíveis. No entanto, a natureza adaptou a visão dos lilliputianos de acordo com as dimensões dos itens; eles enxergam com grande exatidão, mas não a grandes distâncias. E para ilustrar a capacidade de sua visão em relação a objetos que estão próximos, posso dizer que me contentei em observar um cozinheiro depenando uma cotovia que era menor do que uma mosca comum; e vi uma menina enfiando um fio de seda invisível no buraco de uma agulha invisível. As árvores mais altas têm cerca de dois metros de altura; refiro-me a algumas das que existem no grande parque real, cujas copas eu mal conseguia alcançar com o punho cerrado. As outras plantas são devidamente proporcionais, mas deixo isso para a imaginação do leitor.

Direi pouco, por enquanto, sobre seus saberes, que ao longo de muitas eras floresceram em todos os campos, mas seu modo de escrever é muito peculiar, não sendo nem da esquerda para a direita, como os europeus, nem da direita para a esquerda, como os árabes, nem de cima para baixo, como os chineses, nem de baixo para cima, como os cascagianos,[42] mas enviesado, de um canto do papel para o outro, como fazem as senhoras na Inglaterra.

Enterram os mortos de cabeça para baixo porque creem que, depois de onze mil luas, todos haverão de ressuscitar, e nesse ínterim a Terra (que eles concebem como plana) terá virado de ponta-cabeça e, portanto, no momento da ressurreição todos estarão de pé. Os mais cultos confessam o absurdo dessa doutrina, mas a prática prossegue em conformidade com os incultos.

Algumas leis e práticas do império são um tanto esquisitas, e se não fossem tão diretamente contrárias às do meu querido país eu seria tentado a dizer algo a título de justificativa. Quisera apenas fossem bem aplicadas. A primeira que mencionarei diz respeito aos delatores. Todos os crimes contra o Estado são punidos com a maior severidade; mas se o acusado comprovar sua inocência no julgamento, o denunciante é logo condenado a uma morte degradante e dos seus bens ou terras o inocente é recompensado quatro vezes, pela perda de tempo, pelos riscos corridos, pelas agruras do cárcere e por todas as despesas relativas à sua defesa; e caso não haja recursos suficientes, o valor é suplementado pela Coroa. Além disso, o imperador confere ao inocente alguma marca pública de seu favor, e a proclamação da inocência é feita em toda a cidade.

Eles consideram a fraude crime maior do que o roubo e, portanto, raramente deixam de puni-la com a morte, pois alegam que o zelo e a vigilância podem, com relativa facilidade, preservar os bens de um homem contra ladrões mas a honestidade não tem defesa contra a esperteza da falcatrua; consideram também que, sendo indispensável haver interações constantes de compra e venda e de negociações a crédito nas quais a fraude é permitida e até conivente ou não há lei para puni-la, o comerciante honesto é sempre prejudicado e o pilantra leva vantagem.

---

42. Consta que o adjetivo "cascagiano" seja invenção de Swift, talvez se referindo a uma região correspondente hoje ao País Basco.

Lembro-me de uma ocasião em que intercedi junto ao imperador em prol de um criminoso que havia fraudado o patrão e se apropriado de uma vultosa soma de dinheiro recebida com a devida autorização, mas com a qual fugira; e lembro-me que disse a sua majestade, como atenuante, que se tratava apenas de uma quebra de confiança; o imperador achou monstruoso da minha parte oferecer como defesa o maior agravante do crime. Na verdade, eu tinha pouco a dizer em resposta além do clichê de que nações diferentes têm costumes diferentes, pois, confesso, fiquei deveras envergonhado.

Embora costumemos identificar recompensa e penalidade como as duas bases sobre as quais todos governos se estruturam, jamais vi essa máxima posta em prática por qualquer nação exceto em Lilliput. Quem ali puder produzir provas suficientes de que cumpriu estritamente as leis do país durante setenta e três luas tem direito a certos privilégios, de acordo com sua importância e condição social, e recebe uma quantia proporcional, com recursos pagos por um fundo designado a tal finalidade; além disso, a pessoa obtém o título de *Snilpall*, ou Legal, que é acrescentado ao seu nome mas não pode ser transmitido a sua posteridade. E tais indivíduos acharam que se tratava de um defeito grave das nossas políticas quando eu lhes disse que nossas leis eram fiscalizadas apenas por meio de penalidades, sem qualquer menção a recompensas. É por esse motivo que a imagem da Justiça em seus tribunais é representada com seis olhos, sendo dois na frente, dois atrás e um de cada lado, para significar circunspecção, e com um saco de ouro aberto, na mão direita, e uma espada embainhada, na esquerda, para demonstrar maior disposição a recompensar do que a punir.

Ao selecionarem pessoas para todos os cargos, eles levam mais em conta as qualidades morais do que as grandes habilidades, pois, sendo o governo necessário à humanidade, acreditam que a capacidade média do entendimento humano basta para o desempenho de qualquer função, e que a Providência jamais pretendeu fazer da gestão dos assuntos públicos um mistério a ser compreendido apenas por algumas pessoas dotadas de genialidade sublime, das quais raramente nascem três na mesma era; antes, eles supõem que a verdade, a justiça, a temperança e valores afins estejam ao alcance de todo ser humano, e que a prática de tais virtudes, aliada à experiência e às boas intenções, qualifica qualquer homem para servir a seu país, exceto quando conhecimentos específicos são necessários. Entendem, porém, que a carência de virtudes morais fica muito longe de ser suprida por dotes intelectuais superiores, e que cargos jamais devem ser deixados em mãos tão perigosas como as de pessoas assim qualificadas; e que, pelo menos, os erros que um caráter virtuoso comete por ignorância nunca resultam em consequências tão fatais para o bem comum como as práticas de um indivíduo cujas inclinações levaram-no a ser corrupto, e que possui grandes habilidades para administrar, multiplicar e defender sua corrupção.

Da mesma forma, a descrença na Divina Providência impossibilita qualquer homem de ocupar um cargo público, pois, uma vez que os reis se autodeclaram representantes da Providência, os lilliputianos acham que nada pode ser mais absurdo do que um príncipe empregar homens que renegam a autoridade sob a qual ele rege.

Ao discorrer sobre essas leis e as que vêm a seguir, refiro-me exclusivamente às instituições originais, e não às corrupções mais escandalosas em que tais indivíduos caíram por conta da natureza degenerada do homem. Digo isso porque o leitor precisa considerar que as práticas infames para se obter cargos importantes dançando em cordas bambas ou privilégios e distinção saltando sobre varas, ou sob elas rastejando, foram introduzidas pelo avô do imperador agora reinante, crescendo até o auge atual como resultado do incremento gradativo de partidos e facções.

A ingratidão é tida pelos lilliputianos como crime capital, conforme nossas leituras apontam ser o caso em outros países; eles raciocinam que uma pessoa que faz mal ao seu benfeitor há de ser um inimigo comum do restante da humanidade, da qual não recebeu favor nenhum e, portanto, creem que tal pessoa não mereça viver.

Suas noções relativas aos deveres de pais e filhos diferem radicalmente das nossas. Considerando que a conjunção de macho e fêmea, no intuito de propagar e continuar a espécie, é fundamentada na grande lei da natureza, os lilliputianos entendem que homens e mulheres unem-se assim como outros animais, movidos por volúpia, e que seu afeto para com os filhotes decorre de princípio natural semelhante, motivo pelo qual jamais aceitam que uma criança tenha qualquer obrigação para com seu pai por gerá-lo, ou para com sua mãe por trazê-lo ao mundo; entendem também que o nascimento, a julgar pelas vicissitudes da vida humana, não constitui nenhum benefício em si mesmo e que tampouco foi visado pelos pais, cujos pensamentos, em seus encontros carnais, estavam voltados para outro sentido. Com base nesse raciocínio e outros similares, a opinião é que os pais são os menos indicados a se encarregarem da formação educacional dos próprios filhos e, por isso, há creches públicas em cada cidade, para onde todos os pais e mães, exceto aldeãos e camponeses, são obrigados a enviar os filhos de ambos os sexos para serem criados e educados quando chegam à idade de vinte luas, época em que se supõe que tenham adquirido rudimentos de docilidade. Essas instituições escolares são de vários tipos, adequadas a diferentes temperamentos. Contam com professores capacitados a preparar as crianças para uma condição de vida condizente com a posição social dos pais, e com suas próprias habilidades e aptidões. Primeiro, discorrerei sobre as creches masculinas, e depois sobre as femininas.

As creches para meninos de berço nobre ou ilustre são dotadas de professores circunspectos e eruditos e vários ajudantes. As roupas e a alimentação dos meninos são simples e singelas. Eles são educados segundo princípios de honra, justiça, bravura, modéstia, clemência, religião e amor a seu país; estão sempre ocupados, exceto nos momentos de comer e dormir, que são bastante breves, e nas duas horas dedicadas a diversões, que consistem em exercícios físicos. Até completarem a idade de quatro anos, são vestidos por atendentes do sexo masculino e depois são obrigados a se vestir sozinhos, por mais elevado que seja seu nível social; as mulheres atendentes, com idade proporcional às nossas cinquentonas, desempenham apenas tarefas domésticas. Os meninos não são autorizados a conversar com os criados, e seguem juntos, em menor ou maior número, para seus divertimentos, sempre na presença de um professor ou de um de seus assistentes, evitando assim aquelas primeiras ideias tolas ou maldosas às quais nossos filhos estão sujeitos. Os pais têm permissão para vê-los apenas duas vezes por ano; a visita não pode durar mais do que uma hora. Eles podem beijar a criança, na chegada e na despedida, mas um professor sempre a postos em tais ocasiões não permite que cochichem ou usem qualquer expressão de carinho ou tragam presentes em forma de brinquedos, guloseimas e similares.

Caso o pagamento devido pela educação e diversão de uma criança não seja efetuado por sua família, a cobrança é realizada por funcionários do imperador.

As creches para filhos de cavalheiros comuns, mercadores, comerciantes e artesãos, guardadas as devidas proporções, são administradas da mesma forma; a diferença é que as crianças destinadas a trabalharem em ofícios são dispensadas aos sete anos de idade, na condição de aprendizes, ao passo que a prole de pessoas ilustres continua em formação até completar quinze anos, o que corresponde aos nossos vinte e um, sendo que o confinamento é gradualmente reduzido nos últimos três anos.

Nas creches femininas, as filhas provenientes de famílias ilustres são educadas à semelhança dos meninos, sendo vestidas por serviçais do sexo feminino, mas sempre na presença de um professor ou assistente, até que possam fazê-lo sozinhas, o que acontece aos cinco anos de idade. E se ficar constatado que essas serviçais, em alguma ocasião, pretenderam entreter as meninas com histórias assustadoras ou tolas, ou com as bobagens comumente praticadas por camareiras no nosso meio, são chicoteadas publicamente três vezes nas ruas da cidade, detidas por um ano e banidas pelo resto da vida para as regiões mais remotas do país. Assim, as mocinhas crescem com tanta vergonha de serem covardes e fúteis quanto os rapazes, e desprezam todo e qualquer ornamento pessoal que vá além da decência e do asseio; tampouco percebi qualquer disparidade em sua formação educacional por conta da diferença de sexo; notei apenas que os exercícios físicos destinados às jovens não eram tão vigorosos, e algumas regras eram-lhes instituídas acerca da vida doméstica, e um escopo menor de aprendizagem lhes era designado, pois a máxima é que, entre pessoas de distinção, a esposa deve ser sempre uma companheira razoável e agradável, visto que não pode ser eternamente jovem. Quando as meninas completam doze anos, que para eles é a idade propícia para o casamento, os pais ou tutores levam-nas para casa, com grandes expressões de gratidão aos professores, e invariavelmente com lágrimas da jovem e de suas companheiras.

Nas creches para meninas de famílias humildes, as crianças são instruídas em todos os tipos de trabalhos adequados ao seu sexo e a seus diferentes níveis sociais; as destinadas a serem aprendizes são dispensadas aos sete anos de idade, e as demais são mantidas até os onze.

As famílias menos abastadas que têm filhos nessas creches são obrigadas, além do pagamento anual, cujo valor é o mais baixo possível, a entregar mensalmente ao administrador da instituição uma pequena parcela de seus ganhos, quantia essa a ser alocada para a criança; portanto, todos os pais têm suas despesas limitadas pela lei. Para os lilliputianos nada pode ser mais injusto do que as pessoas, com o propósito de satisfazerem seus próprios apetites, trazerem filhos ao mundo e deixarem para o público o encargo de sustentá-los. Quanto às pessoas ilustres, elas cuidam para garantir uma certa quantia visando ao provento de cada criança, sempre condizente com sua condição social, e tais recursos são geridos com prudência e a mais rigorosa justiça.

Os aldeãos e os camponeses mantêm seus filhos em casa, visto que sua atividade se restringe a lavrar e cultivar a terra, e, portanto, sua formação educacional é de pouca importância para o bem comum; no entanto, entre eles, os velhos e doentes são amparados em asilos, pois a mendicância é ofício desconhecido naquele império.

E talvez seja agora do agrado do leitor curioso obter algum conhecimento da minha rotina doméstica e do meu modo de vida no país durante uma residência de nove meses e treze dias. Tendo aptidão mecânica, e sendo também forçado pela necessidade, fabriquei para mim uma mesa e uma cadeira bastante úteis, valendo-me das árvores mais frondosas do parque real. Duzentas costureiras foram encarregadas de me fazer camisas, bem como roupa de cama e mesa, tudo com o tecido mais resistente e grosso que pudessem conseguir, e ainda tiveram que coser em várias camadas, pois o pano mais grosso era mais fino do que cambraia. O linho por eles fabricado tem sete centímetros de largura, e pouco mais de noventa centímetros perfazem uma peça. As costureiras tomaram minhas medidas deitado no chão, uma de pé no meu pescoço e outra no meio da perna, estendendo uma corda resistente, cada uma segurando uma ponta, enquanto uma terceira media o comprimento da corda com uma régua de três centímetros. Depois, mediram meu polegar direito e não precisaram tomar outras medidas, pois por um cálculo matemático, segundo o qual duas voltas em torno do polegar correspondem à medida do pulso, e assim proporcionalmente em relação às medidas do pescoço e da cintura, e com base na minha camisa velha, que estirei no chão para servir de molde, elas chegaram às minhas medidas exatas. Trezentos alfaiates foram empregados da mesma maneira, para me confeccionar trajes, mas eles dispunham de outra estratégia para tomar minhas medidas. Ajoelhei-me, e uma escada foi fixada no chão até meu pescoço; um deles subiu e deixou cair um fio de prumo, do meu colarinho até o solo, o que correspondia ao comprimento do meu casaco; a cintura e os braços eu mesmo medi. Quando minhas roupas ficaram prontas, trabalho que foi realizado na minha casa (pois os trajes não caberiam nem nos maiores estabelecimentos dos alfaiates), assemelhavam-se às colchas de retalho feitas pelas senhoras na Inglaterra, com a diferença que todos os retalhos eram da mesma cor.

Eu contava com trezentos cozinheiros para cuidar da minha alimentação, alojados com suas famílias em pequenas cabanas construídas em volta da minha casa, e cada um me preparava dois pratos. Eu costumava pegar vinte copeiros na mão e os dispunha sobre a mesa; outros cem trabalhavam no chão, alguns carregando travessas de carne, outros levando nos ombros barris de vinho e demais bebidas. Atendendo aos meus pedidos, os copeiros que estavam em cima da mesa içavam tudo, de um jeito bastante criativo, por meio de cordames, como puxamos o balde de um poço na Europa. Uma travessa de carne correspondia a um bocado, e um barril de bebida ensejava um belo gole. A carne de carneiro deles perde para a nossa, mas a bovina é excelente. Certa vez, serviram-me um pedaço de alcatra tão grande que fui obrigado a comê-lo com três mordidas; mas isso era raro. Meus criados ficavam surpresos ao me ver devorar ossos e tudo o mais, conforme fazemos em nosso país com uma coxa de cotovia. Gansos e perus eu engolia inteiros, e confesso que superam de longe os nossos. Quanto às aves menores, eu espetava vinte ou trinta, de uma só vez, na ponta da faca.

Um dia, sua majestade imperial, sendo informado sobre meu modo de vida, desejou que ele e sua consorte real, bem como os jovens príncipes e princesas reais, pudessem ter a felicidade (como ele se comprazia em dizer) de cear comigo. Assim sendo, eles vieram e acomodei-os em tronos sobre minha mesa, diante de mim, cercados por seus guardas. Flimnap, o lorde tesoureiro, também ali se perfilou, empunhando seu bastão branco, e notei que muitas vezes ele me olhava enviesado, o que praticamente ignorei, concentrando-me em comer mais do que de hábito pela notoriedade do meu querido país e para o espanto da corte. Tenho motivos íntimos para crer que essa visita de sua majestade propiciou a Flimnap uma oportunidade de falar mal de mim para seu senhor. Esse ministro sempre foi meu inimigo oculto, embora externamente me adulasse mais do que se esperaria de uma pessoa de natureza mal-humorada. Ele relatou ao imperador a diminuição da receita do Tesouro Nacional, disse que estava sendo forçado a tomar empréstimos a juros elevados, que as notas do Tesouro só circulavam com redução de nove por cento, que eu já havia custado a sua majestade mais de um milhão e meio de *Sprugs* (a maior moeda de ouro local, mais ou menos do tamanho de uma lantejoula) e que, de modo geral, seria aconselhável ao imperador valer-se da primeira ocasião justa para dispensar-me.

Cumpre-me aqui defender a reputação de uma excelente senhora, que se tornou uma inocente sofredora por minha causa. O tesoureiro achou por bem ter ciúme da esposa, dando ouvido a algumas línguas maledicentes que lhe disseram que sua graça se afeiçoara intensamente da minha pessoa, e ainda correu pela corte o boato escandaloso de que, certa vez, ela veio em segredo até minha casa. Isso eu declaro solenemente ser uma mentira infame, sem qualquer fundamento, além do fato de que sua graça costumava tratar-me com todos os sinais inocentes de intimidade e amizade. Admito que ela vinha com frequência à minha casa, mas sempre em ocasiões públicas, e nunca sem outras três pessoas na carruagem, que em geral eram sua irmã, a filha caçula e alguma amiga, conforme faziam outras tantas damas da corte. E meus criados poderiam testemunhar se em algum momento viram alguma carruagem à minha porta sem saber quem estivesse no interior. Em tais ocasiões, quando um serviçal me avisava, era meu costume ir de imediato até a porta e, depois de prestar meus respeitos, pegar a carruagem e dois cavalos, com todo cuidado, em minhas mãos (pois se houvesse seis cavalos o postilhão[43] sempre desatrelava quatro) e postá-los sobre a mesa, onde eu fixava uma proteção móvel e arredondada, com cerca de doze centímetros de altura, a fim de evitar acidentes. E muitas vezes havia quatro carruagens e cavalos ao mesmo tempo sobre a mesa, lotadas de visitantes, enquanto eu me sentava na cadeira, inclinando o rosto para eles; e enquanto eu estava ocupado com um grupo de visitas, os cocheiros conduziam lentamente os outros, dando uma volta em cima da mesa. Passei diversas tardes de forma muito agradável naquelas conversas. Mas desafio o tesoureiro, ou seus dois informantes (vou nomeá-los, para o bem ou para o mal), Clustril e Drunlo, a provarem que qualquer pessoa alguma vez veio até mim às escondidas, exceto o secretário Reldresal quando enviado por comando expresso de sua majestade imperial, conforme já relatei. Eu não teria me detido tanto nesse ponto se não estivesse em jogo a reputação de uma grande dama, para não falar da minha própria reputação, embora eu tivesse a honra de ser um *Nardac*, o que o próprio tesoureiro não é; na verdade, o mundo inteiro sabe que ele não passa de um *Clumglum*, título um grau inferior ao meu, assim como um marquês está para um duque na Inglaterra, mas admito que ele me precedesse em virtude do cargo que ocupava. Essas falsas informações, das quais tive conhecimento depois

43. Condutor que montava o cavalo do lado esquerdo, o líder de uma carruagem, sobretudo quando não havia cocheiro.

por conta de um acidente que não convém mencionar, levaram o tesoureiro a exibir à esposa, durante algum tempo, uma carranca, e a reservar para mim coisa pior. E embora o tesoureiro finalmente tenha caído em si e se reconciliado com a esposa, perdi todo o meu crédito junto à sua pessoa e constatei que o interesse do imperador declinou rapidamente, sendo ele, de fato, por demais influenciado por seu protegido.

7

O autor, ao ser informado de um esquema para acusá-lo de alta traição, foge para Blefuscu. Sua recepção em Blefuscu

Antes de proceder ao relato de minha partida desse reino, talvez caiba informar o leitor sobre uma intriga secreta que vinha se formando contra a minha pessoa havia dois meses.

Até então, durante toda a vida, eu havia sido um estranho às cortes, para as quais não me qualificava devido à baixa condição social. É fato que eu tinha ouvido e lido o suficiente acerca dos caprichos de grandes príncipes e ministros, mas nunca esperei encontrar efeitos tão terríveis da ação de tais indivíduos em um país tão remoto, governado, conforme eu supunha, por máximas muito diferentes das que prevalecem na Europa.

Quando eu começava a me preparar para minha visita ao imperador de Blefuscu, um membro ilustre da corte (a quem eu tinha sido bastante útil em um momento em que ele caíra em desgraça junto a sua majestade imperial) veio a minha casa, em sigilo, na calada da noite, em uma liteira fechada e, sem anunciar seu nome, pediu-me que o recebesse. Os liteireiros foram dispensados, e enfiei a liteira e sua senhoria no bolso do paletó; então, dando ordens a um criado de confiança para dizer que estava indisposto e tinha ido dormir, fechei a porta de casa, dispus a liteira em cima da mesa, como costumava fazer, e sentei-me junto a ela. Terminadas as saudações de praxe, notei o semblante preocupado de sua senhoria e indaguei o motivo; ele pediu-me que o ouvisse com paciência, pois o assunto dizia respeito diretamente à minha honra e à minha vida. A fala apresentou o seguinte teor, pois tomei nota assim que ele se foi:

O senhor precisa ser informado, disse ele, que diversos comitês do conselho foram recentemente convocados, sob extremo sigilo, por sua causa; e faz apenas dois dias que sua majestade chegou a uma decisão final.

O senhor sabe muito bem que Skyresh Bolgolam (*Galbet*, ou almirante do reino) tem sido seu inimigo mortal praticamente desde a sua chegada. As verdadeiras razões eu ignoro, mas o ódio aumentou a partir do seu grande sucesso contra Blefuscu, pelo qual a glória dele, na condição de almirante, ficou ofuscada. Esse lorde, em conluio com o lorde tesoureiro Flimnap, cuja antipatia pelo senhor é notória, por causa da esposa dele; o general Limtoc; o lorde camareiro Lalcon; e Balmuff, o juiz supremo, prepararam artigos de impedimento contra o senhor, por traição e outros crimes capitais.

Esse preâmbulo deixou-me tão ansioso, estando eu consciente dos meus próprios méritos e inocência, que quase o interrompi, mas ele pediu-me para ficar calado e assim prosseguiu:

Por gratidão pelos favores que o senhor me dispensou, obtive informações sobre todo o processo, bem como uma cópia dos artigos, e aqui arrisco minha cabeça em seu benefício.

ARTIGOS DE IMPEDIMENTO CONTRA QUINBUS FLESTRIN (O HOMEM-MONTANHA)

ARTIGO I

Embora, de acordo com um estatuto legal estabelecido no reinado de sua majestade imperial Calin Deffar Plune, seja promulgado que qualquer pessoa que urine no interior dos recintos do palácio real estará sujeita às agruras e penalidades atinentes a alta traição, o referido Quinbus Flestrin, em flagrante violação da referida lei, sob pretexto de extinguir o fogo alastrado nos aposentos da mais do que amada consorte imperial de sua majestade, descarregou, maliciosa, traiçoeira e diabolicamente, sua urina e apagou a referida conflagração que prosperava nos referidos aposentos, localizados no interior dos recintos do referido palácio real, contrariando o respectivo estatuto previsto etc., contrariando o dever etc.

ARTIGO II

O dito Quinbus Flestrin, tendo arrastado a frota imperial de Blefuscu até o porto real, e sendo posteriormente ordenado por sua majestade imperial a apoderar-se de todas as demais embarcações do referido Império de Blefuscu, e a reduzir tal império a uma província para ser governada por um vice-rei a partir de então, e a destruir e aniquilar não apenas todos os exilados Defensores da Extremidade Inferior mas também todos os indivíduos daquele império que não renunciassem imediatamente à heresia da Extremidade Inferior, ele, o dito Flestrin, qual um falso traidor de sua auspiciosíssima, sereníssima, majestade imperial, apresentou petição para ser dispensado do referido serviço sob pretexto de não querer coagir consciências nem extinguir as liberdades e as vidas de um povo inocente.

ARTIGO III

Quando vieram certos embaixadores da corte de Blefuscu no intuito de estabelecer a paz na corte de sua majestade, ele, o dito Flestrin, qual um falso traidor, auxiliou, apoiou, acolheu e recepcionou os ditos embaixadores, embora soubesse que se tratavam de servos de um príncipe que até recentemente era inimigo declarado de sua majestade imperial e que se engajara em guerra aberta contra a citada majestade.

ARTIGO IV

O dito Quinbus Flestrin, contrariando o dever de um súdito leal, prepara-se agora para fazer à corte e ao Império de Blefuscu uma viagem para a qual recebeu tão somente autorização verbal da sua majestade, e, sob pretexto da referida autorização, pretende falsa e traiçoeiramente realizar a dita viagem e assim ajudar, confortar e incitar o imperador de Blefuscu, inimigo recente e engajado em guerra aberta contra a supracitada majestade imperial.

Há outros artigos, mas estes são os mais importantes, dos quais li um resumo para o senhor.

É preciso admitir que, no decorrer dos vários debates acerca do impedimento, sua majestade apresentou muitos sinais de grande clemência, exaltando os serviços que o senhor lhe prestou e esforçando-se por atenuar seus crimes. O tesoureiro e o almirante insistiram que o senhor fosse submetido à morte mais dolorosa e humilhante, que sua casa fosse incendiada no meio da noite, e o general deveria assistir à punição, acompanhado de vinte mil homens armados com flechas envenenadas, para alvejá-lo no rosto e nas mãos. Alguns dos seus criados receberiam ordens secretas para esfregar uma poção venenosa nas suas camisas e lençóis, o que em breve faria com que o senhor dilacerasse a própria carne e morresse em consequência de tortura atroz. O general aderiu a tal opinião, de modo que durante bastante tempo a maioria foi contra o senhor. Contudo, sua majestade, resolvendo se possível poupar a sua vida, finalmente demoveu o lorde camareiro.

Diante disso, Reldresal, primeiro-secretário para assuntos privados, que sempre se declarou seu amigo leal, foi ordenado pelo imperador a se pronunciar, o que ele fez em conformidade, e ao fazê-lo justificou a boa impressão que o senhor tem dele. Reldresal admitiu que os crimes cometidos pelo senhor eram graves, mas que ainda havia lugar para misericórdia, a virtude mais louvável de um príncipe, e pela qual sua majestade era tão condignamente celebrado. Reldresal disse que a amizade entre o senhor e ele era tão conhecida no mundo que talvez o mais justo dos comitês pudesse considerá-lo parcial; todavia, em obediência à ordem que recebera, apresentaria francamente seus sentimentos. Disse que se sua majestade, em consideração aos serviços prestados pelo senhor e de acordo com sua própria inclinação misericordiosa, achasse por bem poupar a sua vida e apenas ordenasse que os seus dois olhos fossem vazados, ele concebia, humildemente, que por tal expediente a justiça, em certa medida, estaria feita e que o mundo inteiro aplaudiria a clemência do imperador, bem como os procedimentos justos e generosos adotados por aqueles que têm a honra de ser seus conselheiros. Disse que a perda dos olhos não seria empecilho à sua força física, por meio da qual o senhor ainda poderia ser útil a sua majestade. Afirmou que a cegueira é aditivo à coragem, ao esconder-nos os perigos, que o medo que o senhor tinha de perder a visão foi o maior obstáculo quando o senhor arrastou a frota do inimigo e que bastaria ao senhor enxergar pelos olhos dos ministros, já que os príncipes mais insignes não fazem mais do que isso.

Essa proposta foi recebida com extrema desaprovação por todo o comitê. Bolgolam, o almirante, não conseguiu conter sua revolta e, enfurecido, indagou como o secretário ousava expressar-se favoravelmente à preservação da vida de um traidor; disse que os serviços prestados pelo senhor constituíam, por conta de verdadeiras razões de Estado, o maior agravante dos seus crimes, que, assim como foi capaz de extinguir o incêndio nos aposentos de sua majestade por meio de uma descarga de urina (fato que ele mencionou com ojeriza), o senhor poderia, em outra ocasião, provocar enchentes pelos mesmos meios, a ponto de inundar todo o palácio, e que a mesma força que lhe permitiu arrastar até aqui a frota inimiga poderia servir, diante do primeiro descontentamento, para levá-la de volta, e que tinha bons motivos para crer que o senhor no fundo do coração era um Defensor da Extremidade Inferior e, considerando que a perfídia reside no coração antes de se manifestar em atos ostensivos, acusava-o de traição e, portanto, insistia que o senhor fosse executado.

O tesoureiro foi da mesma opinião. Demonstrou que as receitas de sua majestade tinham sido bastante reduzidas em decorrência dos gastos com a sua manutenção, os quais em breve haveriam de se tornar inviáveis, que o expediente proposto pelo secretário, de vazar os olhos do senhor, estava longe de ser um remédio contra esse mal, provavelmente o agravando, conforme se pode atestar pela prática comum de cegar algumas espécies de aves, que passam a se alimentar mais avidamente e engordam com mais rapidez, e que sua sagrada majestade e o conselho que julga o senhor estavam, em plena consciência, inteiramente convencidos da sua culpa, o que constituía argumento suficiente para condená-lo à morte, sem necessidade das provas formais exigidas pela estrita letra da lei.

Sua majestade imperial, porém, totalmente avessa à pena de morte, declarou com satisfação que, se o conselho entendia que a perda da visão era castigo demasiado leniente, alguma outra forma de punição poderia ser doravante infligida. E o amigo do senhor, o secretário, humildemente solicitando ser de novo ouvido, em resposta à objeção apresentada pelo tesoureiro quanto à grande despesa incorrida por sua majestade para manter o senhor, disse que sua excelência, sendo unicamente responsável pelas finanças do imperador, poderia facilmente prover contra esse mal, diminuindo aos poucos as suas cotas de alimentos; segundo o secretário, o senhor, por falta de comida suficiente, ficaria cada vez mais debilitado, perderia o apetite e consequentemente definharia em poucos meses; disse também que o fedor da sua carcaça não seria tão insalubre, pois seu volume corporal estaria reduzido a menos da metade; por fim, logo após a sua morte, cinco ou seis mil súditos de sua majestade poderiam, em dois ou três dias, carnear o senhor, transportar sua carne em carroças e enterrá-la em locais distantes, a fim de prevenir contaminação, preservando o esqueleto como um monumento a ser admirado pela posteridade.

Assim sendo, graças à grande amizade do secretário, a questão foi resolvida. Por ordens estritas, o projeto de fazer o senhor definhar deveria ser mantido em sigilo, mas a sentença de vazar seus olhos foi lavrada nos livros; não houve dissidentes, exceto Bolgolam, o almirante, que, sendo fantoche da imperatriz, foi por ela continuamente instigado a insistir na pena capital, pois ela alimenta contra o senhor uma birra eterna por conta do método infame e ilegal utilizado para apagar o incêndio nos aposentos imperiais.

Dentro de três dias, seu amigo, o secretário, será instruído a ir até a sua casa e ler diante do senhor os artigos do impedimento; depois, como prova da extrema indulgência e do favor de sua majestade e do conselho, que o condenaram tão somente à perda da visão, ao que, sua majestade não duvida, o senhor há de se submeter com gratidão e humildade, vinte dos cirurgiões de sua majestade haverão de comparecer e cuidarão para que a cirurgia seja exitosa, disparando flechas afiadas nos seus globos oculares, estando o senhor deitado no solo.

Deixo ao seu senso de prudência as medidas cabíveis e, para evitar suspeitas, preciso regressar imediatamente, guardando o mesmo sigilo que me trouxe aqui.

Sua senhoria assim o fez, e fiquei a sós, com muitas dúvidas e perplexo.

Segundo um costume introduzido pelo referido príncipe e seu ministério (muito diferente de práticas passadas, conforme me foi garantido), depois que o tribunal decretava uma execução cruel, fosse para aplacar o ressentimento do próprio monarca ou satisfazer a malícia de algum protegido, o imperador sempre proferia um discurso a todo o conselho expressando sua grande indulgência e bondade, qualidades conhecidas e reconhecidas pelo mundo inteiro. Tal discurso era imediatamente publicado em todo o reino, e nada aterrorizava tanto o povo como aqueles encômios à misericórdia de sua majestade, porque era evidente que, quanto mais ressaltados e repetidos eram os elogios, mais desumano era o castigo, e mais inocente era a vítima. Quanto a mim, porém, devo confessar que não sendo cortesão, nem por berço nem por formação, era tão incapaz de julgar as coisas que não consegui enxergar a leniência e o favor da sentença, e considerei-a (talvez erroneamente) mais rigorosa do que branda. Por vezes pensei em submeter-me à sentença, pois embora não pudesse negar os fatos alegados nos vários artigos tinha esperança de merecer um indulto. Mas tendo na vida assistido a muitos julgamentos oficiais, os quais, conforme observei, sempre terminavam de acordo com a vontade dos juízes, não me atrevi a depender de uma decisão tão arriscada em uma hora tão crítica, e contra inimigos tão poderosos. Em dado momento, senti-me fortemente inclinado a resistir, isso porque, enquanto estivesse em liberdade, nem todo o poderio daquele império poderia subjugar-me, e eu, valendo-me de pedras, poderia facilmente esfacelar a capital; mas logo rejeitei tal projeto, com ojeriza, recordando o juramento que fiz ao imperador, os favores que dele recebi e o elevado título de *Nardac* que ele me havia conferido. Tampouco tinha eu assimilado a noção de gratidão dos cortesãos para me convencer de que a crueldade de sua majestade naquele momento me desobrigava de todos os deveres antes assumidos.

Por fim tomei uma decisão, pela qual é provável que eu mereça alguma crítica, e não injustamente, pois confesso que devo a preservação dos meus olhos e, por conseguinte, da minha liberdade à minha própria impulsividade e inexperiência; isso porque, se naquela época eu conhecesse a natureza de príncipes e ministros, conforme depois pude observar em muitas outras cortes, bem como seus métodos de tratar criminosos menos detestáveis, eu, com prazer e prontidão, teria ficado e me submetido a uma pena tão branda. No entanto, movido pela precipitação da juventude e contando com a licença de sua majestade imperial para visitar o imperador de Blefuscu, aproveitei tal oportunidade, antes de decorridos os três dias, para enviar uma carta a meu amigo secretário, informando minha decisão de partir naquela mesma manhã para Blefuscu, de acordo com a licença por mim obtida; e sem esperar pela resposta fui até o lado da ilha onde se encontrava nossa frota. Peguei um grande vaso de guerra, amarrei um cabo à proa, levantei as âncoras, despi-me, coloquei minha roupa (e minha coberta, que levei debaixo do braço) a bordo do navio e, arrastando-o, às vezes caminhando, às vezes nadando, cheguei ao porto real de Blefuscu, onde o povo havia muito me esperava. Dois guias foram cedidos para me conduzirem até a capital, que tem o mesmo nome do império. Segurei-os nas mãos até chegar a duzentos metros do portão, pedi que notificassem minha chegada a um dos secretários e o informassem que ali aguardaria as ordens de sua majestade. Obtive resposta em cerca de uma hora: sua majestade, acompanhada pela família real e por altos oficiais da corte, viria me receber. Avancei cem metros. O imperador e seu séquito desmontaram de seus cavalos, a imperatriz e as damas desceram de suas carruagens, e não me pareceu que estivessem assustados ou preocupados. Deitei-me no chão, a fim de beijar as mãos de suas majestades, o imperador e a imperatriz. Disse a sua majestade que vinha cumprir minha promessa, e com autorização do imperador, meu senhor, para desfrutar da honra de visitar um monarca tão poderoso e oferecer qualquer serviço a meu alcance, desde que coerente com meu dever para com meu próprio príncipe; contudo, não mencionei uma palavra sequer sobre meus infortúnios, pois até aquele momento não tivera nenhuma informação oficial a respeito e, supostamente, ignorava de todo tal desígnio; tampouco poderia imaginar que o imperador descobriria minha ação secreta enquanto eu estivesse fora do alcance do seu poder, no que, no entanto, logo percebi que estava enganado.

Pouparei o leitor do relato detalhado da minha recepção nessa corte, que foi condizente com a generosidade de um príncipe tão nobre, bem como das dificuldades em que me vi devido à falta de casa e cama, sendo obrigado a deitar-me no chão, envolto em minha coberta.

8

O autor, por conta de um golpe de sorte, consegue escapar de Blefuscu e, após algumas tribulações, volta são e salvo ao seu país natal

Três dias após minha chegada, caminhando por curiosidade até o litoral nordeste da ilha, avistei a cerca de meia légua mar adentro algo que parecia um barco virado. Tirei os sapatos e as meias, avancei pela água duzentos ou trezentos metros e percebi que o objeto se aproximava, empurrado pela maré; então, vi claramente que se tratava mesmo de um barco, o qual, segundo imaginei, teria em consequência de alguma borrasca se soltado de um navio. Diante disso, retornei imediatamente à cidade e pedi a sua majestade imperial que me emprestasse vinte das embarcações mais altas que restaram após a perda da frota, e três mil marinheiros, sob o comando do vice-almirante. A esquadra zarpou e contornou o referido ponto do litoral, enquanto voltei pelo caminho mais curto à costa onde tinha avistado o barco. Constatei que a maré o trouxera para mais perto da praia. Todos os marinheiros levavam consigo cordames, por mim previamente trançados, a fim de aumentar sua resistência. Quando os navios chegaram, despi-me e caminhei mar adentro, até chegar a cem metros do barco, depois do que fui forçado a nadar para alcançá-lo. Os marujos atiraram-me a ponta dos cordames trançados, a qual amarrei a uma abertura existente na parte dianteira do barco, prendendo a outra ponta a um vaso de guerra; no entanto, percebi que todo o meu trabalho tinha sido em vão, pois, estando em local onde não dava pé, não consegui avançar. Premido por tal situação, precisei nadar até a popa do barco e empurrá-lo para a frente, na medida do possível, com uma das mãos; estando a maré a meu favor, pude prosseguir até um ponto onde consegui pisar no fundo, mantendo o queixo erguido. Descansei durante dois ou três minutos e depois dei outro empurrão no barco, e assim procedi sucessivamente, até que a superfície do mar não passasse da altura das minhas axilas. Então, vencida a etapa mais trabalhosa, peguei os outros cabos, que estavam guardados em um dos navios, prendi-os ao barco e depois a nove dos navios que me acompanhavam; com o vento favorável, os navios funcionaram como rebocadores, e empurrei o barco até chegarmos a quarenta metros da costa; por fim, aguardando a maré baixar, caminhei sem dificuldade até o barco e, com auxílio de dois mil homens munidos de cabos e roldanas, consegui desemborcá-lo, e descobri que estava pouco danificado.

Não incomodarei o leitor com as dificuldades com que me deparei, mesmo valendo-me de remos cuja fabricação me custaram dez dias, ao conduzir o barco até o porto real de Blefuscu, onde minha chegada era aguardada por uma multidão imensa e espantada diante da visão de um navio tão prodigioso. Eu disse ao imperador que a sorte havia colocado aquele barco no meu caminho para me levar a algum local de onde eu pudesse regressar ao meu país de origem, e implorei a sua majestade que ordenasse o provimento de materiais para realizar reparos na embarcação e me concedesse licença para partir, o que, após algumas admoestações complacentes, ele se aprouve em fazer.

Fiquei bastante admirado, durante todo aquele tempo, por não ter recebido nenhuma comunicação expedida por nosso imperador para a corte de Blefuscu. Mais tarde, porém, fui informado secretamente que sua majestade imperial, jamais imaginando que eu tivesse qualquer conhecimento dos seus desígnios para comigo, acreditava que eu fora a Blefuscu cumprir minha promessa, de acordo com a devida licença, a qual era de conhecimento geral da nossa corte, e que voltaria dentro de poucos dias, quando terminasse a visita. Mas, por fim, ele ficou angustiado com minha longa ausência e, depois de consultar o tesoureiro e os demais integrantes do conchavo, enviou um dignitário munido de uma cópia dos artigos contra mim. Segundo as instruções recebidas, o emissário deveria exaltar ao monarca de Blefuscu a grande leniência do seu senhor, que se contentava em punir-me tão somente com a perda da visão, esclarecer que eu era um fugitivo da justiça e que, caso não voltasse em duas horas, seria destituído do título de *Nardac* e declarado traidor. O enviado acrescentou ainda que, a fim de preservar a paz e a amizade entre ambos os impérios, seu imperador esperava que seu irmão de Blefuscu expedisse ordens para me mandar de volta a Lilliput, com mãos e pés atados, a fim de ser punido como traidor.

O imperador de Blefuscu, tendo levado três dias para deliberar a questão, respondeu por meio de muitas civilidades e escusas. Disse que quanto a me enviar amarrado, seu irmão sabia que era impossível, e que, embora eu o tivesse privado de sua frota, ele me devia grandes favores, graças a meus muitos préstimos em prol da paz. Disse também que, no entanto, ambas as suas majestades logo haveriam de se tranquilizar, pois eu havia encontrado uma grande embarcação ao largo da costa, capaz de me transportar mar afora, a qual ele tinha dado ordens para que fosse devidamente equipada, com minha própria ajuda e sob minha coordenação, e que esperava que dentro de algumas semanas ambos os impérios estivessem livres de um fardo tão insuportável.

Com essa resposta o emissário regressou a Lilliput, e o monarca de Blefuscu relatou-me tudo o que havia se passado, oferecendo-me ao mesmo tempo (ainda que sob máximo sigilo) sua benévola proteção caso eu continuasse a seu serviço. No entanto, embora acreditasse que ele fosse sincero, resolvi nunca mais confiar em príncipes ou ministros, na medida do possível; então, apresentando os devidos agradecimentos pelas bondosas intenções, implorei humildemente para ser dispensado. Disse a ele que, considerando que a sorte, fosse boa ou má, havia posto uma embarcação no meu caminho, estava decidido a aventurar-me pelo oceano em vez de ser motivo de desavença entre dois monarcas tão poderosos. Verifiquei que o imperador em nada se decepcionou e descobri, por meio de um incidente, que na verdade ficou bastante satisfeito com minha decisão, assim como a maioria dos seus ministros.

Tais considerações levaram-me a apressar ainda mais a partida, ao que a corte, impaciente por me mandar embora, contribuiu como pôde.

Quinhentos operários foram empregados para confeccionar duas velas para o barco, de acordo com minhas instruções, costurando treze peças do linho mais resistente que possuíam. Com dificuldade, teci cordames e cabos, trançando dez, vinte ou trinta dos mais grossos e fortes que por lá existiam. Um pedregulho, que encontrei por acaso após longa busca à beira-mar, serviu-me de âncora. Disponibilizaram-me o sebo de trezentos bovinos, para calafetar o barco e usos diversos. Tive imenso trabalho para cortar algumas das árvores mais frondosas a fim de confeccionar remos e mastros, no que fui, no entanto, muito ajudado pelos carpinteiros navais de sua majestade, que me auxiliaram na tarefa de aplainar as toras depois que me encarreguei do trabalho mais pesado.

Em cerca de um mês, quando tudo estava pronto, mandei saber as ordens de sua majestade e solicitei licença para partir. O imperador e a família real vieram do palácio; deitei-me e colei o rosto no solo, a fim de beijar-lhe a mão, que ele muito gentilmente me ofereceu, o mesmo fazendo a imperatriz e os jovens príncipes reais. Sua majestade presenteou-me com cinquenta bolsas contendo duzentos *sprugs* cada, bem como um retrato seu, de corpo inteiro, que guardei, imediatamente, dentro de uma das minhas luvas, para evitar que fosse danificado. As cerimônias da minha despedida foram inúmeras, e não vou incomodar o leitor a essa altura.

Abasteci o barco com as carcaças de uma centena de bois e trezentas ovelhas, com pão e bebidas em quantidades proporcionais, e com tanta carne pronta para consumo quanto quatrocentos cozinheiros poderiam fornecer. Levei comigo seis vacas e dois touros vivos, e o mesmo número de ovelhas e carneiros, no intuito de transportá-los até meu país e lá propagar a espécie. Para alimentá-los a bordo, embarquei um bom fardo de feno e uma saca de grãos. Teria de bom grado levado uma dúzia de nativos, mas isso era algo que o imperador de modo algum permitiria; e além de ordenar uma busca diligente nos meus bolsos, sua majestade pediu minha palavra de honra de que não levaria comigo nenhum dos seus súditos, a despeito de qualquer consentimento ou desejo por eles expressados.

Tendo assim providenciado tudo da melhor maneira possível, icei as velas no dia 24 de setembro de 1701, às seis horas da manhã; e depois de velejar cerca de quatro léguas para norte com o vento a sudeste, às seis horas da tarde avistei uma ilhota, cerca de meia légua a noroeste. Avancei e lancei âncora no litoral protegido do vento, que parecia estar desabitado. Então comi algo e deitei-me para descansar. Dormi bem, segundo meus cálculos, durante pelo menos seis horas, pois constatei que o dia raiou duas horas depois que despertei. Era uma noite clara. Fiz minha refeição matinal antes de o sol nascer; e levantando âncora com o vento favorável, segui o mesmo curso da véspera, sendo guiado por minha bússola de bolso. Minha intenção era alcançar, se possível, uma daquelas ilhas que, a meu ver, situavam-se a nordeste da Terra de Van Diemen. Nada descobri durante todo aquele dia; no dia seguinte, porém, por volta de três horas da tarde, quando pelos meus cálculos estava a vinte e quatro léguas de Blefuscu, avistei uma vela a sudeste; meu curso era para leste. Tentei atrair a atenção do veleiro, mas não obtive resposta; no entanto, verifiquei que me aproximava dele, pois o vento havia diminuído. Velejei na velocidade máxima e, em meia hora, o veleiro avistou-me; em seguida, içaram o galhardete[44] e dispararam um canhão. Não é fácil expressar minha alegria diante da súbita esperança de voltar a ver minha querida pátria e os filhos queridos que nela deixei. O navio afrouxou as velas e pude alcançá-lo, entre cinco e seis da tarde, no dia 26 de setembro, e meu coração disparou quando contemplei as cores inglesas. Acomodei as vacas e ovelhas nos bolsos e embarquei com toda a minha pequena carga de provisões. Tratava-se de um navio mercante inglês, regressando do Japão pelos mares do Norte e do Sul; o capitão, sr. John Biddel, proveniente de Deptford,[45] era um homem extremamente civilizado e excelente navegador. Estávamos agora na latitude de 30 graus sul; havia cerca de cinquenta homens a bordo; e ali encontrei um velho conhecido, um tal Peter Williams, que falou bem de mim para o capitão.

44. Bandeira geralmente triangular, estreita e comprida, utilizada para sinalização.
45. Distrito da região de Londres, situado na margem sul do rio Tâmisa.

O cavalheiro tratou-me com amabilidade e quis saber de onde eu vinha e para onde pretendia ir; respondi com poucas palavras, mas ele pensou que eu estivesse delirando e que os perigos por que passei tinham perturbado minha mente; diante disso, retirei do bolso o gado e as ovelhas, o que, após causar grande espanto, convenceu-o da veracidade de minhas palavras. Mostrei-lhe então o ouro a mim oferecido pelo imperador de Blefuscu, bem como o retrato de corpo inteiro de sua majestade e algumas outras raridades daquele país. Dei-lhe duas bolsas, contendo duas centenas de *sprugs* cada, e prometi, quando chegássemos à Inglaterra, presenteá-lo com uma vaca e uma ovelha prenhas.

Não incomodarei o leitor com um relato detalhado dessa viagem, que foi, de modo geral, bastante auspiciosa. Chegamos a Downs[46] no dia 13 de abril de 1702. Tive apenas um infortúnio. Os ratos a bordo pegaram uma das minhas ovelhas; encontrei os ossos dentro de um buraco, totalmente roídos. Quanto ao restante do gado, consegui desembarcá-los em segurança e levei-os para pastar em um campo, em Greenwich,[47] onde a maciez da relva os fez alimentar-se muito bem, embora eu sempre temesse o contrário; e jamais os teria mantido vivos naquela tão longa viagem se o capitão não me tivesse disponibilizado um pouco do melhor biscoito a bordo, que, esfarelado e misturado com água, servira-lhes de base alimentar. Durante o pouco tempo que permaneci na Inglaterra, acumulei bons lucros, exibindo meu gado a nobres e plebeus; e antes de iniciar minha segunda viagem vendi-os por seiscentas libras. Desde o meu último regresso, posso constatar que os animais procriaram consideravelmente, sobretudo as ovelhas, que espero venham a favorecer o fabrico de lã por conta da delicadeza dos pelos.

Fiquei apenas dois meses com minha mulher e família, pois meu desejo insaciável de conhecer países estrangeiros não me permitiu permanecer mais tempo. Deixei mil e quinhentas libras com minha esposa e instalei-a em uma boa casa em Redriff. O restante das minhas posses

46. Área de mar protegida e favorável à navegação, próxima ao canal da Mancha, na costa leste de Kent, no sul da Inglaterra.
47. Distrito da região de Londres, situado na margem sul do rio Tâmisa.

levei comigo, parte em espécie e parte em mercadorias, na esperança de melhorar minhas chances de prosperar. Meu tio mais velho, John, havia me deixado uma propriedade perto de Epping[48] que me rendia cerca de trinta libras por ano; e arrendei a longo prazo o Black Bull, em Fetter Lane,[49] que me rendia outro tanto; sendo assim, não corria o menor perigo de deixar a família à mercê da caridade da paróquia. Meu filho Johnny, cujo nome era uma homenagem a meu tio, cursava a escola primária e era uma criança bastante promissora. Minha filha Betty (hoje bem-casada e com filhos) estava aprendendo a costurar e bordar. Despedi-me de minha mulher, do meu menino e da minha menina, todos nós em prantos, e embarquei no *Adventure*, um navio mercante de trezentas toneladas, com destino a Surrate,[50] sob comando do capitão John Nicholas, de Liverpool. Mas meu relato dessa viagem consta da segunda parte das minhas viagens.

---

48. Pequena cidade do condado de Essex, situada a cerca trinta quilômetros do centro de Londres.
49. Rua localizada no centro de Londres.
50. Cidade situada no estado de Gujarat e um dos mais antigos portos da Índia no mar Arábico.

Segunda Parte
Viagem a Brobdingnag

1

Uma grande tempestade é descrita. O escaler é enviado em busca de água potável, e o autor segue no barco para explorar a região. É deixado em terra, capturado por um nativo e levado até a casa de um fazendeiro. A maneira como é recebido, e uma série de incidentes ali ocorridos. Descrição dos habitantes

Condenado por minha natureza e pelo destino a uma vida ativa e inquieta, dois meses após meu retorno deixei novamente minha terra natal e embarquei em Downs, no dia 20 de junho de 1702, no *Adventure*, sob comando do capitão John Nicholas, um homem da Cornualha,[51] rumo a Surrate.[52] Contamos com bons ventos até chegarmos ao cabo da Boa Esperança,[53] onde desembarcamos para nos abastecermos de água potável; no entanto, descobrindo um vazamento, descarregamos nossas mercadorias e passamos o inverno lá, pois o capitão adoeceu com febre, e só pudemos deixar o local no final de março. Partimos, então, e fizemos boa viagem até passarmos pelo estreito de Madagascar.[54] Porém, quando chegamos ao norte da ilha, a cerca de cinco graus de latitude sul, os ventos, que naqueles mares costumam soprar com a mesma constância e intensidade entre o norte e o oeste do início de dezembro até o início de maio, no

51. Condado localizado em uma península a sudoeste da Inglaterra.
52. A geografia da viagem é relativamente simples. O *Adventure*, após subir a costa leste da África até quase a linha do Equador, é empurrado além da Índia até o arquipélago da Malásia. Em seguida, a tormenta conduz o navio para o norte e para o leste, afastando-o da costa da Sibéria (Tartária), adentrando o nordeste do oceano Pacífico; ou seja, Brobdingnag situa-se nas proximidades do Alasca.
53. Antes conhecido como cabo das Tormentas, localiza-se ao sul da Cidade do Cabo, na África do Sul.
54. Canal natural localizado entre o continente africano e a ilha de Madagascar, situado no oceano Índico.

dia 19 de abril começaram a bater com mais violência, voltando-se mais para oeste do que o habitual, e assim sucedeu por vinte dias consecutivos; durante esse tempo, fomos arrastados um pouco a leste das ilhas Molucas,[55] a cerca de três graus a norte da linha do Equador, conforme nosso capitão constatou por meio de cálculos efetuados no dia 2 de maio; então o vento cessou, e instalou-se uma total calmaria que me trouxe grande satisfação. Mas o comandante, sendo um homem experiente na navegação daqueles mares, ordenou que todos nos preparássemos para uma tormenta, que de fato ocorreu no dia seguinte, pois um vento sul, conhecido como monção do sul, começou a soprar.

Achando que a tempestade iria se dissipar, recolhemos a vela superior e ficamos a postos para envergar a vela de proa; constatando a ação do mau tempo, cuidamos para que os canhões estivessem devidamente amarrados e nos valemos da mezena.[56] O navio estava por demais adernado; então achamos preferível deslizar adiante do vento a enfrentá-lo, ou apenas flutuar à deriva. Recorremos à vela de proa e a içamos, fixando-a com firmeza; o leme estava pesado a barlavento. O navio resistia bravamente. Amarramos o cabo da proa, mas a vela estava rasgada; então baixamos a verga, recolhemos a vela ao convés e desamarramos tudo que a ela estava preso. Foi uma tempestade das mais intensas; o mar quebrava de modo sinistro e perigoso. Puxamos o cabo da barra do timão e ajudamos o homem que manuseava o leme. Não cortamos o mastro principal porque ele resistia muito bem e sabíamos que, com o mastro principal em seu devido lugar, o navio ficava mais seguro e velejava melhor, visto que contávamos com bom espaço para manobra. Quando a tempestade passou, içamos a vela de proa e aprumamos o navio. Em seguida, aprumamos a mezena, bem como as velas do mastaréu[57] principal e do mastaréu de proa. Nosso curso era leste-nordeste, sendo que o vento soprava de sudoeste. Fixamos os cabos a estibordo e aplicamos

55. Arquipélago que faz parte da Indonésia, no oceano Pacífico.
56. Vela quadrangular que se enverga no mastro de ré em ocasião de mau tempo.
57. Peça linear de madeira que completa para cima qualquer mastro, embora, geralmente, o principal.

nossas amarras; colocamos as escoras a sotavento, puxando-as com força, e as amarramos; então puxamos a mezena a barlavento e a mantivemos enfunada o máximo possível.

Durante a tempestade, que foi seguida por um forte vento oeste-sudoeste, fomos levados, segundo meus cálculos, cerca de quinhentas léguas para leste, de maneira que nem o marujo mais velho a bordo sabia dizer em que parte do mundo estávamos. Nossas provisões resistiam bem, o navio estava ileso e a tripulação gozava de boa saúde, mas passávamos grande aflição devido à escassez de água. Julgamos ser melhor manter o curso em vez de rumarmos mais para o norte, pois isso talvez nos conduzisse à região noroeste da Grande Tartária[58] e ao mar congelado.

No dia 16 de junho de 1703, um grumete posicionado no mastro principal anunciou terra à vista. No dia 17, avistamos uma grande ilha ou continente (pois não sabíamos discernir) em cujo lado sul havia uma pequena faixa de terra que se projetava para o mar e uma enseada rasa demais para conter um navio pesando mais de cem toneladas. Lançamos âncora a uma légua da enseada e nosso capitão enviou no escaler uma dúzia de homens bem armados, levando consigo vasilhames para água, caso fosse encontrada. Pedi licença para ir com eles, a fim de explorar a região e descobrir o que pudesse. Quando pisamos em terra, não vimos nenhum rio ou nascente, nem qualquer sinal de habitantes. Nossos homens, então, vagaram pela praia em busca de água potável e eu caminhei sozinho cerca de um quilômetro e meio, pelo outro lado, onde encontrei um solo árido e rochoso. Então comecei a sentir certo cansaço e, não vendo nada para alimentar minha curiosidade, voltei devagar até a enseada; naquele momento, olhando diretamente para o mar, vi nossos homens embarcados no escaler e remando de volta para o navio, em desespero, como se quisessem salvar suas vidas. Eu estava

58. Nomenclatura utilizada por europeus para designar uma grande extensão da Ásia central e setentrional que se estendia do mar Cáspio e das montanhas Urais até o oceano Pacífico, habitada por povos turcomanos e mongóis, genericamente chamados de tártaros. O território conhecido por este nome abrange as regiões atuais da Sibéria, Turquestão, Mongólia, Manchúria e, por vezes, o Tibete.

prestes a gritar por eles, embora isso de pouco fosse adiantar, quando vi uma criatura enorme avançando mar adentro, apressada, no encalço dos marujos; a água ficava pouco acima dos seus joelhos, e as passadas eram vigorosas. Mas nossos homens tinham a vantagem de meia légua e, sendo o mar naquele local cheio de rochedos pontiagudos, o monstro não conseguiu alcançar o barco. Isso me foi relatado posteriormente, pois não ousei ficar ali para ver o desfecho da aventura; voltei correndo, a toda velocidade, pelo caminho que tinha vindo e subi uma colina íngreme, o que me propiciou uma visão da área. Constatei que a região era totalmente cultivada, mas o que primeiro me surpreendeu foi a altura da relva, que nos terrenos aparentemente destinados ao cultivo de feno tinha cerca de seis metros de altura.

Segui por uma estrada larga, ou assim imaginei que fosse, embora servisse aos habitantes apenas como uma trilha através de um campo de cevada. Ali caminhei durante algum tempo, ainda que pudesse ver pouco de ambos os lados, pois, estando próxima a época da colheita, o trigo erguia-se a, pelo menos, doze metros. Demorei uma hora para alcançar o fim do terreno, delimitado por uma cerca viva de, no mínimo, trinta e cinco metros de altura, e as árvores eram tão altas que não consegui calcular sua dimensão. Havia uma escada junto à cerca, permitindo a passagem daquele terreno para o vizinho. Tinha quatro degraus, e uma pedra plana fora posicionada junto ao mais alto. Era impossível, para mim, usar a tal escada, porque cada degrau tinha quase um metro e oitenta de altura e a pedra superior elevava-se a mais de seis metros. Eu estava tentando encontrar alguma brecha na cerca viva quando avistei no terreno adjacente, aproximando-se da escadote, um dos habitantes, do mesmo porte daquele que tinha visto no mar perseguindo nosso escaler. Parecia ter a altura de um campanário comum e avançava cerca de dez metros a cada passo, segundo minha estimativa. Cheio de espanto e medo, corri para me esconder em meio ao trigo, de onde pude vê-lo no topo da escada, contemplando o terreno vizinho, à direita, e o ouvi gritar, com uma voz muito mais alta do que uma trombeta; o barulho a se propagar foi tamanho que a princípio cheguei a pensar que fosse um trovão.

Então, sete monstros semelhantes a ele vieram em sua direção, empunhando ceifadeiras, cada uma do tamanho de seis foices. Esses indivíduos não estavam tão bem-vestidos como o primeiro, de quem pareciam ser empregados. De fato, após algumas palavras pronunciadas pelo patrão, os demais foram colher o trigo no campo onde eu estava. Fiquei longe deles o máximo que pude, mas tive de avançar com extrema dificuldade, pois o espaço entre os talos de trigo, às vezes, era menor do que trinta centímetros, de modo que mal conseguia esgueirar-me. No entanto, com esforço, segui adiante, mas cheguei a uma parte do campo onde o trigo fora de certo modo aplainado pela chuva e pelo vento. Ali foi impossível avançar um passo sequer, pois os talos estavam tão entrelaçados que eu não podia rastejar entre eles, e as barbas das espigas tombadas eram tão duras e pontiagudas que perfuravam minhas roupas e atingiam minha pele. Ao mesmo tempo, ouvi os ceifeiros a menos de cem metros atrás de mim. Bastante combalido por conta do esforço, e totalmente dominado pelo desespero, deitei-me entre dois sulcos na terra e, sinceramente, desejei poder ali terminar meus dias. Padeci por conta da minha viúva desolada e dos meus filhos órfãos. Padeci por conta da minha própria insensatez e teimosia ao arriscar uma segunda viagem, contrariando o conselho de todos os amigos e parentes. Naquela terrível agitação mental não pude deixar de pensar em Lilliput, cujos habitantes me viam como o maior prodígio surgido em todos os tempos, onde fui capaz de arrastar uma frota imperial com as mãos e realizar outras proezas que ficarão registradas para sempre nas crônicas daquele império, e que dificilmente serão dignas de crédito pela posteridade, embora atestadas por milhões. Refleti sobre o vexame que seria, para mim, parecer tão insignificante ali naquele país como qualquer lilliputiano seria entre nós, no nosso. Mas imaginei que isso seria o menor dos meus infortúnios, pois, assim como as criaturas humanas são vistas como mais selvagens e cruéis em proporção direta ao seu porte, o que poderia eu esperar senão virar petisco na boca do primeiro daqueles gigantes bárbaros que me capturasse? Sem dúvida, os filósofos estão corretos quando nos dizem que nada é grande ou pequeno senão por comparação. Poderia ter sido do agrado do acaso permitir que os lilliputianos encontrassem alguma nação onde o povo fosse tão miúdo em relação a eles quanto eles eram em relação a mim. E quem sabe se até mesmo essa gigantesca raça de mortais não poderia ser igualmente superada em alguma parte distante do mundo ainda não descoberta por nós?

Assustado e confuso como estava, continuava com tais reflexões quando um dos ceifeiros, aproximando-se a dez metros do sulco onde eu estava, fez-me recear que com seu próximo passo eu seria esmagado sob seus pés ou cortado ao meio pela ceifadeira. Portanto, quando ele estava prestes a dar mais uma passada, gritei tão alto quanto o medo poderia me capacitar. Diante disso, a criatura enorme estacou e, olhando em volta durante algum tempo, enfim me avistou estirado no solo. Ele refletiu, por um momento, com a cautela de quem pretende agarrar um animalzinho perigoso, evitando ser por ele arranhado ou mordido, conforme eu mesmo fizera algumas vezes com uma doninha, na Inglaterra. Por fim, aventurou-se a pegar-me pelas costas, com o indicador e o polegar, e suspendeu-me a três metros de distância dos olhos para enxergar minha forma com mais nitidez. Adivinhei sua intenção, e minha boa estrela concedeu-me presença de espírito suficiente para não espernear enquanto ele me segurava no ar a mais de dezoito metros do solo, embora os dedos me apertassem dolorosamente os flancos, pois receava que eu escorregasse e caísse. O máximo que arrisquei foi erguer os olhos para o sol, juntar as mãos em uma postura suplicante e dizer algumas palavras em tom humilde e melancólico, adequadas à condição em que me encontrava. Isso porque eu temia que a qualquer momento ele me atirasse no chão, como costumamos fazer com qualquer animalzinho odioso que achamos por bem exterminar. Mas quis minha boa estrela que ele se afeiçoasse da minha voz e dos meus gestos, e me contemplasse qual um objeto raro, maravilhado ao me ouvir pronunciar palavras embora não pudesse compreendê-las. Nesse meio-tempo, não pude deixar de gemer e derramar lágrimas e virar a cabeça para um lado e outro, comunicando-lhe da melhor maneira possível quão cruelmente me magoava a pressão exercida por seu polegar e seu indicador. Ele pareceu captar o sentido, pois, levantando a lapela do casaco, acomodou-me delicadamente e, em seguida, correu comigo até o patrão, que era um fazendeiro importante, a mesma pessoa que eu vira antes no campo.

O fazendeiro, tendo recebido (conforme deduzi, com base na conversa) o relato apresentado pelo criado, pegou um pedacinho de palha do tamanho de um cajado e levantou as lapelas do meu casaco, que, pelo jeito, pensou ser algum tipo de proteção que a natureza me concedera. Em seguida, soprou meus cabelos para o lado, a fim de obter uma visão melhor do meu rosto. Depois, convocou os servos e perguntou-lhes, segundo fui informado mais tarde, se eles já tinham visto nos campos alguma criaturinha parecida comigo. Então, delicadamente pôs-me de quatro no chão, mas eu me levantei imediatamente e caminhei devagar, para trás e para a frente, a fim de que vissem que eu não tinha intenção de fugir. Todos se sentaram em círculo, ao meu redor, para melhor observar meus movimentos. Tirei o chapéu e fiz uma reverência, voltando-me para o fazendeiro. Caí de joelhos, ergui as mãos e os olhos e enunciei várias palavras, o mais alto que pude; retirei do bolso um saquinho contendo ouro e ofertei-o, humildemente, ao fazendeiro. Ele o recebeu na palma da mão, levou-o próximo ao olho, para ver o que era, e depois girou-o várias vezes com a ponta de um alfinete (por ele removido da manga), mas não conseguiu perceber do que se tratava. Então fiz sinal para que colocasse a mão no chão. Em seguida, peguei o saquinho e, abrindo-o, despejei todo o ouro em sua palma. Havia seis patacas espanholas, além de vinte ou trinta moedas menores. Vi-o molhar a ponta do dedo mindinho na língua e pegar uma das patacas, e depois outra, mas ele parecia desconhecer totalmente o que era aquilo. Então sinalizou para que eu devolvesse as moedas ao saquinho e o saquinho ao bolso, o que, depois de repetida a oferta diversas vezes, achei melhor fazer.

Àquela altura, o fazendeiro convencera-se de que eu era uma criatura racional. Ele falou bastante, mas o som da sua voz batia nos meus ouvidos feito o ruído de um moinho de água, embora as palavras fossem devidamente articuladas. Respondi o mais alto que pude, em várias línguas, e ele muitas vezes aproximou o ouvido a dois metros de mim;

mas foi tudo em vão, pois não conseguíamos nos comunicar. Então ele despachou os criados para o trabalho e, retirando o lenço do bolso, dobrou-o e estendeu-o na mão esquerda, espalmada no chão, fazendo-me sinal para subir, o que pude fazer com facilidade, pois a mão não tinha mais do que trinta centímetros de espessura. Achei por bem obedecer e, com medo de cair, deitei-me sobre o lenço, cujas laterais ele enrolou até minha cabeça, para minha segurança, e assim me levou para sua casa. Lá ele chamou a esposa e exibiu-me; mas ela gritou e saiu correndo, como fazem as mulheres na Inglaterra diante de um sapo ou uma aranha. No entanto, depois de algum tempo observando minha conduta, e constatando como eu obedecia aos sinais que o marido fazia, ela reconciliou-se comigo e, aos poucos, mostrou-se um tanto afetuosa.

Era cerca de meio-dia, e um criado trouxe o almoço. Tratava-se de uma única porção substancial de carne (adequada à condição simples de um agricultor), servida em uma travessa de cerca de sete metros de diâmetro. Os convivas eram o fazendeiro, sua esposa, três filhos e uma avó idosa. Depois que se sentaram, o fazendeiro posicionou-me a certa distância dele, em cima da mesa, cujo tampo ficava a dez metros de altura do piso. Fiquei apavorado e mantive-me o mais longe que pude da borda, com medo de cair. A esposa cortou um naco de carne, esfarelou um pouco de pão sobre uma travessa de madeira e colocou-a diante de mim. Dirigi-lhe uma reverência, peguei minha faca, meu garfo e comecei a comer, o que lhes propiciou grande satisfação. A senhora mandou a criada buscar uma tacinha, com capacidade para dois galões,[59] e encheu-a; peguei a taça com alguma dificuldade, valendo-me de ambas as mãos, e, demonstrando profundo respeito, bebi à saúde de sua senhoria, expressando-me o mais alto que pude em inglês, o que fez a família gargalhar, e o barulho quase me deixou surdo. A bebida tinha um leve sabor de cidra e não era desagradável. Em seguida, o chefe da família fez um sinal para que eu me posicionasse ao lado da tábua dele; porém, enquanto caminhava sobre a

59. Unidade de medida de volume de líquidos utilizada na comunidade anglo-saxônica. O galão imperial, usado no Reino Unido, contém 4,5 litros.

mesa, sempre bastante espantado, conforme o leitor generoso facilmente há de compreender e desculpar, tropecei por acaso em uma migalha e caí de cara, embora não tenha me machucado. Levantei-me de imediato e, vendo aquela boa gente bastante preocupada, peguei o chapéu (que levava debaixo do braço, por questão de bons modos) e, acenando-o sobre a cabeça, bradei três hurras para demonstrar que nada sofrera na queda. Então, enquanto eu avançava em direção ao meu patrão (conforme vou chamá-lo doravante), seu filho mais novo, que estava sentado ao lado dele, um menino levado de cerca de dez anos, pegou-me pelas pernas e segurou-me tão alto em pleno no ar que tremi da cabeça aos pés. O pai, entretanto, arrancou-me da mão dele e, ao mesmo tempo, desferiu-lhe um bofetão na orelha esquerda que teria derrubado uma tropa de cavalaria europeia, e ordenou que ele se retirasse. Contudo, temendo que o menino ficasse com raiva de mim, e lembrando-me bem como nossas crianças são naturalmente perversas com pardais, coelhos, filhotes de gatos e cães, caí de joelhos e, apontando para o menino, fiz meu patrão compreender, da melhor maneira possível, que desejava que seu filho fosse perdoado. O pai aquiesceu e o garoto voltou a se sentar; então fui até ele e beijei-lhe a mão, que meu patrão segurava, e com ela fez o filho afagar-me ternamente.

No meio do almoço, a gata favorita da minha patroa pulou em seu colo. Ouvi atrás de mim um ruído como se fosse uma dúzia de tecelões de meias trabalhando e, virando a cabeça, descobri que provinha do ronronar da felina, que parecia ser três vezes maior do que um boi, conforme calculei pela visão da cabeça e uma das patas enquanto a dona a alimentava e a acariciava. A ferocidade do semblante da criatura desconcertou-me por completo, embora eu estivesse na outra extremidade da mesa, a mais de quinze metros de distância, e embora minha patroa a segurasse com força, com medo de que ela desse um pulo e me agarrasse. Mas ocorre que não havia perigo, pois a gata não me deu a mínima atenção no momento em que meu patrão me deixou a três metros dela. E como sempre me foi dito, e comprovado pela experiência em minhas viagens, que fugir ou demonstrar medo diante de um animal feroz é a maneira certa de fazê-lo nos perseguir ou nos atacar, resolvi naquela situação perigosa não deixar transparecer nenhum tipo de preocupação. Caminhei com intrepidez cinco ou seis vezes diante da cabeça da gata e cheguei a meio metro dela; diante disso, ela recuou, como se tivesse medo de mim. Eu sentia menos receio quanto aos cães, dos quais três ou quatro entraram na sala, como é habitual nas casas dos fazendeiros. Um deles era um mastim, do porte de quatro elefantes, e o outro um galgo, um pouco mais alto do que o mastim mas de porte menor.

Quando o almoço havia quase terminado a ama entrou, trazendo nos braços uma criança de um ano que imediatamente me avistou e abriu um berreiro que poderia ser ouvido da Ponte de Londres[60] a Chelsea,[61] segundo a oratória habitual dos bebês, querendo-me como brinquedo. A mãe, por pura indulgência, entregou-me à criança, que logo me agarrou pela cintura e enfiou minha cabeça na boca, onde rugi tão alto que o moleque se assustou e me deixou cair, e eu teria com toda certeza quebrado o pescoço se a mãe não tivesse me aparado com o avental. A ama, no intuito de acalmar o bebê, fez uso de um chocalho que era um vasilhame oco, cheio de pedregulhos, preso por uma corda à cintura da criança; mas de nada adiantou e ela foi forçada a aplicar o último recurso, dando-lhe de mamar. Devo confessar que nada me causou tamanho asco quanto a visão daquele peito monstruoso, o qual não sei com o que comparar a fim de oferecer ao leitor curioso uma ideia de seu volume, formato e cor. Projetava-se a quase dois metros, e não teria menos de cinco metros de circunferência. O mamilo tinha cerca da metade do tamanho da minha cabeça, e a tonalidade, tanto dele quanto do seio, era tão afetada por manchas, espinhas e sardas que nada poderia parecer mais nauseante, pois pude vê-la de perto, a mulher sentada confortavelmente para amamentar e eu de pé sobre a mesa. Isso me fez refletir sobre a tez alva das nossas damas inglesas, que nos parecem belas apenas porque são proporcionais

60. Ponte que cruza o rio Tâmisa, entre a City e Southwark. Era a única na cidade a cruzar o rio até que se inaugurou a Ponte de Westminster, em 1750.

61. Bairro localizado no oeste de Londres, à margem do rio Tâmisa, a aproximadamente sete quilômetros da Ponte de Londres.

ao nosso tamanho e seus defeitos só podem ser vistos através de uma lupa, ao passo que descobrimos, por experiência, que mesmo as peles mais lisas e claras são toscas, ásperas e desbotadas.

Lembro-me de que, quando estava em Lilliput, a tez daquelas pessoas miúdas parecia-me a mais bela do mundo; e falando sobre esse assunto com uma pessoa instruída lá, que era meu amigo íntimo, ele disse que meu rosto parecia mais atraente e liso quando ele me olhava do chão do que de um ponto mais próximo, quando eu o pegava na mão e o trazia para perto, o que ele confessou ter constituído, num primeiro momento, uma visão um tanto chocante. Ele disse que constatava grandes buracos na minha face, que os pelos da minha barba eram dez vezes mais ásperos do que os de um javali, e minha pele era composta de vários tons, por demais desagradáveis ao olhar, embora eu deva dizer que sou tão alvo quanto a maioria dos indivíduos do meu sexo e da minha nacionalidade e pouco bronzeado pelo sol, a despeito de todas as minhas viagens. Por outro lado, discorrendo sobre as damas da corte daquele imperador, ele me disse que uma tinha sardas, outra uma bocarra, uma terceira um narigão, e nada disso eu conseguia perceber. Admito que tal reflexão seja bastante óbvia; no entanto, não pude evitá-la, pois não queria que o leitor pensasse que aquelas criaturas gigantescas fossem deveras deformadas, pois devo fazer-lhes justiça e dizer que se trata de um belo povo; sobretudo os traços fisionômicos do meu patrão, embora ele não passasse de um fazendeiro, pareciam muito bem proporcionados quando eu os contemplava da altura de dezoito metros.

Terminado o almoço, meu patrão foi ter com seus empregados e, como pude deduzir pela sua fala e seus gestos, atribuiu à esposa a incumbência de cuidar de mim. Eu estava bastante cansado e disposto a me deitar para dormir, o que minha patroa, percebendo, acomodou-me em sua própria cama e cobriu-me com um lenço branco e limpo, maior e mais grosso do que a vela mestra de um vaso de guerra.

Dormi cerca de duas horas e sonhei que estava em casa, com minha mulher e meus filhos, o que agravou minha tristeza quando despertei e me vi sozinho em um quarto imenso, com algo entre sessenta e noventa metros de largura, e mais de sessenta de altura, deitado em uma cama cuja largura beirava vinte metros. Minha patroa tinha saído para cuidar de afazeres domésticos, deixando-me trancado. A cama ficava a oito metros do chão. Necessidades fisiológicas obrigavam-me a descer; não me atrevi a chamar ninguém, e mesmo que chamasse teria sido inútil, com uma voz como a minha, sendo grande a distância do quarto onde eu estava até a cozinha, onde a família se encontrava. Enquanto me via em tais circunstâncias, dois ratos subiram pela cortina até a cama, onde ficaram a correr, farejando de um lado para o outro. Um deles chegou perto do meu rosto, ao que me levantei assustado e saquei meu espadim para me defender. Os roedores medonhos tiveram a ousadia de me atacar pelos dois lados, e um deles fixou as patas dianteiras no meu colarinho, mas tive a sorte de rasgar-lhe a barriga antes que ele pudesse me fazer algum mal. Ele tombou aos meus pés; o outro, vendo o destino do companheiro, fugiu, mas não deixou de levar um bom talho nas costas, por mim infligido enquanto ele escapava, e que o fez deixar um rastro de sangue. Depois dessa façanha, caminhei devagar, de um lado para outro na cama, a fim de recuperar o fôlego e o ânimo. Os ratos eram do tamanho de um mastim grande, e infinitamente mais ágeis e ferozes, de maneira que, se antes de dormir eu tivesse tirado o cinto em que pendia o espadim, teria sido infalivelmente estraçalhado e devorado. Medi a cauda do rato morto e verifiquei que tinha quase dois metros de comprimento, faltando apenas uns vinte centímetros, mas não tive estômago para arrastar a carcaça para fora da cama, onde ainda jazia sangrando; notei que a fera ainda estava viva, mas, por meio de um corte profundo no pescoço, acabei de vez com ela.

Logo depois, minha patroa entrou no quarto e, vendo-me todo ensanguentado, correu e pegou-me na mão. Apontei para o rato morto, sorrindo e fazendo sinais para mostrar que não estava ferido; diante disso ela ficou extremamente feliz, chamou a criada para recolher o bicho com uma pinça e jogá-lo pela janela. Então ela me pôs sobre uma mesa, onde exibi meu espadim lambuzado de sangue e, enxugando-o na lapela do paletó, devolvi-o à bainha. Precisava fazer mais de uma coisa que ninguém poderia fazer por mim e, portanto, esforcei-me para dar a entender à patroa que desejava ser levado ao chão; depois que ela o fez meu recato não me permitiu insinuar mais nada além de apontar para a porta, curvando-me várias vezes. A boa mulher, com dificuldade, por fim percebeu meu intento e, tomando-me novamente na mão, foi até o jardim, onde me largou no solo. Caminhei cerca de duzentos metros e, sinalizando para que ela não me olhasse nem me seguisse, escondi-me entre duas folhas de erva-vinagreira e ali desincumbi-me das necessidades da natureza.

Espero que o gentil leitor me desculpe por me deter nesses e outros detalhes que, por mais insignificantes que possam parecer para mentes vulgares, certamente ajudarão um filósofo a incitar sua reflexão e imaginação e aplicá-las em benefício da vida pública, bem como da vida privada, que era meu único objetivo ao apresentar esse e outros relatos de minhas viagens pelo mundo; nesse processo tenho seguido atentamente a verdade, sem recorrer a quaisquer ornamentos de erudição ou estilo. Ocorreu que todo o cenário dessa viagem causou tamanha impressão em minha mente, e está tão profundamente fixado em minha memória, que ao registrá-lo no papel não omiti nenhuma circunstância material; contudo, após rigorosa revisão, apaguei diversas passagens de menor importância que constavam do primeiro rascunho, por receio de serem criticadas como tediosas e irrisórias, algo do que viajantes em seus relatos são muitas vezes, talvez não injustamente, acusados.

2

Descrição da filha do fazendeiro. O autor é levado ao mercado de uma pequena cidade, e depois à capital. Detalhes da viagem

Minha patroa tinha uma filha de nove anos, uma criança dotada de talentos precoces, bastante destreza na agulha e habilidade para vestir sua boneca. A mãe e ela prepararam o berço da boneca para eu dormir à noite. O berço foi acomodado dentro de uma pequena gaveta de armário, e a gaveta disposta sobre uma prateleira alta, por medo do ataque dos ratos. Aquilo me serviu de cama durante todo o tempo em que permaneci junto àquela gente, embora o esquema fosse se tornar mais confortável à medida que começasse a aprender o idioma e a expressar minhas vontades. A menina era tão habilidosa que, depois de eu ter removido minhas roupas uma ou duas vezes em sua presença, passou a se encarregar de me vestir e me despir, embora eu sempre a poupasse de tal trabalho quando ela me deixava fazê-lo sozinho. Confeccionou-me sete camisas, bem como roupa de baixo, usando o tecido mais fino possível, que na verdade era mais grosso do que pano de saco; e ela própria lavava minhas roupas. Era também minha professora, ensinando-me o idioma da terra; quando eu apontava para qualquer coisa, ela me dizia como o objeto era chamado em sua língua, de modo que em poucos dias tornei-me capaz de nomear tudo o que me viesse à mente. Era muito meiga, e sua estatura não excedia doze metros, sendo miúda para a idade. Deu-me o nome de Grildrig, que foi pela família adotado, e depois por todo o reino. A palavra denota o que os latinos chamam *nanunculus*, os italianos, *homunceletino*, e os ingleses, *mannikin*.[62]

---

62. As duas primeiras palavras são invenções de Swift a partir de nanus e homunculus, que em latim significam “anão” e “pequeno homem”, respectivamente; a terceira pode ser traduzida como “boneco” ou “anão”.

A ela devo, sobretudo, minha sobrevivência naquele país; jamais nos separamos enquanto lá estive. Eu a chamava de minha Glumdalclitch, ou seja, pequena ama, e seria culpado de profunda ingratidão se omitisse esta menção honrosa ao cuidado e ao afeto dela para comigo, o que desejo de todo o coração ter podido retribuir, conforme ela bem merecia, em vez de ter sido o instrumento involuntário, mas lastimável, de sua infelicidade, conforme tenho muitos motivos para crer.

Começou, então, a correr pela vizinhança o boato de que meu patrão havia encontrado um animal estranho no campo, do porte de um *Splacnuck*, mas formado exatamente, em cada detalhe, tal qual uma criatura humana, cujas ações o animal imitava com perfeição; além disso, o animal parecia falar numa linguazinha própria, mas já havia aprendido várias palavras do idioma local, caminhava sobre duas pernas, era manso e gentil, atendia quando era chamado, fazia o que lhe pediam, possuía os membros mais belos do mundo e a tez mais alva do que a da filha de três anos de um nobre. Outro fazendeiro, vizinho e amigo particular do meu patrão, veio nos visitar com o propósito de investigar a veracidade da história. Fui imediatamente convocado e posicionado sobre uma mesa, onde caminhei conforme comandado, saquei meu espadim, voltei a embainhá-lo, fiz uma reverência ao convidado, perguntei-lhe em sua língua como ele estava e disse-lhe que era bem-vindo, tal como a minha pequena ama tinha me instruído. O homem, que era idoso e de visão turva, pôs os óculos para me enxergar melhor, e não pude deixar de rir a valer, pois os olhos dele faziam lembrar uma lua cheia brilhando em um cômodo através de duas janelas. As pessoas, percebendo o motivo da minha alegria, acompanharam-me no riso, mas o velho reagiu feito um tolo, zangando-se e perdendo a compostura. Tinha fama de ser um baita avarento e, para minha infelicidade, a fama era merecida, a julgar pelo conselho maldito que deu ao meu patrão — me exibir como atração em dia de feira no povoado vizinho, que ficava a meia hora de viagem, a cerca de trinta e cinco quilômetros da nossa casa. Desconfiei que havia alguma maldade sendo tramada quando vi meu patrão e o amigo cochichando e, às vezes, apontando para mim; e meu medo me fez imaginar que tinha ouvido e compreendido algumas palavras por eles trocadas. Na manhã seguinte, porém, Glumdalclitch, minha pequena ama, relatou-me na íntegra o assunto, por ela arrancado astutamente da mãe. A pobre menina pegou-me no colo e caiu em prantos, de vergonha e tristeza. Receava que alguma perversidade fosse praticada contra mim, perpetrada por pessoas rudes e vulgares, que poderiam espremer-me até a morte ou partir um dos meus membros ao manusear-me. Ela observara que minha natureza era reservada, que eu prezava minha honra, e pensava na indignidade que seria, para mim, ser exibido em troca de dinheiro, transformado em espetáculo público diante de gente da pior espécie. Disse que seu papai e a sua mamãe haviam prometido que Grildrig seria dela, mas agora descobrira que pretendiam repetir algo que fizeram com ela no ano anterior, quando fingiram dar-lhe um cordeirinho, mas, tão logo ele engordou, venderam-no a um açougueiro. Da minha parte, posso afirmar sinceramente que estava menos preocupado do que minha ama. Eu tinha grandes esperanças, que nunca me abandonavam, de um dia recuperar a liberdade; e quanto à infâmia de ser levado de um lado para outro feito um monstrengo, eu me considerava um estranho naquele país e julgava que tal infortúnio jamais poderia ser imputado a mim, em tom de crítica, se algum dia regressasse à Inglaterra, uma vez que o próprio rei da Grã-Bretanha na minha situação teria sido submetido ao mesmo vexame.

Meu patrão, seguindo o conselho do amigo, transportou-me dentro de uma caixa no primeiro dia de feira até o vilarejo vizinho, levando consigo a filhinha, minha ama, montada na garupa. A caixa era fechada de todos os lados, provida de uma portinhola para eu entrar e sair, e de alguns buracos para ventilação. A menina tivera o cuidado de colocar a colcha do berço da boneca dentro da caixa, para que eu pudesse me deitar. No entanto, senti-me tremendamente atordoado e desconfortável durante a jornada, embora tenha durado somente meia hora, pois o cavalo percorria cerca de doze metros a cada passada e saltitava tanto que os movimentos eram iguais às subidas e descidas de um navio durante uma borrasca, e muito mais frequentes. A distância percorrida na viagem foi bem maior do que de Londres a St. Albans.[63] Meu patrão apeou diante de uma estalagem que costumava frequentar e, após consultar o dono do estabelecimento e tomar algumas providências necessárias, contratou o *Grultrud*, ou arauto, para anunciar pela cidade que uma estranha criatura poderia ser vista na estalagem da Águia Verde, quase do tamanho de um *Splacnuck* (um animal nativo, dotado de belas formas, medindo cerca de um metro e oitenta) e semelhante em cada parte do corpo a uma criatura humana, capaz de pronunciar diversas palavras e executar uma centena de proezas divertidas.

Fui posto em cima de uma mesa, na maior sala da estalagem, cuja superfície beirava trinta metros quadrados. Minha pequena ama ficou de pé sobre uma banqueta, perto da mesa, com o propósito de cuidar de mim e dizer o que eu deveria fazer. Meu patrão, a fim de evitar grandes aglomerações, determinou que não mais de trinta pessoas me vissem de cada vez. Caminhei sobre o tampo da mesa, conforme a menina ordenou; ela me fez perguntas, de acordo com o que sabia ser minha compreensão da língua, e eu respondi, falando o mais alto que pude. Voltei-me diversas vezes para os presentes, saudei-os com reverências, disse que eram bem-vindos e proferi algumas outras falas que me tinham ensinado. Peguei um dedal cheio de alguma bebida destilada, que Glumdalclitch me ofereceu como se fosse um copo, e brindei à saúde de todos. Saquei meu espadim e brandi-o no ar, ao modo dos esgrimistas na Inglaterra. Minha ama entregou-me um fragmento de palha, que manuseei como se fosse uma lança, tendo aprendido a arte na juventude. Fui exibido naquele dia a doze grupos diferentes, e doze vezes fui forçado a repetir as mesmas palhaçadas, até que me senti quase morto de cansaço e constrangimento. Mas aqueles que me viram fizeram relatos tão deslumbrantes que o povo esteve prestes a arrombar as portas para entrar na sala. Meu patrão, defendendo os próprios interesses, não permitia que qualquer pessoa me tocasse, exceto minha ama, e como prevenção bancos foram posicionados em volta da mesa a uma distância tal que me deixava fora do alcance

63. Cidade situada a cerca de 35 quilômetros ao norte do centro de Londres.

de todos. Contudo, um colegial infeliz disparou uma avelã direto contra minha cabeça, e por pouco não me acertou; o projétil veio com tamanha violência que se tivesse me atingido teria infalivelmente despedaçado meus miolos, pois era quase do tamanho de uma pequena abóbora; mas tive a satisfação de ver o moleque ser espancado e expulso da sala.

Meu patrão anunciou publicamente que me exibiria mais uma vez no próximo dia de feira, e nesse ínterim providenciou-me um veículo mais conveniente, tendo razões suficientes para fazê-lo, pois fiquei tão cansado de fazer a primeira viagem e divertir o público durante oito horas seguidas que mal conseguia ficar de pé ou pronunciar uma palavra sequer. Passaram-se, pelo menos, três dias antes que eu pudesse recuperar as forças; e não consegui descansar, pois todos os cavalheiros vizinhos, em um raio de cento e sessenta quilômetros, tendo ouvido falar da minha fama, vieram ver-me na casa do meu patrão. Havia quase trinta pessoas, incluindo esposas e filhos (o país é bastante populoso), e meu patrão cobrava pela lotação da sala sempre que me exibia em casa, mesmo que fosse apenas uma única família. Portanto, durante algum tempo eu mal conseguia descansar durante a semana (exceto nas quartas-feiras, que para eles são como o nosso domingo), mesmo não sendo levado para a cidade.

Meu patrão, descobrindo quanto eu era rentável, decidiu levar-me até as cidades mais importantes do reino. Assim, depois de providenciar todos os itens necessários para uma longa viagem e resolver seus assuntos domésticos, despediu-se da esposa e, no dia 17 de agosto de 1703, cerca de dois meses após minha chegada, partimos para a capital, situada perto do ponto central do império e a quase cinco mil quilômetros de distância da nossa casa. Meu patrão determinou que a filha, Glumdalclitch, seguisse em um cavalo atrás dele. Ela me carregou no colo, dentro de uma caixa amarrada em volta da cintura. A menina forrou todo o interior da caixa com o tecido mais macio que pôde obter, mobiliou-a com o berço da boneca, forneceu-me roupa de cama e outros artigos necessários e deixou tudo o mais confortável possível. Não tínhamos outra companhia senão a de um rapazola da casa, que cavalgava atrás de nós com a bagagem.

O objetivo do meu patrão era exibir-me em todas as cidades pelo caminho, bem como desviar da estrada principal, até uma distância de cem a cento e cinquenta quilômetros, a fim de visitar qualquer aldeia ou qualquer residência nobre onde pudesse encontrar freguesia. Fizemos jornadas amenas, avançando não mais do que duzentos ou duzentos e cinquenta quilômetros por dia, pois Glumdalclitch, no intuito de poupar-me, queixava-se de estar cansada com o trote do cavalo. Ela costumava tirar-me de dentro da caixa, sempre que eu pedia, para eu tomar ar fresco e ver os campos, mas me mantinha preso por uma guia. Cruzamos cinco ou seis rios, muito mais largos e profundos do que o Nilo ou o Ganges; e qualquer riacho era como o Tâmisa na altura da Ponte de Londres. Nossa viagem durou dez semanas e fui exibido em dezoito cidades, além de muitas aldeias e residências particulares.

No dia 26 de outubro chegamos à capital, que no idioma local é denominada Lorbrulgrud, ou Orgulho do Universo. Meu patrão hospedou-se na rua principal da cidade, não muito longe do palácio real, e expôs os cartazes da forma costumeira, contendo uma descrição exata da minha pessoa e dos meus talentos. Arrendou um salão cuja largura era algo entre noventa e cento e vinte metros. Providenciou uma mesa, com cerca de dezoito metros de diâmetro, sobre a qual eu deveria realizar minhas proezas, e protegeu-a com uma cerca posicionada a noventa centímetros da borda, e com os mesmos noventa centímetros de altura, para evitar que eu caísse. Eu era exibido dez vezes por dia, para espanto e satisfação de toda a gente. Naquela ocasião, eu já falava o idioma razoavelmente bem e compreendia com perfeição cada palavra que me era dita. Além disso, tinha aprendido o alfabeto e podia esboçar a leitura de uma frase ou outra, pois Glumdalclitch fora minha preceptora enquanto ainda estávamos em casa e em momentos de lazer durante a viagem. Ela levava consigo um livrinho de bolso, não muito maior do que um exemplar do *Atlas*, de Sanson.[64] Era um tratado comum, para uso de mocinhas, apresentando um breve relato sobre a religião do país; a partir desse livro ela me ensinou a soletrar e a ler as palavras.

---

64. Atlas geográfico de autoria do historiador e cartógrafo francês Nicolas Sanson (1600-67).

3

O autor é convocado à corte. A rainha compra-o do fazendeiro e o apresenta ao rei. Ele debate com os grandes sábios de sua majestade. Aposentos são providenciados na corte para o autor. Ele cai nas graças da rainha. Defende a honra de seu país. As rixas do autor com o anão da rainha

Em poucas semanas o ritmo de trabalho diário provocou um abalo considerável na minha saúde: quanto mais dinheiro meu patrão ganhava às minhas custas, mais insaciável ele se tornava. Eu já perdera a barriga e estava quase reduzido a um esqueleto. O fazendeiro percebeu a situação e, concluindo que eu morreria em breve, resolveu arrancar de mim o máximo possível. Enquanto ele assim raciocinava e tomava sua decisão, um *Slardral*, ou cavalheiro-emissário, chegou da corte, ordenando a meu patrão que me levasse imediatamente até lá para entreter a rainha e suas damas. Algumas damas tinham me visto e relataram detalhes extraordinários sobre minha beleza, meu comportamento e bom senso. Sua majestade e aquelas que a atendiam ficaram mais do que fascinadas com minha conduta. Caí de joelhos e implorei a honra de beijar seu pé imperial, mas a bondosa princesa estendeu o dedo mindinho para mim (depois que fui posto sobre uma mesa), que envolvi me valendo de ambos os braços, e cuja ponta levei com o maior respeito aos lábios. Ela fez algumas perguntas gerais sobre meu país e minhas viagens, às quais respondi com a maior clareza e concisão que pude. Perguntou se eu gostaria de viver na corte. Curvei-me até tocar o tampo da mesa e respondi humildemente que era escravo do meu patrão, mas, se fosse dono da minha própria vontade, teria orgulho de dedicar a vida ao serviço de sua majestade. Ela, então, perguntou ao meu patrão se estava disposto a me vender por um bom preço. Ele, que receava que eu não viveria mais de um mês, dispôs-se a separar-se de mim e exigiu mil moedas de ouro, que lhe foram designadas na mesma hora, cada uma do tamanho de cerca de oitocentos moidores.[65] Contudo, levando em conta a proporção de todas as coisas naquele país e na Europa, bem como o elevado preço do ouro entre eles, o valor não equivaleria a mil guinéus[66] na Inglaterra. Então, eu disse à rainha que, considerando que era agora a mais humilde criatura e vassalo de sua majestade, suplicava um favor: que Glumdalclitch, que sempre cuidara de mim com tanto zelo e bondade, e sabia fazê-lo tão bem, pudesse ser admitida ao seu serviço e continuar a ser minha ama e preceptora. Sua majestade concordou com meu pedido e obteve facilmente o consentimento do fazendeiro, que ficou bastante satisfeito por ver a filha favorecida na corte, e a pobre menina não conseguiu esconder seu contentamento. Meu antigo patrão retirou-se, despedindo-se de mim e dizendo que havia me deixado em boa situação, ao que não respondi uma palavra sequer e apenas fiz uma ligeira mesura.

A rainha notou minha frieza e, depois que o fazendeiro deixou os aposentos, perguntou-me o motivo. Ousei dizer a sua majestade que eu não devia absolutamente nada a meu antigo patrão, exceto o fato de ele não ter esmagado os miolos de uma pobre criatura inofensiva encontrada por acaso em seus campos, e que tal dívida fora amplamente paga por meio dos ganhos que ele obtivera exibindo-me por quase todo o reino e da quantia pela qual acabara de me vender. Declarei também que a vida que eu levara desde então era sacrificada o suficiente para matar um animal cuja força fosse dez vezes maior do que a minha. Que minha saúde estava bastante abalada em vista da contínua faina de entreter a ralé a cada hora do dia e que, se meu patrão não pensasse que minha vida estava em perigo, sua majestade talvez não conseguisse uma barga-

65. Antiga moeda de ouro portuguesa também utilizada na Inglaterra no início do século XVIII. A nomenclatura remete à expressão "moeda de ouro".
66. Primeira moeda de ouro britânica feita a máquina. Originalmente valia uma libra, mas o aumento no preço do ouro fez com que o valor do guinéu se elevasse. A nomenclatura remete à Guiné, na África, de onde se originava boa parte do metal utilizado para cunhar os guinéus.

nha tão boa. Mas não tendo o menor receio de ser maltratado sob a proteção de uma imperatriz tão ilustre e generosa, o ornamento da natureza, a querida do mundo, o deleite dos súditos, a fênix da criação, esperava que todo o temor causado por meu antigo patrão seria infundado, pois já sentia meu ânimo revigorado graças à influência da augusta presença.

Esse foi o resumo do meu discurso, proferido com grande inadequação e hesitação. A última parte foi totalmente enunciada segundo o estilo peculiar àquele povo, tendo eu aprendido algumas frases com Glumdalclitch enquanto me levava à corte.

A rainha, mostrando-se muito tolerante com a deficiência da minha fala, surpreendeu-se ao constatar tamanha inteligência e bom senso em um animal tão diminuto. Pegou-me com a própria mão e levou-me até o rei, que se encontrava sozinho em seu gabinete. O monarca, um príncipe bastante circunspecto e de semblante austero, não tendo observado bem a minha forma à primeira vista, perguntou à rainha, com certa frieza, há quanto tempo ela não se afeiçoava de um *Splacnuck*, pois me tomou por tal, estando eu deitado de bruços na mão direita de sua majestade. Mas a princesa, dotada de infinita sagacidade e humor, pôs-me gentilmente de pé em cima da escrivaninha e ordenou-me que apresentasse a sua majestade um relato sobre minha pessoa, o que fiz sucintamente; e Glumdalclitch, que a tudo assistia da porta do gabinete e não suportava ter-me fora de seu campo de visão, sendo admitida, confirmou o que se passara desde minha chegada à casa de seu pai.

O rei, cujo nível de instrução não era superado por ninguém em seus domínios, tinha formação em filosofia e, sobretudo, em matemática; no entanto, quando observou atentamente minha aparência e me viu andar ereto, enganou-se e pensou, antes que eu começasse a falar, que eu fosse algum objeto mecânico (que naquele país alcançam grande perfeição) criado por algum artífice habilidoso. Porém, ao ouvir minha voz e constatar que o que eu falava era sensato e racional, não pôde disfarçar o espanto. Não se contentou, de modo algum, com o relato que lhe apresentei sobre a maneira como cheguei ao reino e achou que fosse uma história inventada por Glumdalclitch e seu pai, que teriam me ensinado uma quantidade de palavras para poder me vender a um preço melhor. Baseado em tal suposição, me fez várias outras perguntas e seguiu recebendo respostas racionais, sem quaisquer outras falhas exceto um sotaque estrangeiro e um conhecimento imperfeito da língua, pois eu empregava algumas frases rudimentares que havia aprendido na casa do fazendeiro e não combinavam com o estilo polido da corte.

Sua majestade mandou chamar três eruditos ilustres que naquele momento prestavam atendimento semanal (segundo o costume daquele país). Os cavalheiros, depois de examinarem minhas formas com minúcia, estabeleceram opiniões díspares a meu respeito. Todos concordaram que eu não poderia ser criado de acordo com as leis comuns da natureza, porque não era dotado de aptidões com que pudesse preservar minha própria vida, fosse em termos de agilidade, de capacidade de subir em árvores ou cavar buracos na terra. Examinaram meus dentes e concluíram, com grande exatidão, que eu era um animal carnívoro; contudo, sendo a maioria dos quadrúpedes mais fortes do que eu, e sendo os camundongos, bem como animais congêneres, muito mais ágeis, eles não podiam imaginar como eu haveria de garantir meu próprio sustento a menos que me alimentasse de caracóis e outros insetos, hipótese que, por meio de vários argumentos sofisticados, comprovaram não ser viável. Um dos estudiosos estava inclinado a pensar que eu fosse um embrião ou um feto abortado. Mas tal opinião foi rejeitada pelos outros dois, que observaram que meus membros eram perfeitos e bem-acabados e que eu vivia há muitos anos, conforme demonstrado pela minha barba, cujos pelos descobriram claramente valendo-se de uma lupa. Não aceitavam que eu fosse um anão, porque minha pequenez estava além de todos os padrões de comparação, visto que o anão favorito da rainha, o menor já conhecido naquele reino, tinha quase dez metros de altura. Após muito debate, concluíram em unanimidade que eu era apenas um *Relplum Scalcath*, expressão interpretada de maneira literal como *lusus naturae*,[67] noção perfeitamente adequada à filosofia moderna da Europa, cujos mes-

67. Em tradução livre: capricho (ou excrescência) da natureza.

tres, desprezando a antiga justificativa propiciada pela noção de "causas ocultas", com base na qual os seguidores de Aristóteles[68] tentam em vão disfarçar sua ignorância, inventaram essa maravilhosa solução para todas as dificuldades impostas ao indescritível avanço do conhecimento acumulado pela humanidade.

Após essa importante conclusão, pedi para proferir uma ou duas palavras. Dirigi-me ao rei e assegurei a sua majestade que vinha de um país onde havia vários milhões de indivíduos, de ambos os sexos, de minha própria estatura; onde os animais, as árvores e as casas tinham dimensões devidamente proporcionais e onde, por consequência, eu era capaz de me defender e encontrar sustento tanto quanto qualquer um dos súditos de sua majestade naquele país, fato que, a meu ver, propiciava uma resposta completa aos argumentos apresentados por aqueles cavalheiros. Diante disso eles responderam com apenas um sorriso de desdém, afirmando que o fazendeiro me instruíra muito bem em minha lição. O monarca, cuja compreensão era bastante superior, dispensou os eruditos e mandou convocar o fazendeiro, que por sorte ainda não havia deixado a cidade. Depois de questioná-lo em particular e promover uma acareação entre ele, a menina e eu, sua majestade passou a crer na possibilidade de termos falado a verdade. Pediu à rainha que ordenasse que cuidados especiais me fossem dispensados e expressou a opinião de que Glumdalclitch deveria continuar zelando por mim, pois o monarca constatara que sentíamos grande afeto um pelo outro. Um aposento digno foi providenciado para ela na corte; uma espécie de preceptora foi nomeada para cuidar de sua educação, uma criada para vesti-la e outras duas para realizar serviços braçais, mas meu encargo ficou designado exclusivamente a ela. A rainha ordenou ao seu próprio marceneiro que criasse uma caixa que pudesse me servir de quarto de dormir, com base em um modelo a ser definido por Glumdalclitch e por mim em comum acordo. O homem era um artesão por demais habilidoso e, seguindo

68. Aristóteles (384 a.C.-322 a.C.) foi filósofo grego durante o período clássico na Grécia Antiga. Seus escritos abrangem diversos assuntos como física, metafísica, poesia, música, teatro, lógica, retórica, ciência política, ética, biologia, linguística, economia e zoologia.

minhas instruções, construiu em três semanas um cômodo de madeira com cinco metros de lado na base e três e meio de altura, com janelas de guilhotina, uma porta e dois armários, tal qual um quarto de dormir londrino. A tábua que fazia as vezes de teto podia ser levantada e baixada por meio de duas dobradiças para a instalação de uma cama feita pelo estofador de sua majestade, a qual Glumdalclitch removia diariamente para arejar, arrumava com as próprias mãos e, após voltar a instalá-la à noite, trancava o teto acima de mim. Um artesão capacitado, famoso por criar pequenas curiosidades, encarregou-se de me fazer duas cadeiras, com espaldar e boa estrutura, de um material semelhante ao marfim, duas mesas e um armário para guardar meus pertences. Todas as paredes do cômodo eram acolchoadas, assim como o assoalho e o teto, para evitar qualquer acidente causado por descuido de quem me carregasse e para amortecer o impacto de qualquer solavanco quando eu era transportado em uma carruagem. Solicitei uma fechadura para a porta, a fim de impedir a entrada de ratos e camundongos. O ferreiro, depois de várias tentativas, fabricou a menor fechadura até então vista por eles, mas eu tinha visto uma ainda maior no portão da residência de um cavalheiro na Inglaterra. Fiz questão de guardar a chave no meu bolso, temendo que Glumdalclitch a perdesse. Para que roupas me fossem confeccionadas, a rainha encomendou também as sedas mais finas que pudessem ser obtidas, que eram um pouco mais espessas do que um cobertor inglês e bastante incômodas até que eu me acostumasse com elas. Os trajes seguiam a moda do reino, em parte assemelhando-se às vestimentas persas e em parte às chinesas, e eram sóbrios e decentes.

A rainha passou a apreciar tanto minha companhia que não podia cear sem mim. Eu dispunha de uma mesa disposta em cima daquela em que sua majestade fazia as refeições, bem ao lado de seu cotovelo esquerdo, e de uma cadeira para me sentar. Glumdalclitch ficava de pé sobre uma banqueta no chão, perto da minha mesa, para me atender e cuidar de mim. Eu tinha um conjunto completo de travessas e pratos de prata e outros utensílios necessários, que, proporcionalmente aos da rainha, não eram muito maiores do que os que eu via em lojas de bugigangas em Londres como miniaturas de mobiliário para uma casinha de boneca; minha pequena ama guardava tais itens no bolso, dentro de uma caixinha de prata, e os disponibilizava nas refeições, a meu pedido, ela mesma sempre se encarregando de lavá-los. Ninguém ceava com a rainha a não ser as duas princesas, a mais velha com dezesseis anos e a mais nova, na época, com treze anos e um mês. Sua majestade tinha o hábito de colocar um pedacinho de carne em uma das minhas travessas, do qual eu mesmo me servia, e sua diversão era observar-me comendo em miniatura. Isso porque a rainha (cujo apetite não era dos maiores) engolia de uma só vez tanto quanto uma dúzia de fazendeiros ingleses comiam em uma refeição, o que para mim foi durante algum tempo uma visão repugnante. Ela esmagava a asa de uma cotovia, com ossos e tudo, entre os dentes, embora a asa fosse nove vezes maior do que a de um peru adulto, e enfiava na boca um pedaço de pão do tamanho de duas baguetes. Bebia em uma taça de ouro, e a cada gole consumia mais de um barril. As facas por ela usadas eram duas vezes mais longas do que uma foice, contando com o cabo. As colheres, os garfos e outros utensílios eram todos proporcionais. Lembro-me de que certa vez, quando Glumdalclitch me levou por curiosidade para conhecer algumas das mesas da corte, onde dez ou doze daqueles talheres enormes eram erguidos ao mesmo tempo, pensei jamais ter visto algo tão assustador.

É costume todas as quartas-feiras (que, conforme observei, correspondem para eles ao nosso domingo) o rei e a rainha, acompanhados da prole real de ambos os sexos, cearem juntos nos aposentos do monarca, de quem eu me tornara um grande protegido; nessas ocasiões, minha cadeirinha e minha mesa eram colocadas à esquerda dele, diante de um dos saleiros. O rei aprazia-se em conversar comigo, indagando sobre os costumes, a religião, as leis, o governo e o conhecimento da Europa, ao que eu oferecia o melhor relato que me era possível. A compreensão dele era tão clara e a avaliação tão exata que lhe permitiam reflexões e observações muito sábias sobre tudo o que eu dizia. Mas confesso que, depois de eu ter falado um pouco demais sobre meu amado país, sobre nosso comércio e nossas guerras no mar e na terra, sobre nossas desavenças acerca de religião e sobre partidos políticos, os prejulgamentos condicionados pela formação do rei prevaleceram e ele não pôde deixar de me pegar com a mão direita, acariciar-me delicadamente com a outra e, após um ataque de riso, perguntar se eu era Whig ou Tory. Então, voltando-se para o primeiro-ministro, perfilado atrás dele com seu cajado branco, quase tão alto quanto o mastro principal do veleiro *Royal Sovereign*, comentou como era desprezível a altivez humana, capaz de ser arremedada por insetos tão diminutos como eu. No entanto, disse ele, aposto que tais criaturas têm seus títulos e suas honrarias, constroem seus ninhos e tocas, que chamam de casas e cidades; exibem-se com seus trajes e carruagens; amam, brigam, disputam, trapaceiam e traem. E assim ele prosseguiu, enquanto eu corava e empalidecia várias vezes, de indignação, ao ouvir nosso nobre país, o senhor das artes e das armas, o flagelo da França, o árbitro da Europa, a sede da virtude, da piedade, da honra e da verdade, o orgulho e a inveja do mundo, ser tratado com tamanho desprezo.

Porém, de vez que não podia me dar o luxo de alimentar mágoas, comecei, após reflexões amadurecidas, a duvidar se estava magoado ou não. Isso porque, depois de conviver durante vários meses com a visão e as conversas daquele povo, e constatar que todos os objetos por mim contemplados apresentavam dimensões proporcionais, o pavor que eu sentia por conta do tamanho e do aspecto de tudo dissipou-se tanto que, se visse um grupo de lordes e damas ingleses com seus elegantes trajes de gala usados na festa de aniversário do monarca e desempenhando seus diversos papéis à moda da corte, pavoneando-se, fazendo reverências, tagarelando, eu sinceramente ficaria tão tentado a rir deles quanto o rei e seus nobres riam de mim. E, na verdade, tampouco podia deixar de rir de mim mesmo quando a rainha me pegava na mão e me posicionava diante do espelho, no qual nossas duas pessoas apareciam diante de mim, juntas e de corpo inteiro; e não poderia existir nada mais ridículo do que a comparação: de modo que realmente comecei a me imaginar sendo muito menor do que de fato era.

Nada me irritava e mortificava tanto quanto o anão da rainha, que, sendo a pessoa de menor estatura que já existiu naquele país (de fato, acho que ele não tinha nem dez metros de altura), tornou-se tão insolente ao ver uma criatura menor do que ele que sempre se exibia e agia como se fosse grande ao passar por mim na antecâmara da rainha, enquanto eu estava de pé em cima de alguma mesa conversando com lordes ou damas da corte, e raramente deixava de falar uma palavra ou duas sobre minha pequenez, contra o que eu só podia me vingar chamando-o de irmão, desafiando-o a lutar, naqueles bate-bocas comuns entre os pajens da corte. Um dia, durante a ceia, aquele nanico maldoso ficou tão irritado com algo que eu lhe disse que me agarrou pela cintura, estando eu inocentemente sentado, ergueu-me por cima da cadeira de sua majestade, jogou-me dentro uma grande tigela de prata cheia de creme de leite e depois fugiu o mais rápido que pôde. Despenquei de cabeça e, se não fosse um bom nadador, a situação teria ficado feia para o meu lado, pois naquele instante Glumdalclitch estava do outro lado da sala, e a rainha ficou tão apavorada que lhe faltou presença de espírito para me acudir. Mas minha pequena ama correu em meu socorro e retirou-me da tigela depois de eu ter engolido quase um litro de creme de leite. Fiquei de cama; no entanto, não sofri nenhum outro dano além da perda de um traje, que ficou arruinado. O anão foi severamente açoitado e, como punição adicional, forçado a beber a tigela de creme de leite na qual havia me atirado. E nunca mais voltou às graças, visto que logo depois a rainha ofereceu-o como presente a uma dama ilustre, de modo que não mais o vi, para minha plena satisfação, pois não saberia dizer a que extremos aquele pilantra tão malicioso poderia ter levado seu ressentimento.

Ele já havia me pregado uma peça e tanto, que fez a rainha rir embora ao mesmo tempo tenha ficado bastante zangada, e o teria demitido prontamente se eu não fosse tão generoso a ponto de interceder. Sua majestade acabara de servir-se de um osso com tutano e, após remover o tutano, devolveu o osso à travessa, deixando-o em pé, conforme estava antes; o anão, aproveitando a chance, enquanto Glumdalclitch fora até o aparador, subiu na banqueta em que ela ficava para cuidar de mim durante as refeições, agarrou-me com as duas mãos e, juntando minhas pernas, enfiou-me no orifício do osso até a cintura, e ali fiquei preso por algum tempo, fazendo uma figura das mais ridículas. Acredito que demorou quase um minuto antes que alguém percebesse o que havia acontecido comigo, pois achei que seria um vexame gritar. Contudo, visto que aos príncipes é raramente servida carne quente, minhas pernas não foram escaldadas, apenas minhas meias e meu culote ficaram em péssimo estado. O anão, a meu pedido, não recebeu outro castigo além de uma bela surra.

Eu era frequentemente alvo de galhofa por parte da rainha por causa dos meus medos, e ela costumava me perguntar se o povo do meu país era tão covarde quanto eu. A ocasião foi a seguinte: o reino é infestado por moscas no verão, e esses insetos detestáveis, cada um deles do tamanho de uma cotovia feito as de Dunstable,[69] não me davam descanso, com seu zumbido em meus ouvidos, enquanto eu ceava. Às vezes, pousavam em meus alimentos e ali depositavam suas fezes repugnantes, ou desovas, para mim perfeitamente visíveis embora não para os nativos do país, cuja visão não era tão aguçada quanto a minha no tocante a objetos menores. Às vezes, paravam no meu nariz, ou na testa, onde me picavam com gosto, cheirando muito mal, e eu enxergava facilmente a substância viscosa que, segundo nossos naturalistas, permite que tais criaturas andem de cabeça para baixo no teto. Eu tinha muito trabalho para me defender daqueles insetos odientos e sempre levava um susto quando vinham em direção ao meu rosto. Era prática comum do anão pegar alguns deles na mão, como fazem os colegiais entre nós, e soltá-los subitamente debaixo do meu nariz com o propósito de me assustar e divertir a rainha. Meu remédio era retalhá-los em pleno voo com a faca, sendo minha destreza muito admirada.

Lembro-me que certa manhã, quando Glumdalclitch me pôs dentro da minha caixa no parapeito de uma janela, conforme costumava fazer em dias bonitos para eu respirar ar puro (pois eu não me arriscava a deixar que a caixa fosse pendurada em um prego, do lado de fora da

69. A região de Dunstable, cidade localizada no condado de Bedfordshire, a leste da Inglaterra, é famosa há muito tempo por suas cotovias. As aves se reproduzem nas colinas locais, e seu canto muitas vezes enche o ar com música.

janela, como fazemos com gaiolas na Inglaterra), depois de ter levantado a parte inferior da janela da caixa e me sentado à mesa para comer um pedaço de bolo durante a refeição matinal, mais de vinte vespas, atraídas pelo cheiro, entraram voando e zumbindo mais alto do que o ruído de um número idêntico de gaitas de foles. Algumas pousaram no meu bolo e levaram-no aos pedaços, outras voaram em redor da minha cabeça e do rosto, atordoando-me com o zumbido e apavorando-me com seus ferrões. No entanto, tive coragem para me levantar, sacar meu espadim e atacá-las no ar. Matei quatro delas, as demais fugiram, e prontamente fechei a janela. Esses insetos eram do porte de perdizes; removi-lhes os ferrões, que tinham quase quatro centímetros de comprimento e eram tão pontudos quanto agulhas. Guardei-os com todo o cuidado e, após exibi-los com algumas outras curiosidades em várias partes da Europa, ao regressar à Inglaterra ofereci três deles ao Gresham College[70] e guardei o quarto para mim.

70. Instituição de ensino superior localizada no bairro de Holborn, no centro de Londres. Não matricula alunos e não confere diplomas, mas oferece palestras públicas e gratuitas desde sua fundação, em 1597. De 1660 a 1710, incorporou a célebre Real Sociedade.

4

O país é descrito. Uma proposta visando à correção dos mapas modernos. O palácio do rei e relato sobre a capital. A maneira como o autor viaja. O templo principal é detalhado

Pretendo agora oferecer ao leitor uma breve descrição do país, até onde nele viajei, que não foi mais do que três mil e quinhentos quilômetros em redor de Lorbrulgrud, a capital, pois a rainha, a quem eu sempre servia, jamais ultrapassava tal distância quando acompanhava o rei em suas jornadas e ali permanecia até que sua majestade regressasse depois de percorrer as fronteiras. A extensão dos domínios do monarca abrangia cerca de dez mil quilômetros de comprimento e de cinco a oito mil de largura, fato que me leva a concluir que nossos geógrafos europeus estão redondamente enganados quando supõem nada existir, exceto oceano, entre o Japão e a Califórnia, pois sempre foi minha opinião que deve haver um equilíbrio territorial para contrabalançar o grande continente da Tartária; portanto, eles precisam corrigir seus mapas e cartas, acrescentando essa vasta extensão de terra à região noroeste da América, no que estou pronto a prestar-lhes minha assistência.

O reino é uma península, limitada a nordeste por uma cadeia de montanhas cuja altitude chega a quarenta e oito mil metros e que são totalmente intransponíveis por conta de vulcões existentes nos cumes. Nem os mais instruídos sabem que tipo de mortais habitam além dessas montanhas, ou mesmo se são habitadas. Nos outros três lados, a área é limitada pelo oceano. Não há um porto marítimo sequer em todo o reino, e os trechos do litoral onde os rios deságuam são tão cheios de rochedos pontiagudos, e o mar geralmente tão agitado, que não há como ali se aventurar, nem mesmo com o menor de seus barcos; de maneira que aquele povo permanece totalmente excluído de qualquer comércio com o resto do mundo. Mas os grandes rios estão repletos de navios e contam com uma fartura de peixes excelentes, e os habitantes raramente pescam no oceano, porque os peixes do mar são do mesmo tamanho que os da Europa e, por conseguinte, não valem a pena ser capturados; portanto, é evidente que a natureza, na produção de plantas e animais de tamanho tão extraordinário, está totalmente confinada àquele continente, e deixo que os filósofos determinem as razões para tal. No entanto, de vez em quando eles capturam uma baleia arremessada por acaso contra os rochedos, da qual a população se alimenta com vontade. Avistei algumas dessas baleias, tão grandes que um homem deles mal conseguia carregá-las nos ombros; e às vezes, por curiosidade, eram transportadas em cestos até Lorbrulgrud; vi uma delas em uma travessa na mesa do rei sendo admirada como raridade, mas notei que ele não a apreciava muito, pois creio, de fato, que a dimensão avantajada lhe causasse repulsa, embora eu tenha visto uma até um pouco maior na Groenlândia.

O país é bem populoso, contendo cinquenta e uma cidades, cerca de uma centena de vilarejos murados e um elevado número de aldeias. Para satisfazer meu leitor curioso, basta descrever Lorbrulgrud. A cidade ergue-se quase em duas partes iguais, em cada margem do rio que a atravessa. Abriga mais de oitenta mil casas e cerca de seiscentos mil habitantes. A área da cidade abrange três *Glomglungs* (que compreendem cerca de oitenta e seis quilômetros) de comprimento e dois *Glomglungs* e meio de largura, conforme eu mesmo medi no mapa feito por ordem do rei que foi colocado no chão para mim e estendia-se por trinta metros. Descalço, percorri várias vezes o diâmetro e o perímetro e, calculando pela escala, cheguei a uma medição exata.

O palácio real não é uma construção regular, mas um amontoado de edifícios formando uma circunferência com cerca de onze quilômetros; os salões principais têm setenta metros de altura, bem como largura e comprimento proporcionais. Uma carruagem foi autorizada para meu uso e de Glumdalclitch, na qual sua preceptora costumava levá-la para ver a cidade ou passear pelas lojas. Eu sempre as acompanhava, transportado em minha caixa, embora a menina, a meu pedido, muitas vezes me retirasse da caixa e me segurasse na mão para que eu pudesse ver melhor as casas e as pessoas enquanto passávamos. Calculei que nossa carruagem equivalia mais ou menos ao quadrado de Westminster Hall,[71] embora não fosse tão alta; não posso, porém, ser preciso. Um belo dia, a preceptora mandou nosso cocheiro parar em várias lojas, onde os pedintes, aproveitando a oportunidade, aglomeraram-se ao lado da carruagem e propiciaram-me o espetáculo mais horrendo que um olho europeu já contemplou. Havia uma mulher com um tumor no seio, inchado e de dimensões monstruosas, cheio de buracos, em dois ou três dos quais eu poderia ter rastejado e me enfiado de corpo inteiro. Havia um sujeito com um cisto no pescoço maior do que cinco fardos de lã, e outro com duas pernas de pau, cada uma com cerca de seis metros de altura. Mas a visão mais abjeta de todas eram os piolhos que rastejavam em suas roupas. Eu enxergava perfeitamente e a olho nu os membros dos vermes, com mais clareza do que veria um piolho europeu através de um microscópio, e as mandíbulas, com as quais eles fuçavam feito porcos. Aqueles foram os primeiros que vi, e teria curiosidade suficiente para dissecar um deles se dispusesse dos instrumentos adequados (que infelizmente tinha deixado no navio), embora a visão fosse tão nojenta que embrulhou meu estômago.

Além da caixa grande em que eu costumava ser transportado, a rainha mandou fazer uma menor, com pouco mais de três metros de lado e três de altura, para facilitar as viagens, pois a outra era grande demais e mal cabia no colo de Glumdalclitch, além de atravancar o interior da carruagem; foi feita pelo mesmo artesão, por mim orientado em todo o projeto. Tal baú era um cubo exato, com uma janela inserida no meio de três dos quatro lados, sendo cada janela protegida por uma grade de ferro, pelo lado de fora, para evitar acidentes em jornadas longas. No quarto lado, que não tinha janela, foram fixados dois grampos fortes através dos quais a pessoa que me carregava quando eu desejava viajar a cavalo passava um cinto

71. Construção mais antiga do Palácio de Westminster, na margem norte do rio Tâmisa, de grandes proporções (com 88 metros de cumprimento por vinte de largura) e usado para diversas funções, entre as quais judiciais e cerimoniais.

de couro e o afivelava à cintura. Tal função cabia sempre a algum criado consciencioso e leal, em quem eu podia confiar quando acompanhava o rei e a rainha em suas jornadas, ou quando queria ver os jardins, ou visitar alguma grande dama ou ministro de Estado na corte, ou em ocasiões em que Glumdalclitch estava indisposta, isso porque logo me tornei conhecido e estimado pelos funcionários mais ilustres, suponho que mais por conta da benevolência de suas majestades do que por qualquer mérito meu. Quando me cansava da carruagem, um criado a cavalo afivelava minha caixa e a colocava sobre uma almofada à sua frente; e dali eu tinha uma visão completa do país, em três lados, através das três janelas. No baú de viagem, eu dispunha de uma cama de campanha e uma rede pendurada no teto, duas cadeiras e uma mesa, bem aparafusadas à base para não serem sacudidas em consequência do movimento do cavalo ou do veículo. E estando eu há muito tempo acostumado às aventuras marítimas, os sacolejos, embora às vezes bastante violentos, não me perturbavam tanto.

Sempre que eu desejava visitar a cidade era transportado em meu baú, no colo de Glumdalclitch, numa espécie de liteira, à moda do país, carregada por quatro homens e acompanhada por outros dois trajando a libré da rainha. O povo, que tanto ouvia falar de mim, ficava bastante curioso e aglomerava-se em volta do carro; a menina, sempre solícita, fazia os homens pararem e me pegava na mão para que eu pudesse ser visto com mais facilidade.

Eu tinha muita vontade de conhecer o templo principal, e sobretudo a torre do templo, considerada a mais elevada do reino. Assim, um dia minha ama levou-me até lá, mas posso dizer com franqueza que voltei decepcionado; a altura não é superior a novecentos metros, contando desde o solo até o topo do pináculo mais elevado, fato que, levando em conta a diferença entre o tamanho daquela gente e nós europeus, não constitui grande motivo de admiração e não se compara, absolutamente, em proporção (se bem me lembro), ao campanário de Salisbury.[72] Contu-

72. Trata-se da catedral de Salisbury, na Inglaterra. O corpo principal do edifício foi completado entre 1220 e 1258, e a catedral tem o pináculo mais alto do Reino Unido, com 123 metros de altura.

do, para não desmerecer uma nação à qual pelo resto da vida hei de ser extremamente grato, cumpre admitir que o que a célebre torre deixa a desejar em termos de altura é amplamente compensado em termos de beleza e solidez. Isso porque as paredes têm cerca de trinta metros de espessura, construídas com pedra lavrada, cada pedra com quase quatro metros quadrados, e adornadas por todos os lados com estátuas de deuses e imperadores esculpidas em mármore, em tamanho maior do que o natural e alojadas em seus respectivos nichos. Medi um dedo mindinho que havia caído de uma dessas estátuas e jazia despercebido entre alguns entulhos e constatei que tinha exatamente um metro e vinte de comprimento. Glumdalclitch embrulhou-o no lenço e levou-o no bolso para casa a fim de guardá-lo entre outras miudezas, as quais a menina muito prezava conforme costuma acontecer com crianças de sua idade.

A cozinha do rei é um edifício deveras imponente, dotado de uma abóbada com quase duzentos metros de altura. O forno maior, se medisse apenas mais dez passos, seria da largura da cúpula da catedral de São Paulo.[73] Sei disso porque medi a referida cúpula, intencionalmente, depois que voltei. Mas se eu descrevesse a grelha da cozinha, as panelas e chaleiras gigantescas, os cortes de carne girando nos espetos e muitos outros detalhes, talvez ninguém acreditasse; pelo menos um crítico mais rigoroso pensaria que exagerei um pouco, como muitas vezes se suspeita que os viajantes façam. Para evitar tal censura receio ter ido ao outro extremo, e se este tratado for traduzido para a língua de Brobdingnag (que é o nome genérico daquele reino) e divulgado lá, o rei e seu povo teriam motivos para reclamar que eu os prejudicara valendo-me de uma representação falsa e reducionista.

Sua majestade raramente mantém mais de seiscentos cavalos em seus estábulos; de modo geral, a altura dos animais varia entre dezesseis e dezoito metros. Mas quando ele sai em marcha ao ar livre em dias solenes, é acompanhado, formalmente, por uma guarda militar composta

---

73. Catedral anglicana localizada em Londres. O edifício data do século XVIII e sua cúpula é a segunda maior do mundo, só sendo ultrapassada pela da basílica de São Pedro, no Vaticano.

por quinhentos animais, o que, de fato, julguei que fosse a visão mais esplêndida que poderia ser contemplada, até que vi parte de seu exército trajando uniforme de batalha, sobre o que encontrarei outra oportunidade para falar.

5

Diversas aventuras vividas pelo autor. A execução de um criminoso. O autor demonstra sua expertise em navegação

Eu teria vivido bastante contente naquele país se minha pequenez não me tivesse exposto a vários acidentes ridículos e incômodos, alguns dos quais me aventurarei a relatar. Muitas vezes, Glumdalclitch me levava até os jardins da corte, no baú menor, e em algumas ocasiões tirava-me da caixa e me segurava na mão, ou colocava-me no chão para que eu caminhasse. Lembro-me de que o anão, antes de deixar os serviços da rainha, seguiu-nos um dia até o jardim, onde minha ama me soltou no chão. Ele e eu estando juntos e próximos a algumas macieiras-anãs, resolvi demonstrar minha espirituosidade por meio de uma comparação idiota entre ele e as árvores. Então o pilantra maldoso, aproveitando a chance, quando eu passava por baixo de uma delas sacudiu-a diretamente sobre minha cabeça, e uma dúzia de maçãs, cada qual quase do tamanho de um barril de Bristol,[74] despencou sobre minha cabeça; uma delas acertou-me nas costas no momento em que me curvei e derrubou-me de cara no chão, mas não me machuquei. O anão foi perdoado, a meu pedido, pois a provocação havia partido de mim.

Em outra ocasião, Glumdalclitch deixou-me em um gramado para eu espairecer enquanto ela caminhava a alguma distância, acompanhada da preceptora. Nesse meio-tempo, desabou uma chuva de granizo tão violenta que me fez tombar imediatamente no chão; depois que caí, as pedras de gelo atingiram todo o meu corpo, com pancadas cruéis, como

74. Tamanho exato desconhecido. Dependendo da mercadoria e do local, um barril comportava de 30 a 40 galões (113 a 150 litros). Importante centro de comércio marítimo e manufaturas, Bristol deu seu nome a produtos diversos, de diamantes a xerez.

se eu tivesse sido golpeado por bolas de tênis.[75] No entanto, consegui engatinhar e proteger-me, deitando de bruços sob uma moita de tomilho-limão, mas fiquei tão machucado, da cabeça aos pés, que não pude sair de casa pelos dez dias seguintes. E isso não é de admirar, porque naquele país, onde a natureza observa a devida proporção em todas as suas operações, uma pedra de granizo é quase mil e oitocentas vezes maior do que as existentes na Europa, o que posso afirmar com base na experiência, pois tive a curiosidade de pesá-las e medi-las.

Um acidente mais perigoso, porém, aconteceu comigo no mesmo jardim quando minha pequena ama, pensando ter me deixado em um local seguro (o que muitas vezes eu lhe pedia que fizesse para poder desfrutar de meus próprios pensamentos) e tendo deixado minha caixa em casa a fim de evitar o incômodo de carregá-la, foi até outro ponto do jardim com a preceptora e algumas senhoras conhecidas suas. Enquanto ela estava ausente e fora do alcance da minha voz, um spaniel branco pertencente a um dos jardineiros entrou por acaso no jardim e passou perto do lugar onde eu estava. O cachorro, seguindo o faro, veio direto em minha direção e, tomando-me na boca, correu até o dono, abanando o rabo, e largou-me no chão. Por sorte, ele era tão adestrado que me carregou entre as presas sem causar o menor ferimento, e nem sequer rasgar minhas roupas. Mas o coitado do jardineiro, que me conhecia bem e tinha por mim grande afeição, ficou apavorado; com toda cautela, pegou-me com as duas mãos e perguntou como me sentia. Eu estava tão assustado e sem fôlego que não conseguia falar uma palavra. Em poucos minutos voltei a mim e ele me carregou em segurança até minha pequena ama, que àquela altura havia voltado ao lugar onde me deixara e padecia de uma angústia cruel, visto que eu não aparecia nem respondia ao seu chamado. Ela repreendeu severamente o jardineiro por causa do cachorro. Mas a questão foi abafada e jamais chegou ao conhecimento da corte, pois a menina receava que a

75. Cumpre esclarecer que as bolas de tênis usadas no século XVIII eram bem mais duras do que as de hoje.

rainha se zangasse; e na verdade, da minha parte, achei que não faria bem à minha reputação que tal história ficasse falada.

Esse acidente fez Glumdalclitch decidir nunca mais me deixar ao ar livre fora de seu campo de visão. Havia muito tempo que eu temia tal decisão e, portanto, escondia algumas pequenas desventuras ocorridas em ocasiões nas quais fora deixado sozinho. Certa vez, um falcão, pairando sobre o jardim, fez uma curva descendente em minha direção, e se eu não tivesse sacado com firmeza o espadim e corrido para me proteger embaixo de uma espaldeira espessa ele certamente teria me levado em suas garras. Em outra ocasião, depois de caminhar até o topo de um montículo de terra recém-feito por uma toupeira, caí dentro do buraco, cuja borda alcançava meu pescoço, e inventei uma mentira, que não vale a pena lembrar, para justificar o estrago causado às minhas roupas. Além disso, fraturei a canela direita ao tropeçar na concha de um caracol enquanto caminhava sozinho e pensava na pobre Inglaterra.

Não sei dizer se fiquei satisfeito ou mortificado ao observar, naquelas caminhadas solitárias, que os passarinhos pareciam não ter medo de mim e saltitavam a um metro de distância, procurando minhocas e outros alimentos, com tamanha indiferença e confiança como se nenhuma criatura estivesse perto deles. Lembro-me de que um tordo chegou a arrancar da minha mão, com o bico, um pedaço de bolo que Glumdalclitch acabara de me oferecer na refeição matinal. Quando eu tentava pegar um desses passarinhos, eles se voltavam contra mim bravamente, tentando bicar meus dedos, os quais eu não ousava deixar a seu alcance; e depois, despreocupados, voltavam a saltitar, caçando minhocas ou caracóis. Um dia, no entanto, peguei um porrete e atirei-o com toda a força, e por sorte atingi e derrubei um pintarroxo; então, agarrando-o pelo pescoço com as duas mãos, corri triunfante até minha ama. No entanto, o pássaro, que estava apenas atordoado, recuperando-se, desferiu-me tantos golpes com as asas em ambos os lados da cabeça e do corpo, embora eu o segurasse com os braços estendidos e me mantivesse fora do alcance de suas garras, que pensei vinte vezes em deixá-lo escapar. Mas fui logo acudido por um dos nossos criados, que torceu o pescoço da ave, e no dia seguinte a comi no almoço, por ordem da rainha. O pintarroxo, tanto quanto me lembro, parecia ser um pouco maior do que um cisne inglês.

As damas de honra muitas vezes convidavam Glumdalclitch aos seus aposentos e pediam-lhe que me levasse consigo para terem a satisfação de ver-me e tocar em mim. Com frequência despiam-me da cabeça aos pés e deitavam-me em seus seios, o que me causava repulsa, pois, a bem da verdade, a pele das damas exalava um odor bastante desagradável, fato que não menciono nem insinuo com intenção de difamar aquelas senhoras eminentes, pelas quais tenho o máximo respeito; apenas penso que meu olfato era mais aguçado dada minha pequenez, e que aquelas criaturas ilustres não eram mais desagradáveis a seus amados, ou umas às outras, do que pessoas daquele mesmo escalão são para nós na Inglaterra. Afinal descobri que o cheiro natural delas era bem mais suportável do que quando usavam perfumes, sob cujo efeito eu desmaiava imediatamente. Não posso esquecer que um amigo íntimo em Lilliput tomou a liberdade, em um dia quente no qual eu havia feito bastante exercício físico, de reclamar de um odor forte que emanava de mim, embora eu não padeça mais desse mal do que a maioria dos indivíduos do meu sexo; suponho que a capacidade do olfato dele fosse tão aguçada diante de mim quanto a minha era diante daquela gente. Nesse ponto, não posso deixar de fazer justiça à rainha, minha senhora, e a Glumdalclitch, minha ama, pessoas tão cheirosas quanto qualquer dama na Inglaterra.

O que mais me incomodava em relação às damas de honra (quando minha ama me levava para visitá-las) era vê-las lidar comigo sem nenhuma cerimônia, como se eu fosse uma criatura sem a menor importância; tinham o hábito de ficar nuas em pelo e vestiam-se na minha presença enquanto eu era deixado sobre a penteadeira, diretamente diante de seus corpos despidos, o que decerto, para mim, estava longe de ser uma visão tentadora ou de provocar outras emoções além de horror e ojeriza. A pele das damas parecia demasiado áspera e manchada, exibindo as tonalidades mais variadas quando eu olhava de perto, e continha uma verruga aqui e ali, larga feito uma trincheira, com pelos espetados e mais grossos do que barbante de embrulho, sem falar em outros detalhes. Tampouco tinham escrúpulos, enquanto eu estava por perto, ao descarregar o que haviam bebido, na quantidade de no mínimo dois barris, em um recipiente cuja capacidade excedia três tonéis. Às vezes, a mais bela dessas damas de honra, uma mocinha de dezesseis anos, afável e alegre, montava-me em um de seus mamilos, além de realizar várias outras proezas sobre as quais, o leitor me desculpe, não fornecerei pormenores. Fiquei tão constrangido com aquilo que supliquei a Glumdalclitch que inventasse alguma desculpa para não mais visitar a tal mocinha.

Um belo dia, um jovem cavalheiro que era sobrinho da preceptora da minha ama veio instá-las a assistir a uma execução. Tratava-se de um sujeito que havia assassinado um amigo íntimo do tal cavalheiro. Glumdalclitch foi convencida a juntar-se a eles, muito contra sua vontade, pois era naturalmente terna; quanto a mim, embora abominasse aquele tipo de espetáculo, a curiosidade tentava-me a ver o que eu supunha ser algo extraordinário. O criminoso foi amarrado a uma cadeira sobre um cadafalso erguido para fins da execução e teve a cabeça cortada de um só golpe, com uma espada de cerca de doze metros de comprimento. As veias e artérias jorraram uma quantidade tão prodigiosa de sangue, e tão alto no ar, que o grande chafariz de Versalhes não igualaria o tempo de duração daquele jorro; e a cabeça, ao tombar no piso do cadafalso, provocou um baque tão violento que me fez sobressaltar, embora eu estivesse a pelo menos oitocentos metros de distância.

A rainha, que tanto me ouvia falar de minhas viagens marítimas e aproveitava toda e qualquer ocasião para me distrair quando eu estava acabrunhado, perguntou se eu sabia manejar uma vela ou um remo e se um pouco de exercício não faria bem à minha saúde. Respondi que sabia manejar ambos muito bem, pois, embora minha ocupação oficial fosse a de cirurgião ou médico de bordo, muitas vezes, em um aperto, era forçado a trabalhar como um marujo comum. Mas não parecia possível fazer tais coisas naquele país, onde o menor barco era do porte de um vaso de guerra de primeira linha entre nós e onde qualquer embarcação que eu conseguisse manobrar jamais sobreviveria nas correntezas dos rios locais. Sua majestade disse que, se eu desenhasse um barco, seu próprio marceneiro o construiria e ela providenciaria um local para eu navegar. O sujeito era um artífice habilidoso e, seguindo minhas instruções, em dez dias concluiu e equipou um barco de passeio capaz de acomodar confortavelmente oito europeus. Quando ficou pronto, a rainha tanto se encantou que correu com ele no colo até o rei, que ordenou que a embarcação fosse colocada em uma cisterna cheia de água, comigo a bordo, a título de teste, mas ali não pude manejar meus dois pequenos remos por falta de espaço. A rainha, no entanto, já havia idealizado outro projeto. Deu ordens ao marceneiro para fazer uma tina de madeira de noventa metros de comprimento, quinze de largura e dois de profundidade; a tina, bem calafetada para evitar vazamento, foi posta no solo, junto à parede, em um recinto externo do palácio. Havia um ralo perto do fundo da tina para escoar a água quando começasse a ficar turva; e dois criados podiam enchê-la facilmente em meia hora. Ali eu costumava remar para me divertir, bem como para divertir a rainha e suas damas, que se deliciavam com minha habilidade e agilidade. Às vezes eu içava a vela, e aí meu trabalho se limitava a manobrar enquanto as senhoras me forneciam uma ventania com seus leques; e, quando elas se cansavam, alguns pajens sopravam a vela, ao que eu exibia minha expertise, manobrando a estibordo ou a bombordo, como bem desejasse. Quando terminava, Glumdalclitch sempre levava o barco de volta para seu quarto e o pendurava em um prego para secar.

Em uma dessas ocasiões, sofri um acidente que poderia ter me custado a vida. Tendo um dos pajens colocado meu barco na tina, a preceptora, que sempre atendia Glumdalclitch com grande presteza, ergueu-me para me embarcar, mas aconteceu de eu escorregar por entre seus dedos, e teria sem dúvida despencado doze metros até o convés do barco se pelo acaso mais sortudo do mundo não fosse detido por um alfinete preso ao corpete da boa dama; a cabeça do alfinete fisgou um ponto entre minha camisa e o cós do culote, e assim fiquei pendurado em pleno ar até Glumdalclitch me socorrer.

Em outra oportunidade, um dos criados, cuja função era encher a tina com água limpa uma vez a cada três dias, foi tão descuidado que deixou (sem perceber) um sapo enorme escapar do balde. O sapo ficou escondido até eu ser colocado na embarcação; então, vendo um local de descanso, pulou no barco e o fez adernar tanto sobre um dos bordos que fui forçado a equilibrá-lo com todo o meu peso no outro a fim de evitar que emborcasse. Quando o sapo entrou, saltou de imediato a metade do comprimento do barco e depois sobre minha cabeça, para trás e para a frente, lambuzando meu rosto e minhas roupas com sua gosma nojenta. A enormidade das feições fez com que ele parecesse o animal mais deformado que se pode conceber. No entanto, pedi a Glumdalclitch que me deixasse lidar com ele sozinho. Dei-lhe umas boas pancadas com um dos remos e, por fim, forcei-o a saltar para fora do barco.

Mas o maior perigo que enfrentei naquele reino foi devido a um macaco que pertencia a um dos ajudantes de cozinha. Glumdalclitch havia me trancado em seu quarto enquanto saía para tomar algumas providências ou fazer uma visita. Como o tempo estava bem quente, a janela do quarto ficou aberta, assim como as janelas e a porta da minha caixa maior, na qual eu costumava ficar a maior parte do tempo, por ser mais ampla e confortável. Estava eu sentado à minha mesa, meditando tranquilamente, quando ouvi algo entrar pela janela e sair pulando de um lado para o outro. Embora estivesse bastante assustado, arrisquei-me a olhar pela janela da caixa, mas sem me mexer do assento; então vi o animal brincalhão saltitando para cima e para baixo até que por fim chegou à minha caixa, que parecia lhe despertar grande entusiasmo e curiosidade, e ali se pôs a espiar através da porta e das janelas. Recuei até o canto mais distante do cômodo, ou caixa, mas o macaco, espreitando por todos os lados, deixou-me tão assustado que não tive presença de espírito de me esconder debaixo da cama, o que poderia facilmente ter feito. Após algum tempo espiando, rindo e balbuciando, ele finalmente me viu; então, enfiando uma das patas pela porta como faz um gato que brinca com um camundongo, por mais que eu mudasse de lugar para evitá-lo, acabou agarrando a lapela do meu paletó (que, sendo confeccionado com a seda local, era grosso e resistente) e arrastou-me para fora. Em seguida, acomodou-me na pata dianteira direita, conforme faz a ama com uma criança que vai amamentar, e como já vi o mesmo tipo de criatura fazer com um gatinho na Europa; quando tentei me debater, ele me apertou com tamanha força que achei mais prudente não resistir. Tenho bons motivos para crer que ele me tomou por um filhote de sua espécie, pois muitas vezes acariciou meu rosto, delicadamente, com a outra pata. Em meio a tal diversão, ele foi interrompido por um barulho na porta do quarto, como se alguém a estivesse abrindo; então, saltou de repente para a janela pela qual havia entrado e dali seguiu pelos beirais e pelas calhas, andando sobre três patas e segurando-me com a quarta, por fim escalando um telhado adjacente ao nosso. Ouvi Glumdalclitch dar um grito agudo no momento em que ele me carregou para fora. A pobre coitada quase enlouqueceu, e foi grande o alvoroço naquela ala inteira do palácio; os criados correram em busca de escadas; centenas de indivíduos que estavam no pátio viram o macaco sentado na cumeeira de um edifício, segurando-me como se eu fosse um bebê com uma das patas dianteiras e alimentando-me com a outra, enfiando na minha boca restos de comida por ele retirados de dentro das mandíbulas e me dando tapinhas, pois eu me recusava a comer; diante disso, a ralé posicionada lá embaixo não pôde deixar de rir, e não acho que deva ser culpada por tal reação, pois sem dúvida a visão era bastante ridícula para todos, menos para mim. Algumas pessoas atiraram pedras na esperança de derrubar o macaco, mas tal ação foi logo proibida, caso contrário, provavelmente, meus miolos teriam sido despedaçados.

Escadas foram colocadas e vários homens subiram por elas; o macaco, vendo-se quase cercado e não sendo capaz de ganhar velocidade suficiente valendo-se de apenas três patas, largou-me sobre uma telha da cumeeira e fugiu. Ali fiquei sentado por algum tempo, a trezentos metros do solo, esperando a cada momento ser arrastado pelo vento, ou despencar por conta da vertigem, e rolar sem parar da cumeeira até o beiral; contudo, um bom rapaz, um dos lacaios de minha ama, subiu e, acondicionando-me no bolso do culote, trouxe-me de volta ao solo com segurança.

Quase sufoquei com a imundície que o macaco tinha me enfiado goela abaixo, mas minha querida ama removeu tudo da minha boca com uma pequena agulha e então regurgitei a valer, o que me propiciou grande alívio. No entanto, vi-me tão enfraquecido e machucado na altura das costelas, em consequência dos apertos que o maldito animal me impusera, que tive que ficar de cama por quinze dias. Diariamente, o rei, a rainha e toda a corte pediam notícias sobre minha saúde, e sua majestade, a monarca, visitou-me diversas vezes enquanto eu estava acamado. O macaco foi abatido, e ordenou-se que nenhum animal daquela espécie fosse mantido no palácio.

Quando procurei o rei após minha recuperação a fim de agradecer as gentilezas ele fez muita troça da minha aventura. Perguntou sobre os pensamentos e as suposições que me ocorreram quando eu estava nas garras do macaco, sobre minha apreciação acerca da comida que ele me serviu, sobre seus hábitos alimentares e sobre o efeito do ar fresco do telhado no meu apetite. Quis saber o que eu teria feito em tal ocasião no meu próprio país. Eu disse a sua majestade que na Europa não tínhamos macacos, exceto aqueles trazidos como curiosidade de outros lugares, e que eram tão pequenos que eu poderia enfrentar uma dúzia deles de uma só vez caso ousassem me atacar. E quanto àquele animal monstruoso com quem eu recentemente me envolvera (e que era, de fato, tão grande quanto um elefante), se o medo não me impedisse de raciocinar e usar meu espadim (disse eu, olhando ferozmente e agarrando o cabo da lâmina enquanto falava) no momento em que ele enfiou a pata no meu quarto, talvez tivesse desferido um golpe que o faria retirar a pata com mais pressa do que a introduzira. Isso eu declarei em tom firme, como quem não aceita ver sua coragem questionada. Contudo, minha fala produziu tão somente uma gargalhada geral, que nem mesmo todo o respeito devido a sua majestade por parte dos que o cercavam foi capaz de conter. Isso me fez refletir como é vã a tentativa de um indivíduo querer se impor entre pessoas que estão fora de qualquer grau de igualdade ou comparação com ele. E, no entanto, desde que regressei, tenho presenciado comportamento como o meu na Inglaterra, onde um servo miserável e desprezível, sem o menor título de nascimento, sem importância pessoal, sem inteligência ou bom senso, atreve-se a olhar com altivez e pôr-se em pé de igualdade com os indivíduos mais insignes do reino.

Todos os dias eu propiciava à corte alguma história ridícula; e Glumdalclitch, embora muito me amasse, prestava-se a sempre informar à rainha qualquer bobagem que eu fazia e que, segunda ela achava, seria divertida para sua majestade. A menina, que estivera adoentada, foi levada pela preceptora para tomar ar a cerca de uma hora de distância, ou cinquenta quilômetros da cidade. Saltaram da carruagem perto de uma trilha campestre, e, depois que Glumdalclitch pôs no solo meu baú de viagem, saí para dar uma volta. Havia esterco de vaca no caminho e resolvi testar minha condição física pulando por cima do montículo. Realizei a corrida, mas infelizmente o salto foi demasiado curto e caí bem no meio, ficando enterrado até os joelhos. Saí com alguma dificuldade, e um dos lacaios limpou-me o máximo possível com um lenço, pois fiquei imundo, e minha ama confinou-me no baú até voltarmos para casa, onde a rainha logo foi informada do que havia acontecido e os lacaios espalharam a notícia pela corte, de maneira que durante alguns dias todas as risadas foram às minhas custas.

6

Vários artifícios usados pelo autor para agradar ao rei e à rainha. Ele exibe dotes musicais. O rei indaga sobre a situação da Europa e o autor o esclarece. Os comentários subsequentes do rei

Eu costumava comparecer às audiências matinais do rei uma ou duas vezes por semana, e não raro o vi sob os cuidados do barbeiro, o que, de início, foi algo deveras terrível de se contemplar, pois a navalha era quase o dobro do comprimento de uma foice comum. Sua majestade, segundo o costume do país, barbeava-se apenas duas vezes por semana. Certa vez convenci o barbeiro a me ceder um pouco da espuma, da qual retirei quarenta ou cinquenta dos tocos de pelo mais espessos. Então peguei uma ripa de madeira fina, perfurei como se fosse as costas de um pente e fiz vários furos equidistantes, com a menor agulha que obtive de Glumdalclitch. Fixei os tocos com tamanha habilidade, raspando e angulando as pontas com a faca, que produzi um pente bastante razoável, algo oportuno, pois o meu estava com os dentes tão quebrados que era quase inútil, e eu não conhecia nenhum artesão no país hábil e preciso a ponto de me confeccionar outro.

Isso me deu ideia para um divertimento no qual passei muitas horas de lazer. Pedi à dama de companhia da rainha que guardasse para mim os fios de cabelo de sua majestade que ficassem no pente, dos quais, com o tempo, consegui acumular boa quantidade; consultando meu amigo marceneiro, que recebera ordens para fazer-me pequenas encomendas, pedi-lhe que fabricasse duas cadeiras, não maiores do que as que eu tinha na minha caixa, e que fizesse pequenos orifícios, com um furador, em volta das partes que serviriam de espaldar e assento; através desses orifícios, teci os fios mais resistentes que pude identificar, exatamente como nas cadeiras de palha da Inglaterra. Quando estavam concluídas, ofertei-as a sua majestade, que as guardou em seu armário e costumava exibi-las como curiosidades, e as cadeirinhas deveras maravilhavam todos que as contemplavam. A rainha queria que eu me sentasse em uma delas, mas recusei-me terminantemente, protestando que preferia morrer mil vezes a colocar uma parte desonrosa do meu corpo sobre aqueles fios preciosos que outrora adornaram a cabeça de sua majestade. Com tais fios (sendo eu dotado de habilidade artesanal) fiz também uma bela bolsinha, de cerca de um metro e meio de comprimento, com o nome de sua majestade inscrito em letras douradas, a qual dei de presente a Glumdalclitch com o consentimento da rainha. Para dizer a verdade, a bolsinha era mais para exibição do que para uso, pois não aguentava o peso das moedas maiores, e por isso minha ama não guardava nada ali dentro além de pequenas bugigangas típicas de meninas.

O rei, que muito apreciava música, promovia concertos frequentes na corte, aos quais eu às vezes era levado dentro da minha caixa, que era posta em cima de uma mesa; mas a barulheira era tamanha que eu mal conseguia distinguir as melodias. Tenho certeza de que todos os tambores e clarins de um exército real, rufando e soando juntos ao lado do ouvido, não se equiparariam a tal estardalhaço. Eu costumava pedir que minha caixa fosse levada até o ponto mais distante possível do local onde os músicos se apresentavam, e então fechava as portas, as janelas e as cortinas; feito isso, a música até que não era desagradável.

Eu havia aprendido na juventude a tocar um pouco de espineta. Glumdalclitch tinha uma em seus aposentos, e um professor vinha ministrar-lhe aulas duas vezes por semana; digo espineta porque o objeto fazia lembrar um pouco tal instrumento e era tocado da mesma maneira. Veio-me a ideia de entreter o rei e a rainha com uma melodia inglesa executada no instrumento. Fazê-lo, porém, parecia ser algo extremamente difícil, pois a espineta media cerca de dezoito metros de comprimento e cada tecla tinha quase trinta centímetros de largura, de modo que, mesmo com os braços estendidos, eu não conseguia alcançar mais do que cinco teclas, e pressioná-las exigia um golpe potente com o punho, um esforço excessivo e inútil. Então inventei um método. Preparei dois bastões arredondados, do tamanho de porretes comuns; eram mais grossos em uma ponta do que na outra, e cobri cada ponta mais grossa com um pedaço de pele de rato, de maneira que ao bater com os bastões não danificasse a parte superior das teclas nem interrompesse o som. Diante da espineta foi colocado um banco, cerca de um metro abaixo das teclas, no qual fui posicionado. Corri de um lado para outro em cima do assento, o mais rápido que pude, batendo nas teclas certas com os dois bastões, e consegui tocar uma giga,[76] para plena satisfação de ambas as majestades; mas foi o exercício físico mais intenso que realizei na vida, e não era capaz de alcançar mais que dezesseis teclas; portanto, não pude tocar o grave e o agudo juntos, como fazem outros músicos, o que constituiu grande desvantagem para meu desempenho.

O rei, que, conforme observei antes, era um príncipe dotado de excelente discernimento, muitas vezes ordenava que eu fosse trazido em minha caixa e colocado sobre a mesa em sua antecâmara. Então ordenava que eu trouxesse uma das cadeiras do mobiliário da caixa e me sentasse a três metros de distância, em cima do armário, o que me deixava quase no nível de seu rosto. Assim posicionado, entabulei várias conversas com ele. Um belo dia, tomei a liberdade de dizer a sua majestade que o desprezo que ele manifestava pela Europa e pelo resto do mundo parecia não corresponder à sua excelente capacidade intelectual, que não havia correspondência direta entre juízo e dimensão corporal, que, ao contrário, observamos em nosso país que as pessoas mais altas eram geralmente as menos providas de intelecto, que entre outros animais abelhas e formigas tinham a reputação de possuir mais aptidão, destreza e sagacidade do que muitas espécies maiores e que, por mais insignificante que ele me considerasse, eu esperava viver para prestar a sua majestade algum serviço importante. O rei ouviu-me com atenção e passou a ter uma opinião melhor a meu respeito. Pediu-me que lhe apresentasse o

---

76. A rigor, trata-se do nome de uma dança alegre e rústica muito popular na Inglaterra, na Escócia e na Irlanda. Ainda no século XVI, melodias de giga foram bastante empregadas por compositores como parte de uma suíte musical.

relato mais exato possível sobre o governo da Inglaterra, porque, embora os príncipes sempre valorizassem seus próprios costumes (o que ele deduziu fosse o caso de outros monarcas, a julgar por meus depoimentos anteriores), ele teria prazer em ouvir a descrição de qualquer fato capaz de merecer imitação.

Imagine, leitor cortês, quantas vezes desejei possuir a língua de Demóstenes ou Cícero,[77] que me permitisse cantar o louvor da minha querida pátria em um estilo à altura de seus méritos e potencialidades.

Iniciei meu relato informando a sua majestade que nossos domínios consistiam em duas ilhas que compunham três reinos poderosos,[78] sob um único soberano, além de nossas colônias na América. Detive-me na fertilidade do nosso solo e na amenidade do clima. Depois, discorri sobre a constituição do Parlamento inglês, em parte composto por um corpo ilustre chamado Câmara dos Lordes, integrado por pessoas de sangue nobilíssimo e patrimônio vasto e antigo. Descrevi o zelo extraordinário sempre dedicado à educação de tais indivíduos, nas artes e nas armas, com o propósito de qualificá-los para atuarem como conselheiros natos, tanto do rei quanto do reino, participarem da legislatura, serem membros do supremo tribunal de magistratura, do qual não cabe recurso,[79] e estarem sempre prontos para liderar a defesa de seu príncipe e país, graças à sua bravura, conduta e lealdade. Disse que eram o ornamento e o baluarte do reino, dignos seguidores de seus célebres antepassados, cuja honra era a recompensa de sua virtude, da qual seus descendentes jamais haveriam de se afastar. A esses indivíduos juntavam-se várias pessoas consagradas, fazendo parte da mesma assembleia, sob o título de bispos,[80] cuja tarefa precípua é cuidar da religião e daqueles que nela

---

77. Respectivamente, político e orador ateniense (384 a.C.-322 a.C) e político e orador romano (106 a.C.-46 a.C).
78. Ou seja, Inglaterra, Irlanda e Escócia.
79. A Câmara dos Lordes, criada entre os séculos XIII e XIV, era até recentemente o tribunal mais alto no Reino Unido, antes da criação da Suprema Corte, em 2009. Hoje mantém funções legislativas e religiosas.
80. Os bispos são até hoje membros da Câmara dos Lordes, chamados "lordes espirituais". Eles mantêm o cargo apenas enquanto exercem funções eclesiásticas, isto é, esse cargo não é vitalício.

instruem o povo. Esses eram procurados por toda a nação e selecionados, pelo príncipe e seus conselheiros mais sábios, entre aqueles do sacerdócio que mais merecidamente se distinguiam pela santidade de suas vidas e pela profundidade de sua erudição, homens que eram de fato os pais espirituais do clero e do povo.

Disse que a outra ala do Parlamento consistia em uma assembleia denominada Câmara dos Comuns, composta sobretudo por cavalheiros escolhidos livremente pelo próprio povo, com base em seus grandes talentos e amor pelo país, para representarem a sabedoria da nação como um todo. E que essas duas câmaras formavam a assembleia mais ilustre da Europa, à qual, junto ao príncipe, compete toda a legislação.

Em seguida, falei dos tribunais de justiça, presididos pelos juízes, sábios e veneráveis intérpretes da lei, cujo objetivo é resolver desavenças acerca de direitos e bens disputados por homens, bem como estabelecer a punição do mal e a defesa da inocência. Mencionei a gestão prudente do nosso Tesouro, a bravura e as conquistas das nossas forças armadas, por mar e terra. Relatei o número de nossos habitantes, calculando quantos milhões haveria de grupo religioso ou partido político entre nós. Não omiti nossos esportes e nosso lazer, nem qualquer outro detalhe que a meu ver pudesse ressaltar a honra do meu país. E concluí com um breve relato histórico de assuntos e eventos na Inglaterra ao longo de cerca dos últimos cem anos.

A conversa só terminou após cinco audiências, cada qual com várias horas de duração, e o rei ouviu tudo atentamente, tomando notas com frequência do que eu narrava, bem como de perguntas que pretendia me fazer.

Depois que cheguei ao fim dos extensos relatos, sua majestade, em uma sexta audiência, consultando suas notas, apresentou muitas dúvidas, perguntas e objeções acerca de todos os tópicos. Perguntou sobre os métodos utilizados para cuidar das mentes e dos corpos de nossa jovem nobreza e sobre o tipo de atividade à qual geralmente se dedicavam na primeira parte da vida, a mais propícia à aprendizagem. Indagou sobre o procedimento adotado para suprir a respectiva assembleia quando alguma família nobre era extinta. Sobre as qualificações necessárias àqueles que eram admitidos como novos lordes; sobre a possibilidade de o capricho do príncipe, ou alguma soma de dinheiro oferecida a uma dama da corte ou a um ministro-chefe, ou o propósito de fortalecer um partido contrário ao interesse comum, já haver ensejado alguma nova admissão. Perguntou sobre o grau de conhecimento de tais senhores acerca das leis do país e como adquiriam tal saber, de modo a capacitá-los a decidir sobre os bens de seus compatriotas em última instância. Se estavam sempre imunes à avareza, à parcialidade ou a necessidades pessoais, de modo que algum suborno, ou algo igualmente sinistro, jamais pudesse ocorrer entre eles. Se os indivíduos consagrados aos quais me referi eram sempre promovidos por conta de seu conhecimento sobre assuntos religiosos e da santidade de suas vidas, e jamais se mantinham fiéis aos nobres dos quais dependiam quando eram sacerdotes comuns, ou capelães venais, e cujas opiniões continuam a defender servilmente depois de serem admitidos a tal assembleia.

Então, quis saber que procedimentos eram praticados na eleição daqueles que eu chamava de comuns. Se algum estranho com o bolso recheado de recursos não poderia influenciar os eleitores a escolhê-lo, em vez do próprio senhorio destes, ou do cavalheiro mais notável da vizinhança. Indagou como era possível os indivíduos se mostrarem tão decididamente inclinados a ingressar em tal assembleia, que eu tinha admitido ser fonte de grandes encrencas e despesas, muitas vezes resultando na ruína de famílias, e ainda destituídos de qualquer salário ou pensão; tal disposição parecia indicar um mérito e um espírito público tão exaltados que sua majestade parecia duvidar que fossem sempre sinceros. E queria saber se tais cavalheiros, tão zelosos, poderiam ter alguma intenção de reembolsar a si mesmos por seus encargos e dificuldades, subjugando o bem comum aos desígnios de algum príncipe fraco e maldoso em conluio com ministros corruptos. Ele multiplicou as perguntas e vasculhou minuciosamente cada canto do meu cérebro, levantando inúmeras indagações e objeções, as quais não acho prudente nem conveniente aqui repetir.

Quanto ao que falei acerca dos nossos tribunais de justiça, sua majestade pediu esclarecimentos sobre vários pontos, aos quais pude responder melhor uma vez que fui quase arruinado por um demorado processo na chancelaria decidido em meu favor, embora eu arcasse com os custos. Ele perguntou qual o tempo geralmente gasto para decidir entre o certo e o errado, bem como qual o montante das expensas envolvidas. Se advogados e oradores tinham liberdade para defender causas manifestamente reconhecidas como injustas, vexatórias ou opressivas. Se filiação política ou religiosa tinha algum peso na balança da justiça. Se os advogados de defesa eram pessoas que detinham conhecimento geral sobre equidade ou apenas sobre costumes locais ou nacionais. Se eles ou os juízes tinham alguma participação na elaboração das leis que eles próprios tomavam a liberdade de interpretar e glosar a seu bel-prazer. Se alguma vez, em momentos diferentes, atuavam na defesa ou na acusação de uma mesma causa e citavam precedentes para provar opiniões contrárias. Se formavam um contingente rico ou pobre. Se recebiam alguma recompensa pecuniária pela elaboração de defesas ou pareceres e, sobretudo, se costumavam ser admitidos como membros da Câmara dos Comuns.

Em seguida, deteve-se na administração do nosso Tesouro e disse que achava que minha memória falhara, pois eu havia calculado nossa receita com impostos em torno de cinco ou seis milhões por ano, mas quando mencionei os gastos ele verificou que, às vezes, chegavam a mais do que o dobro disso; e suas anotações eram bastante exatas nesse particular, porque ele esperava, conforme me disse, que o conhecimento da nossa conduta pudesse ser útil, e não se enganaria nos cálculos. Mas se o que eu disse era verdade, ele ainda não entendia como um reino poderia ficar desprovido de recursos como se fosse uma pessoa privada. Perguntou quem eram nossos credores e onde encontrávamos dinheiro para pagá-los. Admirou-se ao ouvir-me falar de guerras tão onerosas e longas, supôs que decerto éramos um povo belicoso ou vivíamos entre vizinhos hostis, e que nossos generais deveriam ser mais ricos do que nossos reis. Indagou por que nos aventurávamos fora de nossas próprias ilhas, a não ser por conta de comércio, ou algum tratado, ou para defender o litoral com nossa frota. Acima de tudo, ficou perplexo ao me ouvir falar de um exército permanente de mercenários, em pleno tempo de paz e entre um povo livre. Disse que, se éramos governados mediante nosso próprio consentimento, por meio de nossos representantes, não podia supor a quem temíamos ou contra quem haveríamos de lutar; e quis saber minha opinião quanto à casa de um indivíduo ser mais bem defendida por ele próprio, seus filhos e sua família do que por meia dúzia de pilantras recrutados nas ruas mediante pequenos soldos, e que poderiam ganhar cem vezes mais degolando aqueles que deveriam defender.

Riu-se da minha estranha aritmética (como se aprouve em chamar) quando calculei nossa população com base em números extraídos das várias seitas existentes entre nós, abrangendo religião e política. Disse que não via nenhum motivo pelo qual aqueles que nutrem opiniões prejudiciais ao público devem ser obrigados a mudar de visão, nem por que motivo não possam ser obrigados a escondê-las. E assim como era considerado tirania, em qualquer governo, exigir a primeira conduta, também era considerado fraqueza não impor a segunda, pois é permitido a um homem armazenar veneno desde que não o venda como elixir.

Observou que entre as diversões de nossa alta e baixa nobreza eu havia mencionado jogos de azar; quis saber em que idade o indivíduo começava a praticar tal divertimento e quando o abandonava, a quantidade de tempo que a atividade demandava, se alguma vez os montantes eram tão elevados a ponto de abalar fortunas; perguntou também se pessoas mesquinhas e maléficas, devido à sua destreza nos jogos, acumulavam grandes riquezas e às vezes mantinham os nobres sob sua dependência ou os habituavam ao convívio de más companhias, afastando-os por completo do aprimoramento de seus intelectos e forçando-os, em consequência de perdas sofridas, a aprender e praticar a mesma destreza infame em prejuízo de terceiros.

Ficou simplesmente estarrecido diante do relato histórico que lhe apresentei acerca de nossos feitos ao longo do século anterior, e protestou, afirmando que tudo não passava de um amontoado de conspirações, rebeliões, assassinatos, massacres, revoluções e banimentos, os piores efeitos que a avareza, a parcialidade, a hipocrisia, a perfídia, a crueldade, a ira, a loucura, o ódio, a inveja, a depravação, a malícia e a ambição eram capazes de produzir.

Sua majestade, em outra audiência, esforçou-se para recapitular tudo o que eu havia falado e comparou as perguntas por ele formuladas com as respostas que lhe dei; então, tomando-me em suas mãos e acariciando-me ternamente, expressou-se com as seguintes palavras, que jamais esquecerei, nem a maneira como foram pronunciadas: Meu pequeno amigo Grildrig, você fez uma admirável apologia do seu país, demonstrando claramente que a ignorância, o ócio e a imoralidade são os ingredientes adequados para qualificar um legislador; que as leis são mais bem explicadas, interpretadas e aplicadas por aqueles cujos interesses e habilidades dependem de pervertê-las, confundi-las e ludibriá-las. Observo entre a sua gente alguns traços de uma instituição que em sua versão original poderia ter sido tolerável, mas tais traços estão um pouco apagados, e os demais foram totalmente borrados e manchados pela corrupção. Não parece, considerando tudo o que você disse, que alguma honradez seja necessária para a obtenção de qualquer posto entre o seu povo, muito menos que os homens sejam enobrecidos por conta da virtude, que os sacerdotes sejam promovidos por conta da fé ou de erudição, soldados, por sua conduta ou bravura, juízes, por sua integridade, parlamentares, pelo amor à pátria, ou conselheiros por sua sabedoria. E prosseguiu o rei: Quanto a você, que passou a maior parte da vida viajando, estou disposto a crer que tenha escapado de muitos malefícios do seu país. Mas pelo que depreendi do seu próprio relato, e pelas respostas que arranquei de você com tanto esforço, não posso deixar de concluir que a maior parte de seus compatriotas é a raça mais perniciosa de vermes odiosos que a natureza permitiu rastejar na face da Terra.

7

O amor do autor pelo seu país. Ele apresenta ao rei uma proposta bastante vantajosa, a qual é rejeitada. Os saberes no país mostram-se errôneos e limitados. Suas leis, questões militares e partidos de Estado

Não fosse meu amor extremo pela verdade, eu poderia ter escondido essa parte da minha história. Era inútil revelar meu ressentimento, que era sempre ridicularizado, e fui forçado a ter paciência enquanto meu nobre e amado país era tratado de maneira tão injuriosa. Lamento sinceramente, tanto quanto qualquer um dos meus leitores, que tal ocasião tivesse se apresentado, mas o príncipe era tão curioso e inquisitivo em relação a todos os detalhes que não seria condizente nem com a gratidão nem com as boas maneiras recusar-lhe qualquer informação que me fosse possível fornecer. No entanto, posso dizer em minha própria defesa que, com habilidade, consegui esquivar-me de diversas perguntas e atribuí a todos os pontos uma visão mais favorável, em muitos graus, do que o rigor da verdade permitiria. Isso porque sempre exerci uma louvável parcialidade para com meu próprio país, o que Dionísio Halicarnasso,[81] com tanta justiça, recomenda a um historiador. Escondi as fragilidades e deformidades de minha pátria-mãe e apresentei suas virtudes e belezas sob a mais vantajosa das luzes. Esse foi meu sincero empenho durante os tantos debates que tive com aquele poderoso monarca, embora infelizmente não tenha obtido sucesso.

81. Historiador e crítico literário grego nascido por volta da metade do século I a.C. e falecido em data desconhecida (possivelmente fim do século I a.C. ou início do século I), foi ativo durante o reinado de Augusto. Em sua *Archaeologia*, escreveu uma versão positiva da história romana com a intenção de convencer os gregos a aceitar sua sujeição a Roma.

Mas grandes concessões devem ser feitas a um rei que vive totalmente isolado do restante do mundo e que, portanto, permanece desinformado acerca de hábitos e costumes que prevalecem em outras nações, e a falta de tal conhecimento sempre produz muitos preconceitos, além de certa estreiteza mental, do que nós e os países mais educados da Europa estamos totalmente isentos. E seria de fato difícil esperar que as noções de virtude e mérito de um príncipe tão distante de nós fossem oferecidas como padrão para toda a humanidade.

Para confirmar o que acabo de dizer, e também para demonstrar os efeitos infames de uma educação isolada do mundo, insiro aqui uma passagem que dificilmente será crível. Na esperança de merecer ainda mais o beneplácito de sua majestade, falei-lhe de uma invenção datada de trezentos a quatrocentos anos antes: um certo pó cuja porção que fosse tocada pela menor faísca deflagrava-se por inteiro, instantaneamente, como se o amontoado fosse tão grande quanto uma montanha, e fazia tudo voar pelos ares, produzindo um estrondo e um abalo maiores que um trovão. Disse que uma quantidade adequada desse pó introduzido em um tubo oco de latão ou ferro, de acordo com o calibre, disparava uma bolota de ferro ou chumbo com tamanha violência e velocidade que nada era capaz de suster sua força. Que os projéteis maiores assim disparados não só destruíam fileiras inteiras de um exército de uma só vez mas derrubavam as muralhas mais resistentes, afundavam navios tripulados por mil homens e, quando acoplados entre si em cadeias, decepavam mastros e cabos, cortavam centenas de corpos pelo meio e reduziam a escombros tudo que estivesse pelo caminho. Que muitas vezes inseríamos esse pó em grandes bolas ocas de ferro e as disparávamos, por meio de uma máquina, contra alguma cidade que estávamos sitiando, rasgando ruas, despedaçando casas, explodindo e lançando estilhaços por todos os lados, estourando os miolos de todos os que se aproximassem. Disse que conhecia muito bem os ingredientes, que eram baratos e comuns; que sabia como combiná-los e me dispunha a orientar seus operários na fabricação dos tais tubos, com dimensões proporcionais a todas as outras coisas no reino de sua majestade, e que os maiores não precisavam ter mais do que trinta metros de comprimento; vinte ou trinta tubos carregados com a quantidade adequada de pólvora e projéteis derrubariam as muralhas da cidade mais fortificada em seus domínios, em poucas horas, ou destruiriam a capital inteira, se ela alguma vez pretendesse contestar seu comando absoluto. Isso, humildemente, ofereci a sua majestade como pequeno tributo em reconhecimento por tantas demonstrações que recebi de sua régia benevolência e proteção.

O rei se horrorizou com a descrição que fiz daquelas máquinas terríveis e com minha proposta. E ficou perplexo ao constatar que um inseto impotente e insignificante (foram essas suas palavras) como eu podia alimentar ideias tão desumanas e exibir uma atitude tão natural a ponto de parecer absolutamente impassível diante das cenas de sangue e desolação que eu pintara como consequências banais dessas máquinas destrutivas, as quais, segundo ele, teriam sido inventadas por algum gênio do mal, inimigo da humanidade. Quanto a sua própria posição, ele afirmou que, embora poucas coisas lhe agradassem tanto quanto novas descobertas nos saberes ou na natureza, preferiria perder metade do seu reino a tomar conhecimento de tal segredo e me ordenou que, se eu prezava minha vida, jamais voltasse a tocar no assunto.

Estranho efeito causado por princípios e pontos de vista tacanhos! Imagine um príncipe provido de todas as qualidades que ensejam veneração, amor e estima, de grandes aptidões, sabedoria e profunda erudição, dotado de talentos admiráveis para a governança e quase adorado por seus súditos, movido por um escrúpulo benévolo, mas desnecessário, do qual na Europa não possuímos o menor entendimento, deixar escapar tal oportunidade colocada em suas mãos, uma oportunidade que teria feito dele o senhor absoluto da vida, da liberdade e da fortuna de seu povo! Não digo isso com a menor intenção de diminuir as muitas virtudes daquele excelente rei, cujo caráter, tenho ciência, será por conta disso muito desmerecido na opinião de um leitor inglês, mas considero que tal defeito entre eles tenha decorrido de ignorância por não terem até então reduzido a política a uma ciência, como fizeram as mentes mais sagazes da Europa. Isso porque me lembro perfeitamente de que, durante uma conversa com o rei, quando eu disse que contávamos com milhares de livros escritos sobre a arte de governar, a informação causou nele (contrariando diretamente minha intenção) uma opinião negativa sobre nosso discernimento. Ele professou abominar e desprezar todo e qualquer mistério, refinamento e capacidade de intriga, tanto em um príncipe quanto em um ministro. Não sabia o que eu queria dizer com segredos de Estado quando isso não se referisse a algum inimigo ou alguma nação rival. O monarca balizava o conhecimento de governar por limites bastante estreitos, pelo bom senso e pela razão, pela justiça e pela moderação, pela ágil resolução das causas civis e criminais, além de alguns outros tópicos óbvios que não vale a pena considerar.[82] E manifestou a opinião de que um indivíduo capaz de produzir duas espigas de trigo, ou duas folhas de relva, em um pedaço de terra onde antes apenas uma crescia deveria merecer mais da humanidade e estaria prestando um serviço mais essencial ao seu país do que toda a raça de políticos juntos.

Os saberes daquele povo são muito limitados, abrangendo tão somente moralidade, história, poesia e matemática, nos quais há de se reconhecer que se distinguem. Mas o último desses saberes é aplicado exclusivamente ao que pode ser útil na vida, ao aprimoramento da agricultura e a todas as artes mecânicas, de tal maneira que entre nós seria pouco valorizado. E quanto a ideias, entidades, abstrações e questões transcendentais, jamais consegui enfiar a menor concepção na cabeça daquela gente.

Nenhuma lei daquele país pode exceder em palavras o número de letras do alfabeto, que consiste em apenas vinte e duas. E, na verdade, poucas leis alcançam tal limite. São expressas nos termos mais claros e simples, e sobre as leis aquele povo não é suficientemente volúvel para descobrir mais de uma interpretação. E escrever um comentário sobre qualquer lei configura crime capital. Quanto à decisão de causas civis, ou processos contra criminosos, os precedentes são tão escassos que eles têm poucos motivos para se vangloriar de qualquer habilidade extraordinária em ambos os casos.

82. Alusão ao pensamento político de Maquiavel, iniciado na obra *O príncipe* (1513).

Eles dominam a arte da impressão, assim como os chineses, desde tempos imemoriais, mas suas bibliotecas não são muito vastas; a biblioteca do rei, considerada a mais extensa, não ultrapassa mil volumes, dispostos em uma galeria de trezentos e sessenta metros de comprimento, onde eu tinha liberdade para tomar emprestado os livros que desejasse. O marceneiro da rainha construiu, em um dos aposentos de Glumdalclitch, uma engenhoca de madeira com quase oito metros de altura, em forma de escada, tendo cada degrau cerca de quinze metros de largura. Era uma escada móvel, cuja base ficava a três metros de distância da parede do cômodo. O livro que eu queria ler era encostado na parede; primeiro, eu subia até o degrau mais alto da escada e, voltando-me para o livro, começava a ler no topo da página, e depois caminhava para a direita e para a esquerda, cerca de oito ou dez passos, de acordo com o comprimento das linhas, até chegar a um ponto logo abaixo do nível dos olhos; dali eu descia, gradualmente, até chegar à base. Feito isso, eu subia outra vez e iniciava a leitura da página seguinte, e depois virava a página, com certa facilidade, juntando as duas mãos, pois as folhas eram grossas e rígidas feito papelão, e mesmo nos fólios maiores não ultrapassavam cinco ou seis metros de altura.

O estilo da escrita deles é claro, viril e fluente, mas não rebuscado, pois nada é tão evitado quanto a multiplicação de palavras desnecessárias ou o emprego de expressões supérfluas. Li muitos livros por eles produzidos, sobretudo os que versavam sobre história e moralidade. Dentre os outros, gostei bastante de um tratado breve e antigo, que sempre ficava no quarto de Glumdalclitch e pertencia à preceptora, uma dama recatada e madura, que costumava ler escritos acerca de decência e devoção. O livro trata da fraqueza da humanidade e é pouco apreciado, exceto junto às mulheres e ao populacho. No entanto, fiquei curioso para saber o que um autor nativo daquele país teria a dizer sobre tal assunto. O autor cobria todos os temas geralmente abordados por moralistas europeus, demonstrando como o homem era um animal diminuto, desprezível e indefeso por natureza, quão incapaz de se proteger das intempéries climáticas ou da ferocidade dos animais selvagens, o quanto era superado por determinada criatura em termos de força, por outra em termos de velocidade, por uma terceira em visão, por uma quarta em destreza. E acrescentava que a natureza havia se degenerado nos recentes tempos de decadência mundial, e agora produzia tão somente criações menores e abortivas em comparação com os tempos antigos. Ele afirmava que era bastante razoável supor não apenas que as primeiras espécies de homens fossem muito maiores mas também que existissem gigantes em épocas remotas, o que, ratificando tanto a história quanto a tradição, era confirmado por ossos e crânios enormes desenterrados em várias partes do reino, e que em muito excediam a raça comum de homens dos nossos dias. Argumentava que as próprias leis da natureza absolutamente exigiam que os seres humanos tivessem, no início, dimensões maiores e mais robustas, menos passíveis de destruição por conta de qualquer pequeno acidente, uma telha caindo de uma casa, uma pedra atirada pela mão de um menino ou um afogamento em um riacho. Baseando-se nesse raciocínio, o autor extraía diversas aplicações morais úteis à condução da vida, mas desnecessárias de aqui serem repetidas. Da minha parte, não pude deixar de refletir como era difundido universalmente o talento de tirar lições de moral, ou melhor, material para exprimir descontentamento e queixas, a partir dos embates que travamos com a natureza. E creio que, submetidos a uma investigação rigorosa, tais embates possam se mostrar tão infundados entre nós quanto são entre aquele povo.

Quanto às questões militares, eles se gabam de que o exército do rei consiste em cento e setenta e seis mil soldados de infantaria, e uma cavalaria que totaliza trinta e dois mil animais, se é que se pode chamar de exército um contingente composto de artesãos, nas várias cidades, e agricultores, nas áreas rurais do país, cujos comandantes são membros da alta e da baixa nobreza, sem remuneração ou recompensa. Deveras, demonstram adestramento perfeito em seus exercícios e exibem ótima disciplina militar, no que não vi grande mérito, pois como poderia ser diferente se todo agricultor está sob comando de seu senhorio e todo cidadão sob comando dos líderes de sua própria cidade, e escolhidos por votação à maneira de Veneza?

Em diversas ocasiões presenciei as forças de Lorbrulgrud sendo submetidas a exercícios militares em um grande campo de cinquenta quilômetros quadrados próximo à cidade. Não passavam de cerca de vinte e cinco mil infantes e mais ou menos seis mil cavaleiros, mas era impossível calcular o número exato, pois ocupavam uma área demasiado vasta. Um cavaleiro montado em um grande corcel podia alcançar trinta metros de altura. Vi a cavalaria inteira, sob uma palavra de comando, sacar suas espadas de uma só vez e brandi-las no ar. A imaginação não é capaz de conceber nada tão grandioso, tão surpreendente e tão impactante. Era como se dez mil relâmpagos espocassem ao mesmo tempo em todos os cantos do firmamento.

Fiquei curioso para saber como aquele príncipe, cujos domínios não permitem acesso de nenhum outro país, chegou a pensar em exércitos ou a adestrar seu povo na prática da disciplina militar. Mas logo fui esclarecido, tanto por conversas quanto por leituras de seus relatos históricos. Isso porque no decorrer de muitas eras eles padeceram do mesmo mal a que toda a raça humana está sujeita: a nobreza sempre lutando por poder, o povo por liberdade e o rei por domínio absoluto. E tudo isso, apesar de ser devidamente tratado pelas leis do reino, acabou gerando abusos de cada uma das três partes, e mais de uma vez provocou guerras civis, a última das quais havia sido felizmente encerrada pelo avô do monarca atual, por meio de um amplo acordo, e as forças militares, formadas consensualmente naquela época, têm cumprido desde então seu mais estrito dever.

8

O rei e a rainha viajam até as fronteiras. O autor os acompanha. O modo como ele deixa o país é relatado em detalhes. O autor regressa à Inglaterra

Sempre tive uma forte intuição de que um dia recuperaria a liberdade, embora fosse impossível conjecturar por que meios ou levar a termo qualquer projeto com a menor esperança de sucesso. Constava que o navio em que eu viajara tinha sido o primeiro a ser avistado daquela costa, e o rei havia expedido ordens severas para que, se a qualquer momento outra nau aparecesse, fosse escoltada à terra e toda a tripulação e passageiros transportados em uma carroça até Lorbrulgrud. O monarca estava decidido a encontrar uma mulher do meu tamanho, com quem eu pudesse propagar minha raça, mas acho que eu preferiria morrer a sofrer a desgraça de deixar minha prole para ser criada em gaiolas, feito canários, e talvez, com o tempo, vendida reino afora para pessoas importantes como curiosidades. É verdade que fui tratado com muita benevolência; era o favorito de um grande rei e uma grande rainha e o deleite de toda a corte, mas a situação era também indigna da espécie humana. Jamais esqueci a família que deixei para trás. Queria estar entre as pessoas com quem pudesse conversar de igual para igual, e caminhar pelas ruas e campos sem medo de ser pisoteado e morto qual um sapo ou um filhote de cão. Minha liberdade, porém, veio mais cedo do que eu esperava, e de um modo um tanto inusitado; relatarei fielmente toda a história e as circunstâncias.

Eu já estava naquele país havia dois anos e, por volta do início do terceiro ano, Glumdalclitch e eu acompanhamos o rei e a rainha em uma jornada até o litoral sul do reino. Fui transportado, como de costume, em meu baú de viagem, o qual, conforme já descrevi, era um cômodo bastante confortável com mais de três metros de largura. Eu havia solicitado a instalação de uma rede, presa por cordas de seda pendentes dos quatro cantos do teto, a fim de amenizar os solavancos quando um criado me carregava a cavalo, conforme às vezes eu pedia; em muitas ocasiões, dormia na rede quando estávamos na estrada. Na tampa do baú, bem acima do meio da rede, pedi ao marceneiro que providenciasse uma abertura quadrada com trinta centímetros de lado para ventilar o ambiente quando fizesse calor e eu quisesse dormir; se assim desejasse, eu fechava a abertura por meio de uma tabuinha que corria de um lado para o outro através de um sulco na madeira.

Quando chegamos ao fim da jornada, o rei achou por bem passar alguns dias em um palácio de sua propriedade localizado perto de Flanflasnic, uma cidade situada a cerca de trinta quilômetros da costa. Glumdalclitch e eu estávamos muito cansados; eu tinha pegado um leve resfriado, mas a pobre menina sentia-se tão mal que ficou confinada em seu quarto. Eu ansiava por ver o oceano, que era o único cenário da minha fuga, se tal pudesse acontecer. Fingi estar mais doente do que de fato estava e pedi permissão para tomar o ar puro do mar acompanhado de um pajem, de quem gostava muito e que às vezes era encarregado de cuidar de mim. Jamais esquecerei com que relutância Glumdalclitch consentiu, nem a ordem estrita que deu ao pajem para ter cuidado comigo, ao mesmo tempo em que caiu em prantos, como se pressentisse o que estava por acontecer. O rapazola levou-me dentro da caixa, em uma caminhada de cerca de meia hora de distância do palácio, em direção aos rochedos à beira-mar. Ordenei-lhe que me colocasse no solo e, levantando uma das vidraças da janela, lancei muitos olhares ansiosos e melancólicos ao mar. Me senti indisposto e disse ao pajem que pretendia tirar um cochilo na rede, o que esperava que me fizesse bem. Entrei e o rapazola fechou a janela para impedir que o frio entrasse na caixa. Logo adormeci, e suponho que, enquanto dormia, o pajem, pensando que nada perigoso pudesse ocorrer, foi até os rochedos procurar ovos de pássaros, pois eu já o observara, através da janela, procurando e recolhendo um ou dois ovos nas fendas da rocha. Seja como for, de repente, acordei com um puxão violento na argola presa na parte superior da caixa para facilitar o transporte. Senti a caixa subindo pelo ar e, em seguida, sendo carregada com velocidade vertiginosa. O primeiro solavanco quase me sacudiu para fora da rede, mas depois o movimento tornou-se bastante estável. Gritei várias vezes, o mais alto que pude, mas foi em vão. Olhei pelas janelas e não pude ver nada além das nuvens e do céu. Ouvi um barulho bem acima da minha cabeça, como o bater de asas, e então me dei conta da situação deplorável em que me encontrava: uma águia pegara a argola da caixa com o bico, no intuito de deixá-la cair sobre uma pedra, feito uma tartaruga em seu casco, e depois bicar meu corpo e devorá-lo; a sagacidade e o faro desse pássaro permitem que ele descubra sua presa a uma grande distância, mesmo que se escondesse ainda melhor do que eu dentro daquela caixa minúscula.

Logo depois notei que o barulho e o bater das asas aumentaram muito depressa e a caixa foi sacudida para cima e para baixo, qual uma placa em dia de vento. Ouvi vários golpes, ou pancadas, conforme julguei, sendo desferidos contra a águia (pois tinha certeza de que era uma águia que segurava no bico a argola da caixa), e então, de súbito, senti-me despencando perpendicularmente, por mais de um minuto, em uma velocidade tão incrível que quase perdi o fôlego. Minha queda foi interrompida por um tremendo baque na água, que soou mais alto aos meus ouvidos do que as cataratas do Niágara.[83] Depois disso fiquei no escuro por mais um minuto e então a caixa começou a emergir, e pude ver luz através da parte superior das janelas. Percebi que havia caído no mar. A caixa, devido ao peso do meu corpo, aos itens que continha e às largas chapas de ferro fixadas como reforço nos quatro cantos das partes superior e inferior, flutuava cerca de um metro e meio imersa na água. Na ocasião, e ainda hoje, suponho que a águia que alçou voo com a caixa foi perseguida por outras duas ou três e forçada a me soltar enquanto

83. Quedas-d'água monumentais, localizadas no rio Niágara, na fronteira entre os Estados Unidos e o Canadá.

se defendia das demais, ávidas por compartilhar a presa. As chapas de ferro na base da caixa (que eram as mais pesadas) preservaram o equilíbrio durante a queda e impediram-na de se espatifar ao bater contra a superfície da água. Todas as juntas haviam sido muito bem fixadas, e a porta não se movia por meio de dobradiças, mas para cima e para baixo, feito um caixilho, o que mantinha meu baú de viagem tão bem vedado que pouquíssima água entrou. Com muita dificuldade saí da rede, tendo primeiro conseguido empurrar a tabuinha que cobria a já mencionada abertura na tampa, planejada de propósito para ventilação, pois eu me via quase sufocado.

Como desejei naquele momento estar junto à minha querida Glumdalclitch, de quem uma única hora havia então me separado! E posso dizer, a bem da verdade, que em meio ao infortúnio não pude deixar de lamentar pela minha mísera ama, pela dor que ela sofreria em consequência da minha perda, pelo desgosto da rainha e pelas consequências que aquilo teria para ela. É possível que poucos viajantes tenham passado por dificuldades e angústias maiores do que eu naquela situação, esperando a qualquer momento ver minha caixa despedaçada, ou ao menos emborcada pelo primeiro impacto de um vagalhão. Uma simples brecha em uma única vidraça teria sido morte imediata, e nada teria preservado as janelas a não ser as fortes grades instaladas pelo lado de fora para evitar acidentes. Vi a água começar a entrar através de diversas fendas, embora os vazamentos não fossem consideráveis, e consegui estancá-los o melhor que pude. Não tive forças para levantar o teto, o que certamente teria feito, para ali sentar-me, onde poderia pelo menos evitar ficar trancafiado no porão, como poderia chamar o interior da caixa. E mesmo que escapasse daqueles perigos por um ou dois dias, o que poderia esperar senão uma morte miserável de frio e fome? Permaneci quatro horas nessas circunstâncias, esperando, e de fato desejando, que cada momento fosse o último.

Já relatei ao leitor que havia dois grampos resistentes fixados no lado da caixa que não tinha janela, através dos quais o criado que costumava me carregar a cavalo enfiava um cinto de couro e o afivelava na cintura.

Em meio àquele estado de desolação, ouvi, ou pelo menos pensei ter ouvido, algo rangendo no lado da caixa onde os grampos estavam, e logo depois pareceu-me que a caixa era arrastada, ou rebocada, pelo mar, pois de vez em quando eu sentia uma espécie de puxão que fazia as ondas subirem e quase encobrirem as janelas, deixando-me praticamente no escuro. Isso me deu alguma esperança de salvamento, embora não imaginasse de que modo isso poderia acontecer. Consegui desatarraxar uma das cadeiras presas ao chão, e firmando-a com grande esforço logo abaixo da tabuinha que acabara de puxar nela subi e, aproximando a boca o máximo possível da abertura, gritei por socorro em todos os idiomas que conhecia. Em seguida, amarrei meu lenço a uma bengala que costumava levar comigo e, enfiando-a pela abertura, agitei-a várias vezes no ar, para que, se alguma embarcação estivesse por perto, os marinheiros pudessem deduzir que algum mortal infeliz estaria trancado dentro daquela caixa.

Tudo o que fiz foi em vão, e percebi nitidamente que o baú continuava se movendo; ao fim de uma hora, ou pouco mais, o lado da caixa que não tinha janelas e onde estavam os grampos chocou-se contra algo duro. Julguei que fosse uma rocha, e levei um solavanco mais violento do que nunca. Ouvi nitidamente um ruído na tampa, como se fosse o de um cabo, e o rangido produzido pelo cabo ao passar através da argola. Depois, senti que era içado, devagar, a pelo menos um metro acima do ponto em que estava antes. Então ergui novamente a bengala com o lenço e gritei por socorro até quase ficar rouco. Em resposta, ouvi um brado repetido três vezes, o que me causou um ímpeto de alegria que só pode ser concebido por aquele que já o experimentou. Depois, ouvi passos apressados acima da minha cabeça e alguém gritando, através da abertura, em língua inglesa: “Se houver alguém aí embaixo, que fale!”. Respondi que era um inglês arrastado pelo azar para a maior calamidade que qualquer criatura já sofreu, e implorei, por tudo o que existia no mundo, para ser libertado da masmorra em que me encontrava. A voz respondeu que eu estava seguro, pois minha caixa tinha sido presa ao navio deles, e o carpinteiro viria de imediato a fim de abrir na tampa um buraco por onde eu pudesse ser puxado para fora. Respondi que aquilo era desnecessário e tomaria muito tempo, pois bastava que um dos tripulantes enfiasse o dedo na argola e levasse a caixa do mar para o navio, e depois para a cabine do capitão. Alguns deles, ouvindo-me dizer algo tão insensato, julgaram que eu estivesse louco; outros riram, e, de fato, não me passou pela cabeça que agora eu me encontrasse entre pessoas da minha estatura e força. O carpinteiro chegou e, em poucos minutos, abriu com o serrote uma passagem com cerca de um metro de lado; em seguida, baixou uma pequena escada pela qual subi, e dali fui levado para o navio, sentindo-me bastante enfraquecido.

Os marujos ficaram espantados e fizeram-me mil perguntas, que eu não tinha vontade de responder. Igual foi meu espanto ao ver aqueles pigmeus, pois assim os julguei, depois de tanto tempo acostumado aos objetos monstruosos que havia deixado para trás. Mas o capitão, sr. Thomas Wilcocks, homem honesto e digno, natural de Shropshire,[84] percebendo que eu estava prestes a desmaiar, levou-me para sua cabine, ofereceu-me um gole de aguardente para me revigorar e cedeu-me a própria cama, aconselhando-me a fazer um pouco de repouso, do que eu tinha grande necessidade. Antes de pegar no sono, eu disse a ele que havia alguns móveis valiosos dentro da minha caixa e que seria uma lástima perdê-los, além de uma bela rede, uma confortável cama de campanha, duas cadeiras, uma mesa e um armário; que meu baú era forrado em todos os lados, ou melhor, acolchoado, com seda e algodão; que se ele permitisse que um dos tripulantes trouxesse meu armário para sua cabine eu o abriria ali mesmo, diante dele, e exibiria meus pertences. O capitão, ouvindo-me proferir tamanhos disparates, concluiu que eu delirava; no entanto (suponho que para me acalmar), prometeu levar meu pedido em consideração e, subindo ao convés, enviou alguns de seus homens até o baú, de onde (conforme descobri depois) retiraram todos os meus bens e removeram a forração, mas as cadeiras, o armário e a cama aparafusados ao piso ficaram bastante danificados, por conta da brutalidade dos ma-

84. Condado situado no oeste da Inglaterra, tendo como fronteira o País de Gales e como capital a cidade de Shrewsbury.

rujos, que os arrancaram à força. Em seguida, pegaram algumas tábuas para uso do navio e, após extraírem tudo o que pretendiam, lançaram a carcaça ao mar, a qual, devido às muitas brechas abertas no fundo e nas laterais, afundou de pronto. E, de fato, fiquei feliz por não ter sido um espectador do estrago por eles perpetrado, porque estou certo de que a cena teria me abalado profundamente, trazendo à lembrança momentos passados que eu preferia esquecer.

Dormi algumas horas, mas sempre perturbado por sonhos com o lugar de onde havia partido e com os perigos dos quais escapara. No entanto, ao acordar, constatei que estava bastante revigorado. Já eram cerca de oito horas da noite e o capitão logo pediu que a ceia fosse servida, pois achava que eu já havia passado tempo demais sem me alimentar. Tratou-me com grande amabilidade e verificou que meu olhar já não era de alguém desatinado, e que eu já não falava coisas sem sentido. Depois que ficamos a sós, pediu-me um relato de minhas viagens e do acidente que acabou me deixando à deriva naquela monstruosa caixa de madeira. Falou que por volta do meio-dia, enquanto olhava através da luneta, avistou a caixa ao longe e pensou que fosse uma embarcação a vela; então decidiu aproximar-se, pois o tal veleiro não estava de todo fora de seu curso e ele tinha esperança de comprar biscoitos, porque seu estoque escasseava. Disse que ao chegar perto e constatar o equívoco, enviou o escaler para verificar do que se tratava e que os homens voltaram assustados, jurando que tinham visto uma casa flutuante. Contou que riu da bobagem que ouvira e resolveu ir, pessoalmente, no mesmo escaler, ordenando que os homens levassem consigo um cabo resistente. Disse que o mar estando calmo, ele pôde remar algumas vezes ao redor da minha caixa e observou as janelas e as grades de arame que as protegiam. Que descobriu a existência de dois grampos fixados em um dos lados, o qual era todo fechado com tábuas, sem nenhuma abertura para luz. Então ordenou aos homens que remassem até aquele lado e, prendendo um cabo a um dos grampos, ordenou que rebocassem meu baú (como ele chamou) em direção ao navio. Uma vez lá, deu instruções para que outro cabo fosse fixado na argola existente na tampa e o baú fosse suspenso por meio de roldanas, mas todos os marinheiros juntos não foram capazes de erguê-lo a mais de um metro. Disse que viram minha bengala e o lenço projetados pela abertura e concluíram que algum infeliz estaria trancado ali dentro. Perguntei se ele ou algum integrante da tripulação tinham avistado algum pássaro imenso no ar, perto do momento em que me encontraram. Ele respondeu que, conversando sobre o assunto com os marinheiros enquanto eu dormia, um deles disse que vira três águias voando para o norte, mas que não havia notado que tivessem um porte maior do que o normal, o que suponho possa ser imputado à grande altitude em que voavam; em seguida, o capitão comentou que não conseguia perceber o motivo da minha pergunta. Indaguei, então, a que distância ele achava que estaríamos de terra firme. Ele replicou que, com base no melhor cálculo que podia fazer, estávamos a pelo menos cem léguas. Assegurei-lhe que devia estar enganado, pois seu cálculo correspondia a quase o dobro da distância correta, uma vez que não fazia mais de duas horas que eu havia deixado o país de onde tinha partido. Diante disso, ele voltou a pensar que minha mente estava perturbada, chegando mesmo a insinuar tal noção, e aconselhou-me a repousar em uma cabine que havia providenciado. Afirmei que me sentia revigorado, por conta da boa acolhida e boa companhia, e em pleno comando do meu juízo. Ele, então, ficou sério e perguntou-me, sinceramente, se eu não estava abalado devido à consciência de algum crime hediondo pelo qual fora punido por ordem de algum príncipe, abandonando-me naquele baú, assim como grandes criminosos em alguns países são forçados a navegar em um navio danificado e sem provisões, e disse que, embora se arrependesse de ter trazido a bordo um malfeitor, manteria sua palavra e me deixaria em terra, e seguro, no primeiro porto a que chegássemos. Acrescentou que suas suspeitas se agravaram por causa de certos absurdos que eu tinha afirmado no primeiro contato com a marujada, e depois em conversa com ele mesmo, acerca da minha caixa, ou baú de viagem, bem como por conta da minha aparência e conduta esquisitas enquanto ceava.

Implorei sua paciência para ouvir minha história, que contei fidedignamente, num relato que abrangia desde minha saída mais recente da

Inglaterra até o momento em que ele me encontrou. E como a verdade sempre abre caminho em mentes racionais, aquele cavalheiro honesto e digno, dotado de indícios de erudição e bom senso, foi imediatamente convencido de minha franqueza e veracidade. No intuito de confirmar tudo o que eu havia narrado, porém, pedi-lhe que ordenasse que trouxessem meu armário, cuja chave eu levava no bolso (pois ele já havia contado o modo como os marinheiros tinham se livrado do baú). Abri o armário na presença dele e mostrei-lhe a pequena coleção de raridades por mim fabricadas no país do qual fui libertado de modo tão estranho. Lá estavam o pente que eu fizera com os tocos da barba do rei, e um outro, do mesmo material, cujos dentes eram fixados em uma lasca da unha do polegar da rainha. Havia uma coleção de agulhas e alfinetes, de trinta a cinquenta centímetros de comprimento; quatro ferrões de vespa, como se fossem cavilhas de marceneiro; alguns fios do cabelo da monarca; um anel de ouro que um dia ela me presenteou, muito gentilmente, retirando-o do dedo mindinho e passando-o sobre minha cabeça feito um colar. Pedi ao capitão que aceitasse o anel em troca de sua cortesia, o que ele recusou categoricamente. Mostrei-lhe um calo que eu havia cortado com as próprias mãos do dedo do pé de uma dama de honra; era mais ou menos do tamanho de uma maçã de Kent,[85] e acabou ficando tão duro que, quando voltei à Inglaterra, mandei lapidá-lo em formato de xícara e engastá-lo em prata. Por fim, pedi-lhe que examinasse meus culotes, confeccionados de couro de rato.

Não consegui que ele aceitasse nada, a não ser o dente de um lacaio, por ele examinado com grande curiosidade, o que me fez perceber que era do seu agrado. Ele recebeu o presente com muitos agradecimentos, mais do que uma ninharia daquelas poderia merecer. A extração tinha sido feita por um cirurgião incompetente, por engano, e a vítima tinha sido um dos criados de Glumdalclitch, o qual padecia de dores, mas o dente estava perfeitamente saudável. Eu o havia limpado e guardado

85. Condado situado no sudeste da Inglaterra, próximo de Londres, com capital em Maidstone. As maçãs de Kent eram conhecidas por serem belas e rosadas.

no armário. Tinha cerca de trinta centímetros de comprimento e dez de diâmetro.

O capitão ficou plenamente satisfeito com o relato claro que lhe fiz e disse esperar que, quando voltássemos à Inglaterra, eu fizesse bem ao mundo colocando-o no papel e tornando-o público. Minha resposta foi que já estávamos abarrotados de livros de viagens e que nada seria bem acolhido se não fosse extraordinário, e por isso eu receava que alguns escritores valorizassem menos a verdade do que a própria vaidade, ou o interesse, ou a diversão de leitores ignorantes. Afirmei que minha história conteria poucos elementos além de eventos corriqueiros, sem aquelas descrições exuberantes de árvores, pássaros e outros animais exóticos, ou de costumes bárbaros e da idolatria de povos selvagens, com os quais a maioria dos autores se farta. No entanto, agradeci-lhe pela opinião favorável e prometi pensar no assunto.

Ele disse que muito se admirava de me ouvir falar tão alto e perguntou-me se o rei ou a rainha do país onde eu estivera seriam deficientes auditivos. Eu disse que estava acostumado a falar alto havia mais de dois anos e que, da minha parte, admirava o tom de voz dele e de sua tripulação, que me pareciam apenas sussurrar, e ainda assim eu podia ouvi-los perfeitamente. E contei que, quando eu falava naquele país, era como um sujeito falando na rua para outro que olhava do alto de um campanário, a menos que fosse colocado em cima de uma mesa ou alguém me segurasse na mão. Disse também que tinha observado outro fato, qual seja, quando embarquei no navio e os marinheiros me cercaram, pareceram-me as criaturinhas mais desprezíveis que eu já havia visto. Pois, na verdade, enquanto estive no país daquele príncipe, jamais consegui me olhar no espelho depois que meus olhos se habituaram a objetos tão grandiosos, porque a comparação me causava uma imagem por demais desprezível em relação a mim mesmo. O capitão falou que, enquanto ceávamos, observou que eu olhava para tudo com uma espécie de espanto, e que muitas vezes eu mal conseguia conter o riso, o que ele não sabia muito bem como interpretar, mas atribuía a algum distúrbio mental. Respondi que era bem verdade e perguntei como poderia evitar o riso ao ver travessas do tamanho de moedas de prata, um pernil de porco que poderia ser abocanhado de uma vez, uma taça do tamanho de uma casca de noz; e assim prossegui, descrevendo do mesmo modo os demais utensílios domésticos e alimentos. Pois, embora a rainha tivesse providenciado um estoque de itens necessários proporcionais ao meu porte na ocasião em que eu estava a seu serviço, minhas noções eram inteiramente formadas pelo que eu via ao meu redor e eu fingia não enxergar minha própria pequenez, assim como as pessoas fingem não enxergar as próprias limitações. O capitão entendeu muito bem minha vontade de rir e respondeu alegremente com o velho provérbio inglês: que achava que meus olhos eram maiores do que minha barriga, embora constatasse que eu tinha uma pança, mesmo que jejuasse o dia todo; e, continuando em tom de brincadeira, afirmou que teria de bom grado pagado cem libras para ter visto meu baú no bico da águia, e depois em queda livre até o mar, o que decerto teria sido algo por demais surpreendente, digno de ser descrito às gerações futuras. E a comparação com Faetonte[86] era tão óbvia que ele não podia deixar de mencioná-la, embora eu não admirasse muito o paralelo.

Em seu regresso à Inglaterra, o capitão, tendo passado por Tonquim,[87] foi levado para nordeste até a latitude de 44 graus e longitude de 143. Mas, encontrando um vento alísio[88] dois dias depois do meu embarque, navegamos para o sul, durante um longo tempo, e ao largo da costa da Nova Holanda[89] mantivemos nosso curso oeste-sudoeste, e depois sul-sudoeste,

---

86. Na mitologia grega, filho de Hélio (o Sol). Nos primeiros Jogos Ístmicos, Faetonte foi o vencedor da corrida de bigas. Hélio prometeu a Faetonte que lhe daria o que este desejasse. Um dia, ele pediu ao pai as rédeas do carro do Sol. Hélio cedeu, indicando-lhe a rota que deveria seguir, mas Faetonte não conseguiu manter a rota. Para prevenir um desastre, Zeus viu-se obrigado a fulminá-lo com um raio, e Faetonte precipitou-se sobre o rio Erídano (identificado como o rio Pó, no norte da Itália).
87. Região ao norte do Vietnã, ao sul da China e a oeste do golfo de Tonquim.
88. Vento predominante e permanente que sopra de leste para oeste na região equatorial da Terra.
89. Embora a colônia que ocupou grande parte da região nordeste do Brasil, entre 1630 e 1654, fosse conhecida como Nova Holanda, Gulliver não se refere aqui à costa da América do Sul. No início do século XVIII, a maioria dos europeus tinha perdido a esperança de descobrir um grande continente abrangendo o polo Sul; escritores, incluindo Swift, valiam-se do sentido mítico de tal região para utopias satíricas. A Austrália foi então reduzida à

até dobrarmos o cabo da Boa Esperança. Nossa viagem foi muito próspera, mas não incomodarei o leitor com um diário. O capitão fez escala em um ou dois portos e mandou o escaler buscar provisões e água fresca, mas só desembarquei do navio quando chegamos a Downs, o que ocorreu no dia 3 de junho de 1706, cerca de nove meses depois da minha fuga. Ofereci deixar meus pertences em pagamento pelo transporte, mas o capitão protestou, afirmando que não receberia uma moeda sequer. Despedimo-nos afavelmente um do outro e eu o fiz prometer que me visitaria, em minha casa, em Redriff. Então aluguei um cavalo e um guia por cinco xelins, que tomei emprestados ao capitão.

Na estrada, observando a pequenez das casas, das árvores, do gado e das pessoas, comecei a achar que estivesse em Lilliput. Tinha receio de pisar nos viajantes que encontrava e, em diversas ocasiões, gritei para que saíssem do caminho, de modo que, uma ou duas vezes, quase me quebraram a cabeça por causa da impertinência.

Quando cheguei à minha casa, o que só consegui fazer depois de pedir informações, assim que um dos criados abriu a porta curvei-me para entrar (qual um ganso em um portão), com medo de bater a cabeça. Minha esposa correu para me beijar, mas inclinei-me abaixo de seus joelhos, pensando que de outra forma ela jamais conseguiria alcançar minha boca. Minha filha ajoelhou-se para pedir minha bênção, mas só pude vê-la depois que se pôs de pé, pois estava habituado a manter a cabeça e os olhos voltados para uma altura superior a dezoito metros; e depois fiz menção de levantá-la com apenas uma das mãos, pela cintura. Enxerguei os criados e um ou dois amigos que estavam na casa como se fossem pigmeus e eu um gigante. Disse à minha esposa que ela havia sido por demais parcimoniosa, pois achei que ela e minha filha definhavam. Em suma, comportei-me de forma tão inexplicável que todos tiveram a mesma opinião do capitão quando me viu pela primeira vez e concluiu

---

categoria de um grande continente insular, geralmente rotulado como Nova Holanda, ou Terra Australis.

que eu havia perdido o juízo. Menciono isso como exemplo da grande força do hábito e do julgamento precipitado.

Em pouco tempo, minha família, meus amigos e eu chegamos a um entendimento, mas minha esposa protestou, afirmando que eu nunca mais deveria voltar ao mar, embora meu destino cruel determinasse que ela não pudesse me impedir, conforme o leitor haverá de saber adiante. Por enquanto, concluo aqui a segunda parte das minhas malfadadas viagens.

Terceira Parte
Viagem a Laputa, Balnibarbi, Glubbdubdrib, Luggnagg e Japão

1

O autor parte em sua terceira viagem. É detido por piratas. A crueldade de um holandês. A chegada do autor a uma ilha. É recebido em Laputa

Eu estava em casa havia menos de dez dias quando o capitão William Robinson, natural da Cornualha, comandante do *Hopewell*, um navio robusto de trezentas toneladas, bateu à minha porta. Eu tinha sido cirurgião em um navio do qual ele era comandante e proprietário de uma quarta parte em uma viagem ao Levante. Ele sempre me tratou mais como irmão do que como oficial inferior e, ao saber da minha chegada, fez-me uma visita, apenas por amizade, segundo deduzi, pois conversamos tão somente sobre assuntos habituais depois de ausências longas. Mas repetindo as visitas com frequência, expressando sua alegria por me encontrar gozando de boa saúde, perguntando se eu resolvera ficar em terra pelo resto da vida e acrescentando que dentro de dois meses pretendia partir em viagem às Índias Orientais,[90] por fim convidou-me abertamente, embora com certa hesitação, para ser o cirurgião de bordo; disse que eu teria ao meu dispor outro cirurgião, além de nossos dois assistentes, que meu salário seria o dobro do normal e que, tendo constatado que meus conhecimentos em assuntos marítimos eram, pelo menos, iguais ao dele, comprometia-se em seguir meus conselhos, como se eu compartilhasse o comando.

Ele falou muitas outras palavras amáveis, e, sabendo que se tratava de um homem honesto, não pude rejeitar a proposta; a sede que eu tinha

90. Nome atribuído às colônias holandesas que abrangiam todo o território da atual Indonésia.

de ver o mundo, apesar dos infortúnios passados, continuava tão intensa como sempre. A única dificuldade que restava era convencer minha esposa, cujo consentimento, afinal, obtive, graças às vantagens que ela antevia para os filhos.

Partimos no dia 5 de agosto de 1706 e chegamos ao forte de São Jorge[91] no dia 11 de abril de 1707. Ali ficamos por três semanas com o objetivo de revigorar a tripulação, pois muitos integrantes estavam enfermos. Depois partimos para Tonquim, onde o capitão resolveu permanecer durante algum tempo, porque muitas mercadorias que pretendia adquirir não estavam disponíveis e só estariam após alguns meses. Assim, na esperança de compensar alguns gastos que decerto pesavam, ele adquiriu uma chalupa,[92] carregou-a com mercadorias variadas que os tonquineses costumam comprar das ilhas vizinhas, pôs a bordo catorze homens, dos quais três eram nativos, nomeou-me comandante da chalupa e delegou-me poderes para comerciar enquanto ele cuidava de seus negócios em Tonquim.

Não tínhamos navegado mais do que três dias quando, pegos por uma tormenta, fomos arrastados durante cinco dias para o norte-nordeste, e depois para o leste; em seguida, contamos com tempo bom, mas um vendaval ainda soprava do oeste. No décimo dia, fomos perseguidos por dois navios piratas, que logo nos alcançaram, pois minha chalupa estava tão carregada que navegava devagar, e não tínhamos condições de nos defender.

Fomos abordados, mais ou menos ao mesmo tempo, pelos dois navios, e os capitães irromperam furiosamente à frente de seus homens; porém, encontrando-nos todos prostrados de bruços (pois assim ordenei), amarraram-nos com cordas fortes e, deixando-nos sob guarda, foram revistar a chalupa.

---

91. Ou, historicamente, White Town, primeira fortaleza da Índia britânica, construída pela Companhia Inglesa das Índias Orientais em 1639 na cidade costeira de Chenai, localizada no extremo sul da Índia.

92. Embarcação de pequeno porte a remo ou a vela, neste último caso, com dois mastros providos de velas quadrangulares.

Observei dentre eles um holandês que parecia ter alguma autoridade, embora não fosse comandante de nenhuma das duas embarcações. Ele nos identificou, por nossos semblantes, como sendo ingleses e, tagarelando em sua própria língua, jurou que seríamos amarrados costas com costas e atirados ao mar. Eu falava holandês razoavelmente bem; disse-lhe quem éramos e implorei-lhe, por sermos cristãos e protestantes egressos de países vizinhos em estrita aliança, que instasse os capitães a se compadecerem de nós. Isso inflamou sua raiva; ele repetiu as ameaças e, voltando-se para os comparsas, falou com veemência em japonês, suponho, repetindo diversas vezes a palavra *christianos*.

O maior entre os dois navios piratas era comandado por um capitão japonês, que falava um pouco de holandês, mas muito precariamente. Ele veio até mim e, depois de fazer várias perguntas, que respondi com a máxima humildade, afirmou que não haveríamos de morrer. Curvei-me diante do capitão e, voltando-me ao holandês, disse que lamentava encontrar mais misericórdia em um pagão do que em um confrade cristão. Mas logo tive motivos para me arrepender dessas palavras tolas, pois aquele canalha cruel, depois de empenhar-se inutilmente em convencer ambos os capitães a me lançarem ao mar (ao que eles não cederam, depois da promessa feita de que eu seria poupado), no entanto persuadiu-os a me infligirem um castigo que parecia ser pior do que a própria morte. Meus homens foram divididos igualmente entre os dois navios piratas, e minha chalupa recebeu uma nova tripulação. Quanto a mim, foi determinado que seria deixado à deriva em uma canoa, com remos e vela, e provisões para quatro dias, as quais o capitão japonês teve a bondade de duplicar, oferecendo parte de seus próprios mantimentos, e ainda proibiu que eu fosse revistado. Embarquei na canoa, enquanto o holandês, de pé no convés, fez chover sobre mim todos as imprecações e termos injuriosos que seu idioma propiciasse.

Cerca de uma hora antes de avistarmos os piratas, eu tinha feito cálculos e constatado que nos achávamos na latitude 46 norte e longitude de 183. Quando já estava a alguma distância dos piratas, descobri, através da luneta, um arquipélago a sudeste. Icei a vela, pois o vento estava favorável, no intuito de alcançar a ilha mais próxima, o que consegui fazer em cerca de três horas. Eram apenas rochedos, mas pude recolher muitos ovos de pássaros e, acendendo um fogo, queimei um pouco de capim e algas marinhas secas, nas quais assei meus ovos. Não comi mais nada, decidido a poupar as provisões tanto quanto pudesse. Pernoitei sob o abrigo de uma rocha, espalhando um pouco de capim pelo solo, e dormi muito bem.

No dia seguinte naveguei para outra ilha e dali para uma terceira e uma quarta, às vezes valendo-me da vela, às vezes, dos remos. Mas para não incomodar o leitor com um relato pormenorizado das minhas agruras, basta dizer que no quinto dia cheguei à última ilha que avistara, situada a sul-sudeste da primeira.

A ilha ficava mais distante do que eu imaginara, e demorei cinco horas para alcançá-la. Precisei contorná-la, quase inteiramente, antes de encontrar um local adequado para aportar, que era uma pequenina enseada, cerca de três vezes a largura da minha canoa. Verifiquei que era rochosa, com alguns poucos tufos de relva e moitas de ervas aromáticas no solo. Desembarquei minhas parcas provisões e, depois de me alimentar, guardei os mantimentos no interior de uma das tantas cavernas existentes no local. Recolhi um bom número de ovos nos rochedos e uma quantidade de algas marinhas secas e capim ressecado, com o que pretendia acender uma fogueira no dia seguinte e assar os ovos por mim recolhidos (pois eu trazia comigo uma pederneira, aço, fósforo e lentes de aumento). Passei a noite toda na caverna onde havia armazenado as provisões. Preparei minha cama com o mesmo capim seco e as algas marinhas que pretendia utilizar como combustível. Dormi pouco, pois as inquietações mentais prevaleceram sobre o cansaço e mantiveram-me desperto. Achei que seria inviável preservar a vida em um local tão desolado, e que meu fim haveria de ser desesperador. Sentia-me tão apático e desanimado que não tinha coragem de me levantar; e antes que pudesse ter ânimo suficiente para sair da caverna, o dia já estava bastante avançado. Caminhei um pouco entre as rochas; o céu estava perfeitamente claro, e o sol era tão quente que fui forçado a proteger o rosto; então, de repente, tudo ficou escuro, de um jeito muito diferente do que acontece por conta da interposição de uma nuvem. Virei-me para trás e percebi um corpo imenso e opaco, entre mim e o sol, avançando em direção à ilha; parecia ter cerca de três mil metros de altitude e escondeu o sol durante seis ou sete minutos, mas não notei que o ar se tornasse mais frio, ou o céu mais escuro, do que se eu estivesse à sombra de uma montanha. À medida que se aproximava do lugar onde eu estava, o objeto causava em mim a impressão de ser composto por uma substância firme, com o fundo plano, liso e cintilando com o reflexo do mar abaixo. Eu estava no topo de um morro, a cerca de duzentos metros da costa, e vi o tal corpo imenso descendo quase paralelo a mim, a menos de dois quilômetros de distância. Peguei a luneta e vi, nitidamente, várias pessoas movendo-se para cima e para baixo nas laterais do tal objeto, que pareciam inclinadas, mas o que aquela gente estava fazendo não consegui distinguir.

O amor natural pela vida propiciou-me um ímpeto de alegria, e me dispus a alimentar a esperança de que aquela aventura pudesse, de uma forma ou de outra, contribuir para me livrar do local e da condição desolada em que me encontrava. Mas, ao mesmo tempo, o leitor mal pode conceber meu espanto ao ver uma ilha em pleno ar, habitada por homens capazes (conforme parecia evidente) de fazê-la subir, descer ou deslocar-se para a frente ao seu bel-prazer. Mas não estando naquele momento propenso a filosofar sobre o fenômeno, preferi observar o curso que a ilha tomaria, porque, durante algum tempo, parecia estar estacionada. No entanto, logo depois ela se aproximou e pude ver os lados cercados por várias galerias e escadas, bem como patamares, entre uma e outra. Na galeria mais baixa, avistei algumas pessoas pescando com longas varas e outras observando. Acenei com meu gorro (pois meu chapéu desgastara-se havia muito) e o lenço em direção à ilha; e quando ela se acercou mais, gritei o mais alto que pude. Então, olhando com cautela, distingui uma multidão reunida no lado que estava mais à minha vista. Percebi, vendo-os apontarem para mim e um para o outro, que tinham me avistado, embora não respondessem aos meus chamados. Contudo, notei quatro ou cinco homens subirem correndo por uma escada até o topo da ilha, e ali desaparecerem. Supus, com razão, que diante da ocasião que se apresentava tivessem sido enviados a algum indivíduo dotado de autoridade em busca de ordens.

O número de pessoas aumentou e, em menos de meia hora, a ilha foi movida e manobrada de tal maneira que a galeria mais baixa apareceu ao lado e a menos de cem metros de distância do morro onde eu estava. Então adotei a postura mais suplicante e falei com a voz mais humilde possível, mas não obtive resposta. Aqueles que estavam mais próximos de mim pareciam indivíduos ilustres, a julgar pela indumentária. Conversavam entre si, com ar grave, olhando-me muitas vezes. Afinal, um deles gritou, falando com clareza, educada e suavemente, em um idioma semelhante ao italiano; portanto, respondi nessa língua, esperando pelo menos que a cadência da minha fala fosse mais agradável aos ouvidos do meu interlocutor. Embora não nos entendêssemos, o significado das minhas palavras foi facilmente perceptível, pois as pessoas percebiam a aflição em que me encontrava.

Fizeram sinais para que eu descesse do morro e me dirigisse à praia, e assim procedi; então a ilha voadora foi elevada a uma altitude conveniente, com a borda diretamente acima de mim, e, da galeria inferior, foi baixada uma corrente, tendo na extremidade um assento, no qual me sentei e fui içado por roldanas.

2

O estado de espírito e a disposição dos laputianos são descritos. Relato sobre seus saberes. Sobre o rei e a corte. A recepção do autor. Os habitantes sujeitos a temores e apreensões. Relato sobre as mulheres

Ao desembarcar, vi-me cercado por uma multidão, mas as pessoas que estavam mais próximas pareciam ser as mais importantes. Vislumbraram-me com todos os sinais e indícios de admiração, e da minha parte, de fato, em nada fiquei devendo, jamais tendo visto até então uma raça de mortais tão singular em seus aspectos, hábitos e semblantes. Suas cabeças ficavam sempre reclinadas, para a direita ou para a esquerda; um dos olhos voltava-se para dentro e o outro diretamente para o alto. As vestes eram enfeitadas com desenhos de sóis, luas e estrelas, entrelaçados com figuras de rabecas, flautas, harpas, clarins, violas, cravos e muitos outros instrumentos musicais desconhecidos por nós na Europa. Observei, aqui e ali, muitos usando vestes de criados, carregando nas mãos um balão inflado e preso qual um açoite à ponta de uma vara curta. Dentro de cada balão havia uma pequena quantidade de ervilhas secas, ou pedrinhas (conforme fui informado depois). Com esses balões, de vez em quando, os criados golpeavam a boca e as orelhas dos que estavam perto deles, prática cujo significado, naquele momento, não fui capaz de entender. Parece que as mentes daqueles indivíduos ficam tão ocupadas com especulações intensas que eles não conseguem falar, nem prestar atenção às falas dos outros, se não forem despertados por algum estímulo externo que incida sobre seus órgãos da fala e da audição; por esse motivo, as pessoas abastadas mantêm um batedor (o termo original é *Climenole*) na família, na condição de criado, e nunca saem à rua ou fazem visitas sem ele. A tarefa desse empregado é, quando duas, três ou mais pessoas se reúnem, golpear delicadamente com o balão a boca daquele que deve falar e a orelha direita daquele ou daqueles a quem o orador se dirige. O batedor é também encarregado de acompanhar o amo em suas caminhadas e, ocasionalmente, desferir-lhe um leve sopapo nos olhos, porque o patrão costuma estar tão absorto em suas reflexões que corre o risco de cair em todos os buracos e bater a cabeça em todos os postes, e, nas calçadas, de esbarrar nos transeuntes ou levar um esbarrão e tombar na sarjeta.

Era necessário prestar ao leitor essas informações, sem as quais ele ficaria tão perdido quanto fiquei, para entender a atitude daquela gente enquanto me conduziam pelas escadas até o topo da ilha, e dali até o palácio real. Durante a subida, esqueceram-se várias vezes do que estavam fazendo e deixaram-me sozinho até que suas memórias eram novamente despertadas pelos batedores, pois os senhores pareciam totalmente alheios à visão dos meus trajes e semblante estrangeiros, bem como aos brados do populacho, cujos pensamentos e mentes estavam menos absortos.

Por fim, entramos no palácio e seguimos para o salão de audiências, onde vi o rei sentado em seu trono, ladeado por pessoas de distinção. Diante do trono havia uma grande mesa repleta de globos e esferas e instrumentos de todos os tipos utilizados para cálculos matemáticos. Sua majestade não nos deu a menor atenção, embora nossa entrada houvesse provocado um rebuliço devido à reação dos membros da corte. Estava imerso em um problema, e aguardamos pelo menos uma hora antes que ele pudesse resolvê-lo. Perto do monarca, de cada lado, um jovem pajem segurava um açoite. Quando o viram desocupado, um deles bateu suavemente em sua boca e o outro em sua orelha direita, ao que ele levou um susto, como quem acorda de repente, e olhando para mim e para os que me acompanhavam lembrou-se da ocasião de nossa chegada, da qual já havia sido informado. Ele pronunciou algumas palavras e imediatamente um jovem empunhando um açoite aproximou-se e golpeou com delicadeza minha orelha direita, mas fiz sinais, da melhor maneira que pude, indicando não ter necessidade de tal procedimento, o que, conforme descobri mais tarde, causou em sua majestade e toda a corte uma opinião bastante negativa acerca do meu raciocínio. O rei, pelo que pude depreender, fez-me várias perguntas, e a ele me dirigi em todas as línguas que conhecia. Quando ficou constatado que eu não podia entender nem ser entendido, fui levado por ordem do monarca a um aposento em seu palácio (aquele príncipe distinguia-se em relação a todos os predecessores por sua hospitalidade para com estranhos), onde dois serviçais foram designados para me atender. Minha ceia foi trazida, e quatro dignitários, os quais eu me lembrava de ter visto próximos à pessoa do rei, concederam-me a honra de cear comigo. Foram servidos dois cardápios, com três pratos cada. No primeiro havia uma paleta de carneiro cortada em forma de triângulo equilátero, um pedaço de carne bovina em forma de romboide e uma sobremesa em forma de cicloide. No segundo havia dois patos, amarrados em formato de rabecas; salsichas e pastelões fazendo lembrar flautas e oboés, e um peito de vitela em forma de harpa. Os criados cortaram o pão em cones, cilindros, paralelogramos e várias outras figuras geométricas.

Enquanto ceávamos, atrevi-me a perguntar o nome de diversos itens no idioma deles, e aqueles indivíduos nobres, com a ajuda de seus batedores, responderam de bom grado, ávidos por incitar minha admiração por suas grandes habilidades caso eu conseguisse aprender a com eles conversar. Sem demora, aprendi a pedir pão e bebida ou qualquer outra coisa que desejasse.

Depois da ceia, meus convidados retiraram-se e uma pessoa foi enviada a mim por ordem do rei, acompanhada de um batedor. O sujeito trouxe consigo pena, tinta e papel e três ou quatro livros, dando-me a entender por meio de sinais que fora enviado para me ensinar a língua. Passamos quatro horas sentados juntos, tempo no qual escrevi um grande número de palavras em colunas, com as respectivas traduções ao lado. Aprendi também várias frases curtas, pois meu instrutor ordenava a um de meus criados que buscasse alguma coisa, virasse de lado, fizesse uma reverência, sentasse ou ficasse de pé, caminhasse e coisas do gênero. Em seguida, eu anotava a frase em questão. Ele me mostrou também, em um dos livros, as figuras do sol, da lua e das estrelas, o zodíaco, os trópicos e os círculos polares, junto às denominações de muitos planos e sólidos. Apresentou-me os nomes e as descrições de todos os instrumentos musicais, bem como os termos gerais da arte de tocar cada um deles. Depois que ele se foi, organizei todas as palavras, com seus significados, em ordem alfabética. E assim, em poucos dias, com a ajuda de uma ótima memória, obtive alguma compreensão do idioma deles.

A palavra da qual deduzo o significado *ilha voadora* ou *flutuante* no original é *Laputa*, cuja etimologia verdadeira jamais consegui descobrir. *Lap* na língua antiga e obsoleta significava "alto"; e *Untuh* quer dizer "governador", do que eles afirmam que por corruptela deu-se a derivação *Laputa*, de *Lapuntuh*. Mas não aprovo essa derivação, que parece um tanto forçada. Aventurei-me a oferecer aos eruditos minha hipótese, de que *Laputa* vinha de *Lap outed*, em que *Lap* significa, propriamente, "a dança dos raios de sol no mar", e *outed*, "asa", o que, no entanto, não vou impor, mas apenas sugerir ao leitor criterioso.

Os indivíduos aos quais o rei me confiara, vendo como eu estava malvestido, mandaram que um alfaiate viesse na manhã seguinte e tirasse minhas medidas visando à confecção de um traje. O artesão exercia seu ofício de modo diferente dos seus colegas na Europa. Primeiro, calculou minha altura com um quadrante; depois, usando régua e compasso, aferiu as dimensões e os contornos de todo o meu corpo, anotando tudo em um papel. Seis dias mais tarde, trouxe minhas roupas um tanto malfeitas, e bastante disformes, pois errara um número no cálculo. Contudo, para meu consolo, notei que tais equívocos eram frequentes e costumavam passar despercebidos.

Durante meu confinamento por conta da falta de roupas e de uma indisposição que me deixou isolado alguns dias a mais, expandi consideravelmente meu dicionário; e na vez seguinte que compareci à corte pude entender muitas coisas que o rei falou e apresentar-lhe algum tipo de resposta. Sua majestade dera ordens para que a ilha se movesse a nordeste e a leste até um ponto vertical acima de Lagado, a capital do reino, situada em terra firme. Ficava a cerca de noventa léguas de distância, e nossa viagem durou quatro dias e meio. Eu não tinha a menor noção do avanço aéreo realizado pela ilha. Na segunda manhã, por volta das onze horas, o próprio rei, acompanhado pela nobreza, cortesãos e funcionários, tendo todos preparado seus instrumentos musicais, tocaram por três horas sem intervalo, deixando-me bastante atordoado com o barulho; e tampouco poderia adivinhar o significado daquilo se meu instrutor não me informasse. Ele disse que o povo da ilha tinha os ouvidos adaptados para ouvir a música das esferas,[93] a qual sempre soava em determinadas horas, e a corte estava naquele momento preparada para fazer a sua parte, cada membro tocando o instrumento no qual mais se destacava.

Durante nossa viagem até a capital Lagado, sua majestade ordenou que a ilha pairasse acima de certos povoados e aldeias a fim de receber as petições dos súditos. E para tal vários barbantes foram baixados, com pesos nas pontas. Nesses barbantes as pessoas amarravam seus pleitos, que subiam diretamente, feito os pedacinhos de papel presos por meninos à base da linha que prende suas pipas. Às vezes, recebíamos vinho e alimentos de baixo, que eram içados por roldanas.

Meus conhecimentos de matemática ajudaram-me bastante no aprendizado de fraseologia local, que tanto dependia dessa ciência e da música — da qual eu tampouco era desprovido de talento. As ideias deles eram perpetuamente expressas em linhas e figuras. Se, por exemplo, queriam elogiar a beleza de uma mulher, ou de algum animal, descreviam-na recorrendo a losangos, círculos, paralelogramos, elipses e outros termos geométricos, ou por palavras extraídas da música, sendo desnecessário aqui repeti-los. Observei na cozinha do rei a presença de todos os tipos de instrumentos matemáticos e musicais, cujas figuras serviam de moldes para o corte das carnes servidas à mesa de sua majestade.

As casas são muito mal construídas, com paredes chanfradas, sem um ângulo reto sequer; tal defeito resulta do menosprezo deles pela

93. Também conhecido como “harmonia das esferas” ou “música universal”, este antigo conceito foi criado por Pitágoras para descrever os sons que os astros fazem e postular a existência de uma harmonia divina e matemática, uma música perfeita e plena no cosmos.

geometria prática, considerada vulgar e mecânica, e as instruções que fornecem são demasiado sofisticadas para o intelecto dos operários, o que sempre ocasiona erros. Embora sejam bastante hábeis sobre um pedaço de papel, no manejo da régua, do lápis e do compasso, nos atos e comportamentos comuns da vida nunca vi povo mais desajeitado, mais canhestro, mais imprestável, nem tão lento e confuso em suas concepções acerca de todos os assuntos, excetuando-se a matemática e a música. São péssimos argumentadores e veementemente propensos a objeções, a menos que estejam certos, o que é raro. Imaginação, fantasia e invenção constituem conceitos aos quais são totalmente alheios, nem sequer contando com palavras em seu idioma capazes de expressar tais ideias; todo o escopo de suas reflexões e de sua mente encerra-se no âmbito das duas ciências mencionadas.

A maioria deles, sobretudo os que trabalham com astronomia, demonstra grande fé na astrologia judiciária,[94] embora tenham vergonha de admiti-lo publicamente. O que eu mais admirava, porém, e achava totalmente inexplicável, era a forte afeição que observava neles pelas notícias e pela política, pois sempre indagavam acerca de assuntos públicos, oferecendo seus julgamentos em questões de Estado e disputando apaixonadamente cada centímetro de determinada posição partidária. De fato, observei a mesma disposição entre a maioria dos matemáticos que conheci na Europa, embora nunca pudesse descobrir a menor analogia entre as duas ciências, a menos que tais indivíduos suponham que, assim como um círculo menor contém tantos graus quanto um maior, a regulação e o gerenciamento do mundo não exigem mais habilidades do que o manuseio e o giro de um globo. Prefiro entender essa qualidade como resultado de um mal muito comum à natureza humana, um mal que nos torna mais curiosos e presunçosos em assuntos que menos nos dizem respeito e para os quais somos menos preparados, seja pelo estudo ou pela nossa índole.

94. Ramo da astrologia que prediz o destino das nações e dos homens segundo a configuração e a posição dos astros.

Aquela gente vive sob inquietações contínuas, jamais desfrutando de um minuto de paz de espírito, e tal perturbação decorre de causas que pouco afetam o restante dos mortais. Tamanhas apreensões resultam das diversas alterações que eles temem possam ocorrer com os corpos celestes. Por exemplo: que a Terra, devido à contínua aproximação do Sol, possa ao longo do tempo ser absorvida ou dragada; que a face do Sol seja aos poucos encoberta por seus próprios vapores e não mais forneça luz ao mundo; que a Terra tenha escapado por pouco de um esbarrão da cauda do cometa mais recente, que a teria infalivelmente reduzido a cinzas, e que o próximo cometa, cuja passagem eles calcularam ocorreria em trinta e um anos, provavelmente nos destruirá. Isso porque, caso em seu periélio[95] o cometa se aproxime a um certo grau do Sol (o que, com base em seus cálculos, eles têm motivos para temer), receberá um grau de calor dez mil vezes mais intenso do que o de um ferro incandescente. E ao se afastar do Sol levaria consigo uma cauda flamejante de 16 093 440 quilômetros de comprimento, da qual, se a Terra passar a uma distância de 160 934 quilômetros do núcleo, ou corpo principal do cometa, pegará fogo e será reduzida a cinzas; que o Sol, gastando diariamente seus raios sem nenhum alimento para supri-los, será por fim de todo consumido e aniquilado, o que resultará na destruição da Terra e de todos os planetas que recebem luz solar.

Eles se mantêm tão perpetuamente alarmados e apreensivos com esses e outros perigos iminentes que não conseguem dormir em paz, nem sentir qualquer prazer com as diversões comuns da vida. Quando encontram um conhecido pela manhã, a primeira pergunta é sobre a saúde do Sol, como ele estava no poente e no nascente, e que esperança é viável alimentar quanto a evitar o impacto do cometa que se aproxima. Costumam travar tais conversas com o mesmo ânimo que meninos demonstram ao se deliciarem com histórias assustadoras de espíritos e duendes, as quais anseiam por ouvir, mas depois, com medo, não ousam ir para a cama sozinhos.

95. Ponto da órbita em que um astro se encontra mais próximo do Sol.

As mulheres da ilha são dotadas de muita vivacidade; desprezam os maridos e muito se afeiçoam a estranhos, dos quais um número considerável, egresso do continente abaixo, sempre recorre à corte, seja por conta de assuntos relacionados às várias cidades e corporações ou por motivos particulares; tais estranhos, porém, costumam ser ignorados, pois também carecem de aptidões. Dentre estes, as damas escolhem seus galãs, e o vexame é que eles agem com grande facilidade e confiança, pois o marido está sempre tão absorto em especulação que a esposa e o amante podem proceder às maiores familiaridades diante dele, desde que o sujeito disponha de papel e instrumentos e o batedor não esteja ao seu lado.

As esposas e as filhas lamentam o isolamento na ilha, embora eu a considere o local mais aprazível do mundo. E apesar de viverem ali na maior fartura e comodidade e tenham permissão para fazer o que quiserem, anseiam conhecer o mundo e aproveitar os divertimentos da capital, algo que só podem fazer mediante licença especial do rei, e tal licença não é fácil de ser obtida, porque os dignitários constataram por experiência própria que é difícil convencer suas mulheres a regressarem do solo inferior. Disseram-me que uma grande dama da corte, mãe de vários filhos, casada com o primeiro-ministro, o súdito mais rico do reino, além de ser um indivíduo gentil, bastante afeiçoado a ela, e de residir no melhor palácio da ilha, desceu em Lagado a pretexto de um problema de saúde e ali se escondeu durante vários meses, até que o rei expediu um mandado de busca e ela foi encontrada em um antro obscuro, toda esfarrapada, tendo penhorado as roupas para sustentar um lacaio velho e aleijado que a espancava diariamente e em cuja companhia era mantida à força. Embora o marido a tenha recebido com toda a bondade possível e sem a menor repreensão, a mulher, logo depois, conseguiu fugir outra vez, levando consigo todas as suas joias, indo ter com o mesmo amante, e desde aquele momento não mais se ouviu falar dela.

Para o leitor, isso talvez se assemelhe mais a uma história europeia, ou inglesa, do que algo ocorrido em um país tão remoto. Mas o leitor pode levar em conta que os caprichos das mulheres não se restringem a nenhum tipo de clima ou nenhuma nação, e são muito mais uniformes do que se pode imaginar.

Em cerca de um mês, adquiri uma proficiência razoável no idioma local e tornei-me apto a responder à maioria das perguntas formuladas pelo rei quando tinha a honra de diante dele comparecer. Sua majestade não demonstrou a menor curiosidade em se inteirar das leis, do governo, da história, da religião ou dos costumes dos países onde eu havia estado; limitou suas perguntas ao nível de avanço da matemática e ouviu meu relato com grande desdém e indiferença, embora fosse frequentemente despertado por seu batedor.

3

Um fenômeno elucidado pela filosofia moderna e pela astronomia. Os grandes avanços alcançados pelos laputianos na astronomia. O método empregado pelo rei para reprimir rebeliões

Solicitei permissão ao príncipe para me inteirar dos detalhes da ilha, o que ele gentilmente me concedeu, e ordenou a meu instrutor que me acompanhasse. Eu queria saber, mais que tudo, a que causa na ciência ou na natureza ela devia seus vários movimentos, e sobre isso apresento agora um relato filosófico[96] ao leitor.

A Ilha Voadora ou Flutuante é perfeitamente circular; seu diâmetro é de 7166 metros, ou seja, abrangendo consequentemente dez mil acres. Tem duzentos e setenta e quatro metros de espessura. O fundo, ou superfície inferior, visível para quem está abaixo, é uma placa uniforme de adamante,[97] totalizando cerca de cento e oitenta metros de espessura. Acima encontram-se os vários minerais, em sua ordem natural, e acima de tudo há uma camada de húmus fértil, com três ou quatro metros de profundidade. Um declive na superfície superior, partindo da borda da circunferência para o centro, é a causa pela qual o orvalho e a chuva que caem sobre a ilha são conduzidos em pequenos riachos até o meio, onde vertem em quatro grandes bacias, cada qual com cerca de oitocentos metros de diâmetro e situada a aproximadamente duzentos metros do centro. Dessas bacias a água é continuamente evaporada, pela ação do sol, durante o dia, o que efetivamente impede o seu transbordamento. Além disso, visto

96. Referência irônica aos ensaios científicos publicados nas Philosophical Transactions da Royal Academy, que Swift parodia com o tom pseudo-objetivo e a minuciosa atenção aos detalhes do relato de Gulliver.

97. Material mitológico e fictício extraído da natureza (ou forjado do amálgama de metais duros ou diamantes) que tem a qualidade de ser indestrutível depois de solidificado.

que o monarca tem o poder de elevar a ilha acima da região das nuvens e dos vapores, ele pode, quando assim desejar, impedir a precipitação de orvalho e chuva. Convém lembrar que as nuvens mais altas não podem ultrapassar uma altitude de três mil e duzentos metros, conforme o consenso dos naturalistas; pelo menos nunca se soube que o fizessem naquele país.

No centro da ilha há uma depressão com aproximadamente quarenta e cinco metros de diâmetro, onde os astrônomos descem até uma grande furna, que é por isso chamada *Flandona Gagnole*, ou caverna do astrônomo, situada a noventa e um metros abaixo da superfície superior. Nessa caverna há vinte lamparinas continuamente acesas, as quais, por conta do reflexo do metal, projetam uma luminosidade intensa em todas as direções. O local é provido de grande variedade de sextantes, quadrantes, telescópios, astrolábios e outros instrumentos astronômicos. Mas a maior curiosidade, da qual depende o destino da ilha, é uma pedra imantada de tamanho prodigioso, no formato da lançadeira[98] de um tear. A pedra tem cinco metros e meio de comprimento e, na parte mais grossa, quase três metros de largura. Esse ímã é sustentado por um eixo de adamante que o atravessa pelo meio, sobre o qual ele se move, e posicionado com tamanha precisão que o toque mais leve é capaz de girá-lo. É cercado por um cilindro oco, também feito de adamante, de um metro e vinte centímetros de profundidade, igual espessura e onze metros de diâmetro, sendo fixado horizontalmente e apoiado por oito colunas, cada uma com cinco metros e meio de altura. No meio do lado côncavo há um sulco de trinta centímetros de profundidade, no qual as extremidades do eixo são encaixadas e giradas conforme a necessidade.

O ímã não pode ser retirado de seu lugar por nenhuma força, porque o cilindro e as colunas integram-se com a placa de adamante que constitui o fundo da ilha.

Por meio da ação dessa pedra, a ilha pode ser manobrada, subindo e descendo, e deslocando-se de um lugar para outro. Coincidindo com a

98. Em um tear, peça que faz passar os fios da trama por entre os fios dispostos longitudinalmente.

região da Terra sobre a qual o monarca reina, a pedra é dotada em um de seus lados de um poder de atração, e do outro de repulsão. Posicionando-se o ímã ereto, com o polo de atração voltado para o solo, a ilha desce; mas quando o polo de repulsão aponta para baixo, a ilha sobe diretamente. Quando a posição da pedra é oblíqua, o movimento da ilha também o é, pois no ímã as forças sempre atuam em linhas paralelas à sua direção.

Graças ao movimento oblíquo, a ilha é transportada a diferentes regiões dos domínios do monarca. No intuito de explicarmos a maneira como ela se locomove, vamos considerar que *AB* represente uma linha traçada através da região de Balnibarbi e que a linha *CD* represente a pedra imantada, na qual *D* seja a extremidade que repele e *C* a que atrai, e que a ilha esteja acima de *C*; vamos posicionar a pedra em *CD*, com a extremidade que repele voltada para baixo. Nesse caso, a ilha será propulsionada para cima obliquamente em direção a *D*. Chegando a *D*, deixemos a pedra girar sobre seu eixo até que sua extremidade de atração aponte para *E*, e a ilha será conduzida obliquamente até *E*, onde, se a pedra for girada sobre seu eixo até ficar na posição *EF*, com seu ponto que repele voltado para baixo, a ilha subirá obliquamente em direção a *F*; dali, direcionando-se a extremidade de atração para *G*, a ilha poderá ser transportada para *G*, e de *G* para *H*, girando-se a pedra de modo que a extremidade que repele aponte direto para baixo. E assim, mudando-se a orientação da pedra sempre que há necessidade, a ilha sobe e desce, alternadamente, em sentido oblíquo, e por intermédio dessas subidas e descidas alternadas (a obliquidade não sendo considerável) é transportada de uma região dos domínios para outra.

Cumpre observar, porém, que a ilha não tem capacidade para se mover além da extensão dos domínios abaixo, nem para se elevar acima de seis mil e quinhentos metros. A tal fenômeno os astrônomos (que escreveram grandes tratados sobre a pedra) atribuem a seguinte razão: a força magnética não se estende além da distância de seis quilômetros e meio, e o mineral que atua sobre a pedra nas entranhas da terra, e no mar até cerca de seis léguas da costa, não se espalha por todo o globo, mas se restringe às fronteiras dos domínios do rei; e graças à vantagem ensejada por uma situação de tamanha superioridade era fácil para o príncipe submeter a sua obediência qualquer país que estivesse sujeito à atração daquele ímã.

Quando a pedra é mantida paralela à linha do horizonte a ilha permanece imóvel, pois nesse caso os polos do ímã, mantendo-se equidistantes à Terra, agem com força igual, uma puxando para baixo, a outra empurrando para cima, e por conseguinte nenhum movimento pode ocorrer.

Essa pedra imantada fica aos cuidados de determinados astrônomos que, de tempos em tempos, posicionam-na conforme as instruções dadas pelo monarca. Tais astrônomos passam a maior parte da vida observando os corpos celestes, o que é feito com a ajuda de lentes muito mais poderosas do que as nossas, pois, embora seus maiores telescópios não ultrapassem noventa centímetros, ampliam muito mais do que os nossos de trinta metros e ainda mostram as estrelas com maior nitidez. Essa vantagem permitiu-lhes estender suas descobertas muito além daquelas feitas por nossos astrônomos na Europa. Foi elaborado um catálogo incluindo dez mil astros fixos, ao passo que o maior dos nossos não contém mais de um terço desse número. Além disso, descobriram dois astros menores, ou satélites, que giram em torno de Marte, sendo que a distância entre o astro interno e o planeta primário corresponde exatamente a três vezes o seu diâmetro, e no caso do externo, a cinco. O primeiro completa uma órbita em dez horas, e o segundo em vinte e uma horas e meia, de modo que os quadrados de seus tempos periódicos se aproximam bastante e na mesma proporção com os cubos de suas distâncias do centro de Marte, o que evidentemente demonstra que são governados pela mesma lei da gravidade que influencia os demais corpos celestes.

Esses astrônomos identificaram noventa e três cometas diferentes e estabeleceram seus ciclos com grande exatidão. Se tais constatações forem verdadeiras (e eles afirmam que são, com grande confiança), seria conveniente que suas observações fossem tornadas públicas, de modo que a teoria dos cometas, hoje por demais deficiente e falha, possa ser elevada ao mesmo patamar dos outros saberes da astronomia.

O rei seria o príncipe mais absolutista do universo se conseguisse convencer algum ministério a unir-se a ele; mas os ministros, tendo suas propriedades abaixo, no continente, e considerando que o cargo de favorito do rei tem mandato incerto, jamais consentiriam em escravizar seu próprio país.

Caso alguma cidade se envolva em rebelião ou conflito, divida-se em facções violentas ou se recuse a pagar o tributo costumeiro, o rei dispõe de dois métodos para fazê-la obedecer. O primeiro e mais suave é manter a ilha pairando acima de tal cidade e das terras adjacentes, privando os habitantes dos benefícios do sol e da chuva e, consequentemente, afligindo-os com escassez e doenças. E se o crime cometido assim merecer, eles são, ao mesmo tempo, bombardeados com pedregulhos, contra os quais não têm defesa senão rastejar até porões ou cavernas, enquanto os telhados de suas casas são despedaçados. Mas caso continuem recalcitrantes ou promovam insurreições, ele recorre à medida mais extrema, deixando a ilha cair diretamente sobre suas cabeças, o que causa uma destruição generalizada, tanto das casas quanto dos seres humanos. No entanto, trata-se de uma medida radical, à qual o príncipe raramente é levado, e ele nem mesmo se inclina a praticá-la; tampouco seus ministros o aconselham a implementar uma ação que, além de tornar o governo detestável ao povo, causa grandes danos às propriedades do Estado, todas situadas no solo abaixo, pois a ilha inteira é patrimônio do rei.

Ainda há um motivo mais importante pelo qual os reis daquele país foram sempre avessos a executar uma ação tão terrível, a menos que por extrema necessidade. Se a localidade destinada a ser destruída tivesse um relevo com rochas altas, como de modo geral era o caso nas grandes cidades — uma estratégia provavelmente criada, a princípio, com o objetivo de evitar tal catástrofe —, ou se existisse um número elevado de torres altas ou colunas de pedra, uma queda repentina poderia danificar o fundo ou a superfície inferior da ilha, que, embora consista, como eu disse, de puro adamante, com cento e oitenta metros de espessura, poderia rachar devido ao forte impacto, ou mesmo ao calor, caso se aproximasse demais do fogo aceso nas casas abaixo, conforme costuma ocorrer com nossas chaminés cobertas de ferro ou pedra. De tudo isso o povo está bem informado e sabe até onde pode levar a rebeldia quando estão em jogo sua liberdade ou seu patrimônio. E se o rei, sentindo-se flagrantemente provocado, decide esmagar uma cidade e reduzi-la a escombros, ordena que a ilha desça lentamente, fingindo ter compaixão para com seu povo, mas na verdade por temer causar danos à base adamantina, pois, se tal ocorrer, é consenso entre os cientistas do reino que a pedra imantada não poderá mais sustentar a ilha e a massa como um todo se precipitará no solo.

Cerca de três anos antes da minha chegada, enquanto o rei fazia uma viagem por seus domínios, aconteceu um acidente extraordinário, que poderia ter posto um ponto-final no destino daquela monarquia, pelo menos conforme se encontra hoje constituída. Lindalino, a segunda cidade do reino, foi a primeira que sua majestade visitou naquela jornada. Três dias depois da partida do monarca, os habitantes, que muitas vezes se queixavam de sofrer grande opressão, fecharam os portões da cidade, prenderam o governador e, com incrível rapidez e esforço, ergueram quatro torres altas, uma em cada canto da cidade (cujo formato é um quadrado exato), da mesma altura de uma rocha sólida e pontiaguda localizada bem no centro do povoado. No topo de cada torre, bem como no da rocha central, fixaram uma grande pedra imantada e, caso o plano falhasse, providenciariam uma vasta quantidade do combustível mais inflamável, esperando, por meio de combustão, danificar o fundo de adamante da ilha.

Passaram-se oito meses até que o rei percebesse com clareza que os lindalinianos tinham se insurgido. Então ele ordenou que a ilha pairasse sobre a cidade. Os habitantes uniram-se, e já haviam estocado mantimentos; além disso, um rio caudaloso atravessa o povoado. O rei manteve a ilha estacionada acima deles por vários dias, a fim de privá-los de sol e chuva. Expediu ordens para que muitos barbantes fossem baixados, mas ninguém se dispôs a enviar qualquer petição; em vez disso, apresentaram exigências ousadas, exigiram a reparação de todas as suas queixas, muitas prerrogativas, a escolha de seu próprio governador e outras exorbitâncias semelhantes. Diante disso, sua majestade ordenou que todos os habitantes da ilha lançassem da galeria inferior pedregulhos sobre a cidade, mas os lindalinianos haviam se precavido contra esse mal, transferindo-se com seus pertences para as quatro torres, bem como para outras construções sólidas e para subsolos.

O rei, agora decidido a subjugar aquele povo orgulhoso, ordenou que a ilha descesse, devagar, até trinta e seis metros do topo das torres e da rocha central. Isso foi feito em conformidade; no entanto, os oficiais empregados na missão acharam que a descida estava sendo bem mais rápida do que de costume e, girando a pedra imantada com grande dificuldade para mantê-la estável, constataram que a ilha estava prestes a despencar. Enviaram ao rei informações imediatas sobre tal evento surpreendente e imploraram permissão a sua majestade para elevarem a ilha; o rei consentiu, um conselho geral foi convocado e os oficiais que operavam a pedra imantada receberam ordens para comparecer. Um dos mais amadurecidos e experientes entre eles obteve autorização para realizar um experimento: pegou um cabo resistente com noventa metros de comprimento e, elevando a ilha acima da cidade rebelde de modo a ficar fora do poder de atração que haviam sentido, amarrou à ponta da linha um pedaço de adamante que continha uma mistura da mesma natureza de que se compõe o fundo da ilha; então, posicionado na galeria inferior, baixou lentamente o cabo até o topo das torres. O adamante não tinha descido nem três metros e meio quando o oficial o sentiu puxado para baixo com tamanha força que mal conseguiu recolhê-lo. Então lançou vários pequenos pedaços de adamante e observou que todos eram violentamente atraídos pelo topo da torre. O experimento foi repetido nas outras três torres e na rocha, com o mesmo efeito.

Esse incidente anulou de todo as medidas até então adotadas pelo rei, e (para não me deter em outras circunstâncias) ele foi forçado a conceder à cidade as condições pelo povo impostas.

Foi-me assegurado por um eminente ministro que, se a ilha tivesse descido tão perto da cidade a ponto de não conseguir voltar a subir, os cidadãos que habitavam a região inferior haveriam de capturá-la para sempre, matar o rei e todos os seus servidores e substituir completamente o governo.

Por uma lei fundamental do reino, nem o rei nem seus dois filhos mais velhos podem deixar a ilha; nem a rainha, enquanto estiver em idade para procriar.

4

O autor deixa Laputa, é levado até Balnibarbi e chega à capital. Descrição da capital e das redondezas. O autor é recebido com hospitalidade por um grande lorde. Sua conversa com o lorde

Embora não possa dizer que fui maltratado na ilha, devo confessar que me senti bastante ignorado, e com algum grau de desdém, pois nem o príncipe nem os habitantes comuns demonstravam curiosidade em relação a qualquer área do conhecimento exceto nos casos da matemática e da música, nas quais eu ficava muito aquém deles e, por isso, quase não merecia atenção.

Por outro lado, depois de ter visto todas as curiosidades da ilha, me senti ansioso por deixá-la, já farto daquela gente. Eram deveras exímios em duas ciências pelas quais tenho grande apreciação e nas quais não sou de todo ignorante; porém, ao mesmo tempo, mantinham-se tão abstraídos e envolvidos em elucubrações que admito que nunca me deparei com companheiros tão desagradáveis. Durante os dois meses de minha residência lá, conversei apenas com mulheres, artesãos, batedores e pajens da corte, fato que, por fim, contribuiu para que eu fosse considerado alguém extremamente desprezível; no entanto, essas eram as únicas pessoas de quem eu conseguia receber alguma resposta razoável.

Eu havia adquirido, por meio de estudo intenso, um bom grau de conhecimento do idioma local; mas me cansei de ficar confinado a uma ilha onde recebia tão pouca atenção e resolvi deixá-la na primeira oportunidade.

Havia na corte um senhor ilustre, parente próximo do rei, e só por isso tratado com respeito. Era unanimemente considerado a pessoa mais ignorante e imbecil entre eles. Esse senhor realizara muitos serviços importantes para a Coroa, possuía grandes talentos naturais e adquiridos e era dotado de integridade e honra; contudo, seu ouvido musical era tão deficiente que seus detratores afirmavam ser ele conhecido por se equivocar frequentemente na marcação do ritmo; e seus instrutores encontravam extrema dificuldade para ensiná-lo a demonstrar a proposição mais fácil da matemática. Ele se comprazia em demonstrar a minha pessoa muitos sinais de amizade, diversas vezes me concedendo a honra de uma visita, interessando-se pelos assuntos da Europa, pelas leis e costumes, pelas práticas e pelos saberes dos vários países por onde eu havia viajado. Ouvia-me com muita atenção e fazia observações sábias sobre tudo o que eu falava. Ele dispunha de dois batedores, que o atendiam oficialmente, mas nunca os requisitava, exceto na corte e em visitas de cerimônia, e sempre ordenava que se retirassem quando estávamos a sós.

Instei esse eminente senhor que intercedesse em meu benefício junto a sua majestade para que me deixasse partir, o que ele fez, segundo me disse francamente, com pesar; é fato que ele me fizera diversas ofertas bastante vantajosas, as quais, no entanto, recusei com expressões da mais profunda gratidão.

No dia 16 de fevereiro, despedi-me de sua majestade e da corte. O rei ofereceu-me um presente no valor de cerca de duzentas libras inglesas, e meu protetor, seu parente, acrescentou um valor idêntico, além de uma carta de recomendação a um amigo seu em Lagado, a capital. Estando a ilha estacionada sobre uma montanha a cerca de três quilômetros de Lagado, fui baixado da galeria inferior, tal como antes havia sido içado.

O continente cuja área está sob o domínio do monarca da Ilha Voadora recebe o nome geral de Balnibarbi; e a capital, como eu já disse, chama-se Lagado. Senti certa satisfação de encontrar-me em terra firme. Caminhei até a cidade sem qualquer preocupação, vestido como um dos nativos e suficientemente instruído para com eles conversar. Logo encontrei a casa da pessoa a quem fui recomendado, apresentei-lhe a carta de seu amigo, o ilustre da ilha, e fui recebido com muita gentileza. O digno senhor, que se chamava Munodi, destinou-me um cômodo em sua própria casa, onde permaneci durante minha estada, sendo recebido com grande hospitalidade.

Na manhã seguinte à minha chegada, ele me levou em sua carruagem para ver a capital, que tem cerca de metade do tamanho de Londres; as casas, porém, eram estranhamente construídas, e a maioria precisava de reparos. Os transeuntes andavam depressa, pareciam ensandecidos, com os olhos vidrados, e vestiam trapos. Saímos por um dos portões da cidade e entramos cerca de cinco quilômetros no campo, onde vi muita gente trabalhando no solo, com vários tipos de ferramentas, mas não consegui saber do que se tratava; tampouco observei qualquer expectativa de cultivo de trigo ou pastagem, embora o solo me parecesse excelente. Não pude deixar de me espantar diante daquelas cenas estranhas, tanto na cidade quanto no campo, e atrevi-me a pedir ao meu guia que fizesse a gentileza de explicar o que significava aquela quantidade de gente ocupada, tanto nas ruas quanto nos campos, porque eu não conseguia enxergar nenhum efeito do que produziam; ao contrário, nunca tinha visto um solo tão mal cultivado, casas tão mal construídas e mal conservadas ou um povo cujos semblantes e hábitos expressassem tamanha miséria e carência.

O senhor Munodi era uma pessoa do mais elevado escalão, e durante alguns anos tinha sido governador de Lagado; contudo, devido a uma conspiração promovida por ministros, foi dispensado por incompetência. No entanto, o rei o tratava com bondade, como se ele fosse um homem bem-intencionado, embora dotado de discernimento desprezível.

Quando expressei essa crítica franca ao país e seus habitantes, ele respondeu apenas que eu não estava há tempo suficiente entre eles para formar um julgamento, que as diferentes nações do mundo tinham costumes diversos e fez outros comentários afins. Mas quando voltamos a seu palacete, ele me perguntou se a construção me agradava, quais excrecências eu observava e o que me levava a implicar com as vestes e a aparência da criadagem. Tais perguntas ele pôde fazer com candura, pois tudo nele era magnífico, ordeiro e refinado. Respondi que a prudência, a qualidade e a fortuna de sua excelência eximiam-no dos defeitos que a tolice e a mendicância haviam produzido nos outros. Ele disse que, se eu o acompanhasse até sua casa de campo, localizada a cerca de trinta quilômetros de distância, haveria ali mais descontração para aquele tipo de conversa. Eu disse a sua excelência que estava inteiramente ao seu dispor e, sendo assim, partimos na manhã seguinte.

Durante a viagem, ele me fez observar os diversos métodos utilizados pelos fazendeiros para cuidar a terra, métodos que para mim eram totalmente inexplicáveis, pois, exceto em alguns poucos locais, não consegui avistar uma espiga de trigo sequer ou uma única folha de capim para pastagem. Contudo, depois de três horas de jornada, o cenário alterou-se totalmente; chegamos a um belo campo: com casas de lavradores, próximas umas das outras e bem construídas, terrenos cercados, contendo vinhedos, trigais e prados. Não me lembro de ter vislumbrado paisagem mais agradável. Sua excelência notou meu semblante mais aliviado; me disse, com um suspiro, que ali começava sua propriedade, e que assim o cenário continuaria até que chegássemos à casa. Disse que seus compatriotas o ridicularizavam e o desprezavam por não administrar melhor seus negócios e por dar um exemplo tão negativo para o reino, que, na verdade, era seguido por poucos, apenas pelos velhos, teimosos e fracos como ele.

Por fim chegamos à casa, que era de fato uma estrutura nobre, construída de acordo com as melhores regras da arquitetura antiga. As fontes, os jardins, as calçadas, as alamedas e os bosques eram todos planejados com exatidão e bom gosto. Ofereci os devidos elogios a tudo o que vi, mas sua excelência só os reconheceu depois do jantar, na ausência de terceiros, quando me disse, com ar bastante melancólico, que receava que fosse preciso derrubar suas casas na cidade e no campo para reconstruí-las de acordo com a moda atual; destruir todas as suas plantações e instituir outras conforme exigia o padrão moderno, e passar tais instruções a todos os seus arrendatários, a menos que se submetesse à pecha de orgulhoso, excêntrico, afetado, ignorante, vaidoso e talvez assim desagradar ainda mais a sua majestade. Disse que a admiração que eu parecia sentir cessaria ou diminuiria quando ele me pusesse a par de alguns detalhes que, provavelmente, eu nunca teria ouvido na corte, pois as pessoas lá mantinham-se demasiado ocupadas em suas próprias especulações e não levavam em conta o que se passava aqui embaixo.

Em resumo, a fala dele foi no seguinte sentido. Cerca de quarenta anos antes, algumas pessoas viajaram até Laputa, a negócios ou por diversão e, após uma estada de cinco meses, voltaram trazendo consigo conhecimentos rudimentares de matemática, mas imbuídas de um estado de espírito volátil adquirido na capital; ele disse que tais indivíduos, ao regressarem, expressaram desagrado com a administração de tudo cá embaixo e criaram projetos cujo objetivo era alçar artes, ciências, línguas e conhecimentos de mecânica a novos patamares. Para tal, obtiveram uma carta patente régia para criar em Lagado uma academia de PROJETISTAS. Esse ânimo prevaleceu tão fortemente entre as pessoas que não há uma cidade importante no reino sem tal academia. Nessas faculdades, os professores inventam novas regras e métodos para agricultura e edificação, bem como novos instrumentos e implementos para todos os ofícios e manufaturas, com os quais, segundo eles creem, um homem é capaz de realizar o trabalho de dez; um palácio pode ser construído em uma semana, com materiais tão resistentes que duram para sempre, prescindindo de reparos. Segundo eles, além de inúmeras outras propostas auspiciosas, todos os frutos da terra amadureceriam em qualquer estação que julgarmos adequada, e consta que sua produtividade seria cem vezes maior do que a atual. O único senão é que nenhum desses projetos foi aperfeiçoado, e nesse ínterim o país inteiro jaz arrasado, as casas em ruínas e os habitantes famintos e maltrapilhos. Diante de tudo isso, eles, em vez de desanimarem, estão cinquenta vezes mais inclinados a levar os projetos a termo, movidos igualmente pela esperança e pelo desespero; ele afirmou que, não sendo de espírito empreendedor, contentava-se em seguir a moda antiga, morar nas casas construídas por seus antepassados e agir como eles agiam, sob todos os aspectos da vida, sem inovação; disse que algumas outras pessoas dotadas de dignidade e nobreza fizeram o mesmo, mas foram vistas com desprezo e antipatia, como inimigas do saber, ignorantes e contrárias ao bem comum, preferindo seu próprio conforto e ócio ao progresso geral do país.

Sua excelência acrescentou que não revelaria mais detalhes, pois não queria impedir minha provável satisfação em visitar a Grande Academia, aonde tinha convicção de que eu deveria ir. Apenas me pediu que observasse um prédio em ruínas, na encosta de uma montanha a cerca de cinco quilômetros de distância, sobre o qual me apresentou o seguinte relato. Ele possuía um moinho que lhe era bastante conveniente, localizado a oitocentos metros de sua casa, movido pela correnteza de um rio caudaloso e suficiente para a subsistência de sua própria família e de um grande número de seus arrendatários; disse que, cerca de sete anos antes, uma equipe de projetistas viera procurá-lo com propostas de destruir o moinho e construir outro, na encosta da tal montanha, ao longo de cujo cume seria aberto um extenso canal até um reservatório de água, sendo esta transportada por canos e motores para abastecer o moinho, porque o vento e o ar, àquela altitude, agitavam a água, tornando-a mais apta ao movimento, e porque a água, correndo em declive, faria o moinho girar com metade da correnteza de um rio cujo curso é mais nivelado. Relatou que, não estando à época nas boas graças da corte, e pressionado por muitos amigos, aceitou a proposta; mas depois de ter empregado uma centena de homens durante dois anos, a empreitada falhou, os projetistas foram embora, lançando a culpa inteiramente sobre ele, insultando-o desde então e ainda submetendo outros à mesma experiência, com igual garantia de sucesso e igual fracasso.

Em poucos dias voltamos à cidade, e sua excelência, considerando sua má reputação na academia, não quis ir comigo, mas me recomendou a um amigo, para que me acompanhasse até lá. Meu acompanhante teve o prazer de me apresentar como um grande admirador de projetos, uma pessoa de extrema curiosidade e fácil de ser persuadida, o que, de fato, não era inverdade, pois eu tinha mesmo sido uma espécie de projetista nos meus dias de juventude.

5

O autor recebe autorização para visitar a Grande Academia de Lagado. É descrita em detalhes a Academia de Lagado. Os estudos aos quais os professores se dedicam

A tal academia não constitui um único prédio, mas abrange uma série de casas, de ambos os lados de uma rua, edificações cuja deterioração possibilitou a compra e o respectivo uso.

Fui muito bem recebido pelo diretor, e visitei a academia no decorrer de vários dias. Cada sala acomoda um ou mais projetistas, e creio ter visitado não menos do que quinhentas salas.

O primeiro homem que vi era magro, tinha as mãos e o rosto sujos de fuligem, cabelo e barba compridos, emaranhados e chamuscados em vários pontos. Suas roupas, camisa e pele eram todas da mesma cor. Havia oito anos que trabalhava em um projeto para extrair luz solar de pepinos, os quais deveriam ser acondicionados em frascos hermeticamente fechados e abertos em verões inclementes, a fim de propiciar ventilação. Ele afirmou não ter dúvida de que dentro de oito anos poderia abastecer os jardins do governador com raios de sol a um custo razoável, mas reclamou da falta de estoque e pediu-me uma doação, como incentivo à inventividade, sobretudo porque naquela estação os pepinos estavam muito caros. Fiz-lhe uma doação módica, pois meu anfitrião havia me fornecido dinheiro, de propósito, sabendo que os projetistas tinham o hábito de mendigar a todos os que os visitavam.

Entrei em outra sala mas quis sair correndo, tendo sido quase derrubado por um fedor medonho. Meu guia empurrou-me adiante, pedindo, em um sussurro, que não causasse nenhuma ofensa, o que cairia muito mal, por isso não ousei tapar o nariz. O projetista daquela sala era o aluno mais veterano da academia. Seu rosto e sua barba exibiam um tom amarelo pálido; suas mãos e roupas estavam emporcalhadas. Quando fui apresentado, ele me deu um abraço apertado (saudação que eu teria perfeitamente dispensado). Sua atividade, desde que ingressara na academia, era uma operação que visava reduzir excremento humano ao alimento que o originara, separando as várias partículas, removendo a tintura propiciada pela bílis, fazendo o odor exalar e o muco escorrer. Ele recebia da sociedade, à guisa de provimento semanal, um recipiente cheio de excremento humano, quase do tamanho de um barril de Bristol.

Vi outro sujeito trabalhando para incinerar gelo, transformando-o em pólvora, e que também me mostrou um tratado de sua autoria sobre a maleabilidade do fogo, o qual pretendia publicar.

Havia um arquiteto por demais criativo que tinha inventado um novo método para construir casas, começando pelo telhado e descendo até a fundação, o que ele me justificou referindo-se à prática semelhante de dois insetos prudentes, a abelha e a aranha.

Fui ter também com um cego de nascença, que tinha vários aprendizes na sua mesma condição. O trabalho dos aprendizes era misturar cores para pintores, as quais o mestre lhes ensinava a distinguir pelo tato e pelo olfato. Foi realmente uma infelicidade, para mim, constatar que no momento da minha visita o aprendizado era mais do que falho, e o próprio professor estava no mais das vezes equivocado. O referido estudioso é muito incentivado e estimado por toda a academia.

Em outra sala, tive grande prazer em ser apresentado a um projetista que havia inventado um procedimento capaz de arar a terra com porcos, no intuito de economizar os encargos com arados, gado e mão de obra. O método é o seguinte: em um acre de solo enterra-se, a cada quinze centímetros de distância e oito de profundidade, uma quantidade de sementes de carvalho, tâmaras, castanhas e restos de lavagem, ou legumes, que são muito do agrado desses animais; em seguida, levam-se seiscentos porcos, ou mais, até o respectivo campo, onde em poucos dias eles haverão de fuçar toda a terra em busca do alimento e a tornarão apta à semeadura, ao mesmo tempo adubando-a com seu esterco; é verdade que a prática demonstrou que o procedimento demandava muito trabalho e causava bastante problema, e a colheita foi irrisória, ou nula. Não resta dúvida de que tal invenção carece de muito aperfeiçoamento.

Entrei em outra sala, onde as paredes e o teto estavam cobertos de teias de aranha, exceto uma passagem estreita para o projetista entrar e sair. Quando entrei, ele recomendou em voz alta que eu não tocasse nas teias. O sujeito lamentou o erro fatal cometido pelo mundo havia tanto tempo, empregando bichos-da-seda enquanto dispúnhamos de tantos insetos domésticos que os superavam infinitamente, e que sabiam tecer além de fiar. Propôs ainda que, empregando-se aranhas, a tarefa de tingir sedas seria inteiramente poupada, do que fiquei plenamente convencido quando ele me mostrou um grande número de moscas, de cores muito belas, com as quais alimentava suas aranhas, assegurando-nos de que as teias seriam assim tingidas; quanto à paleta de cores, ele esperava agradar a todos os gostos, desde que encontrasse alimento adequado para as moscas, com base em certas resinas, óleos e outras substâncias viscosas capazes de conferir robustez e consistência aos fios.

Um astrônomo propusera-se a instalar um relógio de sol no grande cata-vento posicionado no telhado da prefeitura, ajustando os movimentos anuais e diurnos da Terra e do Sol, de modo a fazê-los corresponder e coincidir com todas as mudanças acidentais do vento.

Queixei-me de sentir leves cólicas, e meu guia conduziu-me a uma sala onde residia um médico importante, famoso por curar tal desconforto por meio de procedimentos contrários realizados com um mesmo instrumento. O médico tinha um grande par de foles, com uma ponta comprida e fina, feita de marfim. Ele introduzia o instrumento vinte centímetros no ânus e, sugando o ar, afirmava ser capaz de tornar as tripas tão vazias quanto uma bexiga seca. Mas quando o desconforto era mais persistente e violento ele introduzia a ponta enquanto o fole estava cheio de ar, o qual era descarregado no corpo do paciente; em seguida, removia o instrumento, a fim de reabastecê-lo, batendo o polegar com força contra o orifício; e sendo o procedimento repetido três ou quatro vezes, o ar estranho era expelido, levando consigo o ar nocivo (feito água em uma bomba), e o paciente se recuperava. Eu o vi realizar os dois experimentos em um cão, mas não consegui discernir nenhum efeito do primeiro. Depois do segundo experimento, o animal parecia prestes a estourar e expeliu tudo com tamanha violência que eu e meus companheiros ficamos nauseados. O cachorro morreu no local; deixamos o médico tentando reanimá-lo, valendo-se do mesmo procedimento.

Visitei muitas outras dependências, mas não incomodarei o leitor com todas as curiosidades que observei, pois prezo a brevidade.

Eu tinha visto até então apenas uma ala da academia, a outra sendo destinada exclusivamente aos que se dedicavam aos avanços do conhecimento especulativo, sobre os quais direi algo após mencionar mais um indivíduo ilustre, conhecido entre eles como "o artífice universal". Ele nos disse que fazia trinta anos que empregava suas reflexões para o aperfeiçoamento da vida humana. Esse indivíduo dispunha de dois salões repletos de curiosidades fantásticas e cinquenta homens trabalhando. Alguns estavam condensando ar em uma substância tangível e seca, extraindo o nitro e deixando as partículas aquosas ou fluidas percolarem; outros amoleciam mármore, para ser usado em travesseiros e almofadinhas de alfinetes; havia ainda os que petrificavam os cascos de um cavalo vivo, para impedi-los de rachar. O próprio artífice estava naquele momento ocupado com dois grandes projetos; o primeiro tratava de semear a terra com palha, na qual ele afirmava estar contida a verdadeira virtude seminal, conforme demonstrado em vários de seus experimentos que estavam além da minha compreensão. O outro projeto visava, por meio de uma certa composição de resinas, minerais e vegetais aplicados externamente, impedir o crescimento de lã nos corpos de dois cordeiros, e ele esperava em tempo razoável propagar por todo o reino a raça de carneiros pelados.

Seguimos por uma calçada até a outra ala da academia, onde, como já disse, residiam os projetistas especializados em conhecimento especulativo.

O primeiro professor que vi estava em um salão, com quarenta pupilos à sua volta. Depois de nos saudarmos, ao perceber que eu olhava com interesse para uma estrutura que ocupava a maior parte do comprimento e da largura do salão, ele disse que talvez eu estivesse espantado ao vê-lo trabalhar em um projeto cujo objetivo era aperfeiçoar o conhecimento especulativo por meio de operações mecânicas. Mas o mundo logo constataria a utilidade de tal proposição, e ele gabava-se de que um pensamento mais nobre e elevado do que aquele jamais houvesse surgido na mente de qualquer outro homem. Todos sabiam quão trabalhoso é o método usual de dominar saberes e ciências, ao passo que, graças ao instrumento por ele inventado, a pessoa mais ignorante, a um custo razoável e com pouco esforço físico, poderia escrever livros de filosofia, poesia, política, direito, matemática e teologia sem o menor aporte da inteligência ou do estudo. Em seguida, ele me conduziu até a tal estrutura, em cujas laterais seus alunos perfilavam-se. A peça era um quadrado de seis menos de lado e estava posicionada no centro do cômodo. As superfícies eram compostas de vários blocos de madeira, mais ou menos do tamanho de dados, sendo que alguns eram maiores do que outros. Todos ficavam interligados por fios finos. Cada face dos blocos de madeira estava coberta com papel colado, e nesses papéis tinham sido escritas todas as palavras da língua nativa, em suas várias formas, tempos verbais e declinações, mas sem qualquer ordem. O professor, então, pediu que eu observasse, pois estava prestes a acionar o mecanismo. Cada aluno, ao ser comandado, pegou uma manivela de ferro, das quais havia quarenta fixadas nas bordas da estrutura, e girou-a subitamente, alterando por completo a disposição das palavras. Então o professor ordenou a trinta e seis rapazes que lessem as várias linhas, devagar, tal e qual apareciam na estrutura; e quando encontravam três ou quatro palavras juntas que podiam integrar uma frase ditavam aos quatro rapazes restantes, que eram os escribas. Esse trabalho foi repetido três ou quatro vezes e em cada ocasião o mecanismo foi acionado, de maneira que as palavras mudavam à medida que os blocos de madeira giravam.

Seis horas por dia os jovens estudantes eram empregados nessa atividade, e o professor mostrou-me vários volumes, grandes fólios, já coligidos, repletos de frases truncadas que ele pretendia juntar e, com base naquele material tão rico, oferecer ao mundo um compêndio completo de todos os saberes e ciências; no entanto, o projeto poderia ser aperfeiçoado, e muito agilizado, se o público levantasse um fundo em prol da construção e do emprego de quinhentas daquelas estruturas em Lagado, e obrigasse todos os gestores a contribuírem para o compêndio com suas diversas produções.

Ele me garantiu que aquela invenção havia ocupado todos os seus pensamentos desde a juventude; que ele havia incluído o vocabulário inteiro na estrutura e feito o cálculo mais exato quanto à proporção geral existente nos livros entre o número de partículas gramaticais, substantivos, verbos e outras classes de palavras.

Expressei humildemente meu reconhecimento àquele indivíduo ilustre pela sua grande capacidade de comunicação e prometi que se algum dia tivesse a sorte de regressar ao meu país natal faria justiça a ele como o único inventor daquele engenho maravilhoso, cujo formato e funcionamento pedi-lhe que me deixasse registrar em papel, conforme a ilustração aqui inserida. Disse a ele que, embora fosse costume de nossos eruditos na Europa se apropriar das invenções uns dos outros, no que viam pelo menos uma vantagem, o fato de que o direito à propriedade do invento se tornava controverso, eu tomaria todos os cuidados para que ele desfrutasse sozinho da honra, sem ter qualquer concorrente.

Em seguida, fomos até a escola de idiomas, onde três professores trabalhavam em conjunto, visando ao aperfeiçoamento da língua do próprio país.

O primeiro projeto tinha como objetivo encurtar o discurso, reduzindo polissílabos a monossílabos e eliminando verbos e particípios, porque, na realidade, todas as coisas imagináveis são substantivos.

O outro projeto era um esquema para abolir todas as palavras; e isso era proposto como uma grande vantagem não apenas em termos de brevidade como de saúde, pois é patente que cada palavra que pronunciamos resulta, em certo grau, em uma diminuição de nossos pulmões causada pelo desgaste e, consequentemente, contribui para o encurtamento de nossas vidas. Ofereceu-se, portanto, um postulado que, considerando que as palavras são apenas nomes para *objetos*, seria mais conveniente a todos os homens carregarem consigo os *objetos* necessários para expressar o assunto específico sobre o qual pretendessem discorrer. E essa invenção certamente teria se concretizado, para grande facilidade e saúde dos indivíduos, se as mulheres, unidas à ralé e aos analfabetos, não tivessem ameaçado eclodir uma rebelião a menos que lhes fosse concedida a liberdade de falar com suas línguas, a exemplo de seus antepassados; daí se vê que as pessoas comuns são inimigas irreconciliáveis e constantes da ciência. No entanto, muitos dos mais instruídos e sábios aderiram ao novo modelo de se expressar por intermédio de objetos, o que apresenta apenas o seguinte inconveniente: se os assuntos de um homem forem muitos e variados, ele se vê obrigado a carregar nas costas um monte de objetos, a menos que possa pagar um ou dois criados robustos para atendê-lo. Em diversas ocasiões, vi dois sábios quase afundando sob o peso de suas mochilas, como se fossem nossos mascates; e quando se encontravam na rua largavam as cargas, abriam as mochilas e conversavam durante uma hora. Em seguida, guardavam os objetos, ajudavam-se mutuamente a retomar os fardos e despediam-se.

Para conversas breves, porém, um homem pode levar objetos nos bolsos e debaixo dos braços, suficientes para seu uso; já em casa ele não teria o menor problema. Portanto, a sala onde se reúnem os que praticam essa arte está sempre cheia de objetos de toda sorte, bem à mão, necessários para fornecer o material necessário para esse tipo de conversa artificiosa.

Outra grande vantagem proposta por essa invenção era que serviria como língua universal, a ser compreendida em todas as nações civilizadas, cujos bens e utensílios são em geral do mesmo tipo, ou semelhantes, de modo que seus usos podem ser facilmente compreendidos. Assim, embaixadores estariam qualificados para tratar com príncipes estrangeiros ou ministros de Estado cujos idiomas desconhecessem totalmente.

Estive na escola de matemática, onde o mestre adotava com seus alunos um método pouco imaginável para nós na Europa. O problema e a solução eram escritos, com clareza, em uma bolacha fina, com tinta composta por uma infusão cefálica. Isso o estudante engolia, em jejum, e durante os três dias seguintes não ingeria nada além de pão e água.

À medida que a bolacha era digerida, a infusão subia-lhe ao cérebro, levando consigo o problema. O sucesso do experimento ainda não tinha sido verificado, em parte por algum erro na quantidade ou na composição e em parte pela perversão dos rapazes, para quem a bolacha é tão repugnante que eles viram de lado e a cospem fora antes que ela possa operar; e tampouco foram convencidos a jejuar durante o tempo que a prescrição exige.

6

Mais relatos sobre a academia. O autor apresenta algumas propostas de melhorias, as quais são acatadas honrosamente

Na escola de projetistas políticos fui mal recebido, e os professores, a meu ver, pareciam estar totalmente desatinados, o que constitui uma cena que nunca deixa de me causar tristeza. Aqueles indivíduos infelizes propunham esquemas capazes de convencer monarcas a escolherem seus protegidos com base em sabedoria, capacidade e virtude; de ensinar ministros a levar em conta o bem comum; de recompensar o mérito, as grandes habilidades e os serviços relevantes; de instruir príncipes a coadunar seus verdadeiros interesses com os interesses do povo e colocá-los no mesmo patamar; de selecionar pessoas qualificadas para exercer cargos, além de vários outros disparates inviáveis que nunca antes tocaram o coração de homem nenhum, e isso confirmou, para mim, a velha percepção de que não há nada demasiado extravagante e irracional que algum filósofo não tenha sustentado como verdade.

No entanto, farei justiça com esse segmento da academia admitindo que nem todos eram visionários. Havia um médico muito talentoso que parecia perfeitamente versado em questões da natureza e do sistema de governo. Esse indivíduo ilustre dedicava seus estudos, com grande utilidade, à descoberta de medicamentos eficazes no combate a todos os males e corrupções a que estão sujeitas as diversas formas de administração pública, seja por conta dos vícios ou mazelas dos que governam, seja por conta da licenciosidade dos que devem obedecer. Por exemplo: considerando que todos os autores e teóricos concordam que existe uma similaridade universal entre o corpo natural e o corpo político, pode haver algo mais evidente do que a necessidade de a saúde de ambos ser preservada e os males curados pelas mesmas prescrições? Entende-se que parlamentos e grandes conselhos sejam frequentemente acometidos por humores[99] excessivos, febris e insalubres; por várias doenças do cérebro, e outras tantas do coração; por fortes convulsões, contrações dolorosas dos nervos e tendões em ambas as mãos, sobretudo na direita; por problemas com baço, flatulência, vertigens e delírios; por tumores escrofulosos, cheios de matéria purulenta e fétida; por eructações espumosas e azedas; por apetites caninos e azia, além de muitas outras enfermidades, que julgo desnecessário aqui mencionar. Esse médico, portanto, propôs que nas sessões do senado os médicos deveriam comparecer nos três primeiros dias e, ao final de cada dia de debate, aferir a pulsação de cada senador; após tal procedimento, tendo ponderado e investigado com maturidade a natureza das várias doenças e os métodos de cura, eles deveriam retornar ao senado, no quarto dia, acompanhados por seus boticários munidos dos medicamentos adequados. Então, antes de iniciarem os trabalhos, a cada senador seriam ministrados os lenitivos, purgantes, abstersivos, corrosivos, restringentes, paliativos, laxantes, analgésicos, ictéricos, apofleumáticos, acústicos, conforme os vários casos exigissem e, dependendo do efeito, os medicamentos seriam repetidos, alterados ou suspensos na sessão seguinte.

Tal projeto não representaria grandes despesas para o público e poderia, na minha humilde opinião, ser bastante proveitoso para a solução de questões em países onde os senados têm alguma participação no poder legislativo, gerando unanimidade, abreviando debates, abrindo algumas bocas que hoje estão fechadas e fechando muitas outras hoje abertas, além de conter a petulância dos jovens e corrigir a soberba dos velhos, despertar os idiotas e abrandar os insolentes.

E mais, sendo geral a queixa de que os protegidos dos príncipes são afligidos por memórias curtas e fracas, o mesmo médico propôs que

99. Referência relativamente tardia à teoria humoral (ou dos temperamentos). De acordo com essa teoria, a condição de saúde dos seres humanos seria mantida pelo equilíbrio entre quatro "humores" (fluidos corporais): sangue, fleuma, bílis amarela e bílis negra, procedentes respectivamente do coração, sistema respiratório, fígado e baço.

qualquer pessoa que fosse recebida por um primeiro-ministro, depois de ter relatado seu assunto com a máxima brevidade e as palavras mais claras deveria, ao se retirar, dar-lhe um aperto no nariz, ou um pontapé na barriga, ou uma pisada nos calos, ou três puxões em ambas as orelhas, ou uma alfinetada no traseiro, ou um beliscão no braço até ficar roxo, no intuito de evitar qualquer esquecimento; e a cada dia de audiência deveria repetir a ação até que o assunto fosse devidamente tratado ou terminantemente recusado.

Ele também recomendava que todo senador integrante do grande conselho de um país, depois de ter emitido e defendido sua opinião, fosse obrigado a dar um voto diretamente contrário, porque se isso fosse feito, o resultado seria infalivelmente o bem comum.

Quando os partidos de um Estado se tornam agressivos, ele oferece um artifício maravilhoso para reconciliá-los: cem líderes de cada partido são reunidos e dispostos em duplas cujas cabeças sejam aproximadamente do mesmo tamanho; em seguida, dois hábeis cirurgiões cortam o occipício[100] de cada dupla, ao mesmo tempo, de tal maneira que o cérebro possa ser dividido em partes iguais. Os occipícios, depois de cortados, são trocados e inseridos na cabeça do indivíduo do partido oposto. É verdade que parece se tratar de um trabalho que requer bastante precisão, mas o professor garantiu-nos que, se a operação for realizada com destreza, a cura será infalível. Isso porque, segundo seu argumento, as duas metades dos cérebros, sendo deixadas para debater o assunto entre elas dentro do espaço de um mesmo crânio, logo chegariam a um consenso e produziriam a moderação, bem como o equilíbrio de pensamento tão esperado naqueles que imaginam ter vindo ao mundo apenas para observar e governar sua ação; e quanto à diferença de cérebros, seja em capacidade ou qualidade, entre aqueles que são líderes de facções, o médico assegurou-nos, por experiência própria, que era algo perfeitamente irrisório.

Presenciei um debate acalorado entre dois professores sobre as formas e os procedimentos mais cômodos e eficazes de arrecadar receita sem

100. Parte posterior e inferior da cabeça, formada pelo osso occipital.

desagradar ao súdito. O primeiro afirmou que o método mais justo seria cobrar imposto sobre perversões e extravagâncias, e o valor estipulado para cada homem seria calculado, da maneira mais justa, por um júri composto por seus vizinhos. O segundo era de opinião diretamente contrária, isto é, que se tributassem as qualidades do corpo e da mente pelas quais os homens mais valorizam a si mesmos, sendo o montante maior ou menor de acordo com níveis de excelência, sendo a decisão final deixada aos próprios interessados. O imposto mais elevado incidiria sobre homens que fossem os mais apreciados pelo sexo oposto, e os cálculos deveriam estar de acordo com o número e a natureza dos favores por eles recebidos, sendo a avaliação feita pelos próprios interessados. Segundo tal proposta, a sagacidade, a bravura e a polidez seriam objeto de tributos pesados e cobrados da mesma maneira, cada pessoa declarando a quantidade por ela possuída. Contudo, a honra, a justiça, a sabedoria e o conhecimento não seriam taxados de maneira nenhuma, porque são qualificações tão raras que nenhum homem as reconhece no vizinho, ou em si mesmo as valoriza.

As mulheres seriam tributadas de acordo com a beleza e bom gosto no vestir, contando com o mesmo privilégio que os homens, ou seja, a possibilidade de autoavaliação. Mas a constância, a castidade, o bom senso e a boa índole não seriam taxados, porque o valor da arrecadação não compensaria.

A fim de manter os senadores atuando na defesa dos interesses da Coroa, foi proposto que as indicações ocorressem mediante sorteios, sendo que todo candidato, primeiramente, faria um juramento, garantindo votar em favor da corte a despeito do resultado do sorteio; depois disso, os perdedores, por sua vez, teriam a liberdade de sortear a vaga seguinte. Assim, a esperança e a expectativa seriam preservadas, ninguém reclamaria de promessas quebradas e todos imputariam suas decepções inteiramente à Fortuna,[101] cujos ombros são mais espadaúdos do que os de um ministro.

101. Deusa romana do acaso, da sorte (boa ou má) e da esperança. Costumava ser representada cega ou com a vista tapada (a exemplo da moderna imagem da Justiça) pois distribuía seus desígnios aleatoriamente.

Outro professor mostrou-me um longo rolo de papel contendo instruções para descobrir tramas e conspirações contra o governo. Ele aconselhava estadistas eminentes a examinar a dieta de todas as pessoas suspeitas; seus horários de refeição; de que lado costumavam deitar-se na cama; com que mão limpavam o traseiro; a observar rigorosamente seus excrementos e, com base na cor, odor, sabor, consistência, crueza ou maturidade da digestão, avaliar os pensamentos e intenções do indivíduo.[102] Isso porque os homens nunca são tão sérios, reflexivos e compenetrados como no momento em que estão na privada, o que o próprio professor descobriu por experimentos frequentes, pois, em tais conjunturas, quando ele mesmo costumava, apenas à guisa de exercício, considerar qual seria a melhor maneira de assassinar o rei, suas fezes apresentavam uma tintura esverdeada; mas eram bem diferentes quando ele pensava apenas em incitar uma rebelião ou incendiar a capital.

O documento como um todo foi escrito com grande acurácia, contendo muitas observações, tão curiosas quanto úteis para os políticos; mas, conforme pude perceber, estava um tanto incompleto. Ousei dizer isso ao autor e ofereci-me, se fosse de sua vontade, para fornecer alguma complementação. Ele recebeu minha proposta com mais aquiescência do que o habitual entre os escritores, sobretudo aqueles que são também projetistas, afirmando que ficaria contente em receber mais informações.

Eu disse a ele que no reino de Tribnia, chamado de Langden[103] pelos nativos, onde eu havia permanecido algum tempo durante minhas viagens, a maior parte do povo consistia inteiramente de inquisidores, testemunhas, informantes, promotores, depoentes e delatores, assistidos por seus diversos instrumentos subservientes e subalternos, todos sob a égide, a ação e o pagamento de ministros de Estado e seus suplentes. As tramas no reino em questão costumam ser obra de pes-

102. A teoria de que a traição pode ser discernida pela leitura de sinais em excrementos encontra seu paralelo no julgamento do bispo Francis Atterbury, acusado de traição. Algumas das provas apresentadas contra o bispo foram retiradas de papéis descobertos na privada do réu.
103. Anagramas de Britain [Grã-Bretanha] e England [Inglaterra].

soas que desejam promover suas próprias imagens de políticos sérios, restaurar o vigor de uma administração insana, reprimir ou desviar o descontentamento geral, encher seus cofres com confiscos e aumentar ou diminuir a importância do conceito de crédito público conforme melhor convier à sua vantagem pessoal. Fica previamente acordado e acertado entre eles quais suspeitos serão acusados de conspiração; em seguida, toma-se o cuidado para se apreender todas as cartas e documentos de tais indivíduos, e pôr os respectivos proprietários na cadeia. Esses papéis são entregues a um grupo de estudiosos extremamente hábeis em decifrar os significados ocultos das palavras, das sílabas e das letras. Por exemplo, eles podem descobrir que latrina significa reunião "privada"; bando de patos significa senado; cão coxo quer dizer invasor; cabeça de bagre quer dizer ____[104]; peste, exército permanente; abutre, primeiro-ministro; gota,[105] sumo sacerdote; forca, secretário de Estado; penico, comissão de nobres; peneira, dama da corte; vassoura, revolução; ratoeira, cargo; poço sem fundo, tesouro; ralo, corte; gorro e guizos, protegido da corte; talo de junco rachado, tribunal de justiça; tonel vazio, general; ferida purulenta, governo.

Quando esse método falha eles dispõem de outros dois, mais eficazes, que os eruditos por lá chamam de acrósticos e anagramas. Primeiro, eles têm capacidade para decifrar os significados políticos embutidos em todas as letras iniciais. Assim, N significa conspiração; B, regimento de cavalaria, ou cavalo; L, esquadra ao mar. Em segundo lugar, transpondo as letras do alfabeto encontradas em qualquer documento suspeito, conseguem desvendar os desígnios mais ocultos de uma facção descontente. Por exemplo, se eu escrever em uma carta a um amigo: *Our brother Tom has just got the piles* [Nosso irmão Tom está com hemorroidas], um decifrador habilidoso descobriria que as mesmas letras que compõem essa frase compõem as seguintes palavras: *Resist, a plot is brought home, the*

104. A lacuna é um subterfúgio para fazer referência ao rei de maneira não explícita.
105. Forma de artrite caracterizada por dor intensa, vermelhidão e sensibilidade nas articulações.

Tour[106] [Resista, uma conspiração é iminente, o Tour]. Esse é o método anagramático.

O professor ficou muito grato pela oportunidade de comunicar tais observações e prometeu fazer menção honrosa à minha pessoa em seu tratado.

Não vi nada naquele país que pudesse me atrair a uma permanência mais longa, e comecei a pensar em voltar para casa, na Inglaterra.

106. Comentando esse trecho em nota, Robert de Maria Jr. registra que, para que o anagrama funcione, as letras i e j precisam ser tomadas como equivalentes, o que era comum à época. E acrescenta que La Tour foi o nome adotado por Bolingbroke quando esteve na França.

7

O autor deixa Lagado e chega a Maldonada. Não há navio pronto para zarpar. Ele empreende uma curta jornada até Glubbdubdrib. Sua recepção por parte do governador

O continente do qual aquele reino faz parte estende-se, como tenho motivos para crer, para o oriente, em direção àquela área desconhecida da América, a oeste da Califórnia e ao norte do oceano Pacífico, situada a não menos de duzentos e quarenta quilômetros de Lagado, onde há um bom porto e intenso comércio com a grande ilha de Luggnagg, localizada a noroeste, a 29 graus de latitude norte e 140 graus de longitude. A ilha de Luggnagg fica a sudeste do Japão, a cerca de cem léguas de distância. Existe uma aliança sólida entre o imperador japonês e o rei de Luggnagg, o que enseja oportunidades frequentes de navegação de uma ilha para outra. Resolvi, portanto, seguir naquela direção, visando ao meu retorno à Europa. Contratei um guia para me indicar o caminho, e o homem tinha duas mulas para transportar minha pequena bagagem. Despedi-me de meu nobre protetor, que tanto havia me favorecido e que me ofereceu um presente generoso na ocasião da minha partida.

Minha jornada transcorreu sem nenhum acidente ou aventura que valha a pena relatar. Quando cheguei ao porto de Maldonada (assim é chamado), não havia nenhum navio com destino a Luggnagg nem perspectiva de que em breve houvesse algum. A cidade é quase tão grande quanto Portsmouth.[107] Sem demora fiz alguns contatos e fui recebido com muita hospitalidade. Um cavalheiro distinto disse-me que, conside-

107. Cidade portuária do condado de Hampshire, situada diante da ilha de Wight, ao sul da Inglaterra. No final do século XVIII, a população de Portsmouth constava de pouco mais 32 mil habitantes.

rando que os navios destinados a Luggnagg só estariam prontos dentro de um mês, seria divertido fazer uma excursão à ilhota de Glubbdubdrib, localizada a cerca de cinco léguas a sudoeste. Ofereceu-se, junto a um amigo, para me acompanhar, e providenciou um barco pequeno, mas confortável, para realizarmos a viagem.

Glubbdubdrib, até onde posso interpretar a palavra, significa Ilha dos Feiticeiros ou Magos. Possui cerca de um terço da superfície da ilha de Wight,[108] sendo por demais fértil. É governada pelo chefe de uma tribo cujos integrantes são todos magos. Os membros da tribo casam-se exclusivamente entre si, e, no processo de sucessão, o mais velho torna-se príncipe ou governador. Esse indivíduo possui um belo palácio, com um parque de cerca de três mil acres cercado por uma muralha de pedra lavrada com seis metros de altura. Nesse parque existem vários terrenos cercados que se destinam ao gado, ao cultivo de trigo e à jardinagem.

O governador e sua família são servidos por domésticos de um tipo um tanto inusitado. Devido aos seus poderes em necromancia,[109] é capaz de invocar quem ele quiser entre os mortos e se valer dos serviços do falecido durante vinte e quatro horas, embora não mais; tampouco pode voltar a invocar o mesmo indivíduo em menos de três meses, salvo em ocasiões deveras extraordinárias.

Quando, por volta das onze horas da manhã, chegamos à ilha, um dos senhores que me acompanhavam procurou o governador e solicitou audiência para um forasteiro que ali viera com o propósito de ter a honra de conhecê-lo. A solicitação foi atendida de imediato, e juntos adentramos o portão do palácio, passando entre duas fileiras de guardas armados e usando trajes bastante esquisitos; havia algo em seus semblantes que fez meus pelos se arrepiarem, e senti um pavor que não posso expressar. Passamos por diversos aposentos entre outros criados de aparência semelhante, dispostos em ambos os lados, como antes,

---

108. Localizada ao sul da cidade de Southampton, na costa sul da Inglaterra. Está separada da Grã-Bretanha pelo estreito Solent. Trata-se da maior ilha no canal da Mancha, com área total de 380 quilômetros quadrados.
109. Suposta arte de adivinhar o futuro por meio de contato com os mortos.

até chegarmos ao salão de audiências, onde, depois de três reverências solenes e algumas perguntas gerais, fomos autorizados a sentar em três banquetas próximas ao degrau mais baixo do trono de sua alteza, o governador. Ele compreendia a língua de Balnibarbi, embora fosse bem diferente do idioma ilhéu. Pediu-me que apresentasse um relato de minhas viagens; e, para dar a entender que eu seria tratado sem cerimônia, dispensou os serviçais com um giro do dedo, diante do que, para meu total espanto, todos desapareceram instantaneamente, feito visões em um sonho, quando acordamos de repente. Levei algum tempo para me recompor, até que o governador garantiu que eu não sofreria nenhum mal; então, vendo que meus dois companheiros não estavam preocupados, pois muitas vezes tinham sido ali recebidos da mesma maneira, criei coragem e apresentei a sua alteza um breve relato de minhas diversas aventuras, embora não sem alguma hesitação e muitas vezes olhando para trás, para o local onde tinha visto os tais espectros domésticos. Tive a honra de almoçar com o governador, ocasião em que um novo grupo de fantasmas trinchou a carne e serviu à mesa. Então notei que estava menos apavorado do que pela manhã. Fiquei até o pôr do sol, mas, humildemente, pedi a sua alteza que me perdoasse por não aceitar o convite de hospedar-me no palácio. Meus dois amigos e eu repousamos em uma casa particular, na cidade vizinha, que é a capital da ilhota, e na manhã seguinte voltamos para cumprir nosso dever para com o governador, conforme ele havia determinado.

Assim permanecemos mais dez dias na ilha, passando a maior parte do dia com o governador e pernoitando em nosso alojamento. Logo me familiarizei tanto com a visão dos espíritos que, após a terceira ou quarta vez, eles não me causaram mais nenhuma perturbação; ou, se ainda tinha algum receio, minha curiosidade prevaleceu. Sua alteza, o governador, ordenou-me que invocasse todas as pessoas que desejasse, e em qualquer número, entre os mortos, desde o início do mundo até o presente, e que lhes ordenasse a responder a toda e qualquer pergunta que achasse pertinente, com apenas a seguinte condição: minhas perguntas deveriam se restringir ao tempo em que os indivíduos viveram.

E em uma coisa eu poderia confiar: certamente falariam a verdade, pois mentir era um talento inútil no mundo inferior.

Apresentei meus humildes agradecimentos a sua alteza por aquele grande favor. Estávamos em um salão de onde se descortinava uma bela vista do parque. E sendo minha primeira inclinação entreter-me com cenas de pompa e circunstância, desejei ver Alexandre, o Grande, à frente de seu exército logo após a Batalha de Arbela.[110] Mediante um simples gesto do dedo do governador, o espectro apareceu, de imediato, em um grande campo situado abaixo da janela onde estávamos. Alexandre foi convocado ao salão; tive bastante dificuldade em compreender o grego que ele falava, e ele pouco entendeu o meu. Garantiu-me, empenhando sua honra, que não foi envenenado, mas morreu em decorrência de febre causada por uma bebedeira.

Em seguida, vi Aníbal atravessando os Alpes,[111] e ele me disse que não dispunha de uma gota de vinagre sequer em seu acampamento.

Vi César e Pompeu[112] à frente de suas tropas, prontos para atacar. O primeiro vinha em sua derradeira marcha triunfal. Invoquei a presença do Senado de Roma em uma grande câmara, e, em outra, em contraponto, uma assembleia de uma época posterior. A primeira parecia um encontro de heróis e semideuses; a segunda, um bando de mascates, punguistas, salteadores e grosseirões.

110. Alexandre Magno (356 a.C-323 a.C) foi rei da Macedônia. Dedicou a maior parte do tempo de seu reinado a uma série de campanhas militares, e aos trinta anos havia criado um dos maiores impérios do mundo antigo, que se estendia da Grécia ao Egito e ao noroeste da Índia. A Batalha de Arbela, ou Batalha de Gaugamela, travada em 331 a.C., foi decisiva na vitória de Alexandre, o Grande, sobre Dario da Pérsia.

111. Aníbal Barca (247 a.C.-183 a.C.) foi general e estadista cartaginês. Aníbal e seu exército, no qual se incluíam trinta e oito elefantes, atravessaram os Pireneus e os Alpes com o objetivo de conquistar o norte da Itália. A travessia foi realizada diante de enormes dificuldades, supostamente superadas com criatividade, como quando o general teria utilizado vinagre e fogo para romper uma rocha.

112. Caio Júlio César (100 a.C.-44 a.C.) foi líder militar e político romano. Desempenhou papel decisivo na transformação da República romana em Império. César é considerado por muitos um dos maiores comandantes militares da história. Cneu Pompeu Magno (106 a.C.-48 a.C.), conhecido simplesmente como Pompeu, ou Pompeu Magno, foi um político e cônsul da República romana e obteve imenso sucesso como general, ainda jovem. Em meados da década de 60 a.C., Pompeu uniu-se a Crasso e a Júlio César na aliança conhecida como Primeiro Triunvirato.

O governador, a meu pedido, fez sinal para que César e Brutus[113] avançassem em nossa direção. Fui acometido de profunda veneração ao ver Brutus, e pude facilmente perceber a mais arraigada virtude, a maior intrepidez e firmeza de espírito, o mais sincero amor por seu país e um altruísmo geral para com a humanidade estampados em cada traço de sua fisionomia. Observei, com plena satisfação, que esses dois indivíduos mantinham boas relações, e César confessou-me, sinceramente, que as maiores ações de sua vida não superavam, nem de perto, a glória do ato que a ceifou. Tive a honra de conversar bastante com Brutus, e ele me disse que seu antepassado Júnio,[114] bem como Sócrates,[115] Epaminondas,[116] Catão, o Jovem,[117] sir Thomas More[118] e ele próprio estavam eternamente reunidos: um sextunvirato ao qual nenhuma era do mundo poderá acrescentar um sétimo.

Seria entediante incomodar o leitor especificando o grande número de pessoas ilustres convocadas para satisfazer meu desejo insaciável de ver o mundo em todos os períodos da Antiguidade e trazidas diante de mim. Refestelei os olhos, sobretudo, com a visão dos exterminadores de tiranos e usurpadores e dos restauradores da liberdade para nações oprimidas e ultrajadas. Mas é impossível expressar a satisfação mental que obtive de tal modo a despertar no leitor o interesse adequado.

113. Marco Júnio Brutus, o Jovem (85 a.C.-42 a.C.), foi líder político de orientação conservadora republicana romana e militar. Foi um dos assassinos de Júlio César.

114. Marco Júnio Brutus, o Velho (falecido em 77 a.C.), foi tribuno da República romana e pai de seu filho homônimo, que assassinou Júlio César.

115. Sócrates (*c.* 470 a.C.-399 a.C.) foi filósofo ateniense do período clássico da Grécia Antiga, creditado como um dos fundadores da filosofia ocidental.

116. Epaminondas (418 a.C.-362 a.C.) foi general e político grego responsável pela condução de mudanças na cidade-Estado de Tebas, transformando-a na nova potência hegemônica da Grécia, substituindo Esparta.

117. Marco Pórcio Catão Uticense (95 a.C.-46 a.C.), também conhecido como Catão, o Jovem, ou o Moço (para se distinguir do bisavô, Catão, o Velho), foi político romano célebre pela integridade moral. Partidário da filosofia estoica, era avesso a qualquer tipo de suborno.

118. Ou Thomas Morus (1478-1535), filósofo, estadista, diplomata e advogado, tendo ocupado diversos cargos públicos, em especial o de chanceler durante o reinado de Henrique VIII da Inglaterra. É considerado um dos grandes humanistas do Renascimento. Sua principal obra literária é *Utopia*. Foi canonizado como mártir da Igreja católica em 1935.

8

Mais relatos sobre Glubbdubdrib. História antiga e história moderna são corrigidas

Desejando ver aqueles indivíduos de tempos passados que eram mais célebres por sua inteligência e erudição, separei um dia para tal propósito. Propus que Homero[119] e Aristóteles aparecessem à frente de todos os seus comentadores, mas estes eram tão numerosos que algumas centenas deles tiveram que ficar no pátio e nas salas externas do palácio. Logo à primeira vista, reconheci e pude distinguir os dois heróis, não apenas na multidão, mas um do outro. Homero era o mais alto e bem-apessoado dos dois; caminhava bastante ereto para alguém de sua idade, e seus olhos eram os mais vivazes e penetrantes que já vi. Aristóteles andava um tanto curvado e fazia uso de um cajado. Seu rosto era magro, o cabelo escorrido e ralo, e a voz fraca. Logo verifiquei que ambos eram estranhos para o restante dos presentes, que nunca os tinham visto ou deles ouvido falar. Um fantasma que há de permanecer anônimo cochichou que no mundo inferior aqueles comentadores sempre se mantinham o mais distante possível das figuras que eram objeto de seus comentários, devido a um sentimento de vergonha e culpa por terem deturpado demais o significado da obra desses autores para a posteridade. Apresentei Dídimo e Eustáquio[120] a Homero e convenci-o a tratá-los melhor do que talvez merecessem, pois ele logo descobriu que careciam da capacidade

---

119. Homero (928 a.C.-898 a.C.) foi poeta épico na Grécia Antiga, ao qual tradicionalmente se atribui a autoria dos poemas épicos *Ilíada* e *Odisseia*.

120. Dídimo Calcêntero ou Dídimo de Alexandria (*c.* 63 a.C.-10 a.C.) foi gramático grego e autor de um tratado sobre Homero. Eustácio ou Eustáquio de Tessalônica (*c.* 1115-95/6) foi bispo e acadêmico grego bizantino. Celebrizou-se por comentários sobre Homero, que incorporaram diversas análises feitas por estudiosos que o precederam.

de compartilhar o espírito de um poeta. Mas Aristóteles ficou por demais impaciente com meu relato acerca de Escoto e Ramus[121] quando os apresentei, e perguntou-lhes se os demais integrantes da tribo eram tão imbecis quanto eles.

Pedi, então, ao governador que convocasse Descartes e Gassendi,[122] aos quais convenci a explicarem seus sistemas a Aristóteles. O eminente filósofo reconheceu francamente seus próprios equívocos na filosofia natural, porque havia procedido, em diversas questões, com base em conjecturas, tal como todos os homens costumam fazer; e revelou que Gassendi, que tornara a doutrina de Epicuro[123] tão palatável quanto possível, bem como Descartes, com seus *vórtices*, seriam igualmente refutados. Ele previu um destino idêntico à *atração*, da qual os atuais estudiosos são bravos defensores. Afirmou que novos sistemas acerca da natureza não passavam de modismos que variavam conforme a época; e mesmo aqueles que pretendem demonstrá-los a partir de princípios matemáticos floresceriam apenas por um curto período de tempo, e sairiam de voga quando a respectiva era terminasse.

Passei cinco dias conversando com muitos outros sábios da Antiguidade. Vi a maioria dos primeiros imperadores romanos. Convenci o governador a convocar os cozinheiros de Heliogábalo[124] para nos preparar uma ceia, mas eles não puderam nos mostrar muito de sua habilidade por falta de materiais. Um escravo de Agesilau[125] preparou-nos um caldo espartano, mas não consegui engolir uma segunda colherada.

---

121. O beato João Duns Escoto (*c.* 1266-1308) foi teólogo e filósofo escocês. Trata-se de um dos três filósofos-teólogos mais importantes da Europa ocidental na Alta Idade Média, continuador da tradição franciscana que adotou diversos conceitos de Aristóteles. Pierre de la Ramée, ou Petrus Ramus (1515-72), foi humanista e reformador educacional francês. Tornou-se mestre em artes com uma dissertação que questiona os métodos da lógica de Aristóteles.
122. René Descartes (1596-1650) foi filósofo, físico e matemático francês cujas ideias debateram conceitos aristotélicos. Pierre Gassendi ou Gassend (1592-1655) foi filósofo, padre católico, astrônomo e matemático francês que propôs uma revisão da dialética de Aristóteles.
123. Epicuro de Samos (341 a.C.-271 ou 270 a.C.) foi filósofo grego do período helenístico.
124. Também conhecido como Elagábalo (*c.* 203-222), foi imperador romano durante os anos de 218 a 222. O imperador exigia de seus cozinheiros banquetes ostentadores.
125. Agesilau (440 a.C.-360 d.C.) foi rei da cidade-Estado grega de Esparta de 400 a.C. até 360 a.C.; a fama do escravo aparece registrada por Xenofonte.

Os dois cavalheiros que haviam me conduzido à ilha foram premidos por questões particulares a se ausentar durante três dias, tempo que usei para conhecer alguns dos mortos modernos que haviam sido figuras eminentes ao longo dos últimos duzentos ou trezentos anos, tanto em nosso país quanto em outros países da Europa; e tendo eu sido sempre grande admirador de antigas famílias ilustres, pedi ao governador que convocasse uma dezena ou duas de reis, com seus respectivos ancestrais, na devida ordem sucessória, por oito ou nove gerações. Mas minha decepção foi dolorosa e inesperada. Isso porque, em vez de uma extensa linhagem de diademas reais, vi em uma dinastia dois tocadores de rabeca, três cortesãos empoados e um padreco italiano. Em outra, um barbeiro, um abade e dois cardeais. Tenho demasiada veneração por cabeças coroadas para me deter em um assunto tão delicado. Mas quanto a condes, marqueses, duques, barões e afins, não sou tão escrupuloso. E confesso que foi um prazer constatar que era possível traçar as particularidades pelas quais se distinguem certas famílias desde seus fundadores. Pude verificar claramente de onde deriva o queixo pontudo de uma família; por que uma segunda contou com tantos canalhas por duas gerações, e tantos idiotas por mais duas; por que uma terceira tinha miolo mole, e uma quarta era tão ladina. Assim dizia Polidoro Virgílio acerca de uma certa grande família: *Nec vir fortis, nec foemina casta.*[126] Como a crueldade, a falsidade e a covardia tornaram-se características pelas quais certas famílias se distinguem, tanto quanto por seus brasões; quem primeiro trouxe para uma casa nobre a sífilis, que desceu linearmente, na posteridade, por meio de tumores escrofulosos. E isso nem me causou espanto, pois constatei que as linhagens eram muitas vezes interrompidas por pajens, lacaios, valetes, cocheiros, jogadores, atores, capitães e punguistas.

Fiquei desgostoso sobretudo com a história moderna. Isso porque, tendo examinado rigorosamente todos os integrantes mais ilustres nas cortes dos príncipes ao longo do último século, descobri como o mundo

126. Polidoro Virgílio, ou Polydorus Vergilius (circa 1470-1555), foi sacerdote, escritor e humanista italiano, autor de diversas obras em latim. A frase em latim significa "nenhum homem bravo, nenhuma mulher casta".

foi enganado por escritores venais que atribuem as maiores façanhas na guerra a covardes, os conselhos mais sábios a tolos; sinceridade a bajuladores, lealdade romana a traidores da pátria; devoção a ateus; castidade a sodomitas; verdade a delatores. Quantas pessoas inocentes e idôneas foram condenadas à morte ou ao exílio pela ação de grandes ministros corruptores de juízes e pela malícia de facções. Quantos vilões foram exaltados aos mais elevados patamares de confiança, poder, dignidade e lucro. Quantas decisões e situações observadas em tribunais, conselhos e senados foram indiretamente contestadas por prostitutas, cafetões, parasitas e bufões. A que opinião negativa cheguei acerca da sabedoria e integridade humanas quando tomei conhecimento das verdadeiras fontes e motivações por trás de grandes empreendimentos e revoluções no mundo, e das circunstâncias desprezíveis às quais deviam seu êxito.

Ali descobri a patifaria e a ignorância dos que se dispõem a escrever anedotas ou historietas que despacham tantos monarcas para o túmulo com uma taça de veneno; que citam determinada conversa entre um príncipe e um primeiro-ministro quando não havia nenhuma testemunha; que desvendam os pensamentos e agendas de embaixadores e secretários de Estado, e sofrem do mal de estarem eternamente equivocados. Ali descobri as verdadeiras causas de muitos eventos importantes que surpreenderam o mundo, como uma prostituta pode governar nos bastidores, como funcionam os mexericos de um conselho, bem como opera o conselho de um senado. Um general confessou, na minha presença, que obteve uma vitória puramente por força da covardia e da má conduta; e um almirante revelou que a falta de informações relevantes o fez derrotar um inimigo a quem pretendia entregar a frota. Três soberanos admitiram que em seus reinados jamais promoveram qualquer pessoa por mérito, a não ser por engano ou por conta da traição de algum ministro em quem confiavam; e tampouco agiriam de outra maneira se voltassem a viver; e demonstraram, com grande racionalidade, que o trono real não poderia ser sustentado sem corrupção, porque o temperamento positivo, confiante e inquisidor que a virtude infundia no homem era uma obstrução perpétua ao interesse público.

Tive a curiosidade de indagar, sobretudo, por quais métodos tantos indivíduos haviam adquirido para si excelsos títulos honoríficos e vastos patrimônios; e restringi minha indagação a um período bastante moderno, sem, no entanto, abranger os tempos atuais, porque certamente não ofenderia nem mesmo os estrangeiros (espero não ser necessário dizer ao leitor que não me refiro, de forma alguma, a meu próprio país em se tratando do que relato neste momento); mesmo assim, inúmeras pessoas foram convocadas e, após um exame superficial, descobri um cenário de tamanha infâmia que sobre ele não posso refletir sem algum alarme. Falso testemunho, opressão, suborno, fraude, conchavos e mazelas semelhantes constavam entre as artimanhas mais desculpáveis que aqueles indivíduos tinham a mencionar; e a tais mazelas, como era razoável, fiz grandes concessões. Mas quando alguns confessaram que deviam sua grandeza e riqueza à sodomia ou incesto; outros à prostituição de suas próprias esposas e filhas; outros à traição de seu país ou de seu príncipe; alguns ainda a envenenamento; outros tantos à perversão da justiça, no intuito de destruir inocentes, espero ser perdoado, se essas descobertas levaram-me a diminuir um pouco a profunda veneração que naturalmente sinto por pessoas de alta posição e que devem ser tratadas por nós, seus inferiores, com o máximo respeito devido a sua sublime dignidade.

Eu lera muito sobre alguns grandes serviços prestados a príncipes e Estados, e quis ver os indivíduos responsáveis por tais préstimos. Quando indaguei, fui informado de que seus nomes não constavam de nenhum registro, exceto os de alguns deles que a história apresentava como os piores vilões e traidores. Quanto aos demais, eu nunca ouvira falar deles. Todos apareceram maltrapilhos e com olhares desanimados. A maioria me disse que tinha morrido na miséria e no ostracismo, e o restante no cadafalso ou na forca.

Entre os demais havia uma pessoa cujo caso parecia um tanto singular. Esse sujeito tinha um jovem de cerca de dezoito anos ao seu lado. Ele me disse que durante muitos anos fora comandante de um navio, e no confronto naval em Ácio teve a sorte de romper a grande linha de batalha do inimigo, afundar três de seus navios e tomar um quarto, sendo essa a única razão da fuga de Antônio e da vitória que se seguiu; disse que o jovem que estava ao seu lado, seu único filho, foi morto na ação. Acrescentou que, na expectativa de algum mérito, a guerra chegando ao fim, dirigiu-se a Roma e solicitou na corte de Augusto que fosse contemplado com um navio maior, cujo comandante havia sido morto; no entanto, suas pretensões foram ignoradas e o navio cedido a um rapaz que nunca tinha visto o mar, filho de uma tal Libertina que atendia uma das amantes do imperador. Voltando ao seu próprio navio, viu-se acusado de negligenciar seu dever, e o navio foi entregue a um pajem favorito de Publícola, o vice-almirante. Em consequência disso, ele se isolou em uma fazendola, a grande distância de Roma, e ali terminou seus dias. Fiquei tão curioso para saber a veracidade da história que pedi que se convocasse Agripa, que atuou como o almirante no referido confronto.[127] Ele apareceu e confirmou todo o relato, mas conferindo ainda mais crédito ao capitão, que por modéstia havia atenuado ou ocultado grande parte do próprio mérito.

Fiquei surpreso ao descobrir que a corrupção aumentou tanto e tão rapidamente naquele império, pela força da luxúria, ainda que tardiamente introduzida, o que me deixou menos surpreso diante dos muitos casos paralelos em outros países, onde vícios de todos os tipos reinaram por muito mais tempo, e onde toda a exaltação, assim como a pilhagem, couberam ao comandante-chefe, que talvez não tivesse o menor direito nem a uma nem a outra.

Visto que cada pessoa convocada exibia exatamente a mesma aparência que tivera no mundo, fui acometido por reflexões melancólicas ao observar quanto a raça humana se degenerou ao longo dos últimos cem anos; como a sífilis, com todas as suas consequências e denominações, havia alterado os traços de um semblante inglês, diminuído o porte dos

127. A Batalha de Ácio ocorreu em 2 de setembro de 31 a.C. perto de Ácio, na Grécia, durante a guerra civil romana entre Marco Antônio e Otávio (depois conhecido como imperador Augusto). A frota de Otávio era comandada por Marco Vipsânio Agripa e a de Antônio apoiada pelos barcos de guerra da rainha Cleópatra do Egito. O resultado foi uma vitória decisiva de Otávio. A data é por isso usada para marcar o fim da República e início do Império romano.

corpos, debilitado os nervos, enfraquecido os tendões e os músculos, causado uma tez pálida e tornado a carne flácida e macilenta.

Fiquei tão abatido que desejei que algum lavrador inglês da velha estirpe fosse chamado a comparecer, outrora tão famoso pela simplicidade de suas maneiras, dieta e vestuário; pela prática da justiça em seus atos; pelo verdadeiro espírito de liberdade; pela bravura e amor à pátria. Tampouco pude ficar impassível depois de comparar os vivos com os mortos, quando considerei como todas essas virtudes puras e nativas foram corrompidas por um punhado de dinheiro oferecido aos netos daquelas pessoas, os quais, vendendo votos e fraudando eleições, adquiriram todos os vícios e a corrupção que podem ser aprendidos em uma corte.

9

O autor retorna a Maldonada. Segue de navio até o reino de Luggnagg. O autor é preso. É convocado a comparecer à corte. A maneira como é recebido. A grande magnanimidade do rei para com os súditos

Chegado o dia de nossa partida, despedi-me de sua alteza, o governador de Glubbdubdrib, e voltei com meus dois companheiros para Maldonada, onde, depois de quinze dias de espera, havia um navio pronto para zarpar rumo a Luggnagg. Os dois cavalheiros e alguns outros foram tão generosos e gentis que me forneceram provisões e me acompanharam a bordo. Fiquei um mês nessa viagem. Enfrentamos uma violenta tempestade e fomos forçados a rumar para o oeste, a fim de pegar o vento alísio, que nos levou por mais de sessenta léguas de distância. Em 21 de abril de 1709, subimos pelo rio que banha Clumegnig, uma cidade portuária localizada na ponta sudeste de Luggnagg. Lançamos âncora a uma légua da cidade e fizemos sinal, solicitando um prático.[128] Dois deles subiram a bordo em menos de meia hora e fomos por eles guiados entre croas e rochas bastante perigosas naquela passagem, até chegarmos a uma grande enseada, onde uma frota pode navegar em segurança à distância de um cabo das muralhas da cidade.

Alguns dos nossos marujos, por traição ou inadvertência, informaram aos práticos que eu era estrangeiro e grande viajante e eles passaram tal informação a um oficial da alfândega, que me examinou com rigor quando desembarquei. O oficial falou-me na língua de Balnibarbi, que

128. Especialista em manobrar navios, fazê-los transpor canais estreitos e atracá-los em segurança.

por força de intensas relações comerciais é compreendida naquela cidade, sobretudo pelos marinheiros e funcionários da alfândega. Fiz um breve relato de alguns detalhes e tornei minha história o mais plausível e coerente possível, mas achei necessário ocultar meu país de origem e dizer que era holandês, porque minha intenção era chegar ao Japão[129] e eu sabia que os holandeses eram os únicos europeus autorizados a entrar naquele reino. Portanto, disse ao oficial que, tendo naufragado na costa de Balnibarbi e sido lançado em um rochedo, fui recebido em Laputa, ou Ilha Voadora (da qual ele tanto ouvira falar), e agora estava tentando chegar ao Japão, de onde talvez conseguisse regressar a meu país. O oficial informou que eu ficaria detido até que ele recebesse ordens da corte, para onde escreveria imediatamente e de onde esperava receber resposta no prazo de quinze dias. Fui conduzido a um alojamento confortável, com uma sentinela à porta; no entanto, tive liberdade para usufruir de um grande jardim e fui tratado com bastante amabilidade, sendo minha estada custeada pelo rei. Várias pessoas visitaram-me, sobretudo por curiosidade, porque correu a notícia de que eu vinha de países distantes, dos quais nunca tinham ouvido falar.

Contratei um jovem, que tinha vindo no mesmo navio, para ser meu intérprete; era nativo de Luggnagg mas havia residido por alguns anos em Maldonada, dominando perfeitamente ambas as línguas. Com a assistência dele, pude conversar com aqueles que vinham me visitar, mas as conversas se restringiam às perguntas formuladas pelos visitantes e às minhas respostas.

O despacho chegou da corte no prazo esperado. Continha um mandado para conduzir a mim e minha comitiva até Traldragdubh, ou Trildrogdrib (a palavra é pronunciada de duas maneiras, se bem me lembro) escoltados por uma tropa de dez cavalos. Minha comitiva resumia-se àquele mísero rapaz, na condição de intérprete, a quem convenci a me servir. Em atenção a meu humilde pedido, cada um de nós recebeu uma

129. Após reprimir uma insurreição anticristã, em 1638 o Japão fechou seus portos marítimos a todos os europeus, com exceção de alguns poucos comerciantes holandeses.

mula para montar. Um mensageiro foi enviado, meio dia de viagem antes da nossa partida, a fim de avisar o rei de minha chegada e solicitar a sua majestade a bondade de designar dia e hora em que, por sua vontade magnânima, eu pudesse ter a honra de "lamber a poeira diante de seu escabelo".[130] Essa era a moda da corte, e constatei que se tratava de mais do que uma questão de forma, porque, dois dias após minha chegada, ao ser admitido à presença real, fui ordenado a rastejar e lamber o piso à medida que avançava; por eu ser estrangeiro, porém, tomou-se o cuidado de limpar o piso, para não me ofender. No entanto, aquilo foi uma condescendência especial, não estendida a ninguém mais exceto pessoas do mais alto escalão quando desejam uma audiência. Na verdade, às vezes o piso é propositalmente coberto de poeira quando a pessoa a ser admitida tem inimigos poderosos na corte; tive oportunidade de ver um grande senhor com a boca tão cheia de poeira que, quando se arrastou até uma distância adequada do trono, não foi capaz de pronunciar uma palavra sequer. E não há como escapar de tal situação, porque é considerado crime, para os agraciados com uma audiência, cuspir ou limpar a boca na presença de sua majestade. Ainda há outro costume que não posso aprovar, de forma alguma. Quando resolve exterminar qualquer nobre de maneira sutil e indulgente, o rei ordena que o piso seja coberto com um certo pó amarronzado, de composição mortal, que, ao ser lambido, mata infalivelmente o súdito em vinte e quatro horas. Mas para fazer justiça à grande clemência daquele príncipe, e ao zelo que ele demonstra para com a vida de seus súditos (no que seria bastante desejável que os monarcas da Europa o imitassem), cumpre mencionar, pelo bem da honra do monarca, que ordens estritas são expedidas para que as partes contaminadas do piso sejam muito bem lavadas após cada execução; e caso deixem de fazê-lo os criados arriscam-se em incorrer no desagrado real. Eu mesmo ouvi o rei ordenar que um de seus pajens fosse chicoteado, a quem cabia providenciar a lavagem do piso após uma execução, mas que, maliciosamente, havia se omitido; por conta de tal negligência, um

130. Banqueta para apoio dos pés.

lorde jovem e cheio de expectativas, comparecendo a uma audiência, infelizmente foi envenenado, embora o rei na época não tivesse intenção de atentar contra a vida dele. Mas o príncipe clemente teve a bondade de perdoar o pobre pajem das chibatadas mediante a promessa de que não faria mais aquilo a não ser que recebesse ordens expressas.

Mas é hora de voltar dessa digressão. Quando cheguei a quatro metros de distância do trono, ajoelhei-me devagar e, em seguida, batendo a testa sete vezes no piso, pronunciei as seguintes palavras, conforme me haviam ensinado na noite anterior: *Ickpling Gloffthrobb Squutserumm blhiop Mlashnalt Zwin tnodbalkguffh Slhiophad Gurdlubh Asht*. Essa é a saudação estabelecida pelas leis da terra para todas as pessoas admitidas à presença do rei. Assim pode ser traduzida: "Que sua majestade celestial sobreviva ao sol, a onze luas e meia!". Diante disso, o rei esboçou uma resposta, que, embora eu não pudesse entender, respondi conforme instruído: *Fluft drin Yalerick Dwuldom prastrad mirpush*, que significa, convenientemente: "Minha língua está na boca do meu amigo"; com essa expressão eu quis dizer que desejava permissão para chamar meu intérprete; em seguida, foi apresentado o jovem já mencionado, por cuja intervenção respondi a tantas perguntas quanto sua majestade me dirigiu ao longo de mais de uma hora. Falei na língua de Balnibarbi, e meu intérprete expressou o significado no idioma de Luggnagg.

O rei gostou muito da minha companhia e ordenou que seu *bliffmarklub*, ou alto-camareiro, designasse aposentos na corte para mim e meu intérprete, com subsídios diários para minha mesa e uma bolsa cheia de ouro para despesas corriqueiras.

Permaneci três meses naquele país, em perfeita obediência a sua majestade, que se dispôs a me favorecer e me fazer ofertas muito honrosas. Mas achei que seria mais coerente com a prudência e a justiça passar o restante dos meus dias com minha esposa e família.

10

Os luggnagguianos são elogiados. Uma descrição detalhada dos struldbruggs, bem como o registro de várias conversas do autor com pessoas ilustres acerca do assunto

Os luggnagguianos são um povo educado e generoso; e embora não sejam desprovidos do orgulho que é peculiar a todos os países orientais, ainda assim mostram-se corteses com estranhos, especialmente os que são acolhidos na corte. Eu contava com muitos conhecidos entre as pessoas mais ilustres e, sempre atendido por meu intérprete, tive com eles conversas agradáveis.

Um belo dia, cercado de bons amigos, fui abordado por um dignitário, que perguntou se eu já tinha visto algum dos struldbruggs, ou imortais. Respondi que não, e pedi que me explicasse o que ele queria dizer com tal denominação aplicada a uma criatura mortal. Ele me disse que, às vezes, embora muito raramente, uma criança nascia com um sinal circular e vermelho na fronte, diretamente acima da sobrancelha esquerda, o que era uma marca infalível de que ela jamais morreria. O sinal, conforme descreveu, tinha mais ou menos o diâmetro de uma moeda de prata de três pence,[131] mas com o passar do tempo crescia e mudava de cor; aos doze anos tornava-se verde, e assim continuava até os vinte e cinco, quando se transformava em um azul-escuro; aos quarenta e cinco ficava negro qual carvão, e do tamanho de um xelim inglês,[132] a partir do que nunca mais admitia qualquer outra alteração de cor. O indivíduo disse que tais nascimentos eram tão raros que ele não acreditava

131. Plural de penny, moeda inglesa que atualmente corresponde à centésima parte da libra.
132. Moeda inglesa equivalente à vigésima parte da libra, abolida em 1971, quando o Reino Unido adotou um sistema monetário decimal.

que existissem mais de mil e cem struldbruggs, de ambos os sexos, em todo o reino, dos quais ele calculava haver cerca de cinquenta na capital e, entre os demais, uma menina nascida cerca de três anos antes. Disse que tais ocorrências não eram exclusivas a determinadas famílias, mas mero efeito do acaso, e que os próprios filhos dos struldbruggs eram tão mortais quanto o restante da população.

Confesso que fui tomado por um prazer inexprimível ao ouvir esse relato, e como, por acaso, aquele meu interlocutor entendia o idioma balnibárbico, que eu dominava, não pude deixar de irromper em expressões talvez demasiado extravagantes. Exclamei, em êxtase: "Feliz a nação onde toda criança tem pelo menos uma chance de ser imortal! Feliz o povo que desfruta de tantos exemplos vivos de virtude ancestral e conta com mestres prontos para instruí-los na sabedoria de todas as eras passadas! E felizes, além de qualquer comparação, são os notáveis struldbruggs que, tendo nascido imunes à calamidade universal da natureza humana, têm a mente livre e desengajada, sem o peso e o jugo sobre o espírito causados por contínuas apreensões da morte!". Revelei meu espanto por ainda não ter visto nenhuma dessas criaturas excepcionais na corte, pois o sinal negro na fronte seria uma característica por demais marcante, a qual eu não teria ignorado, e era impossível que sua majestade, um príncipe tão perspicaz, não provesse a si mesmo com um bom número de conselheiros tão sábios e capazes. No entanto, talvez a virtude daqueles eruditos veneráveis fosse demasiado severa para os hábitos corruptos e libertinos da corte. E muitas vezes constatamos, por experiência, que os jovens são demasiado opiniáticos e voláteis para serem guiados pelos ditames sóbrios dos mais velhos. No entanto, considerando que o rei achou por bem permitir meu acesso à sua pessoa real, resolvi na primeira oportunidade expressar meu ponto de vista sobre o assunto, com franqueza e detidamente, valendo-me da ajuda do intérprete; e estivesse ele disposto a aceitar ou não meu conselho, quanto a uma questão eu estava decidido: sua majestade, tendo me oferecido repetidas vezes sustento naquele país, eu aceitaria o favor e com gratidão passaria o resto da vida ali, em conversa com aqueles seres superiores, os struldbruggs, caso desejassem minha companhia.

O cavalheiro a quem me dirigi, que (conforme já observei) falava a língua de Balnibarbi, disse-me, exibindo o tipo de sorriso que geralmente decorre de piedade para com o ignorante, que ficaria contente com qualquer motivo que me mantivesse entre eles, e pediu minha permissão para explicar ao grupo o que eu havia falado. Assim o fez, e eles conversaram por algum tempo, em seu próprio idioma, do que não entendi uma sílaba sequer, e tampouco pude observar por seus semblantes que impressão minha fala havia causado. Após breve silêncio, a mesma pessoa me disse que seus amigos e também meus (assim ele achou por bem se exprimir) estavam muito felizes com minhas observações criteriosas acerca da grande felicidade e das vantagens da vida imortal, e desejavam saber, especificamente, que plano de vida eu teria construído para mim mesmo se me coubesse ter nascido struldbrugg.

Respondi que era fácil ser eloquente sobre um assunto tão vasto e agradável, sobretudo para mim, que tantas vezes costumava me divertir com visões do que haveria de fazer se fosse rei, general ou um eminente lorde; e nesse caso específico eu havia refletido, em diversas ocasiões, sobre o sistema que adotaria e sobre como empregaria o tempo se tivesse certeza de viver para sempre.

Disse que, se tivesse a sorte de vir ao mundo na condição de struldbrugg, tão logo descobrisse minha própria felicidade ao compreender a diferença entre a vida e a morte, eu primeiro tentaria adquirir riqueza, recorrendo a todos os saberes e métodos, quaisquer que fossem. Em busca disso, com parcimônia e trabalho, eu poderia razoavelmente esperar em cerca de duzentos anos tornar-me o homem mais rico do reino. Em segundo lugar, me dedicaria desde a mais tenra juventude ao estudo de diversos saberes e ciências, e chegaria, com o passar do tempo, a superar todos os meus pares em conhecimento. Por último, registraria, criteriosamente, cada ação e evento público importantes que ocorressem; retrataria com imparcialidade as personalidades de vários e subsequentes príncipes e grandes ministros de Estado, acrescentando minhas próprias observações sobre cada ponto. E anotaria fielmente as diversas mudanças nos costumes, na linguagem, na moda, nas dietas e no lazer. Por todos esses feitos, eu haveria de ser um tesouro vivo de conhecimento e sabedoria, e decerto me tornaria o oráculo da nação.

Eu jamais voltaria a me casar depois dos sessenta anos, e viveria com conforto, embora com parcimônia. Haveria de distrair-me formando e guiando as mentes de jovens promissores, convencendo-os da utilidade da virtude na vida pública e privada, a partir da minha própria lembrança, experiência e observação, fortalecidas por numerosos exemplos. Contudo, meus companheiros prediletos e constantes seriam os membros da minha própria irmandade imortal, dentre os quais eu selecionaria uma dúzia, desde os mais antigos até meus contemporâneos. Quando qualquer um deles carecesse de fortuna, eu propiciaria alojamentos convenientes nas minhas próprias terras e teria alguns deles sempre à minha mesa, admitindo apenas poucos dos mais valiosos dentre vocês, mortais, os quais o tempo me acostumaria a perder com leve ou nenhuma relutância e a tratar a sua posteridade da mesma maneira, assim como um homem se distrai com a sucessão anual de cravos e tulipas em seu jardim sem lamentar a perda dos que murcharam no ano anterior.

Esses struldbruggs e eu comunicaríamos nossas observações e recordações ao longo do tempo, comentaríamos as várias gradações pelas quais se infiltra no mundo a corrupção e a ela nos oporíamos, a cada passo, oferecendo alertas e instruções perpétuas à humanidade; isso, somado à forte influência do nosso próprio exemplo, provavelmente impediria a contínua degeneração da natureza humana tão justamente denunciada em todas as épocas.

Acrescente-se a isso a satisfação de testemunhar as várias revoluções de Estados e impérios, bem como as mudanças no mundo inferior e superior; de ver cidades antigas em ruínas e aldeias obscuras tornando-se sedes de reinados; rios famosos transformando-se em riachos rasos; o oceano deixando determinado litoral seco e outro inundado; o descobrimento de muitos países ainda desconhecidos; a barbárie dominando as nações mais educadas, e as nações mais bárbaras tornando-se civilizadas. Eu veria, então, a descoberta da longitude, do moto-perpétuo, do remédio universal e de outras tantas grandes invenções levadas à máxima perfeição.

Que descobertas maravilhosas faríamos na astronomia, sobrevivendo às nossas próprias previsões e podendo confirmá-las, observando o avanço e o regresso dos cometas, junto às mudanças de movimento do Sol, da Lua e das estrelas!

Detive-me em diversos outros tópicos, ensejados facilmente pelo meu desejo natural de vida sem fim e felicidade sublunar. Quando terminei, e o resumo da minha fala foi, como antes, traduzido para o grupo, houve muita conversa entre eles na língua do país, bem como algumas risadas às minhas custas. Por fim, o mesmo cavalheiro que havia sido meu intérprete disse que, a pedido dos demais, gostaria de corrigir alguns equívocos nos quais eu incorrera dada a imbecilidade comum à natureza humana, sendo eu, portanto, menos responsável pelos deslizes. Que a tal espécie de struldbruggs era exclusiva ao seu país, pois não havia tal povo nem em Balnibarbi nem no Japão, onde ele tivera a honra de ser embaixador de sua majestade e constatara que os nativos de ambos os reinos tinham muita dificuldade em acreditar que o fato fosse possível, e, a julgar pelo meu espanto quando ele mencionou o assunto pela primeira vez, eu mesmo havia considerado tal possibilidade algo inteiramente novo e quase incrível. Que nos dois reinos mencionados, onde durante sua residência travara muitas conversas, ele observou que uma vida longa era o desejo universal da humanidade. Que aqueles que tinham um pé na cova tentavam fincar o outro do lado de fora o máximo possível. Que os mais velhos ainda tinham esperança de viver mais um dia e encaravam a morte como o maior dos males, do qual a natureza sempre os impelia a recuar. Apenas naquela ilha de Luggnagg o apetite por viver não era tão voraz, graças ao exemplo contínuo dos struldbruggs diante dos olhos.

Que o sistema de vida por mim pensado era irracional e injusto, porque pressupunha a perpetuidade da juventude, da saúde e do vigor, o que nenhum homem poderia ser tão tolo a ponto de esperar, por mais extravagante que seja em seus desejos. Que a questão, portanto, não era se um homem escolheria estar sempre no auge da juventude, acompanhado de prosperidade e saúde, mas como levaria uma vida perpétua diante de todas as desvantagens usuais que a velhice traz consigo. Pois, embora poucos homens confessem seus desejos de serem imortais sob condições tão difíceis, nos dois reinos mencionados, Balnibarbi e Japão, ele havia observado que todo homem deseja adiar a morte por mais algum tempo, postergá-la ao máximo, e raramente ouvira falar de alguém que houvesse aceitado bem a morte, a não ser que fosse incitado pelos extremos da dor ou da tortura. E indagou se nos países por mim visitados, assim como no meu, eu não tinha observado a mesma disposição geral.

Após esse prefácio, ele me apresentou um relato pormenorizado acerca dos struldbruggs. Disse que costumam agir como mortais até cerca de trinta anos de idade; depois disso, aos poucos, tornam-se cada vez mais melancólicos e deprimidos, até chegarem aos oitenta anos. Disso ele tomou conhecimento por conta da confissão dos próprios struldbruggs, pois, não havendo mais de dois ou três dessa espécie nascidos em uma época, eram em número insuficiente para permitir uma observação geral. Quando chegam aos oitenta anos, idade considerada o limite da expectativa de vida no país, apresentam não apenas todas as manias e mazelas típicas dos idosos mas muitas outras decorrentes da perspectiva terrível de jamais morrer. Não são apenas opiniáticos, rabugentos, avaros, mal-humorados, vaidosos, falastrões, mas também incapazes de fazer amizade e imunes a toda e qualquer afeição natural, que nunca chega além de seus netos. A inveja e os desejos frustrados são seus sentimentos predominantes. Mas os objetos contra os quais tal inveja parece principalmente dirigida são os vícios dos mais jovens e a morte dos mais velhos. Quando refletem sobre os primeiros, veem-se excluídos de toda possibilidade de prazer; e sempre que comparecem a um funeral, lamentam que outros tenham ido para um local de descanso ao qual eles mesmos jamais podem chegar. Não têm lembrança de nada além do que aprendem e observam na juventude e na meia-idade, e mesmo tais lembranças são bastante falhas; e quanto à verdade ou detalhes de qualquer fato, é mais seguro depender da tradição comum do que de suas recordações mais vívidas. Os menos infelizes entre eles parecem ser os que sucumbem à caduquice e perdem completamente a memória; esses encontram mais piedade e amparo, por carecerem de muitas das más qualidades que sobram nos outros.

Se um struldbrugg casa-se com alguém de sua espécie, o casamento é dissolvido por cortesia do reino assim que o mais novo do casal chega aos oitenta anos; isso porque a lei considera uma indulgência razoável que os condenados, involuntariamente, a uma permanência perpétua no mundo não vivam tal sofrimento duplicado pelo fardo de ter uma esposa.

Tão logo completam oitenta anos, são considerados mortos diante da lei; de imediato, os herdeiros tomam posse das respectivas propriedades e apenas uma ninharia é reservada para o sustento dos anciãos, sendo os mais pobres amparados pela caridade do povo. Após essa idade, são declarados incapazes de ocupar qualquer cargo de confiança ou que envolva ganho financeiro; não é permitido adquirir ou arrendar terras; tampouco podem atuar na condição de testemunhas em qualquer processo, seja civil ou criminal, nem mesmo no que diz respeito à aferição de marcos e limites de propriedades.

Aos noventa anos, perdem os dentes e os cabelos, e nessa idade não fazem distinção de sabor, comendo e bebendo o que conseguem, sem sentir prazer ou apetite. As doenças a que estiveram sujeitos continuam, sem aumentar ou diminuir. Ao falar, esquecem a denominação comum das coisas e os nomes das pessoas, mesmo daqueles que são seus amigos e parentes mais próximos. Pelo mesmo motivo, nunca podem usufruir da leitura, porque a memória não é capaz de levá-los do início ao fim de uma frase, e devido a essa deficiência ficam privados do único entretenimento do qual ainda poderiam desfrutar.

Estando a língua do país em constante mutação, os struldbruggs de uma época não entendem os de outra; tampouco são capazes, passados duzentos anos, de manter qualquer conversa (mais do que algumas palavras de sentido geral) com seus vizinhos, os mortais, e assim têm a desvantagem de viver como estrangeiros em seu próprio país.

Esse foi o relato que me foi passado acerca dos struldbruggs, segundo me lembro. Depois, vi cinco ou seis deles, de diferentes idades, o mais jovem com menos de duzentos anos, que foram trazidos a mim em ocasiões diversas por alguns dos meus amigos; mas, embora fossem informados de que eu era um grande viajante e vira o mundo inteiro, não tiveram a menor curiosidade de me fazer uma pergunta sequer; pediram tão somente que eu lhes desse um *Slumskudask*, ou lembrancinha, que é um jeito discreto de mendigar e burlar a lei que proíbe estritamente a mendicância, uma vez que eles são mantidos pelo erário, embora com um subsídio minguado.

São desprezados e odiados por todos os tipos de pessoas. Quando um deles nasce, o evento é considerado algo sinistro, mas o nascimento é registrado com todo o zelo para que se possa saber a idade do indivíduo consultando-se o registro geral, o qual, no entanto, não é atualizado há mais de mil anos, ou então foi destruído por ação do tempo ou por rebeliões. A maneira usual de calcular-lhes a idade, porém, é perguntar de quais reis ou figuras eminentes são capazes de se lembrar e, em seguida, consultar os anais da história, pois infalivelmente o último príncipe do qual se recordam não teria iniciado seu reinado depois que eles completaram oitenta anos de idade.

Eles constituíram a visão mais pavorosa que contemplei na vida, e as mulheres eram ainda mais horrendas que os homens. Além das deformidades usuais típicas da velhice extrema, eles adquiriam uma feiura adicional em proporção ao número de anos, algo indescritível; e diante de meia dúzia deles, eu logo podia distinguir o mais velho, embora a diferença de idade não fosse mais do que um século ou dois.

O leitor há de crer, facilmente, que, com base no que vi e ouvi, meu apetite voraz por uma vida perpétua foi bastante reduzido. Fiquei por demais envergonhado das visões agradáveis por mim antes criadas e concluí que nenhum tirano poderia inventar uma morte para a qual eu não corresse com prazer no intuito de escapar de tal vida. O rei soube de tudo o que havia se passado nessa ocasião e zombou a valer de mim, sugerindo que eu despachasse um par de struldbruggs ao meu país a fim de armar nosso povo contra o medo da morte, mas isso, ao que parece, é proibido pelas leis fundamentais do reino; caso contrário, eu teria me contentado com o trabalho e o custo de transportá-los.

Não pude deixar de concordar que as leis daquele reino relativas aos struldbruggs fundamentavam-se em razões robustas e seriam semelhantes em qualquer outro país que tivesse a necessidade de legislar sob circunstâncias parecidas. Se assim não fosse, uma vez que a avareza é consequência inevitável da velhice, aqueles imortais, com o passar do tempo, haveriam de se tornar senhores de toda a nação e absorveriam o poder civil, fato que haveria de acarretar a ruína do povo, pois tais anciãos carecem de capacidade de gerenciamento.

11

O autor deixa Luggnagg e segue de navio até o Japão. De lá, embarca em um veleiro holandês até Amsterdam e, de Amsterdam, regressa à Inglaterra

Achei que esse relato sobre os struldbruggs pudesse proporcionar um bom divertimento para o leitor, porque parece ser um tanto fora do comum; pelo menos, não me recordo de ter encontrado algo semelhante em nenhum livro de viagens que tenha chegado às minhas mãos. Se estiver enganado, minha desculpa será que, muitas vezes, convém aos viajantes que descrevem um mesmo país concordar em se ater aos mesmos detalhes, sem merecer a crítica de tomar emprestado ou copiar daqueles que antes deles escreveram.

Há de fato um comércio constante entre esse reino e o grande Império do Japão, sendo bastante provável que autores japoneses tenham feito algum relato acerca dos struldbruggs; mas minha estada no Japão foi tão breve, e o idioma é para mim tão estranho, que não estava qualificado a realizar qualquer indagação. Mas espero que os holandeses, agora diante deste relato, mostrem-se curiosos e capazes o bastante para corrigir minhas falhas.

Sua majestade muitas vezes instou-me a aceitar um cargo na corte, mas vendo-me absolutamente determinado a regressar ao meu país natal achou por bem conceder-me licença para partir, e honrou-me com uma carta de recomendação, de próprio punho e endereçada ao imperador do Japão. Além disso, presenteou-me com quatrocentas e quarenta e quatro grandes moedas de ouro (a nação apreciava números pares) e com um diamante vermelho, que vendi na Inglaterra por mil e cem libras.

No dia 6 de maio de 1709, despedi-me solenemente de sua majestade e de todos os meus amigos. O príncipe teve a gentileza de ordenar que uma escolta me conduzisse até Glanguenstald, um porto real na região sudoeste da ilha. Seis dias depois, encontrei um navio pronto para me levar ao Japão, e completei a viagem em quinze dias.

Desembarcamos em uma pequena cidade portuária chamada Xamoschi,[133] situada no sudeste do Japão; fica na ponta ocidental, onde há um estreito que conduz para o norte, até um longo braço de mar, em cuja parte noroeste fica Yedo,[134] a capital. Ao desembarcar, mostrei aos oficiais da alfândega minha carta do rei de Luggnagg para sua majestade imperial. Eles conheciam o selo real perfeitamente; era tão largo quanto a palma da minha mão. A imagem estampava *Um rei levantando do chão um mendigo coxo*. Os magistrados da cidade, cientes da minha carta, receberam-me como se eu fosse um ministro. Forneceram-me carruagens e criados, e transportaram meus pertences até Yedo, onde fui recebido em audiência e entreguei a carta, que foi aberta com grande cerimônia e comunicada ao imperador por intermédio de um intérprete; então, este me notificou, por ordem de sua majestade, que eu podia expressar um pedido, o qual, fosse o que fosse, seria atendido em atenção ao seu irmão real de Luggnagg. O intérprete costumava ser empregado para tratar de assuntos com os holandeses. Ele logo deduziu pela minha fisionomia que eu era europeu e, portanto, repetiu as ordens de sua majestade em holandês, idioma que ele dominava. Respondi (conforme já havia decidido fazer) que era um comerciante holandês, naufragado em um país muito distante, de onde viajara por mar e terra até Luggnagg e depois embarcado para o Japão, onde sabia que meus compatriotas costumavam negociar, e com alguns deles esperava ter a oportunidade de regressar à Europa. Portanto, humildemente, supliquei o beneplácito real, e ordens para ser conduzido em segurança até Nangasac.[135] A isso acrescentei outra petição: que, em deferência a meu patrono, o rei de Luggnagg, sua ma-

133. Shimosa, província japonesa correspondente à região da moderna Chiba, ao norte da península Boso.
134. Edo, nome antigo de Tóquio.
135. Nagasaki, capital e maior cidade da província de Nagasaki, na ilha de Kyushu, no sul do Japão.

jestade condescendesse em me dispensar da cerimônia imposta a meus compatriotas *de pisotear o crucifixo*[136] uma vez que eu havia chegado àquele reino em consequência de meus reveses, sem qualquer intenção de ali negociar. Quando esta última petição foi traduzida para o imperador, ele pareceu um pouco surpreso. Disse que achava que eu era o primeiro de meus compatriotas minimamente preocupado com tal questão e que começava a duvidar que eu fosse um verdadeiro holandês, e já desconfiava que eu fosse cristão. No entanto, pelas razões por mim oferecidas, e sobretudo em consideração ao rei de Luggnagg, ele, concedendo um raro favor, aceitava meu estranho pedido; o assunto, porém, precisava ser conduzido com tato, e os oficiais deveriam receber ordens para me poupar mas como se o fizessem por negligência. Isso porque ele me garantiu que, se o segredo fosse descoberto por meus compatriotas holandeses, eles cortariam minha garganta durante a viagem. Apresentei meus agradecimentos, por meio do intérprete, por aquele favor tão excepcional; então, estando algumas tropas naquele momento em marcha para Nangasac, o comandante recebeu ordens para me levar em segurança até lá, com instruções específicas sobre a questão do crucifixo.

No dia 9 de junho de 1709, cheguei a Nangasac depois de uma viagem longa e árdua. Logo me vi na companhia de alguns marujos holandeses, tripulantes do *Amboyna*, de Amsterdam, um navio robusto de quatrocentas e cinquenta toneladas. Eu residira durante muito tempo na Holanda, estudando em Leiden,[137] e falava bem o holandês. Os marinheiros logo souberam onde tinha sido minha última parada e ficaram curiosos para saber das minhas viagens e trajetória de vida. Inventei uma história tão breve e crível quanto pude, escondendo a maior parte. Eu conhecia muita gente na Holanda, e consegui inventar nomes para meus pais, os quais fingi serem pessoas obscuras da província de Guéldria.[138] Eu teria pagado ao capitão (um tal Theodorus Vangrult) o que ele cobrasse pela

136. Referência à cerimônia religiosa por meio da qual autoridades japonesas buscavam identificar cristãos, proibidos de ingressar no Japão.
137. Cidade holandesa localizada na margem do Velho Reno, na província da Holanda do Sul.
138. Maior província dos Países Baixos, banhada por diversos rios, como o Reno.

viagem à Holanda, mas, ao saber que eu era cirurgião, ele se contentou em receber metade do valor habitual com a condição de que o servisse de acordo com minha profissão. Antes de embarcarmos, alguns membros da tripulação perguntaram-me, diversas vezes, se eu havia realizado a cerimônia acima mencionada. Esquivei-me da pergunta valendo-me de respostas vagas, dizendo que havia satisfeito o imperador e a corte em todos os detalhes. No entanto, um grumete mal-intencionado foi até um oficial e, apontando para mim, afirmou que eu ainda não tinha *pisoteado o crucifixo*, mas o oficial, que recebera instruções para me poupar, deu vinte golpes de bambu nos ombros do pilantra, e depois disso não fui mais importunado com tais perguntas.

Nada digno de menção aconteceu nessa viagem. Navegamos com bom vento até o cabo da Boa Esperança, onde paramos apenas para nos abastecermos de água potável. Em 10 de abril de 1710, chegamos sãos e salvos a Amsterdam, tendo perdido apenas três homens na viagem, por doença, e um quarto, que caiu do mastro de proa no mar, não muito longe da costa da Guiné. De Amsterdam, zarpei logo depois para a Inglaterra, em um pequeno navio daquela cidade.

No dia 10 de abril de 1710, chegamos a Downs. Desembarquei na manhã seguinte e revi meu país natal após uma ausência de cinco anos e seis meses. Fui direto para Redriff, aonde cheguei no mesmo dia, às duas da tarde, e encontrei minha esposa e família gozando de boa saúde.

Quarta Parte
Viagem ao País dos Houyhnhnms

1

O autor viaja na condição de capitão de um navio. A tripulação amotina-se e o detém por longo tempo em sua cabine. É abandonado em uma terra desconhecida. Ele explora a região. Os yahoos, estranha espécie animal, são descritos. O autor encontra dois houyhnhnms

Continuei em casa, na companhia de minha esposa e meus filhos, cerca de cinco meses, em uma condição muito feliz, e quisera ter aprendido a lição de saber que era feliz. Deixei minha pobre mulher grávida e aceitei uma proposta vantajosa para ser capitão do *Adventure*, um robusto navio mercante de 350 toneladas, pois eu dominava a navegação e havia me cansado da faina de cirurgião de bordo, e, por mais que pudesse às vezes praticá-la, contratei um jovem habilidoso, um tal Robert Purefoy, para exercê-la em meu navio. Partimos de Portsmouth no dia 7 de agosto de 1710; no dia 14 nos encontramos com o capitão Pocock, de Bristol, em Tenerife,[139] que seguia para a baía de Campeche,[140] onde pretendia cortar campeche.[141] No dia 16, ele foi separado de nós por uma tormenta. Depois que regressei, ouvi dizer que o navio fora a pique e ninguém tinha sobrevivido, exceto um grumete. Era um homem honesto e bom marinheiro, mas um pouco assertivo em suas opiniões, o que causou sua destruição, conforme acontece com tantos outros; se tivesse seguido meu conselho, poderia estar são e salvo em casa com a família, neste momento, assim como eu.

139. Maior ilha do arquipélago das Canárias, a oeste da costa do Marrocos.
140. Porção sul do golfo do México, localizada no oeste da península de Iucatã.
141. Nome dado à madeira dura e rica em tanino de uma árvore da América tropical, da qual se extrai uma substância corante.

Vários homens morreram em meu navio em consequência de febres, de modo que fui forçado a recrutar substitutos em Barbados e nas Ilhas de Sotavento,[142] onde aportei por conselho dos comerciantes que me empregavam, ação da qual logo tive motivos suficientes para me arrepender, pois descobri depois que a maioria deles havia sido pirata. Já contava com cinquenta homens a bordo, e minhas ordens eram para comerciar com os nativos no mar do Sul e fazer as descobertas que pudesse. Os pilantras por mim recrutados corromperam minha tripulação, e juntos conspiraram para tomar o navio e me prender, o que fizeram certa manhã, entrando correndo em minha cabine e amarrando minhas mãos e meus pés, e ameaçando lançar-me ao mar se eu oferecesse qualquer resistência. Disse-lhes que era seu prisioneiro e me submeteria. A isso eles me fizeram jurar, e então me desamarraram, apenas acorrentando uma das minhas pernas junto à cama, e deixaram uma sentinela diante da porta, com a arma carregada e ordens para me fuzilar se eu tentasse escapar. Mandavam-me comida e bebida e assumiram o comando do navio. Seu objetivo era se tornar piratas e saquear os espanhóis, o que não poderiam fazer enquanto não dispusessem de mais homens. Primeiro, porém, resolveram vender as mercadorias que estavam a bordo e depois ir a Madagascar a fim de obter recrutas, pois vários membros da tripulação morreram depois que fui aprisionado. Navegaram muitas semanas e negociaram com os nativos, mas eu não sabia que rumo seguiam, sendo mantido prisioneiro em minha cabine e esperando nada menos do que ser assassinado, conforme tantas vezes me ameaçavam.

No dia 9 de maio de 1711, um certo James Welch desceu à minha cabine e informou que tinha ordens do capitão para me desembarcar. Implorei que me poupasse, mas foi inútil, e ele nem sequer me disse quem era o novo comandante. Forçaram-me a entrar no escaler, deixando-me vestir minha melhor roupa, que estava como nova, e levar comigo uma pequena trouxa de roupas de baixo, mas sem armas, exceto o espadim,

142. Respectivamente, ilha pertencente às Pequenas Antilhas das Índias Ocidentais, na região caribenha das Américas, sendo a mais oriental das ilhas do Caribe, e arquipélago que integra as Pequenas Antilhas, situado diante da costa da América do Sul, no mar do Caribe.

e tiveram a civilidade de não vasculhar meus bolsos, nos quais eu levava o pouco dinheiro que tinha, além de alguns outros pequenos itens úteis. Remaram cerca de uma légua e depois me desembarcaram em uma croa. Pedi que me falassem que país era aquele. Todos juraram ignorar tanto quanto eu, mas disseram que, depois da venda da carga, o capitão (conforme o chamavam) tinha decidido livrar-se de mim no primeiro lugar onde encontrassem terra. Partiram imediatamente, aconselhando-me a me apressar para não ser tragado pela maré e desejando boa sorte.

Nessa condição desolada, segui adiante e logo cheguei à terra firme, onde me sentei em um banco de areia para descansar e considerar o que era melhor fazer. Quando estava um pouco revigorado, avancei pelo interior, decidido a me entregar aos primeiros selvagens que encontrasse, e barganhar por minha vida com alguns braceletes, anéis de vidro e outras quinquilharias que os marujos costumam levar nessas viagens, e das quais eu tinha algumas comigo. O território era dividido por longas fileiras de árvores, não plantadas, mas crescendo naturalmente; havia bastante relva e campos de aveia. Caminhei com muita cautela, receando ser surpreendido, ou subitamente alvejado por uma flecha vinda por trás, ou pelos lados. Encontrei uma trilha de terra batida, onde vi diversas pegadas humanas e rastro de bovinos, mas, sobretudo, de equinos. Por fim, avistei vários animais em um campo, e um ou dois da mesma espécie trepados em árvores. Seu aspecto era bastante esquisito e deformado, o que me perturbou um pouco, de modo que me deitei atrás de uma moita para observar melhor. Alguns se aproximaram do local onde eu estava, e tive a oportunidade de discernir claramente sua forma. A cabeça e o peito eram cobertos por pelos espessos, alguns crespos e outros lisos; tinham barba, feito bodes, e uma longa crista peluda nas costas e nas partes dianteiras das pernas e nos pés, mas o restante de seus corpos era pelado, de modo que se via a pele, a qual exibia um tom marrom-amarelado. Não tinham rabo, nem pelos no traseiro, exceto no ânus, que, presumo, a natureza ali colocou para protegê-los enquanto sentavam no chão, pois tal postura costumavam assumir, ou deitavam-se, e muitas vezes ficavam de pé nas patas traseiras. Subiam em árvores altas com a agilidade de esquilos, pois dispunham de garras fortes que cresciam para a frente e para trás, terminando em pontas afiadas e em formato de gancho. Muitas vezes pulavam, pinoteavam e saltitavam com prodigiosa agilidade. As fêmeas não eram tão grandes quanto os machos; tinham pelos compridos e escorridos na cabeça, mas nenhum no rosto e nada além de uma espécie de penugem no resto do corpo, exceto no ânus e nas partes pudendas. As tetas pendiam entre as patas dianteiras, e muitas vezes quase tocavam o solo enquanto elas se deslocavam. O pelo de ambos os sexos era de várias cores, castanho, ruivo, preto e amarelado. Em suma, nunca vi, em todas as minhas viagens, um animal de aparência tão desagradável, ou diante do qual concebesse naturalmente uma aversão tão forte. Assim, pensando já ter visto o suficiente, cheio de desprezo e asco, levantei-me e segui o caminho de terra batida, esperando chegar à cabana de algum nativo. Não tinha ido muito longe quando me deparei com uma dessas criaturas no caminho, vindo diretamente em minha direção. O monstrengo horroroso, quando me viu, contorceu de várias maneiras cada traço de seu semblante e encarou-me como se eu fosse um objeto nunca visto; em seguida, aproximando-se, ergueu a pata dianteira, não sei dizer se por curiosidade ou maldade. Mas saquei meu espadim e dei-lhe um bom golpe, com o lado plano da lâmina, pois não ousei golpeá-lo com o fio temendo que os habitantes pudessem se voltar contra mim se soubessem que eu havia matado ou mutilado um de seus animais. Quando sentiu a dor, a fera recuou e rugiu tão alto que apareceu um rebanho de pelo menos quarenta deles, saindo do campo próximo, cercando-me, uivando e fazendo caretas medonhas, mas corri até o tronco de uma árvore e, colando as costas ao tronco, afastei-os, brandindo o espadim. Vários integrantes daquela raça amaldiçoada, agarrando-se aos galhos atrás, treparam na árvore, de onde começaram a descarregar seus excrementos na minha cabeça. Consegui escapar, mantendo o corpo rente ao tronco, mas fui quase sufocado pela nojeira que caiu em volta de mim por todos os lados.

Em meio àquela aflição, observei todos fugirem, de repente, correndo o mais rápido que podiam; então me aventurei a deixar a árvore e seguir a trilha, perguntando-me o que os teria assustado tanto. Olhando à esquerda, porém, vi um cavalo marchando suavemente pela campina, o qual, sendo antes avistado por meus perseguidores, fora a causa de sua fuga. O cavalo estremeceu um pouco quando se aproximou de mim, mas logo se recuperando encarou-me, com nítidos sinais de espanto; observou minhas mãos e pés, andando ao meu redor várias vezes. Eu teria prosseguido na minha jornada, mas ele se colocou no meio do caminho, embora demonstrasse um ar bastante manso, sem qualquer indicação de violência. Ficamos olhando um para o outro por algum tempo; por fim, tomei a liberdade de levar a mão ao pescoço dele, com o intuito de acariciá-lo, adotando o estilo e assobio comuns dos cavaleiros quando vão manejar um animal estranho. Mas o ser, parecendo desdenhar da minha civilidade, sacudiu a cabeça, arqueou as sobrancelhas e ergueu suavemente a pata dianteira direita, a fim de remover minha mão. Em seguida, relinchou três ou quatro vezes, mas em uma cadência tão diferente que quase pensei que estivesse falando consigo mesmo em alguma língua própria.

Enquanto estávamos assim ocupados, outro cavalo apareceu e dirigiu-se ao primeiro de maneira bastante formal; então trocaram leves batidas com os cascos dianteiros direitos, relinchando várias vezes, alternadamente, e variando o som, que parecia quase articulado. Afastaram-se alguns passos, como se fossem confabular, caminhando lado a lado, para trás e para a frente, feito pessoas que discutem uma questão importante, muitas vezes voltando os olhos para mim, como se estivessem cuidando para que eu não fugisse. Fiquei perplexo ao ver tais atitudes e comportamento em bestas brutas e concluí que, caso os habitantes daquele país fossem dotados de um grau proporcional de razão, haveriam de ser as pessoas mais sábias da terra. Tal pensamento me proporcionou tamanho conforto que resolvi seguir adiante até descobrir alguma casa ou aldeia, ou encontrar algum nativo, e deixar os dois cavalos conversando juntos à vontade. Mas o primeiro, que era cinzento e malhado, vendo que eu ia embora, relinchou em um tom tão expressivo que julguei entender o que ele queria dizer; então dei meia-volta e aproximei-me dele, a fim de esperar outras ordens. Mas disfarcei o medo o máximo que pude, pois começava a me afligir em relação ao desfecho daquela aventura; e o leitor acreditará facilmente que tal situação pouco me agradava.

Os dois cavalos aproximaram-se de mim, olhando com grande atenção para meu rosto e minhas mãos. O corcel cinzento roçou meu chapéu com o casco da pata dianteira direita e o entortou tanto que fui forçado a retirá-lo e ajeitá-lo novamente, ao que, tanto ele quanto o companheiro (que era um baio escuro) pareceram muito surpresos; este último tocou na gola do meu casaco e, notando que pendia solta ao meu redor, ambos demonstraram novos sinais de espanto. Ele acariciou minha mão direita, parecendo admirar a maciez e o tom da pele, mas a apertou com tamanha força, entre o casco e a quartela, que não pude conter um berro; depois disso, ambos passaram a me tocar com toda a delicadeza possível. Mostravam-se simplesmente perplexos com meus sapatos e meias, nos quais tocaram diversas vezes, relinchando um para o outro e usando vários gestos, um tanto parecidos com os de um filósofo quando tenta elucidar algum fenômeno novo e complexo.

De modo geral, a conduta desses animais era tão comedida e racional, tão aguçada e ponderada, que finalmente concluí que deviam ser magos que haviam se transformado por algum motivo e, vendo um estranho no caminho, resolveram com ele divertir-se; ou, talvez, tivessem ficado deveras maravilhados ao ver um homem tão diferente, em trajes, feições e compleição, daqueles que provavelmente viveriam em um local tão remoto. Com base nesse raciocínio, aventurei-me a abordá-los da seguinte maneira: "Cavalheiros, se os senhores forem magos, como tenho boas razões para crer, poderão entender qualquer idioma; portanto, atrevo-me a informar a suas senhorias que sou um mísero inglês aflito, impelido por infortúnios até o seu litoral, e suplico a um dos senhores que me deixe montar em seu lombo, como se fosse um cavalo de verdade, até alguma casa ou vila onde eu possa ser socorrido. Em troca de tal favor, ofereço de presente esta faca e este bracelete" (retirando-os do bolso). As duas criaturas ficaram em silêncio enquanto eu falava, parecendo ouvir com grande atenção; quando terminei, relincharam várias vezes uma para a outra, como se entabulassem uma conversa séria. Observei claramente que a linguagem exprimia muito bem suas emoções, e que as palavras poderiam, com pouco esforço, ser expressadas em um alfabeto com mais facilidade do que o chinês.

Discerni com frequência a palavra *yahoo*, repetida diversas vezes, e embora fosse impossível, para mim, conjecturar o que significava, ainda assim, enquanto os dois cavalos conversavam, pratiquei a enunciação da palavra. Então, assim que se calaram, pronunciei corajosamente yahoo em voz alta, imitando, ao mesmo tempo, o mais próximo que pude, o relinchar de um cavalo. Diante disso, ambos ficaram visivelmente surpresos, e o cinzento repetiu a mesma palavra duas vezes, como se quisesse ensinar a pronúncia correta, e repeti o que ele disse, da melhor maneira que pude, notando que melhorava a cada tentativa, embora muito longe de qualquer grau de perfeição. Então, o baio experimentou-me com uma segunda palavra, muito mais difícil de ser pronunciada, mas que reduzida à ortografia inglesa pode ser assim escrita: houyhnhnm. Não me saí tão bem nessa quanto na anterior, mas depois de duas ou três tentativas tive mais sorte, e ambos ficaram abismados com minha capacidade.

Depois de mais algumas palavras, que eu então supus dissessem respeito a mim, os dois amigos despediram-se com o mesmo cumprimento de tocarem os cascos um no outro, e o cinzento fez sinais para que eu caminhasse diante dele, ao que julguei prudente obedecer até encontrar um guia melhor. Quando eu ensaiava diminuir o passo, ele exclamava *hhuun hhuun*; adivinhei o que ele queria dizer e fiz com que entendesse, o melhor que pude, que estava cansado e não conseguia andar mais depressa, diante do que ele começou a parar, por algum tempo, a fim de me permitir descansar.

2

O autor é levado à casa de um houyhnhnm. O domicílio é descrito. A maneira como o autor é recebido. A alimentação dos houyhnhnms. O autor, padecendo por carência de carne, é por fim satisfeito. O modo como ele se alimenta no país

Tendo viajado cerca de cinco quilômetros, chegamos a uma construção comprida, feita de madeira fincada no solo e com vigas; o telhado era baixo e coberto de palha. Comecei a sentir-me mais à vontade e peguei algumas bugigangas que os viajantes costumam levar como presentes para os selvagens da América e de outras partes, na esperança de que as pessoas da casa se animassem a me receber com hospitalidade. O cavalo fez sinal para eu entrar primeiro; era um cômodo amplo, com um piso de barro liso e uma prateleira e manjedoura estendendo-se por todo o comprimento em um dos lados. Havia três pôneis e duas éguas, não comendo, mas sentados sobre as ancas, o que muito me espantou; espantou-me mais, porém, ver os demais ocupados com tarefas domésticas. Pareciam animais comuns. No entanto, aquilo confirmou minha primeira impressão: um povo tão capaz de civilizar bestas brutas haveria de superar em sabedoria todas as nações do mundo. O cinzento entrou logo depois e assim evitou qualquer mau trato que os outros pudessem me dispensar. Ele relinchou diversas vezes, em tom de autoridade, e recebeu respostas.

Adiante daquele cômodo, abarcando todo o comprimento do edifício, havia outros três, aos quais se tinha acesso por três portas, uma diante da outra. Atravessamos o segundo cômodo em direção ao terceiro. Ali, o cavalo cinzento entrou primeiro, sinalizando para que eu aguardasse; esperei no segundo cômodo e preparei meus presentes para o dono e a dona da casa: eram duas facas, três braceletes de pérolas falsas, um pequeno espelho e um colar de contas. O cavalo relinchou três ou quatro vezes e esperei ouvir alguma resposta em voz humana, mas não ouvi nada a não ser no mesmo dialeto, uma ou duas vozes mais estridentes do que a dele. Comecei a pensar que aquela casa pertencesse a alguma pessoa ilustre entre eles, porque foi grande a cerimônia antes que eu pudesse entrar. Mas que algum indivíduo ilustre fosse servido apenas por cavalos era algo que estava além da minha compreensão. Receei que minha mente estivesse perturbada por conta de tanto sofrimento e infortúnio. Levantei-me e olhei ao redor, no cômodo onde fora deixado sozinho; o recinto estava mobiliado como o primeiro, só que de maneira mais elegante. Esfreguei os olhos diversas vezes, mas os objetos permaneciam os mesmos. Belisquei os braços e as costelas para despertar-me, na esperança de estar sonhando. Concluí, então, definitivamente, que todas aquelas visões só poderiam ser necromancia e magia. Mas não tive tempo para prosseguir com tais ideias, pois o cavalo cinzento veio até a porta e me fez um sinal para segui-lo até o terceiro cômodo, onde vi uma égua muito bonita ao lado de um potro e uma potranca, sentados em suas ancas sobre esteiras de palha confeccionadas com certa arte, impecavelmente estendidas e limpas.

A égua, logo após minha entrada, levantou-se da esteira e, aproximando-se, depois de ter observado bem minhas mãos e meu rosto, lançou-me um olhar de desprezo; em seguida, virou-se para o cavalo, e ouvi a palavra *yahoo* repetida diversas vezes entre eles, cujo significado eu ainda não conseguia compreender, embora fosse a primeira que aprendi a pronunciar. Mas logo fui esclarecido, para minha eterna vergonha, pois o cavalo, acenando para mim com a cabeça e repetindo *hhuun, hhuun*, conforme fizera na trilha, o que entendi como um pedido para acompanhá-lo, levou-me até uma espécie de pátio, onde havia outra construção, a alguma distância da casa. Ali entramos e vi três daquelas criaturas detestáveis que eu havia encontrado logo que cheguei alimentando-se de raízes e da carne de alguns animais, que depois descobri serem de jumentos e cães, e de vez em quando uma vaca, morta por acidente ou doença. Estavam todos amarrados pelo pescoço, com fortes cipós, e presos a uma viga; seguravam a comida entre as garras das patas dianteiras e dilaceravam-na com os dentes.

O cavalo-mestre ordenou a um alazão, um de seus criados, que desamarrasse o maior daqueles animais e o conduzisse até o pátio. A besta e eu fomos aproximados e nossos semblantes foram diligentemente comparados, tanto pelo mestre quanto pelo servo, que então repetiram várias vezes a palavra *yahoo*. Meu horror e estarrecimento não podem ser descritos quando observei naquele animal abominável uma figura humana perfeita: é fato que o rosto era achatado e largo, o nariz um tanto afundado, os lábios avantajados e a boca larga. Mas tais características são comuns a integrantes de todas as nações selvagens, cujos traços fisionômicos são distorcidos, pois os nativos deixam seus bebês rastejando na terra, ou os carregam nas costas, com o rosto aninhado e pressionado contra os ombros das mães. As patas dianteiras do yahoo diferiam das minhas mãos tão somente pelo comprimento das unhas, a aspereza e o tom amarronzado das palmas, e os pelos no dorso. Havia a mesma semelhança entre nossos pés, com as mesmas características, que eu conhecia muito bem, embora os cavalos não reparassem, por causa de meus sapatos e meias; o mesmo se verificava em todas as partes dos nossos corpos, exceto quanto à pilosidade e à cor, que já descrevi.

A grande dificuldade que parecia perturbar os dois cavalos era ver o restante do meu corpo tão diferente se comparado ao de um yahoo, graças às minhas roupas, de cuja existência eles não faziam ideia. O alazão ofereceu-me uma raiz, que segurou entre o casco e a quartela (à maneira deles, conforme descreverei no devido momento). Peguei-a na mão e, depois de cheirá-la, devolvi-a com a máxima civilidade que pude. Ele retirou do canil dos yahoos um pedaço de carne de asno, mas aquilo exalava um cheiro tão ofensivo que me afastei com repugnância; então ele atirou-a para o yahoo, que a devorou sofregamente. Depois, mostrou-me um punhado de feno e o machinho[143] cheio de aveia, mas sacudi a cabeça, dando a entender que nada daquilo era comida para

143. Parte posterior da junta da pata, perto do casco.

mim. E, de fato, achei que haveria de morrer de fome se não encontrasse alguém da minha própria espécie, pois quanto àqueles yahoos nojentos, embora àquela época poucas pessoas amassem a humanidade mais do que eu, confesso nunca ter visto um ser pensante tão detestável sob todos os aspectos; e, enquanto permaneci naquele país, quanto mais deles me acercava, mais odiosos eles se tornavam. O cavalo-mestre notou minha aversão e mandou o yahoo de volta ao canil. Em seguida, levou a pata dianteira à boca, o que me surpreendeu muito, embora ele o fizesse com facilidade, com um gesto que parecia perfeitamente natural, e por meio de outros sinais quis saber o que eu pretendia comer, mas não pude dar uma resposta que ele fosse capaz de entender; e se tivesse me entendido eu não via como seria possível conseguir algum meio de me alimentar. Enquanto estávamos assim ocupados, avistei uma vaca passando; então apontei para ela e expressei o desejo de ordenhá-la. Isso surtiu efeito, pois ele me levou de volta para dentro da casa e ordenou a uma criada-égua que abrisse um quarto, onde havia um bom estoque de leite em vasos de barro e madeira, tudo muito organizado e limpo. Ela me ofereceu uma grande tigela cheia, da qual bebi com muito gosto, e me senti bastante revigorado.

Por volta do meio-dia, vi aproximar-se da casa uma espécie de veículo puxado feito um trenó por quatro yahoos. Nele vinha um corcel idoso, que parecia importante; ele desceu, pisando com as patas traseiras, pois havia ferido acidentalmente a dianteira esquerda. Veio cear com nosso cavalo, que o recebeu com grande cortesia. Cearam na sala principal e, como segundo prato, serviram-se de aveia cozida no leite, que o cavalo idoso comeu quente, mas os demais comeram frio. As manjedouras foram posicionadas em círculo, no meio da sala, e divididas em vários compartimentos, em torno das quais eles se sentaram sobre as ancas em montículos de palha. No centro havia uma grande prateleira, com ângulos correspondendo às divisões da manjedoura, de modo que cada cavalo e cada égua comiam seu próprio feno e sua própria mistura de aveia e leite com muita decência e ordem. O comportamento dos potros e das potrancas era bastante comedido, e o dono e a dona da casa demonstravam muita alegria e amabilidade ao convidado. O cavalo cinzento ordenou que eu ficasse ao seu lado, e muita conversa se passou entre ele e o amigo a meu respeito, conforme percebi pelos olhares frequentes do estranho para mim e pela repetição da palavra *yahoo*.

Aconteceu de eu estar usando minhas luvas, e o cavalo-mestre ficou perplexo, demonstrando sinais de espanto diante do que eu fizera com minhas patas dianteiras. Ele tocou minhas mãos com o casco, três ou quatro vezes, como se quisesse me dizer que as restaurasse à sua forma anterior, o que logo fiz, retirando ambas as luvas e guardando-as no bolso. Isso desencadeou mais conversas, e reparei que todos ali estavam satisfeitos com meu comportamento, o que logo surtiria efeitos positivos. Ordenaram-me que falasse as poucas palavras que compreendia e, enquanto ceavam, o cavalo-mestre ensinou-me a dizer aveia, leite, fogo e água, entre outras, que consegui repetir prontamente, tendo desde jovem grande facilidade em aprender línguas.

Quando a ceia terminou, o cavalo-mestre chamou-me de lado e, por sinais e palavras, expressou sua preocupação por eu não ter nada para comer. Aveia no idioma deles é *Hlunnh*. Tal palavra pronunciei duas ou três vezes, pois, embora de início houvesse recusado, pensando melhor considerei que poderia dar um jeito de fazer com aveia uma espécie de pão, que talvez fosse suficiente, com leite, para me manter vivo até que eu pudesse escapar para algum outro país e para a companhia de criaturas de minha própria espécie. O cavalo imediatamente ordenou a uma égua branca que servia à família que me trouxesse uma boa quantidade de aveia em uma espécie de bandeja de madeira. Aqueci-a diante do fogo, o melhor que pude, e esfreguei-a até que as cascas saíssem, peneirando os grãos. Moí os grãos entre duas pedras; depois, acrescentei água e fiz uma pasta ou massa, que assei e comi morna com leite. A princípio foi uma dieta muito insípida, embora bastante comum em muitas partes da Europa, mas tornou-se tolerável com o tempo; e tendo eu sido tantas vezes obrigado a comer mal na vida, aquela não foi a primeira vez que constatei a facilidade com que a natureza se satisfaz. Não posso deixar de comentar que não adoeci uma hora sequer enquanto permaneci na ilha. É verdade, às vezes eu conseguia capturar um coelho, ou uma ave, com arapucas feitas com pelos de yahoo, e muitas vezes colhi ervas que eu ferventava ou comia em forma de salada, com pão; de vez em quando, como um regalo, fazia um pouco de manteiga e bebia o soro do leite. No início eu ansiava por sal, mas o hábito logo me reconciliou com a falta do ingrediente; estou convicto de que o uso frequente de sal entre nós é um efeito da libertinagem, e que foi introduzido apenas para instigar a bebida, exceto quando necessário para preservar carne em longas viagens ou em locais distantes de grandes mercados. O fato é que observamos que nenhum animal aprecia sal a não ser o homem, e quanto a mim, depois que deixei aquele país, demorei muito para conseguir tolerar o sabor de sal em qualquer alimento que comesse.

Já basta de falar sobre minha dieta, assunto com o qual outros viajantes enchem seus livros, como se os leitores estivessem pessoalmente preocupados se comemos bem ou mal. No entanto, foi necessário mencionar a questão para que o mundo não achasse impossível eu encontrar sustento durante três anos em tal país e no meio de tais habitantes.

Quando anoiteceu, o cavalo-mestre ordenou que providenciassem um local para me alojar; ficava a apenas seis metros da casa e separado do estábulo dos yahoos. Ali, ajeitei um pouco de palha e, cobrindo-me com minhas roupas, dormi um sono tranquilo. Em pouco tempo, porém, fiquei mais bem acomodado, conforme o leitor saberá adiante, quando eu vier a expor mais detalhadamente meu modo de vida.

3

O autor dedica-se ao estudo do idioma, e seu mestre houyhnhnm o assiste no aprendizado. O idioma é descrito. Diversos houyhnhnms ilustres demonstram curiosidade de ver o autor. Ele apresenta ao seu mestre um breve relato de sua viagem

Meu principal esforço era no sentido de aprender a língua, que meu mestre (doravante assim o chamarei), seus filhos e todos os criados da casa desejavam me ensinar, pois consideravam um prodígio que um animal bruto exibisse sinais de uma criatura racional. Eu apontava para cada coisa e indagava o respectivo nome, que era por mim anotado em meu diário quando estava sozinho, e corrigia minha pronúncia pedindo aos membros da família que o enunciassem com frequência. Nessa tarefa, um alazão, que era um dos criados mais humildes, estava sempre disposto a me ajudar.

Ao falar, eles pronunciam pelo nariz e pela garganta, e seu idioma se aproxima mais do alemão do que qualquer outro que eu conheça na Europa, mas é muito mais gracioso e expressivo. O imperador Carlos V[144] fez quase a mesma observação quando disse que, se ele falasse com seu cavalo, seria em alemão.

A curiosidade e a ansiedade do meu mestre eram tão grandes que ele dedicava muitas horas do seu lazer à minha instrução. Estava convencido (conforme me disse depois) de que eu era um yahoo, mas minha capacidade de aprender, minha civilidade e meu asseio o surpreendiam, pois eram qualidades totalmente opostas às daqueles animais. Impres-

144. (1500-58) Imperador do sacro Império romano e arquiduque da Áustria, rei da Espanha como Carlos I e senhor dos Países Baixos como duque da Borgonha. Teria afirmado: “Falo espanhol/latim [dependendo da fonte] com Deus, italiano com as mulheres, francês com os homens e alemão com meu cavalo”.

sionava-se profundamente com minhas roupas, às vezes perguntando a si mesmo se não faziam parte do meu corpo, pois eu só as retirava depois que a família estivesse dormindo e as vestia antes de acordarem de manhã. Meu mestre estava ansioso para saber de onde eu tinha vindo, como adquiri a aparente racionalidade por mim demonstrada em todos os meus atos e desejava ouvir minha história relatada por mim mesmo, objetivo que esperava em breve alcançar por conta da grande proficiência que adquiri no aprendizado e na pronúncia de palavras e frases. Para auxiliar a memória, eu registrava com o alfabeto inglês tudo o que aprendia e anotava as palavras e as respectivas traduções. Esta última atividade, passado algum tempo, aventurei-me a realizar na presença do meu mestre. Custou-me muito explicar o que estava fazendo, pois os habitantes de lá não têm noção do que sejam livros ou literatura.

Em cerca de dez semanas eu já conseguia entender a maioria das perguntas que ele me fazia, e em três meses era capaz de dar algumas respostas aceitáveis. Ele estava sumamente curioso para saber de que parte do país eu vinha e como tinham me ensinado a imitar uma criatura racional, porque os yahoos (com os quais ele constatava que minha cabeça, minhas mãos e meu semblante, as únicas partes visíveis, tanto se pareciam), que demonstravam certa aparência de sagacidade e a mais marcante disposição para o mal, eram considerados os animais que tinham mais dificuldade de aprender. Respondi que viera pelo mar, de um lugar distante, com muitos outros de minha espécie, em uma grande nave oca construída com troncos de árvores; que meus companheiros me forçaram a desembarcar naquele litoral e me deixaram entregue a minha própria sorte. Foi com alguma dificuldade, e com a ajuda de muitos sinais, que me fiz compreender. Ele respondeu que eu devia estar enganado, ou que dissera o que não era (pois não há palavra em sua língua para expressar mentira ou falsidade). Ele sabia que era impossível haver um país além do mar, ou que um bando de brutos pudesse mover na água uma nave de madeira para onde desejassem. Afirmou ter certeza de que nenhum houyhnhnm vivo seria capaz de construir tal embarcação, nem confiaria em yahoos para manobrá-la.

A palavra *houyhnhnm*, no idioma deles, significa "cavalo" e, em sua etimologia, "perfeição da natureza". Eu disse ao meu mestre que carecia de capacidade de expressão mas melhoraria o mais rápido que pudesse, e que esperava, em pouco tempo, poder contar-lhe maravilhas. Ele teve a satisfação de orientar a égua, o potro, a potranca e a criadagem da família no sentido de aproveitarem todas as oportunidades de me instruir, e, diariamente, durante duas ou três horas, ele próprio se dava a tal trabalho. Diversos cavalos e éguas importantes da vizinhança vinham com frequência à nossa casa, depois que correu o boato sobre um yahoo prodigioso, que falava feito um houyhnhnm e parecia, em suas palavras e atos, revelar alguns indícios de juízo. Eles se apraziam em conversar comigo; faziam muitas perguntas e recebiam as respostas que eu era capaz de formular. Com todas essas vantagens, fiz um progresso tão notável que, cinco meses após minha chegada, entendia tudo o que era dito e podia me exprimir razoavelmente bem.

Os houyhnhnms que vinham visitar meu mestre no intuito de me ver e conversar comigo mal podiam acreditar que eu fosse deveras um yahoo, porque meu corpo tinha uma cobertura diferente de todos os demais da minha espécie. Ficavam abismados ao me observar sem os pelos ou a pele usual, exceto na cabeça, no rosto e nas mãos, mas revelei esse segredo ao meu mestre por conta de um acidente ocorrido cerca de quinze dias antes.

Já disse ao leitor que todas as noites, depois que a família ia para a cama, era meu costume despir-me e cobrir-me com minhas roupas. Aconteceu, uma manhã bem cedo, que meu mestre mandou me chamar pelo alazão que era seu lacaio. Quando ele chegou, eu estava dormindo profundamente, com as roupas caídas de um lado e a camisa acima da cintura. Acordei com o barulho que ele fez e observei-o um tanto perturbado enquanto transmitia a mensagem; depois disso ele foi ter com meu mestre e, bastante assustado, apresentou-lhe um relato um tanto confuso do que tinha visto. Isso eu descobri pois, indo ao encontro de sua senhoria tão logo me vesti, ele me perguntou o significado do que o servo havia relatado — que quando dormia eu não tinha a mesma aparência que em outros momentos; que o criado afirmara que uma parte de mim era branca, outra amarela, ou ao menos não tão branca, e outra amarronzada.

Eu havia até então ocultado o segredo pertinente às minhas roupas a fim de me diferenciar, tanto quanto possível, daquela maldita raça de yahoos; contudo, a partir daquele momento, achei inútil continuar a fazê-lo. Além disso, considerei que minhas roupas e sapatos logo se desgastariam, pois já estavam surrados, e que precisariam ser substituídos, de algum modo, por peles de yahoos ou de outros animais, e que meu segredo seria descoberto. Portanto, disse ao meu mestre que, no país de onde vim, os da minha espécie sempre cobriam o corpo com peles de certos animais, trabalhadas com arte, não só por questão de decência mas também para evitar as inclemências do clima, tanto quente quanto frio; e sobre isso, quanto à minha pessoa, eu lhe daria provas imediatas se ele assim ordenasse, apenas desejando que me desculpasse se eu não expusesse aquelas partes que a natureza nos ensinara a esconder. Meu mestre disse que minha fala era demasiado estranha, sobretudo a última parte, pois ele não conseguia entender por que a natureza deveria nos ensinar a esconder o que ela própria havia concedido; que nem ele nem a família tinham vergonha de qualquer parte de seus corpos; mas que, no entanto, eu poderia agir como quisesse. Então, primeiramente, desabotoei meu casaco e o tirei. Fiz o mesmo com o colete. Tirei os sapatos, as meias e o culote. Baixei a camisa até a cintura e suspendi a barra, prendendo-a qual um cinturão, a fim de esconder minha nudez.

Meu mestre observou toda a demonstração dando grandes sinais de curiosidade e admiração. Pegou minhas roupas em sua quartela, peça após peça, e examinou-as atentamente; em seguida, tocou meu corpo com muita delicadeza e olhou ao meu redor várias vezes; depois disso, afirmou ser evidente que eu era um yahoo perfeito, mas que diferia marcantemente do resto da espécie na maciez e brancura da pele, na ausência de pelo em várias partes do corpo, no formato e no tamanho reduzido das garras dianteiras e traseiras, bem como na mania de sempre andar sobre as duas patas traseiras. Não quis ver mais e deu-me permissão para vestir as roupas novamente, pois eu tremia de frio.

Expressei minha inquietação por ele tantas vezes me chamar de yahoo, um animal detestável, que me inspirava tamanho ódio e desprezo; implorei que parasse de aplicar aquela palavra a mim e desse tal ordem à sua família e aos amigos que convidava para me ver. Pedi também que o segredo de eu ter uma cobertura falsa em meu corpo não fosse conhecido por ninguém além dele mesmo, pelo menos enquanto minha roupa atual durasse, e quanto ao que o alazão, seu lacaio, havia observado, sua senhoria poderia ordenar-lhe que ficasse calado.

Tudo isso meu mestre consentiu, com bondade, e assim o segredo foi mantido até que minhas roupas se desgastaram e precisei substituí-las, recorrendo a vários artifícios que serão mencionados a seguir. Nesse ínterim, ele desejava que eu prosseguisse me aplicando, com a máxima diligência, no aprendizado da língua deles, pois estava mais atônito com minha capacidade de fala e raciocínio do que com a aparência do meu corpo, coberto ou não, e afirmava esperar com alguma impaciência para ouvir as maravilhas que eu havia prometido contar.

A partir daquele momento ele redobrou os esforços para me instruir; levava-me consigo em visitas e fazia com que todos me tratassem com civilidade, porque, conforme lhes dizia em particular, isso me deixaria de bom humor e me tornaria mais divertido.

Todos os dias, quando eu me apresentava a ele, além do trabalho de me ensinar, meu mestre fazia várias perguntas a meu respeito, às quais eu respondia da melhor maneira possível; assim ele já dispunha de algumas ideias gerais, embora um tanto incipientes. Seria entediante relatar os vários passos pelos quais avancei até poder entabular uma conversa mais fluente, mas o primeiro relato que dei de mim mesmo, com alguma ordem e extensão, foi o seguinte:

Informei que vinha de um país muito distante, conforme já havia tentado relatar, acompanhado de cerca de outros cinquenta da minha espécie; que viajamos pelos mares em uma grande nave oca feita de madeira, maior do que a casa de sua senhoria. Descrevi o navio nos melhores termos que pude e, com a ajuda do meu lenço estendido, expliquei como era empurrado pelo vento. Que por causa de uma desavença entre nós fui abandonado em terra, naquele litoral, onde caminhei a esmo até que ele me livrou da perseguição daqueles yahoos execráveis. Ele me perguntou quem fizera o navio e como era possível que os houyhnhnms do meu país o confiassem ao manuseio de brutos. Minha resposta foi que eu não ousaria prosseguir em meu relato a menos que ele me desse sua palavra de honra de que não ficaria ofendido, e então eu revelaria as maravilhas tantas vezes prometidas. Ele assim o fez; e continuei, assegurando-lhe que o navio fora construído por seres como eu, os quais, em todos os países por onde viajei, assim como no meu, eram os únicos animais racionais governantes, e que, ao chegar ali, fiquei tão perplexo ao ver os houyhnhnms agirem como seres racionais quanto ele ou seus amigos ficaram ao encontrar sinais de juízo em uma criatura que ele se aprazia em chamar de yahoo, com a qual eu admitia minha semelhança sob todos os aspectos mas cuja natureza degenerada e brutal não sabia explicar. Disse também que, se a sorte me levasse de volta ao meu país natal para relatar minhas viagens, conforme pretendia fazer, todos pensariam que eu "dizia o que não era", que tinha inventado toda a história; e com todo o respeito possível a ele, sua família e amigos, e sob sua promessa de não se ofender, eu diria que meus compatriotas dificilmente achariam provável que um houyhnhnm fosse a criatura governante de uma nação, e um yahoo, o bruto.

4

As noções dos houyhnhnms sobre verdade e mentira. O discurso do autor é criticado por seu mestre. O autor apresenta um relato mais detalhado sobre si mesmo e os incidentes da viagem

Meu mestre ouviu-me com grandes indícios de inquietação no semblante, porque *duvidar* ou *não acreditar* são tão desconhecidos naquele país que os habitantes não sabem como se comportar em tais circunstâncias. E lembro-me que, em frequentes conversas com meu mestre sobre a natureza da hombridade em outras partes do mundo, tendo ocasião de falar de *mentira* e *falsidade*, foi com muita dificuldade que ele compreendeu o que eu queria dizer, embora dispusesse de raciocínio bastante aguçado. Pois assim argumentava: a utilidade da fala era fazer-nos entender uns aos outros e receber informações sobre fatos; ora, se uma pessoa *dissesse o que não era*, tais propósitos seriam anulados, porque não se pode dizer que eu a entenderia devidamente; e ficaria tão longe de receber informações que ela me deixaria pior do que na ignorância, pois eu seria levado a crer que uma coisa é preta quando é branca, e curta quando é comprida. E essas eram todas as noções que ele tinha sobre essa faculdade de mentir, tão perfeitamente compreendida e tão universalmente praticada entre as criaturas humanas.

Mas deixemos essa digressão. Quando afirmei que os yahoos eram os únicos animais governantes em meu país, o que segundo meu mestre estava totalmente além de sua compreensão, ele quis saber se tínhamos houyhnhnms entre nós e que uso era destinado a eles. Eu disse que dispúnhamos de grandes quantidades, que no verão pastavam nos campos e no inverno eram mantidos em casas, com feno e aveia, onde servos yahoos eram empregados para escovar seus pelos, pentear suas crinas, limpar seus cascos, servir-lhes comida e cuidar de suas camas. "Eu o entendo bem", disse meu mestre, "agora está muito claro, por tudo o que você falou, que qualquer que seja a parcela de razão que os yahoos reivindiquem os houyhnhnms são seus senhores; sinceramente, gostaria muito que os nossos yahoos fossem tão tratáveis assim." Implorei a sua senhoria que me dispensasse de prosseguir, porque tinha certeza de que o relato que ele esperava seria sumamente desagradável. Mas ele insistiu em ordenar que lhe contasse o melhor e o pior. Eu disse que ele seria obedecido. Admiti que os houyhnhnms entre nós, a quem chamávamos de cavalos, eram os animais mais generosos e garbosos que tínhamos, que se destacavam pela força e rapidez; e quando pertenciam a pessoas abastadas, sendo empregados em viagens, corridas ou na condução de carruagens, eram tratados com muita bondade e zelo até que adoecessem ou ficassem mancos, quando eram vendidos e utilizados em todo tipo de trabalho penoso, até morrerem; depois disso, suas peles eram removidas e vendidas pelo que valiam, e seus corpos abandonados para serem devorados por cães e aves de rapina. Contudo, a raça comum dos cavalos não tinha tanta sorte, sendo mantida por lavradores e carregadores e outras pessoas da plebe, que os destinam aos trabalhos mais pesados e os alimentam mal. Descrevi, o melhor que pude, nossa maneira de montar, o formato e uso de um freio, uma sela, uma espora e um chicote, arreios e rodas. Acrescentei que prendíamos placas de uma certa substância dura, chamada ferro, na sola de suas patas, para evitar que seus cascos rachassem nos caminhos pedregosos por que tantas vezes viajamos.

Meu mestre, após algumas manifestações de extrema indignação, perguntou como ousávamos nos aventurar nas costas de um houyhnhnm, pois ele tinha certeza de que o servo mais fraco de sua casa seria capaz de derrubar o mais forte dos yahoos mais forte, ou, deitando-se e rolando sobre o dorso, poderia esmagar o bruto até a morte. Respondi que nossos cavalos são treinados, a partir de três ou quatro anos, para os diversos usos aos quais os destinamos; que, se algum deles se mostrasse incorrigível e cruel, era utilizado para puxar carruagens; que eram espancados severamente, enquanto ainda jovens, por qualquer mau comportamento;

que os machos, destinados ao uso comum de montaria ou tração, eram geralmente castrados cerca de dois anos após o nascimento, para dominar seu temperamento e torná-los mais mansos e meigos; que eram deveras sensíveis a recompensas e castigos; e pedi a sua senhoria que considerasse que não tinham o menor vestígio de juízo, não mais do que os yahoos naquele país.

Precisei recorrer a diversos rodeios para dar a meu mestre uma ideia correta do que eu falava, pois o idioma deles não conta com grande variedade de palavras, uma vez que suas carências e vontades são em menor número do que as nossas. Mas é impossível expressar seu nobre ressentimento pelo modo selvagem como tratamos a raça houyhnhnm, sobretudo depois que expliquei nossa prática e nosso método de castrar cavalos a fim de impedi-los de propagar a espécie e para torná-los mais servis. Ele disse que, se fosse possível existir um país onde apenas os yahoos fossem dotados de juízo eles certamente seriam o animal governante, porque o juízo, com o tempo, sempre prevalece contra a força bruta. Mas, levando em conta a estrutura de nossos corpos, e especialmente do meu, ele achava que nenhuma criatura de porte semelhante seria tão despreparada para se valer da razão na lida comum da vida; então quis saber se aqueles entre os quais eu vivia se pareciam comigo ou com os yahoos de seu país. Assegurei-lhe que eu era tão bem constituído quanto a maioria dos que tinham a minha idade, mas que os mais jovens e as fêmeas eram delicados, e a pele destas últimas tão branca quanto o leite. Ele disse que eu realmente diferia de outros yahoos, sendo bem mais asseado e menos deformado, mas que, em termos de vantagens concretas, ele achava que as diferenças me fossem prejudiciais. Minhas garras não serviam para nada, fosse nas patas dianteiras ou traseiras; e quanto às dianteiras, ele não poderia assim chamá-las adequadamente, pois nunca tinha me visto andando sobre elas; que eram demasiado frágeis para aguentar o atrito com o solo; que eu costumava mantê-las descobertas; e que a cobertura que eu às vezes usava sobre elas não tinha o mesmo formato nem a mesma solidez da que eu usava nas patas traseiras. Declarou que eu não era capaz de andar com segurança, pois se uma das minhas patas traseiras escorregasse eu inevitavelmente cairia. Em seguida, passou a criticar outras partes do meu corpo: o achatamento do meu rosto, a proeminência do nariz, os olhos voltados direto para a frente, de modo que eu não podia olhar para os lados sem virar a cabeça; que eu não conseguia comer sem levar uma das patas dianteiras à boca, e, portanto, a natureza criara tais articulações para atender a essa necessidade. Disse que não sabia qual seria a utilidade daquelas várias fendas e divisões nas minhas patas traseiras; que eram frágeis demais para suportar as pedras duras e cortantes sem uma cobertura feita com a pele de alguma outra criatura resistente; que meu corpo carecia de proteção contra o calor e o frio, proteção essa que eu era forçado a vestir e remover todos os dias, com tédio e dificuldade. Por fim, ele comentou que todos os animais em seu país sentiam um repúdio natural pelos yahoos, a quem os mais fracos evitavam e os mais fortes repeliam. De modo que, supondo que tivéssemos o dom da razão, ele não via como era possível curar aquela antipatia natural que toda criatura demonstrava por nós; tampouco, consequentemente, não via como podíamos domá-las e torná-las servis. No entanto, não continuaria (ele disse) a debater o assunto, porque estava mais desejoso de conhecer minha própria história, saber do país onde nasci e das diversas ocorrências e situações na minha vida antes de eu ali chegar.

Assegurei-lhe que desejava ardentemente que ele ficasse satisfeito em todos os pontos, mas duvidava se seria possível, para mim, esmiuçar diversos assuntos dos quais sua senhoria não fazia ideia, mesmo porque eu não via nada em seu país com o que pudesse estabelecer comparações. Disse que, no entanto, faria o meu melhor e me esforçaria para me expressar por meio de similitudes, solicitando, humildemente, sua ajuda quando me faltassem as palavras apropriadas, o que ele me prometeu de bom grado.

Contei que havia nascido de pais honestos em uma ilha chamada Inglaterra, que ficava distante de seu país tantos dias de jornada quanto o mais robusto dos servos de sua senhoria pudesse percorrer durante o curso anual do sol; que fui treinado como cirurgião, cujo ofício é curar ferimentos e lesões corporais, sofridos por acidente ou violência; que meu país era governado por uma mulher com mente de homem, a quem chamávamos de *rainha*; que deixara meu país para obter riquezas, com as quais pudesse sustentar a mim mesmo e minha família quando regressasse; que em minha viagem mais recente fui comandante do navio e contara com cerca de cinquenta yahoos sob minhas ordens, muitos dos quais morreram no mar, os quais fui forçado a substituir por outros recrutados em várias nações; que nosso navio correu duas vezes o risco de ser afundado, a primeira por uma grande tormenta e a segunda ao bater contra um rochedo. Aqui meu mestre interveio, perguntando-me como consegui convencer estranhos, provenientes de diferentes países, a se aventurarem comigo depois das perdas que sofri e dos perigos que corri. Expliquei que eram sujeitos em situação de desespero, forçados a fugir de seus locais de origem em consequência de pobreza ou crimes cometidos. Alguns haviam sido arruinados por ações judiciais; outros desperdiçaram tudo o que tinham bebendo, prostituindo-se e jogando; outros fugiram por terem praticado traição; muitos por assassinato, furto, envenenamento, roubo, perjúrio, falsificação, cunhagem de dinheiro falso, estupro ou sodomia; por terem desertado o exército e se unido ao inimigo; e a maioria havia escapado da prisão; nenhum ousava voltar ao seu país de origem, por medo de ser enforcado ou de morrer de fome na cadeia, tendo, portanto, necessidade de buscar sustento em outros lugares.

Enquanto eu assim discorria, meu mestre achou por bem interromper-me várias vezes. Fiz uso de muitas manobras para descrever a natureza dos vários crimes pelos quais a maioria de nossa tripulação fora obrigada a fugir de seus respectivos países. Isso ocupou diversos dias de conversa antes que ele pudesse me compreender; ao que ficou totalmente confuso, sem entender a utilidade, ou necessidade, de se praticar tais delitos. A título de esclarecimento, procurei dar-lhe alguma ideia do desejo de poder e riqueza, dos terríveis efeitos da luxúria, da intemperança, da malícia e da inveja. Tudo isso fui forçado a definir e descrever, apresentando exemplos e fazendo suposições. Então, como alguém cuja imaginação foi atingida por algo jamais visto ou ouvido, ele levantava os olhos com espanto e indignação. Poder, governo, guerra, lei, punição e mil outras noções não encontravam termos no idioma deles, o que tornava quase insuperável a dificuldade de fornecer ao meu mestre a menor concepção do que eu queria dizer. Contudo, sendo dotado de excelente discernimento, bastante aprimorado pela contemplação e pela interlocução, ele finalmente chegou a um entendimento competente do que a natureza humana em nossas partes do mundo é capaz de realizar, e pediu-me que lhe fizesse um relato particular da terra a que chamamos Europa, em especial do meu próprio país.

5

O autor, obedecendo às ordens do mestre, discorre acerca da situação na Inglaterra. As causas de guerras entre os príncipes europeus. O autor começa a explicar a Constituição inglesa

O leitor pode observar que o extrato a seguir das muitas conversas que tive com meu mestre contém um resumo dos pontos mais relevantes que foram discutidos em várias ocasiões ao longo de mais de dois anos, pois sua senhoria muitas vezes demandou explicações mais extensas à medida que melhorei minha proficiência no idioma houyhnhnm. Apresentei diante dele, o melhor que pude, toda a situação da Europa; discorri sobre o comércio e as manufaturas, as artes e as ciências, e as respostas que dei a todas as perguntas que ele fez, as quais surgiam sobre os mais diversos assuntos, constituíam uma fonte inesgotável de conversa. No entanto, só irei expor aqui a substância do que falamos acerca do meu próprio país, ordenando o relato da melhor maneira possível, sem levar em conta o tempo ou outras circunstâncias, e atendo-me estritamente à verdade. Minha única preocupação é que dificilmente serei capaz de fazer justiça aos argumentos e formulações apresentados por meu mestre, que haverão de sofrer por minha falta de capacidade, bem como pela tradução para nosso inglês bárbaro.

Em obediência, portanto, às ordens de sua senhoria, falei da Revolução comandada pelo príncipe de Orange;[145] da longa guerra contra a França, iniciada pelo dito príncipe e renovada por sua sucessora, a atual rainha, na qual se engajaram as maiores potências da cristandade, e

145. Referência à chamada Revolução Gloriosa, evento ocorrido entre 1688 e 1689 que resultou na deposição de Jaime II e na sucessão de Guilherme III e Mary II ao trono inglês.

que ainda perdura; calculei, a seu pedido, que cerca de um milhão de yahoos teriam sido mortos no decorrer do conflito, talvez uma centena de cidades ou mais tomadas, e cinco vezes esse número de navios queimados ou afundados.[146]

Ele perguntou quais eram as causas ou motivações usuais que levavam um país a entrar em guerra com outro. Respondi que eram incontáveis, mas que mencionaria apenas algumas das principais. Às vezes, a ambição dos príncipes, que jamais admitem ter terra ou gente suficiente para governar; às vezes, a corrupção dos ministros, que engajam seus senhores em guerras com o propósito de abafar ou desviar o clamor dos súditos contra sua má administração. As diferenças de opinião já custaram muitos milhões de vidas: por exemplo, se carne é pão ou pão é carne; se o sumo de certa fruta é sangue ou vinho; se assobio é vício ou virtude; se é melhor beijar um poste ou lançá-lo ao fogo; qual é a melhor cor para um casaco, se preto, branco, vermelho ou cinza; e se deve ser longo ou curto, justo ou largo, sujo ou limpo, e outras tantas discordâncias.[147] Expliquei que não havia guerras tão ferozes e sanguinárias, ou tão duradouras, quanto aquelas ocasionadas por diferenças de opinião, sobretudo quando se trata de algo irrisório.

Às vezes, a disputa entre dois príncipes é para decidir qual deles despojará um terceiro de suas próprias terras, sobre as quais nenhum dos dois tem qualquer direito. Às vezes, um príncipe guerreia contra outro por medo de que o outro guerreie contra ele. Às vezes, inicia-se uma guerra porque o inimigo é muito forte; outras, porque é muito fraco. Às vezes, nossos vizinhos querem aquilo que temos, ou têm aquilo que queremos, e então lutamos até que eles tomem o que é nosso, ou nos entreguem o que é deles. É causa plenamente justificável para guerra invadir um país depois que a população local foi dizimada pela fome, destruída pela peste ou transtornada por facções internas.

---

146. Seguindo a retórica acalorada do partido Tory contra a guerra, Gulliver aumenta consideravelmente o número de mortos.

147. Gulliver faz alusão às disputas religiosas sobre a comunhão, a música de culto, a veneração do crucifixo e as vestimentas eclesiásticas, respectivamente.

É justificável declarar guerra ao nosso aliado mais próximo quando uma de suas cidades se torna conveniente para nós, ou determinado território complementa e consolida nossos domínios. Se um príncipe enviar forças contra uma nação onde o povo é pobre e ignorante, pode legalmente matar metade dos habitantes e escravizar os demais, a fim de civilizá-los e livrá-los do seu modo de vida bárbaro. É prática régia, honrosa e frequente, quando um príncipe solicita a ajuda de outro, para protegê-lo contra uma invasão, que o prestador da ajuda, depois de expulsar o invasor, assuma ele mesmo o território e mate, aprisione ou exile o príncipe que ele veio socorrer. Aliança por consanguinidade ou casamento é causa frequente de guerra entre príncipes, e quanto mais próximo for o parentesco maior será a disposição para contendas: nações pobres são famintas e nações ricas são orgulhosas, e orgulho e fome estarão sempre em desacordo. Por tais razões, o ofício de soldado é tido como o mais honroso de todos, porque um soldado é um yahoo contratado para matar, a sangue-frio, tantos indivíduos quanto puder de sua própria espécie que nunca o ofenderam.

Há também na Europa uma espécie de príncipes mendigos, incapazes de fazer guerra por si mesmos, que arrendam suas tropas para nações mais ricas mediante pagamento de uma diária para cada homem, da qual ficam com três quartos para si mesmos, valor que constitui a maior parte de seu sustento; assim são os príncipes da Alemanha e muitas regiões do norte da Europa.

O que você me falou, disse meu mestre, sobre o assunto da guerra revela, de fato, e de maneira admirável, os efeitos do juízo pelo qual você clama; no entanto, felizmente, a vergonha é maior do que o perigo, e a natureza os fez incapazes de causar muito mal. Pois, com suas bocas atravessadas no rosto, vocês dificilmente podem morder uns aos outros, seja qual for o motivo, a não ser por consentimento. E quanto às garras em suas patas dianteiras e traseiras, são tão curtas e frágeis que um de nossos yahoos botaria uma dúzia dos seus para correr. Portanto, ao calcular o número daqueles que foram mortos em batalha, não posso deixar de pensar que você *disse o que não é*.

Não me contive ao balançar a cabeça e sorrir um pouco diante da ignorância dele. E não sendo estranho à arte da guerra, dei-lhe uma descrição de canhões, mosquetões, mosquetes, carabinas, pistolas, balas, pólvora, espadas, baionetas, batalhas, cercos, retiradas, ataques, trincheiras, túneis, bombardeios, confrontos navais, navios afundados com mil homens a bordo, vinte mil mortos de cada lado, gemidos agonizantes, braços e pernas voando pelo ar, fumaça, barulho, tumulto, homens pisoteados até a morte sob patas de cavalos, fuga, perseguição, vitória; campos cobertos de cadáveres para serem devorados por cães, lobos e aves de rapina; saques, pilhagens, estupros, incêndios e destruição. E para destacar a bravura de meus queridos compatriotas assegurei-lhe que os tinha visto explodir uma centena de inimigos, de uma vez, em um cerco, e número igual em um navio, e vi cadáveres caírem das nuvens despedaçados para grande divertimento dos espectadores.

Eu estava prestes a entrar em mais detalhes quando meu mestre ordenou que me calasse. Ele disse que qualquer pessoa que conhecesse a natureza dos yahoos poderia facilmente acreditar que é possível um animal tão vil realizar todas as ações que mencionei se sua força e astúcia se igualassem à sua maldade. Porém, considerando que minha fala havia aumentado sua aversão por toda a espécie, ele constatou que também havia causado uma perturbação mental jamais antes experimentada. Refletiu que, caso se habituassem a palavras tão abomináveis, seus ouvidos poderiam, aos poucos, admiti-las com menos repúdio; que embora abominasse os yahoos do seu país, não os culpava por suas qualidades detestáveis, mais do que culparia um *Gnnayh* (uma ave de rapina) por sua crueldade ou uma pedra afiada por cortar seu casco. Mas quando uma criatura que se dizia dotada de razão era capaz de tamanha selvageria, ele receava que a corrupção de tal faculdade fosse pior do que a própria brutalidade. Portanto, parecia convicto de que, em vez de razão, possuíamos tão somente alguma qualidade propícia para aumentar nossos vícios naturais, assim como o reflexo de um riacho turbulento reproduz a imagem de um corpo malformado, não apenas maior, mas também distorcido.

Ele acrescentou que tinha ouvido demais sobre o assunto da guerra, tanto naquela explanação quanto em algumas anteriores. Havia outro ponto que ainda o deixava um tanto perplexo. Eu informara que alguns de nossos tripulantes deixaram seus países por terem sido arruinados pela *lei*; eu já havia explicado o significado da palavra, mas ele não entendia como podia ser possível que a lei, que se destinava à preservação dos homens, fosse a ruína de algum deles. Portanto, desejava saber mais sobre o que eu entendia por *lei* e sobre seus defensores, de acordo com a prática corrente no meu país, uma vez que ele considerava a natureza e o juízo guias suficientes para um animal razoável, conforme afirmávamos ser, indicando-nos o que deveríamos fazer e o que deveríamos evitar.

Afirmei a sua senhoria que o direito era uma ciência na qual não dispunha de muita experiência além de contratar advogados, em vão, devido a algumas injustiças de que fora vítima. No entanto, dispus-me e prestar toda informação que me fosse possível.

Contei que havia entre nós uma corporação de homens instruídos desde a juventude na arte de provar, por meio de palavras multiplicadas para tal efeito, que branco é preto e preto é branco dependendo de como fossem remunerados. Dessa corporação, todas as outras pessoas são escravas. Por exemplo, se meu vizinho está de olho na minha vaca, ele contrata um advogado para provar que deve tomá-la de mim. Preciso, então, contratar outro para defender meu direito, sendo contrário a todas as regras da lei que qualquer homem fale por si mesmo. Ora, neste caso, eu, que sou o verdadeiro proprietário, fico sob duas grandes desvantagens: primeiro, meu advogado, tendo praticado quase desde o berço a defesa da falsidade, está totalmente fora de seu elemento quando se vê na condição de defensor da justiça, que, sendo uma atividade antinatural, ele sempre pratica com grande constrangimento, se não de má vontade. A segunda desvantagem é que meu advogado deve proceder com grande cautela ou será repreendido pelos juízes e execrado por seus confrades como alguém que desonra a prática da lei. Portanto, conto com apenas dois métodos para preservar minha vaca. O primeiro é conquistar com honorários dobrados o advogado do meu adversário, que então trairá seu cliente, insinuando que tem a justiça do seu lado. O segundo é meu advogado fazer minha causa parecer tão injusta quanto possível, permitindo que a vaca pertença ao meu adversário; e caso isso seja feito com habilidade, certamente há de angariar o favor do tribunal.

Agora, sua senhoria precisa saber que tais juízes são pessoas designadas a decidir todas as controvérsias relativas à propriedade, bem como o julgamento de criminosos, e selecionadas entre os advogados mais doutos, que ficaram velhos ou preguiçosos; tais indivíduos, tendo sido tendenciosos ao longo da vida contra a verdade e a equidade, sentem uma necessidade tão fatal de favorecer a fraude, o perjúrio e a opressão que sei de vários deles que recusaram um suborno considerável oferecido pelo lado onde está a justiça para não prejudicarem a corporação, fazendo qualquer coisa imprópria à sua natureza ou ao seu ofício.

É uma máxima entre advogados que tudo o que foi feito antes pode legalmente ser feito novamente; portanto, eles têm o cuidado especial de registrar todas as decisões antes tomadas contrárias à justiça comum e ao bom senso geral da humanidade. Esses registros, sob a nomenclatura de *jurisprudência*, eles apresentam como autoridades para justificar os pareceres mais iníquos, e os juízes nunca deixam de decidir de acordo.

Quando apresentam a defesa, evitam a todo custo entrar no mérito da causa, mas são veementes, violentos e maçantes ao insistir em todas as circunstâncias irrelevantes. Por exemplo, no caso já mencionado nunca procuram saber que direito ou título meu adversário tem sobre minha vaca, mas se a dita é castanha ou preta, se os chifres são grandes ou pequenos, se o campo de pastagem onde a levo é redondo ou quadrado, se é ordenhada dentro ou fora de casa, a quais doenças está sujeita e assim por diante; depois disso, consultam a jurisprudência, adiam o julgamento mais de uma vez e, em dez, vinte ou trinta anos, chegam ao veredicto.

Também deve ser observado que a corporação tem um jargão e um vocabulário próprios que nenhum outro mortal pode entender, e nos quais todas as leis são escritas, leis que eles cuidam de multiplicar ao máximo e com as quais confundem totalmente a própria essência da verdade e da falsidade, do certo e do errado; de maneira que são necessários trinta anos para decidir se o terreno que meus ancestrais me legaram há seis gerações pertence a mim ou a um estranho que reside a quase quinhentos quilômetros de distância.

No julgamento de pessoas acusadas de crimes contra o Estado, o método é bem mais sucinto e louvável: o juiz primeiro manda sondar a tendência dos que estão no poder, após o que pode facilmente enforcar ou salvar um criminoso, preservando rigorosamente todas as devidas formas da lei.

Aqui meu mestre interveio e afirmou que era lamentável que criaturas dotadas de habilidades mentais tão prodigiosas como tais advogados, a julgar pela descrição que eu fizera deles, não eram incentivadas a atuar como instrutores de sabedoria e conhecimento. Em resposta, garanti a sua senhoria que, em todas as questões fora de seu próprio ofício, eles eram os mais ignorantes e imbecis entre nós, os mais desprezíveis em uma conversação comum, inimigos declarados de todo saber e aprendizado e igualmente dispostos a perverter o raciocínio geral da humanidade em qualquer assunto, tanto quanto na própria profissão.

6

Mais relatos sobre a situação da Inglaterra nos tempos da rainha Ana. A figura de um primeiro-ministro nas cortes europeias

Meu mestre ainda não conseguia entender que motivos poderiam incitar essa raça de advogados a se atarantar, perturbar e exaurir, envolvendo-se em uma confederação de injustiça, apenas para prejudicar animais da sua própria espécie; tampouco compreendia o que eu queria dizer ao afirmar que faziam isso mediante pagamento. Então, muito me esforcei para explicar o uso do dinheiro, os materiais de que era feito e o valor dos metais; que quando um yahoo possuía grande estoque dessa substância preciosa era capaz de adquirir o que quisesse: as roupas mais finas, as casas mais nobres, grandes extensões de terra, as carnes e as bebidas mais caras e escolher as fêmeas mais formosas. Portanto, como só o dinheiro era capaz de realizar todas essas proezas, nossos yahoos achavam que nunca possuíam o suficiente para gastar ou guardar, conforme se sentissem inclinados, dependendo de sua propensão natural à prodigalidade ou à avareza. Disse que os ricos gozavam do fruto do trabalho dos pobres, e que estes existiam na proporção de mil para um em relação aos primeiros; que a maior parte do nosso povo era forçada a viver na miséria, trabalhando todos os dias por pequenos salários, para que alguns poucos vivessem na abundância. Detive-me nesses e em muitos outros pormenores com o mesmo propósito, mas sua senhoria continuava perplexo, pois supunha que todos os animais tivessem direito ao seu quinhão das produções da terra, sobretudo aqueles que lideravam os demais. Portanto, pediu que eu explicasse o que eram essas tais carnes caras e por que as desejávamos. Então enumerei todos os tipos que me vieram à cabeça, com os diversos métodos de preparo, o que não poderia ser feito sem enviar navios para todas as partes do mundo, assim como em busca de bebida, e o mesmo quanto a molhos e inúmeras outras iguarias. Garanti-lhe que o globo precisava ser circum-navegado pelo menos três vezes antes que uma de nossas ilustres yahoos fêmeas pudesse tomar seu café da manhã, ou dispor de uma xícara no qual servi-lo. Ele afirmou que achava miserável um país incapaz de prover alimento para os próprios habitantes. Mas o que ele mais se perguntava era como aquelas vastas extensões de terra, conforme eu havia descrito, careciam totalmente de água potável, de maneira que as pessoas precisassem mandar buscar bebida além-mar. Respondi que se calculava que a Inglaterra (meu querido local de nascimento) produzia três vezes mais alimentos do que seus habitantes eram capazes de consumir, bem como excelentes bebidas extraídas de cereais ou do fruto de certas árvores, sendo a mesma proporção observada em todas as demais necessidades da vida. Contudo, a fim de alimentar o luxo e a intemperança dos machos e a vaidade das fêmeas, enviávamos a maior parte de nossas mercadorias para outros países, de onde, em troca, trazíamos doenças, sandices e vícios para esbanjar entre nós. Daí resulta, necessariamente, que um grande número de nosso povo é compelido a buscar seu sustento mendigando, roubando, furtando, trapaceando, alcovitando, perjurando, adulando, subornando, forjando, jogando, mentindo, intimidando, votando, escrevinhando, delirando, envenenando, prostituindo, fingindo, caluniando, protestando e em ocupações semelhantes, sendo que foi grande o trabalho que tive para fazê-lo entender cada um desses termos.

Expliquei que o vinho não era importado por nós de países estrangeiros para suprir a falta de água ou outras bebidas, mas porque era uma espécie de líquido que nos alegrava, privando-nos do nosso juízo, desviava todos os pensamentos melancólicos, gerava noções extravagantes e ensandecidas no cérebro, elevava nossas esperanças e espantava nossos temores, suspendia todos os ofícios da razão por algum tempo e nos poupava do uso de nossos membros até cairmos em sono profundo; mas era preciso confessar que sempre acordávamos nauseados e abatidos, e que o uso dessa bebida nos causava doenças que tornavam nossas vidas incômodas e breves.

Mas, não bastando tudo isso, a maior parte de nosso povo se sustentava fornecendo as necessidades ou conveniências da vida aos ricos e uns aos outros. Por exemplo, quando estou em casa e vestido adequadamente, carrego em meu corpo o fruto do trabalho de uma centena de artesãos; a construção da minha casa e o mobiliário empregam outro tanto, e cinco vezes esse número é preciso para enfeitar minha esposa.

Eu ia falar-lhe de outro tipo de gente, que ganha a vida atendendo os doentes, tendo em algumas ocasiões informado a sua senhoria que muitos dos meus tripulantes haviam morrido em consequência de doenças. Mas nesse ponto foi maior minha dificuldade fazê-lo entender o que eu queria dizer. Ele compreendia perfeitamente que um houyhnhnm ficava enfraquecido e moroso alguns dias antes de morrer, ou que por conta de algum acidente machucasse um membro; mas que a natureza, que tudo elabora com perfeição, impusesse o surgimento de qualquer dor em nossos corpos ele achava impossível, e desejava saber a razão de um mal tão inexplicável. Então eu disse que nos alimentávamos de mil coisas que operavam de forma contrária umas às outras; que comíamos quando não tínhamos fome e bebíamos sem sermos provocados pela sede; que passávamos noites inteiras ingerindo bebidas fortes, sem comer nada, o que nos predispunha à indolência, inflamava nossos corpos e precipitava ou impedia a digestão; que as prostitutas yahoos adquiriam uma doença que causava podridão nos ossos daqueles que caíam em seus braços; que essa e muitas outras doenças eram passadas de pai para filho, de modo que grandes quantidades de pessoas vinham ao mundo portando enfermidades complicadas; que seria infindável dar-lhe um catálogo de todos os males que afetam os corpos humanos, pois não seriam menos de quinhentos ou seiscentos, espalhados por todos os membros e articulações; em suma, todas as partes, externas e internas, tinham suas próprias enfermidades. Para remediar isso, havia uma espécie de gente entre nós que desempenhava a profissão ou tinha a pretensão de curar os enfermos. E possuindo alguma habilidade em tal ofício, em gratidão a sua senhoria eu revelaria todo o mistério e o método pelo qual essa gente procede.

O princípio fundamental é que todas as doenças decorrem de indigestão; daí eles concluem que é necessária uma grande evacuação do corpo, seja pela passagem natural ou por cima, pela boca. A providência seguinte é, com base em ervas, minerais, resinas, óleos, conchas, sais, sumos, algas marinhas, excrementos, cascas de árvores, serpentes, sapos, rãs, aranhas, aves, animais, peixes e carne e ossos de cadáveres, criar poções para serem inaladas e ingeridas, as mais abomináveis, nauseantes e repulsivas que possam inventar, para que o estômago imediatamente as rejeite com asco, e isso eles chamam de vômito; ou então, a partir do mesmo estoque, com alguns acréscimos venenosos, mandam-nos tomar pelo orifício de cima ou de baixo (conforme a disposição do médico) um remédio igualmente ofensivo e repugnante para as entranhas que, relaxando o abdome, descarregue para baixo tudo à sua frente; e isso eles chamam de purgação, ou enema. Isso porque a natureza (conforme alegam os médicos), tendo destinado o orifício frontal superior apenas para introdução de sólidos e líquidos, e o posterior inferior para excreção, esses artífices consideram engenhosamente que em todas as doenças a natureza é abalada; portanto, para restituí-la ao seu devido lugar, o corpo precisa ser tratado de maneira diretamente contrária, trocando o uso de cada orifício, forçando sólidos e líquidos pelo ânus e fazendo evacuações pela boca.

Contudo, além dos males reais estamos sujeitos a vários outros que são apenas imaginários, para os quais os médicos inventaram curas imaginárias; estas têm vários nomes, assim como as drogas que para elas são adequadas, e de tais males nossas yahoos fêmeas sempre padecem.

Uma grande expertise dessa tribo é demonstrada pela habilidade em fazer prognósticos, sobre os quais raramente falham; e suas previsões acerca de moléstias reais, quando atingem certo grau de malignidade, em geral indicam a morte, que está sempre ao seu alcance, enquanto a recuperação lhes escapa: portanto, diante de quaisquer sinais inesperados de melhora surgidos depois que pronunciam sua sentença, para não serem acusados de falsos profetas, eles sabem comprovar sua sagacidade ao mundo administrando uma dose oportuna.

São também bastante prestativos aos maridos e esposas que se cansam um do outro, aos filhos primogênitos, aos grandes ministros de Estado e muitas vezes aos príncipes.

Eu havia antes, vez por outra, conversado com meu mestre sobre a natureza do governo em geral, e em particular sobre nossa excelente Constituição, merecido objeto da admiração e inveja do mundo inteiro. Mas tendo eu, naquele momento, mencionado acidentalmente a figura do ministro de Estado, ele me ordenou, algum tempo depois, que esclarecesse a que espécie de yahoo eu me referia com tal nomenclatura.

Expliquei que um ministro-chefe, o indivíduo que eu pretendia descrever, é uma criatura totalmente isenta de alegria e tristeza, amor e ódio, compaixão e fúria; que ao menos não tem utilidade para outras paixões, exceto um desejo incontrolável de riqueza, poder e títulos; que aplica suas palavras a todos os usos, exceto para revelar o que se passa em sua mente; que jamais diz a verdade, exceto com a intenção de que seja vista como mentira; nem fala mentira, a não ser com o propósito de que seja vista como verdade; que aqueles de quem ele fala mal pelas costas estão no caminho mais seguro de favoritismo; e sempre que começa a elogiar alguém diante de terceiros, ou do próprio interessado, a pessoa fica desamparada a partir de então. O pior sinal que alguém pode receber é uma promessa, sobretudo quando confirmada mediante juramento; depois disso, todo homem sábio se retira e abandona qualquer esperança.

Há três métodos pelos quais um homem pode ser alçado a ministro-chefe. O primeiro é saber dispor, com prudência, da esposa, filha ou irmã; o segundo é trair ou boicotar seu antecessor; e o terceiro é demonstrar em assembleias públicas uma dedicação furiosa ao combate às corrupções da corte. Mas um príncipe sábio prefere empregar aqueles que praticam o último desses métodos, porque tais fanáticos sempre se mostram os mais obsequiosos e subservientes à vontade e às paixões de seu senhor. Falei que tais ministros, tendo todos os cargos à sua disposição, conservam-se no poder subornando a maioria dos membros de um senado ou grande conselho; no final, por meio um expediente denominado Lei de Imunidade[148] (cuja natureza descrevi), eles se protegem de prestações de contas e retiram-se da vida pública levando consigo os espólios da nação.

O palácio de um ministro-chefe é um seminário para educar outros no mesmo ofício; pajens, lacaios e porteiros, imitando seu mestre, tornam-se ministros de Estado em seus respectivos distritos e aprendem a se destacar nos três ingredientes principais: insolência, mentira e suborno. Condignamente, contam com uma corte subalterna formada por pessoas do mais elevado escalão, e às vezes, graças à destreza e à desfaçatez, chegam, por meio de várias gradações, a suceder a seu senhor.

Tal ministro é em geral governado por uma vadia decadente ou um lacaio predileto, que são os túneis através dos quais todas as benesses são concedidas, e que podem ser chamados, em última instância, de governantes do reino.

Um belo dia, meu mestre, ao ouvir-me falar da nobreza de meu país, achou por bem fazer-me um elogio que eu não podia fingir merecer: estava certo de que eu tinha nascido em alguma família nobre, porque em forma, cor e asseio eu excedia em muito todos os yahoos de sua nação, embora parecesse perder em força e agilidade, o que podia ser atribuído ao meu modo de vida diferente do daqueles brutos; e, além disso, eu não era apenas dotado da faculdade de falar mas também de alguns rudimentos de juízo, a tal ponto que, para todos os seus conhecidos, eu era um prodígio.

Ele me fez observar que entre os houyhnhnms o branco, o alazão e o cinzento não tinham formas tão exatas quanto o baio, o cinza malhado e o preto; tampouco haviam nascido com os mesmos talentos mentais ou a capacidade de aperfeiçoá-los; e, portanto, continuavam sempre na condição de servos, sem nunca aspirar a se igualar aos que não eram de sua raça, o que naquele país seria considerado monstruoso e antinatural.

Apresentei a sua senhoria meus mais humildes agradecimentos pela boa opinião que formara sobre mim, mas assegurei-lhe, ao mesmo tempo,

---

148. Estatuto legal aprovado para proteger pessoas que cometeram algum ato ilegal que, de outra forma, as sujeitaria a penalidades legais; por exemplo, a anistia concedida a pessoas que tinham lutado contra o rei durante a Guerra Civil na Inglaterra.

que meu berço era de uma espécie inferior, tendo eu nascido de pais simples e honestos, que foram apenas capazes de me oferecer uma educação razoável; disse que, entre nós, a nobreza era algo totalmente diferente da ideia que ele fazia; que nossos jovens nobres são criados desde a infância no ócio e no luxo; que, tão logo a idade o permita, consomem seu vigor físico e contraem doenças horríveis junto a mulheres devassas; e quando suas fortunas estão quase arruinadas casam-se com uma mulher de origem plebeia, aparência desagradável e constituição doentia (apenas por dinheiro), a quem odeiam e desprezam. Disse que a prole decorrente de tais casamentos é composta por crianças escrofulosas, raquíticas ou deformadas, por conta das quais a família raramente perdura por mais de três gerações, a menos que a esposa cuide de prover um pai saudável, entre os vizinhos ou criados, a fim de fortalecer e propagar a estirpe. Disse que um corpo fraco e doente, um semblante magro e uma tez pálida são as verdadeiras marcas de sangue nobre; e que uma aparência saudável e robusta é tão vergonhosa em um homem de qualidade que o mundo conclui que o verdadeiro pai foi um cavalariço ou um cocheiro. As imperfeições da mente correm paralelas às do corpo, sendo um somatório de melancolia, indolência, ignorância, capricho, depravação e soberba.

Sem o consentimento desse ilustre corpo, nenhuma lei pode ser promulgada, revogada ou alterada; e esses nobres têm também poder de decisão sobre todos os nossos bens, sem caber recurso.

7

O grande amor do autor por seu país natal. As observações do mestre sobre a Constituição e o governo da Inglaterra, conforme descritos pelo autor, com casos paralelos e comparações. As observações do mestre sobre a natureza humana

O leitor pode estar propenso a perguntar como eu pude me prestar a fazer uma descrição tão franca da minha própria espécie perante uma raça de mortais tão predisposta a conceber uma péssima opinião sobre a humanidade a partir da total semelhança observada entre mim e os yahoos que entre eles habitavam. Mas devo confessar espontaneamente que as muitas virtudes daqueles excelentes quadrúpedes, antepostas às imperfeiçoes humanas, abriram tanto meus olhos e tanto ampliaram meu entendimento que comecei a ver as ações e paixões do homem sob uma luz bastante diferente, e a pensar que não valia a pena defender a honra de minha própria espécie, e que, ademais, seria impossível fazer isso diante de uma pessoa[149] dotada de discernimento tão aguçado como meu mestre, que diariamente me convencia da existência de mil defeitos em mim mesmo dos quais eu não tinha a menor percepção antes, e que, entre nós, jamais seriam contados nem mesmo como fraquezas humanas. E mais; pelo exemplo do meu mestre também aprendi a sentir total repúdio por toda falsidade ou dissimulação, e a verdade me pareceu tão adorável que decidi tudo sacrificar por ela.

Gostaria de ser sincero com o leitor e confessar que havia um motivo muito mais forte para a franqueza do meu relato. Antes mesmo de completar um ano de estada naquele país, eu já havia cultivado tamanho

149. Swift refere-se aqui, pela primeira vez, aos houyhnhnms como “pessoas”.

afeto e veneração pelos habitantes que tomei a firme resolução de nunca mais voltar à humanidade e passar o resto de vida entre aqueles admiráveis houyhnhnms, na contemplação e prática de todas as virtudes, onde eu não teria exemplo de vícios ou incitação a eles. Mas foi decretado pelo destino, meu inimigo perpétuo, que tamanha felicidade não haveria de me caber. No entanto, agora é um certo alento pensar que, ao falar dos meus compatriotas, atenuei seus defeitos tanto quanto pude diante de um examinador tão rigoroso, e sobre cada ponto ofereci a versão mais favorável que o assunto permitia. Isso porque, de fato, quem não se influencia por ideias preconcebidas e parcialidade quanto a sua terra natal?

Relatei o conteúdo de inúmeras conversas que tive com meu mestre durante a maior parte do tempo em que tive a honra de estar a seu serviço, mas, de fato, por questão de brevidade, omiti muito mais do que aqui está registrado.

Depois que respondi a todas as perguntas do mestre e sua curiosidade parecia plenamente satisfeita, ele mandou me chamar de manhã cedo e ordenou que me sentasse, embora a certa distância (honra que ele nunca antes me concedera). Disse que estivera refletindo seriamente sobre toda a minha história, no que se referia tanto a mim quanto ao meu país; que nos considerava uma espécie de animal a quem, por algum acidente que ele não conseguia imaginar, uma migalha de juízo fora destinada, para a qual não tínhamos outro uso a não ser, por sua ajuda, agravar nossos males naturais e adquirir novos, que a natureza não nos dera. Disse que nos desarmamos das poucas habilidades que ela nos havia concedido, tínhamos sido bem-sucedidos em multiplicar nossas deficiências originais e parecíamos passar a vida inteira envidando esforços inúteis para supri-las por meio de nossas próprias invenções; que, quanto a mim, era evidente que não dispunha da força nem da agilidade de um yahoo comum; que caminhava precariamente sobre minhas patas traseiras; que tinha descoberto um artifício para inutilizar minhas garras e torná-las imprestáveis como defesa, bem como para remover os pelos do meu queixo, que serviriam de proteção contra o sol e as intempéries. Por último, disse que eu não podia correr com velocidade nem subir em árvores, ao contrário dos meus irmãos (conforme ele os chamava), os yahoos do seu país.

Disse que nossas instituições governamentais e judiciárias resultavam claramente de nossas graves falhas de juízo e, por consequência, de virtude, pois o juízo, em si, basta para governar uma criatura racional; característica que, portanto, era algo que não tínhamos como contestar, mesmo a julgar pelo relato que fiz de meus conterrâneos, embora ele percebesse nitidamente que, a fim de favorecê-los, eu ocultara muitos detalhes e muitas vezes *dissera o que não era*.

Ele ficou ainda mais convicto de tal opinião pois observara que, assim como eu me assemelhava em todas as características corporais aos outros yahoos, exceto quanto à minha desvantagem em termos de força, velocidade e energia, da incipiência das minhas garras e alguns outros detalhes que nada tinham a ver com a natureza, ele constatava, com base no relato que lhe fiz de nossas vidas, nossos hábitos e atos, uma semelhança próxima quanto à disposição de nossas mentes. Disse que os yahoos eram conhecidos por se odiarem uns aos outros, mais do que qualquer outra espécie de animal, e o motivo geralmente atribuído era o horror de suas próprias formas, que todos podiam ver nos demais mas não em si mesmos. Ele havia, portanto, começado a pensar que não era insensato da nossa parte cobrir nossos corpos e, com essa invenção, ocultar muitas de nossas deformidades, que de outra maneira dificilmente seriam toleráveis. Mas agora descobriu que estava enganado, e que as desavenças entre aqueles brutos em seu país tinham as mesmas causas que as nossas, conforme eu as descrevi. Pois (segundo ele) se alguém atirasse para cinco yahoos comida suficiente para cinquenta, eles, em vez de comerem em paz, atracavam-se, cada um ávido por ter tudo para si; por isso, um servo costumava ser designado para ficar de prontidão enquanto eles comiam do lado de fora, e os que ficavam dentro de casa eram amarrados, distantes uns dos outros; e se uma vaca morresse de velhice ou acidente antes que um houyhnhnm pudesse pegá-la para seus próprios yahoos, os da vizinhança vinham em manadas para apoderar-se dela e, então, ocorria uma luta como as que eu havia descrito, com ferimentos terríveis produzidos por suas garras, embora raramente conseguissem se matar, por carecerem daqueles instrumentos mortais por nós inventados. Em outras ocasiões, batalhas eram travadas entre os yahoos de diferentes vizinhanças, sem nenhum motivo aparente, quando os de determinada área aproveitavam toda e qualquer oportunidade para atacar de surpresa os vizinhos. Mas se descobrem que seu projeto fracassou voltam para casa e, por falta de inimigos, envolvem-se no que eu havia chamado de guerra civil.

Ele disse que em alguns campos de seu país há certas pedras cintilantes, de várias cores, às quais os yahoos demonstram um apego violento; e quando uma parte dessas pedras está fixada na terra, como às vezes acontece, eles cavam com suas garras por dias inteiros com o propósito de removê-las; depois, levam-nas consigo, escondem pilhas delas em seus covis e ficam vigiando atentamente, com medo de que seus camaradas encontrem o tesouro. Meu mestre disse que jamais conseguiu descobrir a razão daquele apetite desnaturado, ou como tais pedras poderiam ser de alguma utilidade para um yahoo; agora, porém, acreditava que o motivo pudesse decorrer do mesmo princípio de avareza que eu havia atribuído à humanidade. Disse que, certa ocasião, a título de experiência, removeu às escondidas um monte dessas pedras do local onde um de seus yahoos as enterrara; então o animal sórdido, sentindo falta do tesouro, por meio de uma lamentação estridente atraiu toda a manada até o local, onde uivou desesperadamente e depois deu de morder e dilacerar os demais; por fim, começou a definhar, não comia nem dormia nem trabalhava, até que meu mestre ordenou a um servo, em sigilo, que transportasse as pedras até o mesmo buraco e as escondesse como antes, e quando as encontrou o yahoo logo recuperou o ânimo e o bom humor, mas teve o cuidado de removê-las para um esconderijo melhor, e a partir daquele momento tornou-se um bruto bastante prestativo.

Meu mestre me garantiu ainda, o que eu mesmo pude observar, que nos campos onde abundam as tais pedras brilhantes são travadas as batalhas mais ferozes e mais frequentes, ocasionadas pelas invasões constantes dos yahoos vizinhos.

Ele disse que era comum, quando dois yahoos descobriam uma pedra dessas no campo e ficavam discutindo qual deles seria o proprietário, um terceiro se aproveitar e decidir levar a pedra para longe dos outros dois, o que, segundo meu mestre argumentou, demonstrava certa semelhança com nossos processos judiciais; julguei que não convinha contradizê-lo, já que a decisão por ele mencionada era bem mais justa do que muitos veredictos entre nós. Isso porque, no caso, o autor e o réu não perderam nada além da pedra disputada, ao passo que nossos tribunais judiciosos nunca desistiriam da causa enquanto uma das partes possuísse algum patrimônio restante.

Meu mestre, continuando sua fala, disse que não havia nada que tornasse os yahoos mais execráveis do que o apetite indiscriminado para devorar o que aparecesse em seu caminho, fossem ervas, raízes, frutas, carne de animal deteriorada ou tudo isso misturado; e era típico de seu temperamento apreciar mais o que podiam obter por meio de roubo ou ardil a uma distância maior do que comida de melhor qualidade disponível para eles em casa. Se não faltassem presas, comiam até quase estourar; por conta disso, a natureza lhes propiciara uma certa raiz cuja ingestão lhes causava uma evacuação total.

Havia também outro tipo de raiz, muito suculenta, mas um tanto difícil de ser encontrada, que os yahoos procuravam com muita avidez e sugavam com grande prazer, e que produzia neles os mesmos efeitos que o vinho em nós. Às vezes, fazia com que se abraçassem e, às vezes, com que se atracassem; eles uivavam, riam, tagarelavam, cambaleavam e rolavam, e então adormeciam na lama.

De fato, observei que os yahoos eram os únicos animais naquele país sujeitos a quaisquer doenças, as quais, no entanto, eram em número muito menor do que as que afetam nossos cavalos, e contraídas não por qualquer mau trato com que se deparam, mas pela imundície e ganância daqueles brutos sórdidos. O idioma nativo contém apenas um termo genérico para tais enfermidades, inspirado pelo nome do animal, *hnea-yahoo*, ou *mal do yahoo*, e a cura prescrita é uma mistura de seu próprio excremento e urina enfiada goela abaixo no yahoo. Desde então, soube muitas vezes que tal mistura foi tomada com sucesso, e aqui a recomendo livremente aos meus compatriotas, para o bem público, como um remédio notável contra todos os males produzidos pela indigestão.

Quanto ao conhecimento, ao governo, às artes, às manufaturas e afins, meu mestre confessou que identificava pouca ou nenhuma semelhança entre os yahoos do seu país e os do nosso. Isso porque ele pretendia observar apenas a paridade que existia entre nossas naturezas. Ele tinha ouvido, de fato, alguns houyhnhnms curiosos comentarem que na maioria das manadas havia uma espécie de yahoo dominante (como entre nós costuma haver algum cervo dominante, ou líder, em um parque), que era sempre mais deformado no corpo e maldoso em temperamento do que qualquer um dos demais; que esse líder costumava ter um favorito tão parecido com ele quanto possível, cujo trabalho era lamber os pés e o traseiro do amo, e levar yahoos fêmeas até seu canil, pelo que era de vez em quando recompensado com um naco de carne de asno. Esse favorito é odiado por toda a manada e, portanto, para se proteger, mantém-se sempre próximo do amo. De modo geral, ele permanece no cargo até que um pior possa ser encontrado; e no exato momento em que é dispensado, seu sucessor, à frente de todos os yahoos da vizinhança, jovens e velhos, machos e fêmeas, surgem em bloco e descarregam seus excrementos sobre ele, da cabeça aos pés. Mas até que ponto isso pode ser aplicável às nossas cortes, favoritos e ministros de Estado, meu mestre disse que eu saberia determinar melhor.

Não ousei responder a essa maldosa insinuação, que rebaixava o entendimento humano tornando-o inferior à sagacidade de um cão comum, dotado de juízo suficiente para distinguir e seguir o chamado do cão mais hábil da matilha sem nunca se enganar.

Meu mestre disse que existiam algumas características notáveis nos yahoos as quais não tinha me ouvido mencionar, ou pelo menos muito superficialmente, nos relatos que fizera acerca da humanidade. Ele afirmou que tais animais, a exemplo de outros brutos, faziam uso comunitário das fêmeas, mas diferiam no seguinte: a yahoo fêmea aceitava o macho enquanto estava prenha, e os machos implicavam e brigavam com as fêmeas tão ferozmente quanto entre si. Ambas essas práticas constituíam um grau de brutalidade tão infame que nenhuma outra criatura viva jamais chegava a tal ponto.

Outro aspecto que o deixava curioso em relação aos yahoos era sua estranha propensão para a imundície, enquanto parecia haver uma afeição natural pelo asseio em todos os outros animais. Quanto às duas acusações anteriores, senti-me aliviado em deixá-las passar sem nenhuma contestação, porque não tinha uma palavra sequer a proferir em defesa da minha espécie, o que, se possível, certamente teria feito por minhas próprias inclinações. Mas eu poderia ter eximido facilmente a humanidade da imputação de singularidade quanto à última questão se houvesse algum suíno naquele país (infelizmente para mim, não havia), animal que, embora possa ser um quadrúpede mais dócil do que um yahoo, não pode, na minha humilde opinião, pretender, com justiça, ser mais asseado; e isso sua senhoria teria decerto admitido se visse o modo imundo como os suínos se alimentam e seu costume de chafurdar e dormir na lama.

Meu mestre também mencionou outra qualidade que seus servos descobriram em vários yahoos, e que para ele era totalmente inexplicável. Ele disse que, às vezes, algum capricho levava um yahoo a isolar-se em um canto, deitar-se, uivar, gemer e repelir todos os que dele se aproximassem, embora fosse jovem e robusto e não lhe faltassem comida nem água; e os servos não faziam a menor ideia do que o afligia. O único remédio que encontravam era fazê-lo trabalhar duro, após o que ele infalivelmente voltava a si. A isso permaneci em silêncio, em parcialidade à minha própria espécie; no entanto, nesse caso pude descobrir claramente as verdadeiras sementes da hipocondria, que só se apodera dos indolentes, dos libertinos e dos ricos, os quais, se fossem obrigados a submeter-se àquele regime de trabalho, creio que haveriam de alcançar a cura.

Sua senhoria observou ainda que, muitas vezes, uma yahoo fêmea ficava atrás de um barranco, ou de um arbusto, a fim de olhar os jovens machos que passavam, e depois aparecia e se escondia, fazendo diversos gestos e caretas extravagantes, e que em tais momentos verificava-se que ela exalava um cheiro bastante desagradável; e quando algum dos machos avançava, ela se afastava, lentamente, olhando muitas vezes para trás e, com uma falsa demonstração de medo, corria até algum lugar conveniente, para onde sabia que o macho a seguiria.

Em outras ocasiões, se aparecesse uma fêmea, três ou quatro de seu próprio sexo aproximavam-se, encaravam-na, confabulavam, arreganhavam os dentes, cheiravam-na de cima a baixo e depois iam embora, fazendo gestos que pareciam exprimir desprezo e descaso.

Talvez meu mestre pudesse refinar um pouco tais especulações, extraídas a partir das próprias observações ou do relato de terceiros; no entanto, não pude deixar de refletir, com certo espanto e muita tristeza, que os rudimentos da lascívia, da afetação, da indecência e do escândalo pertenciam por instinto às mulheres.

Eu esperava a cada momento que meu mestre acusasse os yahoos daqueles apetites anormais, tão comuns entre nós, em ambos os sexos. Mas a natureza, ao que parece, não foi uma professora tão competente, e esses prazeres mais sofisticados são produções da arte e da razão exclusivas da nossa parte do globo.

8

O autor relata diversos detalhes acerca dos yahoos.
As grandes virtudes dos houyhnhnms. A educação intelectual
e física dos jovens houyhnhnms. A assembleia geral

Considerando que eu deveria entender a natureza humana muito melhor do que julgava ser possível para meu mestre, foi fácil aplicar a mim mesmo e a meus compatriotas o caráter por ele atribuído aos yahoos, e acreditei que ainda poderia fazer mais descobertas a partir de minha própria observação. Portanto, muitas vezes pedi a sua senhoria que me deixasse ir até as manadas da vizinhança, ao que ele sempre consentiu com muita bondade, estando perfeitamente convencido de que o ódio que eu tinha àqueles brutos jamais permitiria que eu fosse por eles corrompido; e sua senhoria ordenou que um de seus criados, um alazão robusto, muito leal e dócil, fosse meu guarda, sem cuja proteção eu não ousaria empreender tais aventuras. Isso porque já disse ao leitor o quanto fui importunado por aqueles animais detestáveis desde que ali cheguei; e depois, em três ou quatro ocasiões, por pouco não caí em suas garras, quando por acaso perambulei mais longe sem levar comigo o espadim. Tenho motivos para crer que imaginassem que eu pertencesse à sua espécie, o que muitas vezes eu justificava arregaçando as mangas e expondo os braços e o peito nus à vista deles quando meu protetor estava comigo. Em tais ocasiões, eles se aproximavam o máximo que podiam e imitavam minhas ações, ao modo dos macacos, mas sempre com grandes manifestações de ódio, assim como um corvo domesticado, com tapa-olhos e protetor de esporas, é sempre perseguido por corvos selvagens quando por acaso se vê no meio deles.

Os yahoos são extremamente agitados desde a infância. No entanto, certa vez consegui pegar um filhote macho de três anos de idade e tentei, com todos os gestos de ternura, acalmá-lo, mas o diabrete começou a berrar, arranhar e morder com tamanha violência que fui forçado a soltá-lo; e o fiz em boa hora, pois um bando inteiro de adultos veio nos cercar por conta da barulheira. Constatando, porém, que o filhote estava seguro (pois ele saiu correndo) e que meu alazão estava por perto, não ousaram se aproximar de nós. Notei que a pele do jovem animal fedia muito, e a fedentina era semelhante à de uma doninha, ou raposa, embora bem mais desagradável. Esqueci-me de outro detalhe (e talvez o leitor me perdoasse caso tal detalhe fosse inteiramente omitido): enquanto eu segurava o verme odioso nas mãos, ele expeliu excrementos imundos, uma substância líquida e amarelada, por toda minha roupa; por sorte havia um riacho perto, onde me lavei o tanto quanto pude, embora só me atrevesse a aparecer diante de meu mestre depois de estar bem arejado.

Pelo que pude depreender, os yahoos parecem ser os animais menos aptos a qualquer aprendizado, sua capacidade jamais indo além de arrastar ou carregar fardos. Contudo, sou de opinião que esse defeito decorre sobretudo de uma disposição perversa e incontrolável, pois são ladinos, maldosos, traiçoeiros e vingativos. São fortes e resistentes, mas de espírito covarde e, por consequência, insolentes, execráveis e cruéis. Observa-se que os ruivos de ambos os sexos são mais libidinosos e perversos do que os demais, a quem superam também em força e energia.

Os yahoos incumbidos das tarefas cotidianas são mantidos pelos houyhnhnms em choupanas não muito distantes de casa; os outros, porém, são enviados para certos campos, onde desenterram raízes, comem vários tipos de ervas e procuram carniça, ou às vezes capturam doninhas e *luhimuhs* (uma espécie de rato-do-mato), os quais devoram com avidez. A natureza habilitou-os a cavar buracos profundos com as unhas, na encosta de um barranco, onde costumam se deitar sozinhos; os covis das fêmeas são maiores, e podem acomodar dois ou três filhotes.

Nadam desde a infância, feito sapos, e são capazes de ficar por muito tempo debaixo d'água, onde muitas vezes pegam peixes, que as fêmeas levam para casa e oferecem aos filhotes. Aqui, espero que o leitor me perdoe por relatar uma aventura estranha.

Estando eu um dia ao ar livre, acompanhado do meu protetor, o alazão, e o clima extremamente quente, insisti que me deixasse banhar em um rio próximo. Ele consentiu e logo me despi completamente e desci devagar até o rio. Aconteceu que uma jovem yahoo, de pé atrás de um barranco, viu todo o processo e, inflamada pelo desejo, segundo o alazão e eu conjecturamos, veio correndo a toda velocidade e pulou na água, a cinco metros do local onde eu me banhava. Nunca fiquei tão apavorado na vida. O alazão estava pastando a alguma distância, sem suspeitar de nenhum perigo. Ela me abraçou de um jeito por demais arrebatador. Urrei o mais alto que pude e o alazão veio galopando em minha direção, ao que ela desfez o abraço, com extrema relutância, e saltou para a margem oposta, onde ficou olhando e uivando enquanto eu me vestia.

O incidente serviu de diversão para meu mestre e sua família tanto quanto foi motivo de vergonha para mim. Isso porque eu não podia mais negar que era um autêntico yahoo em todos os membros e feições, já que as fêmeas demonstravam por mim uma atração natural, como um ser de sua própria espécie. E os pelos daquela bruta nem eram ruivos (o que poderia ser desculpa para um apetite um tanto imoderado), mas pretos feito azeviche, e seu semblante não parecia tão hediondo quanto o do restante da espécie, mesmo porque, acho eu, ela não teria mais do que onze anos.

Tendo eu vivido três anos naquele país, o leitor, suponho, há de esperar de mim, assim como de outros viajantes, algum relato dos hábitos e costumes dos habitantes locais, o que de fato foi meu principal objeto de estudo.

Uma vez que aqueles nobres houyhnhnms são dotados pela natureza de uma disposição geral para todas as virtudes e não têm concepções ou ideias do que seja o mal em uma criatura dotada de juízo, sua grande máxima é cultivar a razão e ser por ela inteiramente governado. Tampouco é a razão, para eles, um ponto problemático como para nós, que podemos argumentar com plausibilidade em ambos os lados de uma mesma questão, mas algo que nos propicia uma convicção imediata, conforme deve ocorrer, quando o racional não é mesclado, obscurecido ou empanado pela paixão e pelo interesse. Lembro-me que foi com extrema dificuldade que consegui fazer meu mestre compreender o significado da palavra *opinião*, ou como um ponto poderia ser discutível, porque a razão nos ensina a só afirmar ou negar algo quando temos certeza, e quanto ao que está além do nosso conhecimento não podemos fazer nem uma coisa nem outra. De forma que controvérsias, disputas, desavenças e dogmatismo a respeito de proposições falsas ou duvidosas são males desconhecidos entre os houyhnhnms. Do mesmo modo, quando eu explicava nossos vários sistemas de filosofia natural, ele ria do fato de uma criatura que se diz dotada de raciocínio dar valor a si própria com base em conjecturas de outras pessoas, e em questões nas quais tal conhecimento, mesmo que estivesse correto, era inútil. Portanto, concordou inteiramente com os sentimentos de Sócrates, segundo Platão os apresenta, o que menciono como o maior louvor que posso conceder àquele príncipe dos filósofos. Desde então, muitas vezes refleti sobre a destruição que tal doutrina causaria nas bibliotecas da Europa, e sobre quantos caminhos para a fama seriam então fechados no mundo erudito.

Amizade e bondade são as duas virtudes principais entre os houyhnhnms e não se limitam a determinados sujeitos, sendo universais a toda a raça. Isso porque um estranho egresso da região mais remota é tratado como o vizinho mais próximo e, aonde quer que vá, considera-se em casa. Eles preservam a decência e a civilidade nos mais altos graus, mas ignoram completamente a cerimônia. Não têm predileção por seus próprios potros e potrancas, mas o zelo com o qual os educam procede inteiramente dos ditames da razão. Observei meu mestre demonstrar a mesma afeição pelo filho do vizinho e pelo seu. Eles entendem que a natureza os ensina a amar toda a espécie, e que é apenas a razão que faz distinção entre as pessoas, havendo um grau superior de virtude.

Depois que produzem um filho de cada sexo, as matronas houyhnhnms não coabitam mais com seus consortes, a menos que percam algum integrante da prole por alguma casualidade, o que raramente acontece; nesse caso voltam a coabitar; ou quando algum acidente semelhante acontece com um indivíduo cuja esposa passou da idade de procriar, algum outro casal lhes oferece um de seus próprios potros e depois voltam a cruzar, até que a mãe emprenhe. Essa cautela é necessária para evitar que o país fique sobrecarregado de habitantes. Contudo, a raça dos houyhnhnms inferiores, criados para serem servos, não está tão limitada nesse ponto. A estes é permitido produzir três filhos de cada sexo, para servirem como domésticos junto a famílias nobres.

Nos casamentos, são extremamente zelosos na escolha de cores que não resultem em nenhuma mistura desagradável na raça. O vigor é valorizado sobretudo no macho e a beleza na fêmea, não por questão de amor, mas a fim de evitar que a raça se degenere, pois quando uma fêmea se destaca em vigor o consorte é escolhido por beleza. Namoro, amor, presentes, pensões e acordos não têm lugar em seus pensamentos ou termos para expressá-los em sua linguagem. Um jovem casal se encontra e se une simplesmente por determinação de seus pais e amigos; é o que veem sendo feito todos os dias, e consideram uma das ações necessárias a um ser razoável. Nunca se ouviu falar da violação do casamento ou de qualquer outra falta de castidade, e o casal passa a vida com a mesma amizade e bondade mútua demonstrada para com todos os demais da mesma espécie que surgem em seu caminho, sem ciúme, paixão, briga ou descontentamento.

Na educação dos jovens de ambos os sexos, seu método é admirável e merece ser por nós imitado. A estes não é permitido provar um grão de aveia sequer, exceto em certos dias, até a idade de dezoito anos; nem leite, exceto muito raramente; e no verão pastam duas horas pela manhã e outras tantas ao cair da tarde, método observado também pelos pais. Os criados, porém, só têm permissão para pastar durante a metade desse tempo, sendo trazida para casa grande parte da relva, a qual eles comem nos horários mais convenientes, quando são dispensados do trabalho.

A temperança, a diligência, o exercício físico e o asseio são as lições igualmente ensinadas aos jovens de ambos os sexos, e meu mestre achou monstruoso da nossa parte oferecer às fêmeas um tipo de educação diferente da dos machos, exceto em alguns assuntos de ordem doméstica, pelo que, conforme ele observou, metade de nossos nativos não servia para nada além de trazer crianças ao mundo; e confiar o cuidado de nossos filhos a animais tão inúteis, disse ele, era um exemplo ainda maior de bestialidade.

Os houyhnhnms treinam seus jovens para adquirirem vigor, velocidade e resistência, exercitando-os em corridas, morro acima e morro abaixo, bem como sobre terrenos pedregosos; e quando estão todos suando, são ordenados a pular de cabeça em algum lago ou rio. Quatro vezes por ano os jovens de determinadas regiões reúnem-se para exibir seu desempenho em corridas e saltos e outras proezas de força e agilidade, e o vencedor ou vencedora é recompensado com uma canção em seu louvor. Em tais festividades, os servos conduzem um rebanho de yahoos até o campo, carregados de feno, aveia e leite, para uma refeição a ser oferecida aos houyhnhnms; depois disso, os brutos são imediatamente mandados de volta, pois há receio de que tumultuem o encontro.

A cada quatro anos, no equinócio da primavera,[150] um conselho representativo de toda a nação reúne-se em uma planície a cerca de trinta quilômetros de nossa casa por cerca de cinco ou seis dias. Na ocasião, eles investigam o estado e as condições das diversas regiões, se há fartura ou carência de feno ou aveia, ou vacas, ou yahoos. E onde quer que haja alguma necessidade (o que raramente ocorre), ela é imediatamente suprida por consentimento e contribuição unânimes. Ali também se estabelece a regulação dos filhos: por exemplo, se um houyhnhnm tem dois potros, ele troca um deles com outro que tenha duas potrancas; e quando uma criança é perdida por qualquer fatalidade, estando a mãe acima da idade de reprodução, é determinado qual família na área deve gerar outra para suprir a perda.

150. O equinócio é um fenômeno astronômico que marca o início da primavera e do outono. O dia 20 de março costuma marcar o equinócio da primavera no hemisfério Norte e o equinócio do outono no hemisfério Sul.

9

Um grande debate na assembleia geral dos houyhnhnms e como se chegou à decisão. O saber dos houyhnhnms. Suas edificações. Seus sepultamentos. A deficiência em seu idioma

Uma dessas grandes assembleias foi realizada no tempo em que lá estive, cerca de três meses antes da minha partida, à qual meu mestre compareceu como representante da nossa região. Nesse conselho foi retomado um antigo debate e, de fato, o único debate que acontecia no país, sobre o qual meu mestre, após regressar, apresentou-me um relato detalhado.

A questão debatida era se os yahoos deveriam ser exterminados da face da Terra. Um dos membros a favor da proposta ofereceu vários argumentos de grande força e peso, alegando que assim como os yahoos eram os animais mais asquerosos, barulhentos e deformados que a natureza já produzira, eram também os mais inquietos e indóceis, perversos e maldosos; às escondidas, sugavam as tetas das vacas dos houyhnhnms, matavam e devoravam os gatos, pisoteavam a aveia e a relva se não fossem continuamente vigiados, e cometiam outras mil aberrações. Ele destacou uma tradição segundo a qual os yahoos não eram nativos daquele país; constava que muitas eras passadas dois daqueles brutos apareceram juntos em uma montanha — se foram gerados pelo calor do sol na lama e no lodo podres, ou pelo limo e pela espuma do mar, nunca ficou estabelecido —, mas é fato que esses yahoos procriaram, e sua prole em pouco tempo tornou-se tão numerosa que ocupou e infestou toda a nação; então os houyhnhnms, para se livrarem daquela desgraça, empreenderam uma caçada geral e, por fim, cercaram todo o rebanho, matando os adultos, e cada houyhnhnm prendeu dois filhotes em um canil e domesticou-os até onde era possível fazê-lo com um animal tão selvagem por natureza, passando a utilizá-los para tração e transporte. Ele declarou que parecia haver muita verdade nessa história, e que tais criaturas não podiam ser *ylnhniamshy* (ou nativos da terra) por causa do ódio extremo que os houyhnhnms, assim como todos os outros animais, sentiam por eles, um ódio que, embora seu mau caráter bem o merecesse, jamais poderia ter alcançado um grau tão elevado se eles fossem nativos, pois nesse caso teriam sido expulsos muito tempo atrás. Disse que os habitantes, desejosos de usar o serviço dos yahoos, tinham, muito imprudentemente, deixado de criar a espécie dos jumentos, que são animais bonitos, fáceis de manter, mais mansos e obedientes, sem cheiro desagradável, fortes o suficiente para o trabalho, embora percam para os yahoos em agilidade corporal; e mesmo que seu zurro não seja um som agradável, é preferível aos uivos medonhos dos yahoos.

Vários outros expressaram seus sentimentos com o mesmo propósito, quando então meu mestre propôs um expediente à assembleia, para o qual, de fato, aceitou uma sugestão minha. Ele corroborou a história mencionada pelo "ilustre membro" que acabara de falar e afirmou que os dois yahoos citados como os primeiros foram levados até lá pelo mar; que chegando em terra e tendo sido abandonados pelos companheiros, retiraram-se para as montanhas, onde, gradualmente se degenerando, tornaram-se com o tempo muito mais selvagens do que os de sua própria espécie no país de onde tinham vindo. O motivo de tal afirmação era que ele tinha agora consigo um certo yahoo notável (referindo-se a mim), do qual a maioria deles tinha ouvido falar, e que muitos tinham visto. Em seguida, relatou como me encontrou pela primeira vez; que meu corpo estava todo coberto por uma camada artificial de peles e pelos de outros animais; que eu falava em uma língua própria e havia aprendido perfeitamente a deles; que lhe contara os acidentes que me levaram até ali; que quando me viu sem minha cobertura, eu era um yahoo sem tirar nem pôr, em todas as partes, só que de uma cor mais clara, menos peludo e com garras mais curtas. Acrescentou que eu conseguira convencê-lo de que em meu próprio país, e em outros, os yahoos atuavam como o animal governante e racional, mantendo os houyhnhnms em servidão;

que constatava em mim a presença de todas as características de um yahoo, sendo eu apenas um pouco mais civilizado devido a um vestígio de juízo, que, no entanto, era em grau tão inferior diante da raça dos houyhnhnms quanto o dos yahoos de seu país eram diante de mim; que, entre outras coisas, eu havia mencionado o costume que tínhamos de castrar os houyhnhnms quando eram jovens, a fim de domá-los; que a operação era fácil e segura; que não era vergonha obter sabedoria junto aos brutos, assim como o trabalho disciplinado é ensinado pela formiga e a construção pela andorinha (pois assim traduzo a palavra *lyhannh*, embora designe uma ave bem maior); que tal método poderia ser praticado nos yahoos mais jovens do país, o que, além de torná-los dóceis e mais aptos para uso, em uma geração haveria de pôr fim a toda a espécie, sem causar mortes. Disse que, nesse ínterim, os houyhnhnms deveriam ser exortados a criar a espécie dos jumentos, os quais, sendo sob todos os aspectos animais mais valiosos, ainda têm a vantagem de estar aptos para o serviço aos cinco anos de idade, ao passo que os outros somente aos doze.

Isso foi tudo o que meu mestre achou por bem me contar naquele momento acerca do que se passou no grande conselho. Mas ele optou por ocultar um detalhe, o qual se relacionava à minha pessoa e do qual logo senti o efeito infeliz, conforme o leitor saberá no devido momento, e a partir do qual dato todos os infortúnios subsequentes na minha vida.

Os houyhnhnms não dominam a escrita e, consequentemente, seu conhecimento é todo oral. Mas ocorrendo poucos acontecimentos de grande peso com um povo tão unido, naturalmente inclinado a todas as virtudes, totalmente governado pela razão e isolado de todo e qualquer comércio com outras nações, a parte histórica é facilmente preservada sem sobrecarregar suas memórias. Já observei que eles não estão sujeitos a doenças e, portanto, não têm necessidade de médicos. No entanto, contam com excelentes remédios compostos de ervas, que utilizam para curar hematomas e cortes acidentais causados por pedras pontiagudas na quartela ou na pata, além de outras mutilações e ferimentos em diversas partes do corpo.

Eles calculam o ano pelo giro do Sol e da Lua, mas não usam subdivisões em semanas. Estão familiarizados com os movimentos desses dois astros e compreendem a natureza dos eclipses, mas esse é o conhecimento máximo de sua astronomia.

Na poesia, há que se admitir que superam todos os outros mortais, visto que a exatidão de seus símiles e a minúcia, bem como a precisão, de suas descrições são deveras inimitáveis. Seus versos esbanjam ambas essas características e contêm noções inflamadas de amizade e bondade, ou elogios àqueles que foram vencedores em corridas e outros exercícios físicos. Suas edificações, embora um tanto rudimentares, não são desconfortáveis, mas bem planejadas para defendê-los de todas as injúrias do frio e do calor. Eles têm uma espécie de árvore que aos quarenta anos se solta na raiz e tomba com a primeira tempestade; ela cresce bastante reta, e sendo por eles limada qual uma estaca com uma pedra afiada (pois os houyhnhnms não conhecem o uso do ferro) são fincadas verticalmente no solo, uma a cerca de vinte e cinco centímetros de distância da outra, ao que eles trançam palha de aveia, ou às vezes varetas, entre elas. O telhado é feito da mesma maneira, assim como as portas.

Os houyhnhnms usam a parte côncava entre a quartela e o casco das patas dianteiras como nós fazemos com as mãos, e isso com maior destreza do que eu pude a princípio perceber. Vi uma égua branca, membro da nossa família, enfiar linha em uma agulha (que emprestei a ela de propósito) dessa maneira. Ordenham vacas, colhem aveia e fazem todo o trabalho que requer mãos da mesma forma. Dispõem de uma espécie de sílex, que, sendo raspado contra outras pedras, é transformado em instrumentos que operam qual cunhas, machados e martelos. Com ferramentas feitas desse sílex, eles também cortam feno e colhem aveia, que crescem naturalmente em vários campos; os yahoos transportam os feixes em carroças e os criados pisam-nos dentro de choupanas cobertas, a fim de extrair os grãos, que são guardados em depósitos. Eles fabricam tipos toscos de vasilhames de barro e de madeira, queimando os primeiros ao sol.

Se puderem evitar acidentes, morrem apenas de velhice e são enterrados nos lugares mais obscuros que podem ser encontrados, e seus amigos e parentes não expressam nem alegria nem tristeza por sua partida; tampouco o moribundo demonstra o menor pesar por estar deixando o mundo, tal como não o faria se estivesse voltando para casa de uma visita a um de seus vizinhos. Lembro-me de meu mestre ter certa vez combinado com um amigo e sua família para virem à casa dele por conta de algum assunto importante. No dia marcado, a esposa e os dois filhos chegaram um tanto atrasados; ela apresentou duas desculpas, primeiramente em nome do marido, que, como ela disse, naquela mesma manhã havia *shnuwnh*. A palavra é muito expressiva no idioma local, mas não é facilmente traduzida para o inglês; significa "retirar-se para sua primeira mãe". A desculpa por não ter chegado mais cedo foi que, como o marido morrera no final da manhã, ela ficou um bom tempo consultando a criadagem sobre um local conveniente onde o corpo deveria ser depositado; notei que ela se comportou, enquanto estava em nossa casa, tão alegremente quanto os demais. Morreu cerca de três meses depois.

Eles vivem geralmente até os setenta, ou setenta e cinco anos, salvo poucas exceções até os oitenta. Algumas semanas antes da morte sentem uma decadência gradual, mas sem dor. Durante esse tempo são muito visitados pelos amigos porque não podem sair ao ar livre com a habitual facilidade e satisfação. No entanto, cerca de dez dias antes do passamento, cuja data raramente falham em computar, eles retribuem as visitas que lhes foram feitas por aqueles que estão mais próximos na vizinhança, sendo transportados em um trenó confortável puxado por yahoos, veículo por eles utilizado não apenas nessa ocasião mas quando envelhecem, em longas viagens ou quando se veem inválidos em consequência de algum acidente. Assim, ao retribuírem tais visitas, os houyhnhnms em estado terminal despedem-se solenemente dos amigos, como se estivessem partindo para alguma região remota do país onde pretendessem passar o restante da vida.

Não sei se vale a pena comentar que os houyhnhnms não têm nenhuma palavra em sua língua para expressar qualquer coisa que seja má, exceto as que derivam das deformidades ou qualidades nocivas dos yahoos. Assim, denotam a sandice de um servo, a travessura de uma criança, uma pedra que corta as patas, mau tempo prolongado ou clima inóspito fora de época e coisas semelhantes acrescentando a cada palavra o epíteto *yahoo*. Por exemplo, *hhnm yahoo, whnaholm yahoo, ynlhmndwihlma yahoo*; uma casa mal planejada é *ynholmhnmrohlnw yahoo*.

Eu poderia, com grande prazer, deter-me nos costumes e nas virtudes daquele povo singular, mas, pretendendo em breve publicar um volume inteiro expressamente sobre tal assunto, refiro o leitor a tal publicação. Nesse meio-tempo, passo a relatar minha própria e lamentável catástrofe.

10

A subsistência e a vida feliz do autor entre os houyhnhnms. O aperfeiçoamento de suas virtudes em decorrência de conversas mantidas com eles. As conversas. O autor é notificado por seu mestre de que precisa deixar o país. Desmaia de tristeza, mas consente. Idealiza e constrói uma canoa, com auxílio de outro criado, e parte em uma aventura marítima

Criei ali minha parca subsistência para meu pleno contentamento. Meu senhor mandara construir, ao modo deles, a cerca de seis metros da casa, um quarto para mim, cujas paredes e piso reboquei com barro e cobri com esteiras de junco que eu mesmo fabriquei. Bati o cânhamo, que ali cresce naturalmente, e fiz com ele uma espécie de acolchoado, que preenchi com as penas de vários pássaros por mim capturados em arapucas feitas de pelos de yahoos, aves que eram também excelente alimento. Entalhei duas cadeiras, com minha faca, o alazão ajudando-me na parte mais dura e trabalhosa. Quando minhas roupas viraram farrapos, confeccionei outras com peles de coelhos e de um belo animal, mais ou menos do mesmo tamanho, chamado *nnuhnoh*, cuja pele é coberta por fina penugem. Com estas fiz também meias bem razoáveis. Solei meus sapatos com madeira, que cortei de uma árvore e ajustei ao couro superior; e quando este se desgastou pude substituí-lo por peles de yahoos secas ao sol. Muitas vezes, retirei mel de árvores ocas, que misturava com água ou comia com pão. Nenhum outro homem poderia constatar tão bem a verdade dessas duas máximas: "a natureza é facilmente satisfeita" e "a necessidade é a mãe da invenção". Gozei de perfeita saúde do corpo e tranquilidade da mente; não senti a traição ou a inconstância de um amigo, nem as injúrias de um inimigo oculto ou declarado. Não precisei subornar, bajular ou atuar como cafetão a fim de obter o favor de um homem ilustre ou de seu servo. Não precisei me defender de fraudes ou extorsões; ali não havia nem médico para destruir meu corpo, nem advogado para acabar com minha fortuna; nenhum delator para vigiar minhas palavras e ações ou forjar acusações contra mim em troca de pagamento; ali não havia debochados, críticos, caluniadores, punguistas, assaltantes, arrombadores, advogados, proxenetas, bufões, jogadores, políticos, sabichões, blasfemos, falastrões, polemistas, estupradores, assassinos, ladrões, virtuosos; nenhum líder ou seguidor de partido e facção; nenhum instigador de vício, por cooptação ou exemplo; nada de calabouços, machados, forcas ou pelourinhos; nenhum lojista ou artesão trapaceiro; nada de orgulho, vaidade ou afetação; nenhum almofadinha, valentão ou bêbado; nenhuma prostituta errante ou doença venérea; nenhuma esposa destemperada, libertina e perdulária; nenhum pedante imbecil e soberbo; nenhum companheiro inconveniente, arrogante, briguento, barulhento, gritador, vazio, presunçoso e boca-suja; nenhum canalha guindado da lama pelo mérito de seus vícios, ou nobreza nela atirada por causa de suas virtudes; nada de senhores, tocadores de rabeca, juízes ou professores de dança.

Tive o privilégio de conhecer vários houyhnhnms, que vinham visitar ou jantar com meu mestre, ocasiões em que sua senhoria, generosamente, permitia que eu permanecesse na sala e ouvisse a conversa. Tanto ele quanto os convidados costumavam condescender em fazer-me perguntas, ouvindo minhas respostas. Eu também, às vezes, tive a honra de acompanhar meu mestre em suas visitas. Jamais tive a pretensão de falar, exceto em resposta a alguma pergunta; e então o fazia com um pesar interior, porque se tratava de uma perda de tempo em prol do meu aperfeiçoamento. Contudo, sentia-me infinitamente feliz com a posição de humilde ouvinte em tais conversas, nas quais nada se dizia que não fosse útil, tudo manifestado por meio das expressões mais concisas e significativas, sendo, como já disse, sempre observada a maior decência, sem o menor grau de cerimônia; nas quais ninguém falava se não fosse para agradar a si mesmo e a seus companheiros; nas quais não havia interrupção, tédio, tensão ou disparidade de sentimentos. Eles têm a noção de que, quando as pessoas se encontram, um breve silêncio melhora muito a conversa; descobri que isso era verdade, pois durante aqueles pequenos intervalos novas ideias surgiam em suas mentes, o que animava muito a prosa. Os assuntos são, em geral, amizade e bondade, ordem e parcimônia; podiam versar sobre as operações visíveis da natureza ou tradições antigas; sobre as fronteiras e os limites da virtude; sobre as regras infalíveis da razão ou sobre algumas decisões a serem tomadas na próxima grande assembleia, e muitas vezes sobre as diversas qualidades da poesia. Posso acrescentar, sem falsa modéstia, que minha presença costumava ensejar assunto suficiente, porque propiciava a meu mestre a oportunidade de relatar a seus amigos a minha história e a de meu país, diante do que todos se exprimiam de um modo não muito vantajoso para a humanidade, por isso não vou repetir o que diziam; permito-me apenas comentar que sua senhoria, para minha grande admiração, parecia compreender a natureza dos yahoos muito melhor do que eu. Apontou todos os nossos vícios e sandices e descobriu muitos outros, que eu nunca havia mencionado, apenas supondo quais qualidades um yahoo de seu país, dotado de sua pequena proporção de juízo, seria capaz de possuir, concluindo, com muita probabilidade, quão vil, além de desgraçada, tal criatura haveria de ser.

Confesso francamente que todo e qualquer conhecimento que possuo, e que contenha algum valor, foi adquirido nas lições que recebi de meu mestre e nas conversas que ouvi dele e seus amigos, nas quais eu tinha mais orgulho de ser ouvinte do que teria ao falar diante da mais ilustre e mais sábia assembleia da Europa. Eu admirava a força, a beleza e a velocidade dos habitantes; e tal constelação de virtudes, em pessoas tão amáveis, produziu em mim a mais elevada veneração. A princípio, na verdade, não senti aquela admiração natural que os yahoos e todos os outros animais têm por eles, mas ela cresceu em mim aos poucos, muito mais cedo do que eu imaginava, e surgiu mesclada com uma afeição respeitosa e gratidão por eles consentirem em me distinguir dos demais da minha espécie.

Quando pensava em minha família, meus amigos, meus compatriotas ou na raça humana em geral, eu os considerava como realmente eram, yahoos em aparência e temperamento, talvez um pouco mais civilizados e qualificados com o dom da fala, mas que não faziam outro uso da razão exceto para aperfeiçoar e multiplicar os vícios dos quais seus irmãos naquele país possuíam apenas a parte que a natureza lhes atribuía. Quando contemplava por acaso o reflexo da minha própria forma em um lago ou nascente, eu virava o rosto, com horror e ojeriza a mim mesmo, e tolerava melhor a visão de um yahoo comum do que da minha própria pessoa. De tanto conversar com os houyhnhnms e contemplá-los com admiração, comecei a imitar suas passadas e seus gestos, o que passou a ser um hábito, e meus amigos muitas vezes me dizem, sem rodeios, que eu "troto feito um cavalo", o que, no entanto, considero um grande elogio. Tampouco posso negar que, ao falar, tenho a tendência de adotar a voz e a maneira dos houyhnhnms e sou ridicularizado por causa disso, mas não sinto o menor constrangimento.

No meio de toda aquela felicidade, e quando já me considerava assentado para o resto da vida, meu mestre mandou-me chamar certa manhã, um pouco mais cedo do que a hora habitual. Observei por seu semblante que ele estava um tanto perplexo e sem saber como abordar o assunto. Depois de um breve silêncio, disse que não sabia como eu receberia o que estava prestes a me dizer, mas que na assembleia geral mais recente, quando o assunto dos yahoos entrou em discussão, os representantes disseram-se contrariados em vista de ele manter um yahoo (ou seja, eu mesmo) na família, mais como se fosse um houyhnhnm do que um animal abrutalhado. Disseram que era sabido que ele conversava frequentemente comigo, como se pudesse obter algum benefício ou prazer em minha companhia; que tal prática não era condizente com a razão ou a natureza, tampouco era algo antes ocorrido entre eles. A assembleia, portanto, exortou-o a me empregar tal qual o restante da minha espécie ou ordenar que eu nadasse de volta ao lugar de onde viera. O primeiro desses expedientes foi totalmente rejeitado por todos os houyhnhnms que tinham me visto na casa de meu senhor ou em suas próprias residências, pois alegavam que, possuindo eu rudimentos de razão, adicionados à perversidade natural daqueles animais, era de se temer que eu pudesse conduzir os yahoos até as áreas arborizadas e montanhosas do país e trazê-los em tropas, à noite para destruir o gado dos houyhnhnms, pois seria eu naturalmente voraz e avesso ao trabalho.

Meu mestre acrescentou que era diariamente pressionado pelos houyhnhnms da vizinhança para que a exortação feita pela assembleia fosse obedecida, o que não podia ser adiado por muito mais tempo. Ele receava que me fosse impossível nadar até outro país e, portanto, pediu-me que construísse algum tipo de veículo, semelhante aos que eu havia descrito, que pudesse me transportar pelo mar, em cujo trabalho eu poderia contar com seus próprios criados e com os dos vizinhos. Concluiu que, da sua parte, teria se contentado em me manter em seu serviço pelo resto da minha vida, porque descobrira que eu havia me curado de alguns maus hábitos e tendências, esforçando-me, tanto quanto minha natureza inferior era capaz, para imitar os houyhnhnms.

Devo aqui informar ao leitor que a expressão "decreto da assembleia geral" naquele país é expressa pela palavra *hnhloayn*, que significa "exortação", na melhor tradução que posso oferecer, pois eles não fazem ideia de como uma criatura racional pode ser obrigada, mas apenas aconselhada ou exortada, porque ninguém pode desobedecer à razão sem com isso renunciar à pretensão de ser uma criatura racional.

Fui tomado por imenso pesar e desespero devido à fala do meu mestre e, incapaz de suportar a aflição, desmaiei a seus pés; quando voltei a mim, ele me disse ter pensado que eu estava morto (pois aquela gente não está sujeita a tais tolices da natureza). Respondi, com uma voz fraca, que a morte teria sido uma felicidade muito grande e que, embora não pudesse censurar a exortação da assembleia, ou a insistência de seus amigos, em meu julgamento débil e falho, pensei que menos rigor teria sido algo racional. Disse que não poderia nadar uma légua sequer, e provavelmente a terra mais próxima da deles estaria distante mais de uma centena de léguas, que muitos dos materiais necessários para construir um pequeno barco que me levasse embora inexistiam naquele país; mesmo assim, no entanto, eu tentaria fazê-lo, em obediência e gratidão a sua senhoria, embora achasse que fosse impossível e, portanto, já me considerasse fadado à destruição. Disse que a perspectiva certa de uma morte não natural era o menor dos meus males, pois, supondo que, graças a alguma aventura estranha, escapasse com vida, como eu poderia pensar em passar o resto dos meus dias entre os yahoos e voltar aos meus antigos defeitos por falta de exemplos para me guiar e manter nos caminhos da virtude? Disse que conhecia muito bem os motivos sólidos nos quais se fundamentavam todas as determinações dos sábios houyhnhnms, e que estas não seriam abaladas por meus argumentos, eu um mísero yahoo. Portanto, depois de apresentar-lhe meus humildes agradecimentos pela oferta da ajuda de seus servos na construção de um barco, e solicitando um prazo razoável para um trabalho tão difícil, disse-lhe que me esforçaria para preservar meu ser miserável, e se alguma vez regressasse à Inglaterra alimentava a esperança de ser útil à minha própria espécie, celebrando os louvores dos renomados houyhnhnms e propondo suas virtudes à imitação da humanidade.

Meu mestre, em poucas palavras, ofereceu-me uma resposta extremamente bondosa, concedeu-me o prazo de dois meses para construir o barco e ordenou ao cavalo alazão, meu colega-criado (pois a esta distância posso ousar assim chamá-lo), que seguisse minhas instruções; eu dissera ao meu mestre que a ajuda do colega seria suficiente, e sabia que ele tinha afeto por mim.

Em sua companhia, minha primeira providência foi ir até o trecho do litoral onde a tripulação rebelde ordenara que eu fosse abandonado em terra. Subi um morro e, olhando mar afora em todas as direções, achei que tinha avistado uma ilhota a nordeste. Peguei minha luneta e consegui distingui-la nitidamente, a mais de cinco léguas de distância, segundo meus cálculos; para o cavalo, porém, a visão parecia ser apenas uma nuvem azul, pois como não tinha concepção alguma de um país que não fosse o seu ele não era tão apto a distinguir objetos distantes no mar quanto nós, habituados que somos com tal elemento.

Depois de descobrir tal ilha, não pensei mais; resolvi que deveria, se possível, ser o primeiro local do meu exílio, deixando as consequências para o destino.

Voltei para casa e, consultando o alazão, entramos em um bosque onde eu com minha faca e ele com um sílex afiado e preso com engenhosidade, ao modo deles, a um cabo de madeira, cortamos diversas varetas de carvalho, da espessura de um cajado, e algumas ripas maiores. Mas não incomodarei o leitor com uma descrição pormenorizada de meus procedimentos mecânicos; basta dizer que, em seis semanas, com a ajuda do alazão, que executou as partes que exigiam trabalho mais pesado, terminei uma espécie de canoa semelhante à dos indígenas, embora bem maior, e cobri-a com peles de yahoos, bem costuradas com fios de cânhamo confeccionados por mim. Minha vela também era composta das peles do mesmo animal, mas utilizei as mais novas que consegui, sendo as mais velhas demasiado duras e grossas; também providenciei quatro remos. Preparei um estoque de carne cozida, de coelhos e aves, e levei comigo dois vasilhames, um cheio de leite e outro de água.

Testei a canoa em um grande lago, perto da casa do meu senhor e, então, corrigi o que havia de errado, vedando todas as fendas com sebo de yahoo até constatar que era à prova d'água e capaz de transportar a mim e minha carga. Depois que a canoa ficou tão bem-acabada quanto possível, mandei que fosse levada até a beira-mar em uma carroça puxada com todo cuidado por yahoos conduzidos pelo cavalo alazão e outro servo.

Quando tudo estava pronto e chegou o dia da minha partida, despedi-me de meu mestre e sua senhora, e de toda a família, com os olhos transbordando de lágrimas e o coração oprimido de tristeza. Mas sua senhoria, por curiosidade, e talvez (se posso falar sem modéstia) em parte por bondade, resolveu ver-me na minha canoa, e fez com que vários amigos da vizinhança o acompanhassem. Fui obrigado a esperar mais de uma hora pela maré; e então, observando que o vento felizmente soprava em direção à ilha para a qual pretendia seguir meu curso, despedi-me pela segunda vez de meu mestre; porém, no momento em que estava prestes a me prostrar para beijar-lhe o casco, ele me concedeu a honra de erguê-lo gentilmente até minha boca. Não ignoro o quanto tenho sido censurado por mencionar este último detalhe. Os detratores aprazem-se em pensar que é improvável que uma pessoa tão ilustre desça a ponto de oferecer um sinal de tamanha distinção a uma criatura tão inferior quanto eu. Tampouco me esqueci como alguns viajantes são capazes de gabar-se de favores extraordinários que receberam. Se tais críticos conhecessem melhor o temperamento nobre e cortês dos houyhnhnms, logo mudariam de opinião.

Saudei os demais houyhnhnms que acompanhavam sua senhoria e, então, entrando na canoa, afastei-me da costa.

11

A perigosa viagem do autor. Chega a Nova Holanda
com esperança de ali se fixar. É ferido pela flecha de um nativo.
É preso e levado à força para um veleiro português.
A grande civilidade do capitão. O autor chega à Inglaterra

Comecei essa viagem desesperada em 15 de fevereiro de 1714-5,[151] às nove horas da manhã. O vento estava bastante favorável; no entanto, a princípio usei apenas os remos. Porém, considerando que logo ficaria cansado e que o vento poderia se tornar inconstante, aventurei-me a içar a pequena vela; e assim, com a ajuda da maré, avancei à velocidade de uma légua e meia por hora, segundo pude avaliar. Meu mestre e seus amigos continuaram na costa até eu quase desaparecer de vista, e muitas vezes ouvi o alazão (que sempre gostou de mim) gritando: *Hnuy illa nyha, majah yahoo*, "Cuide-se bem, gentil yahoo".

Meu objetivo era, se possível, descobrir alguma ilhota desabitada mas capaz de me propiciar, por meio do meu trabalho, o básico para a vida, o que eu teria considerado felicidade maior do que ser primeiro-ministro na corte mais refinada da Europa, de tão pavorosa que era, para mim, a ideia de voltar a viver em sociedade e sob o governo dos yahoos. Isso porque na solidão desejada eu poderia ao menos desfrutar dos meus próprios pensamentos e refletir com satisfação sobre as virtudes daqueles inigualáveis houyhnhnms, sem qualquer oportunidade de degenerar e ceder aos vícios e às corrupções da minha própria espécie.

151. O dia 15 de fevereiro era 1714 pelo calendário juliano, no qual o novo ano só começava no dia 25 de março, e 1715 pelo gregoriano, que só foi adotado oficialmente na Inglaterra em 1752.

O leitor talvez se recorde do meu relato de como minha tripulação conspirou contra mim e confinou-me em minha cabine; de como lá permaneci várias semanas sem saber que rumo tomávamos; e de como fui embarcado no escaler, e como os marinheiros me disseram, em meio a juramentos verdadeiros ou falsos, que não sabiam em que parte do mundo nos encontrávamos. No entanto, eu achava, então, que estávamos a cerca de 10 graus ao sul do cabo da Boa Esperança, ou a cerca de 45 graus de latitude sul, conforme deduzi de algumas palavras genéricas que ouvi entre eles, estando nós a sudeste de seu destino de viagem, Madagascar. E embora isso não passasse de simples conjectura, resolvi seguir um curso para o leste, esperando alcançar a costa sudoeste da Nova Holanda, e talvez alguma ilha, conforme eu desejava, situada a oeste de lá. O vento soprava forte do oeste e, às seis da tarde, calculei ter avançado em rumo leste pelo menos dezoito léguas quando avistei uma ilhota a aproximadamente meia légua de distância, à qual logo cheguei. Não era mais do que um rochedo com uma pequena enseada, naturalmente arqueada pela força das tempestades. Ali atraquei a canoa e, subindo uma parte do rochedo, enxerguei com nitidez terra a leste, estendendo-se de sul a norte. Passei a noite inteira na canoa; então, de manhã cedo, repetindo meu curso de viagem, em sete horas cheguei ao pontal sudeste da Nova Holanda. Isso confirmou uma opinião que tenho há muito tempo de que os mapas e as cartas situam aquele país pelo menos três graus mais a leste do que realmente está, noção que comuniquei muitos anos atrás ao meu ilustre amigo, o sr. Herman Moll,[152] apresentando-lhe meus motivos, embora ele tenha preferido seguir outros autores.

Não vi habitantes no local onde desembarquei e, estando desarmado, tive receio de me aventurar pelo interior da região. Encontrei alguns mariscos na praia e comi-os crus, sem me atrever a acender uma fogueira, com medo de ser descoberto por nativos. Continuei durante três dias alimentando-me de ostras e lapas,[153] o que me possibilitava poupar minhas

152. Geógrafo, cartógrafo, gravurista e editor holandês (1654-1732). Residiu na Inglaterra a partir de 1678 e abriu uma livraria e mapoteca em Londres.
153. Nome vulgar de vários moluscos de concha, utilizados na alimentação, que vivem presos às rochas do litoral.

provisões, e felizmente encontrei um riacho cuja água era excelente, onde pude aliviar a sede.

No quarto dia, aventurando-me logo cedo e indo um pouco mais longe, avistei vinte ou trinta nativos em cima de um morro, a menos de quinhentos metros de distância. Estavam nus em pelo, homens, mulheres e crianças, em volta de uma fogueira, o que pude deduzir pela fumaça. Um deles me viu e avisou aos demais; cinco avançaram em minha direção, deixando as mulheres e crianças junto à fogueira. Corri o mais depressa possível até a praia e, entrando na canoa, afastei-me da costa; os selvagens, vendo-me fugir, perseguiram-me e, antes que eu conseguisse avançar mar adentro, dispararam uma flecha que perfurou a parte interna do meu joelho esquerdo (hei de levar a cicatriz para o túmulo). Julguei que a flecha pudesse estar envenenada e, depois de remar além do alcance (sendo um dia calmo), suguei o ferimento e tratei-o da melhor maneira possível.

Sem saber o que fazer, não ousei voltar àquele local e mantive o rumo para o norte, sendo forçado a remar, pois o vento, embora bastante suave, estava contra mim, soprando para noroeste. Enquanto procurava um local seguro onde aportar, avistei uma vela a norte-nordeste, que a cada minuto se tornava mais visível, mas fiquei com alguma dúvida se deveria esperar por sua aproximação ou não. Por fim, prevaleceu minha aversão à raça dos yahoos e, manobrando a canoa, naveguei e remei para o sul, e entrei na mesma enseada de onde havia partido pela manhã, preferindo confiar minha pessoa àqueles bárbaros a viver entre os yahoos europeus. Aproximei a canoa o máximo que pude da praia e escondi-me atrás de uma pedra, perto do riacho, cuja água, como já disse, era excelente.

O navio chegou a meia légua da enseada e enviou seu escaler, com vasilhames para recolher água potável (pois o local, segundo parecia, era bem conhecido); mas só vi o escaler quando este estava quase em terra, e já era tarde demais para procurar outro esconderijo. Os marujos, ao desembarcarem, encontraram minha canoa e, após examiná-la, deduziram facilmente que o dono não poderia estar longe. Quatro deles, bem armados, vasculharam cada canto e buraco, até que por fim me encontraram deitado de bruços atrás da pedra. Olharam para mim durante algum tempo, com espanto, para meus trajes esquisitos e toscos, meu casaco feito de peles, meus sapatos de sola de madeira e minhas meias de pele; com base nisso, porém, concluíram que eu não era um nativo, pois estes andavam nus. Um dos marinheiros, falando em português, mandou-me levantar e perguntou quem eu era. Eu entendia muito bem a língua e, pondo-me de pé, disse que era um mísero yahoo banido pelos houyhnhnms e pedi-lhes que me deixassem partir. Eles ficaram admirados ao ouvir-me responder em seu próprio idioma, e viram pela minha tez que eu certamente era europeu, mas não sabiam o que eu queria dizer com yahoos e houyhnhnms e, ao mesmo tempo, caíram na gargalhada por causa do meu jeito estranho de falar, que lembrava o relinchar de um cavalo. Eu tremia o tempo todo, sentindo um misto de medo e raiva. Mais uma vez, pedi licença para partir e dirigi-me lentamente para a canoa, mas eles me agarraram, querendo saber de que país eu era, de onde tinha vindo, e fazendo muitas outras perguntas. Eu disse que era nascido na Inglaterra, de onde tinha chegado cerca de cinco anos antes,[154] e que naquela ocasião o país deles e o nosso estavam em paz. Portanto, tinha esperança de que não me tratassem como inimigo, já que eu não queria lhes fazer mal; era apenas um pobre yahoo em busca de um lugar desolado onde passar o resto de sua vida infeliz.

Quando começaram a falar, pensei nunca ter ouvido ou visto nada mais antinatural, pois aquilo me pareceu tão monstruoso como se um cachorro ou uma vaca falassem na Inglaterra, ou um yahoo na Houyhnhnmlândia. Os honestos portugueses ficaram igualmente perplexos diante das minhas roupas estranhas e do meu jeito esquisito de pronunciar as palavras, as quais, no entanto, compreenderam muito bem. Dirigiram-se a mim com grande solidariedade e disseram ter certeza de que seu capitão me levaria gratuitamente até Lisboa, de onde eu poderia regressar a meu país; que dois dos marujos voltariam ao navio,

154. Inconsistência do original, ou uma possível brincadeira de Swift com a suposta precisão dos relatos de viagem. Na carta no início do livro, Gulliver diz que foram dois anos, e depois afirma que foram três.

informariam o capitão sobre o que tinham encontrado e receberiam suas ordens; enquanto isso, a menos que eu prestasse um juramento solene de não fugir, eles me prenderiam à força. Achei melhor concordar com a proposta. Estavam bastante curiosos para saber minha história, mas pouco lhes contei, e todos acharam que as agruras haviam abalado meu juízo. Em duas horas, o barco, que tinha partido carregado de vasilhames com água, voltou trazendo a ordem do capitão para me conduzirem a bordo. Caí de joelhos, implorando por minha liberdade, mas foi tudo vão, e os homens, depois de me amarrarem com cordas, colocaram-me no escaler, no qual fui conduzido até o navio e, uma vez lá, até a cabine do capitão.

O nome dele era Pedro de Mendez; era pessoa muito cortês e generosa. Insistiu que eu fizesse um relato sobre minha própria pessoa e quis saber o que eu desejava comer ou beber; disse que eu seria tão bem tratado quanto ele, e falou tamanha amabilidade que fiquei espantado ao deparar com tais cortesias em um yahoo. No entanto, permaneci calado e sisudo; estava prestes a desfalecer por causa do cheiro dele e de seus homens. Por fim, quis comer algo do que havia em minha própria canoa, mas ele mandou que me servissem frango e um vinho excelente; em seguida, ordenou que eu fosse posto na cama, em uma cabine muito limpa. Não me despi, deitando-me sobre as cobertas; meia hora depois saí furtivamente, supondo que a tripulação estivesse comendo, e, chegando à amurada do navio, pretendia pular no mar e nadar ou morrer em vez de continuar entre os yahoos. Mas um dos marinheiros impediu-me e, tendo notificado o capitão, acorrentaram-me em minha cabine.

Depois da refeição, d. Pedro veio ter comigo e quis saber o motivo daquele meu ato tão extremo; garantiu-me que pretendia apenas me prestar todo auxílio possível, e falou de maneira tão tocante que por fim condescendi em tratá-lo como um animal dotado de um pouco de juízo. Apresentei-lhe um breve relato da minha viagem, da conspiração contra mim engendrada por meus próprios homens, do local onde me abandonaram e dos meus três anos de residência lá. Tudo isso ele contemplou como se fosse um sonho ou uma visão, o que muito me ofendeu, pois havia me esquecido completamente da capacidade de mentir, tão característica dos yahoos, em todos os países onde governam e, consequentemente, da sua tendência a desconfiar da veracidade de outros indivíduos da própria espécie. Perguntei se era costume em seu país *dizer o que não era.* Assegurei-lhe que tinha quase esquecido o que ele queria dizer com "falsidade", e que se tivesse vivido mil anos na Houyhnhnmlândia jamais teria ouvido uma mentira dita pelo servo mais humilde; que pouco me importava se ele acreditasse em mim ou não, mas que, no entanto, em troca dos seus favores, mesmo levando em conta a corrupção de sua natureza, responderia a toda e qualquer objeção que me fizesse, e então, ele poderia facilmente descobrir a verdade.

O capitão, um homem sábio, depois de muitas tentativas de me pegar tropeçando em alguma parte da história, por fim começou a ter uma opinião melhor sobre minha honestidade. Mas acrescentou que, como eu professava um apego tão inviolável à verdade, precisava dar-lhe minha palavra e honra de que o acompanharia naquela viagem sem tentar nada contra minha vida; caso contrário, ele me manteria prisioneiro até chegarmos a Lisboa. Fiz a promessa por ele exigida, mas ao mesmo tempo protestei, afirmando que preferia passar as maiores dificuldades a voltar a viver entre os yahoos.

Nossa viagem transcorreu sem qualquer acidente digno de nota. Em gratidão ao comandante, às vezes eu concordava em sentar-me ao lado dele, aceitando seu convite sincero, e esforçava-me para esconder a repulsa pelos seres humanos, embora muitas vezes ela brotasse, o que ele tolerava sem comentar. A maior parte do dia, porém, ficava recolhido em minha cabine, assim evitando me deparar com qualquer membro da tripulação. O capitão muitas vezes insistiu que eu tirasse minhas roupas selvagens, e ofereceu-me emprestado seu melhor traje. Disso eu não me deixei convencer, pois detestava a ideia de me cobrir com qualquer coisa que viesse do corpo de um yahoo. Pedi-lhe apenas que me emprestasse duas camisas limpas, as quais, tendo sido lavadas depois de por ele usadas, achei que não me contaminariam tanto. Estas eu trocava a cada dois dias, e lavava eu mesmo.

Chegamos a Lisboa em 5 de novembro de 1715. Ao desembarcarmos, o capitão mandou que eu me cobrisse com sua capa para evitar que a ralé se aglomerasse em volta de mim. Fui conduzido à sua casa e, a meu pedido sincero, ele me levou para o quarto no andar mais alto, voltado para os fundos. Pedi-lhe que escondesse de todos o que eu lhe contara sobre os houyhnhnms, porque o menor indício de tal história não apenas atrairia um grande número de pessoas para me ver como provavelmente me colocaria em perigo de ser preso ou queimado pela Inquisição.[155] O capitão convenceu-me a aceitar um traje novo, mas não permiti que o alfaiate tomasse minhas medidas; no entanto, sendo d. Pedro quase do meu tamanho, o traje serviu-me bem. Ele me proveu de outros itens necessários, todos novos, os quais deixei arejar por vinte e quatro horas antes de usar.

O capitão não tinha esposa e contava com apenas três criados, nenhum dos quais tinha permissão para nos servir durante as refeições; todo o seu comportamento era tão afável, somado a uma compreensão tão *humana*, que realmente comecei a tolerar sua companhia. Ele insistiu tanto comigo que me arrisquei a olhar pela janela dos fundos. Aos poucos, fui levado para outro cômodo, de onde espiei a rua, mas recuei a cabeça assustado. Em uma semana ele me atraiu até a porta. Constatei que meu pavor diminuía gradualmente, mas meu ódio e desprezo pareciam aumentar. Por fim, criei coragem suficiente para caminhar pela rua em sua companhia, mas mantive o nariz bem tapado com folhas de arruda, ou às vezes com fumo.

Passados dez dias, d. Pedro, a quem eu fizera um relato sobre minha situação doméstica, sugeriu, por uma questão de honra e consciência, que eu deveria voltar a meu país natal e viver com minha mulher e meus filhos. Disse que havia um navio inglês no porto, pronto para zarpar, e que me forneceria tudo o que fosse necessário. Seria entediante repetir seus argumentos e minhas objeções. Ele disse que era de todo impossível

155. Conjunto de instituições existentes do século XII até meados do século XIX, dentro do sistema jurídico da Igreja católica romana, cujo objetivo era combater a heresia, blasfêmia, bruxaria e costumes considerados desviantes.

encontrar a tal ilha solitária onde eu queria viver, mas que em minha casa eu daria as ordens e levaria a vida reclusa que desejava.

Finalmente concordei, percebendo não haver alternativa melhor. Parti de Lisboa no dia 24 de novembro, a bordo de um navio mercante inglês, mas nunca perguntei quem era o comandante. D. Pedro acompanhou-me até o navio e emprestou-me vinte libras. Despediu-se de mim gentilmente e abraçou-me, gesto que suportei o melhor que pude. Durante essa derradeira viagem não tive nenhuma interação com o comandante ou com qualquer de seus homens, e, fingindo que estava enjoado, fiquei fechado na minha cabine. No dia 5 de dezembro de 1715, lançamos âncora em Downs por volta das nove horas da manhã, e às três da tarde cheguei em segurança à minha casa em Redriff.

Minha esposa e minha família receberam-me com grande surpresa e alegria, pois haviam chegado à conclusão de que eu estava morto, mas devo confessar, sinceramente, que a visão deles apenas me encheu de repúdio, asco e desprezo, ainda mais quando considerava a proximidade do meu parentesco com eles. Isso porque, embora desde meu infeliz banimento da Houyhnhnmlândia eu me obrigasse a tolerar a visão de yahoos e a conversar com d. Pedro de Mendez, minha memória e imaginação estavam perpetuamente tomadas pelas virtudes e ideias daqueles honrados houyhnhnms. E quando comecei a refletir que, ao copular com uma fêmea da espécie dos yahoos tornei-me pai de outros, senti imensa vergonha, perturbação e repulsa.

Tão logo entrei em casa, minha esposa abraçou-me e beijou-me, ao que, depois de tantos anos desacostumado com o toque daquele animal detestável, perdi os sentidos por quase uma hora. No momento em que escrevo, faz cinco anos desde que regressei à Inglaterra. Durante o primeiro ano, não pude suportar a presença de minha mulher ou meus filhos; o próprio cheiro deles era intolerável, e tampouco podia deixá-los comer no mesmo recinto que eu. Até agora não se atrevem a tocar no meu pão ou beber do mesmo copo, e não posso permitir que qualquer um deles pegue em minha mão. O primeiro dinheiro que gastei foi para comprar dois jovens garanhões, os quais mantenho em um bom estábulo; depois deles, o cavalariço é meu favorito, pois sinto o ânimo revigorado pelo cheiro que ele absorve no estábulo. Meus cavalos entendem-me razoavelmente bem; converso com eles pelo menos quatro horas por dia. Desconhecem arreio e sela; vivem em grande harmonia comigo e são amigos um do outro.

12

A veracidade do autor. Sua intenção de publicar esta obra. Suas críticas aos viajantes que se afastam da verdade. O autor exime seus escritos de quaisquer objetivos maldosos. Uma objeção é refutada. O método do estabelecimento de colônias. Seu país natal é elogiado. Os direitos da Coroa sobre os países descritos pelo autor são justificados. A dificuldade em conquistá-los. O autor despede-se do leitor, propõe seu modo de vida para o futuro, oferece bons conselhos e conclui

Assim, gentil leitor, apresentei-te o relato fiel de minhas viagens por dezesseis anos e mais de sete meses, no qual fui menos zeloso com ornamentos do que com a verdade. Eu poderia talvez, como outros, deixar-te atônito com histórias estranhas e improváveis, mas preferi relatar fatos concretos, do modo e no estilo mais simples, porque meu objetivo principal era informar, e não divertir.

É fácil para nós que viajamos a países longínquos, raramente visitados por ingleses ou outros europeus, criar descrições de animais fabulosos, tanto no mar quanto na terra. Mas o objetivo principal de um viajante deve ser tornar os homens mais sábios e melhores, e aperfeiçoar-lhes a mente, por meio do bom e do mau exemplo colhidos em lugares estrangeiros.

Eu gostaria, sinceramente, que uma lei fosse promulgada estabelecendo que todo viajante, antes de obter permissão para publicar relatos de suas viagens, fosse obrigado a jurar perante o lorde chanceler que tudo o que ele pretende imprimir é absolutamente verídico, até onde for do seu conhecimento; nesse caso, o mundo não seria mais enganado, como costuma ser, quando alguns escritores, para tornar suas obras mais atraentes ao público, impõem as mais grosseiras falsidades ao leitor incauto. Folheei diversos livros de viagens, com grande prazer, em meus dias de juventude; no entanto, tendo desde então percorrido a maior parte do globo e, com base em minhas próprias observações, tornado-me capaz de desmentir muitos relatos fantasiosos, adquiri grande desapreço por esse tipo de leitura, bem como certa indignação ao ver a credulidade dos seres humanos tão acintosamente desrespeitada. Portanto, como meus conhecidos acharam por bem pensar que meus pobres esforços talvez fossem aceitáveis em meu país, impus-me, como uma máxima jamais a ser ignorada, *seguir estritamente a verdade*; e, de fato, nunca poderei ceder à menor tentação de afastar-me da verdade enquanto guardar na mente as lições e o exemplo do meu nobre mestre e de outros ilustres houyhnhnms, dos quais tive durante tanto tempo a honra de ser um humilde ouvinte.

— *Nec si miserum Fortuna Sinonem*
Finxit, vanum etiam, mendacemque improba finget.[156]

Sei muito bem quão pouca reputação pode ser obtida por meio de escritos que não requerem genialidade nem conhecimento, ou mesmo qualquer outro talento, exceto boa memória ou bom diário. Sei também que os autores de relatos de viagens, tanto quanto os de dicionários, afundam no ostracismo, sob o peso e o volume dos que vêm depois e que, portanto, ficam por cima. E é altamente provável que os viajantes que a seguir visitarão os países descritos nesta minha obra, detectando meus erros (se houver algum) e acrescentando muitas novas descobertas próprias, tornem meu trabalho ultrapassado e ocupem meu lugar, fazendo o mundo esquecer que um dia fui escritor. Isso, de fato, seria um constrangimento muito grande, caso eu escrevesse visando à fama; porém, como minha única intenção foi o BEM COMUM, não ficaria totalmente decepcionado. Pois quem

156. "Nem se a cruel Fortuna fez Sinon infeliz, ela também o tornará falso e enganoso" (Virgílio, *Eneida*, Livro 2, 79-80). Palavras do próprio Sinon, encarregado pelos gregos de convencer os troianos de que o Cavalo de Troia era um presente deixado pelos inimigos que os sitiavam. A citação ressalta a ironia de Swift, pois embora Sinon afirme dizer a verdade sabemos que mente flagrantemente. Há que se pensar também nas implicações temáticas desse cavalo "traidor" invocado por Swift.

seria capaz de ler sobre as virtudes dos gloriosos houyhnhnms, por mim mencionadas, sem se envergonhar dos próprios vícios quando se considera o animal racional e governante de seu país? Nada direi daquelas nações remotas onde os yahoos lideram, entre as quais a menos corrompida é a dos brobdingnagianos, cujas sábias máximas em moralidade e governo seriam nossa felicidade seguir. Mas abro mão de estender-me, e deixo o leitor criterioso com suas próprias observações e aplicações.

Não é pequena minha satisfação ao saber que esta minha obra não há de deparar com nenhum censor: pois que objeções podem ser levantadas contra um escritor que relata tão somente fatos concretos ocorridos em países longínquos, nos quais não temos o menor interesse, seja com respeito a comércio ou negociações? Evitei cuidadosamente todas as falhas das quais os autores de relatos de viagens são muitas vezes acusados, e com razão. Além disso, não me intrometo em nenhum *partido político*, mas escrevo sem paixão, preconceito ou má vontade contra qualquer homem, ou grupo de homens, não importa quem sejam. Escrevo com a finalidade mais nobre, para informar e instruir a humanidade, sobre a qual posso, sem falta de modéstia, pretender alguma superioridade graças às vantagens que recebi por conversar tanto tempo com os houyhnhnms mais talentosos. Escrevo sem intenção de lucro ou elogio. Jamais permito que qualquer palavra possa funcionar como espelho, ou causar a menor ofensa possível, mesmo àqueles que para tal são mais propensos.[157] De maneira que espero poder, com justiça, declarar-me um autor perfeitamente irrepreensível, contra o qual as tribos de contestadores, avaliadores, observadores, analistas, investigadores e comentaristas nunca poderão encontrar matéria para exercitar seus talentos.

Confesso, foi-me sussurrado que é meu dever, na condição de súdito da Inglaterra, entregar um memorando a algum secretário de Estado

157. É interessante observar que Swift, em *The Battle of the Books*, valendo-se de ironia e espirituosidade, define sátira como "uma espécie de espelho no qual os que se contemplam geralmente descobrem os rostos de todos, menos o seu, o que constitui o principal motivo do acolhimento favorável que a sátira encontra no mundo, e explica por que poucos se ofendem com ela".

logo após meu regresso, porque quaisquer terras descobertas por um súdito pertencem à Coroa. Mas duvido que nossas conquistas nos países de que aqui trato fossem tão fáceis quanto as de Hernán Cortés[158] sobre os povos americanos nus. Os lilliputianos, penso eu, dificilmente valem os gastos com a mobilização de uma frota e um exército para subjugá-los; e questiono se seria prudente ou seguro atacar os brobdingnaguianos; ou se tropas inglesas ficariam muito à vontade com a Ilha Voadora sobre suas cabeças. Os houyhnhnms, é verdade, parecem não estar tão bem preparados para a guerra, ciência à qual são totalmente estranhos, e sobretudo contra armas que disparam projéteis. No entanto, supondo-me ministro de Estado, eu jamais daria meu conselho para invadi-los. Sua prudência, união, desconhecimento do medo e seu amor à pátria supririam amplamente todas as deficiências na arte militar. Basta imaginar vinte mil deles irrompendo no meio de um exército europeu, embaralhando fileiras, derrubando carroças, transformando rostos de guerreiros em múmias em consequência dos terríveis coices de seus cascos traseiros. Isso porque bem mereceriam o temperamento conferido a Augusto: *Recalcitrat undique tutus.*[159] Contudo, em vez de apresentar propostas para conquistar aquela nação magnânima, eu gostaria que eles tivessem capacidade ou disposição para enviar um número suficiente de seus habitantes para civilizar a Europa, ensinando-nos os princípios de honra, justiça, verdade, temperança, espírito público, fibra, castidade, amizade, bondade e fidelidade, virtudes que ainda aparecem mencionadas entre nós, na maioria das línguas, e são encontradas em autores modernos e antigos, o que sou capaz de afirmar com base em minha escassa leitura.

Mas eu tinha outro motivo que me tornou menos disposto a ampliar os domínios de sua majestade por meio das minhas descobertas. Para di-

---

158. Hernán Cortés (1485-1547) foi conquistador espanhol, conhecido por ter destruído o Império asteca de Moctezuma II e conquistado para a Espanha o centro do atual território do México.

159. "Dá coice para todos os lados" (Horácio, *Sátiras*, 2, 1, 20), trecho em que Horácio diz que César Augusto, se provocado, reagiria qual um cavalo, distribuindo coices.

zer a verdade, eu havia concebido algumas ressalvas em relação à justiça distributiva[160] dos príncipes naquelas ocasiões. Por exemplo, um bando de piratas é impelido por uma tempestade a algum local desconhecido; por fim, um grumete avista terra do alto do mastro; eles desembarcam para roubar e saquear; encontram um povo inofensivo e são recebidos com bondade; atribuem à região um novo nome; tomam posse formal da área em honra a seu rei; fincam no solo uma tábua podre, ou uma pedra, a título de monumento; matam duas ou três dezenas de nativos; trazem mais alguns, à força, como se fossem amostras; voltam para seu país e obtêm perdão. Ali tem início um novo domínio adquirido por *direito divino*. Navios são enviados na primeira oportunidade; os nativos expulsos ou exterminados; seus príncipes torturados para revelarem onde guardam ouro; licença é concedida para a prática de todos os atos de desumanidade e depravação, e a terra cheira ao sangue dos seus habitantes; e esse execrável bando de carniceiros, empregados em tão piedosa expedição, constitui uma colônia moderna, enviada para converter e civilizar um povo idólatra e bárbaro.

Mas tal descrição, admito, de modo algum diz respeito à nação britânica, que pode servir de exemplo para o mundo inteiro por sua sabedoria, cuidado e justiça ao fundar colônias; por seus dotes liberais em prol do avanço da religião e do saber; por sua escolha de pastores devotos e aptos a propagar o cristianismo; por sua cautela em povoar as províncias com indivíduos de vida e linguagem sóbrias, oriundos da pátria-mãe; por seu inabalável respeito à aplicação da justiça, ao indicar para a administração civil em todas as suas colônias funcionários da maior capacidade, totalmente imunes à corrupção; e, coroando tudo, por enviar os governadores mais vigilantes e virtuosos, que não têm outro objetivo senão a felicidade do povo sobre o qual presidem e a honra do rei seu senhor.

Considerando, porém, que os países por mim descritos não parecem ter qualquer desejo de ser conquistados e escravizados, exterminados ou ter seus territórios ocupados por colônias, tampouco abundam em ouro,

160. Formulada por Aristóteles, que a considerava como uma forma de estabelecimento proporcional de igualdade, ou seja, de acordo com o mérito do indivíduo.

prata, açúcar ou fumo, humildemente concebi que não eram, de forma alguma, objetos dignos da nossa preocupação, da nossa bravura ou do nosso empenho. No entanto, se os interessados acharem por bem ter outra opinião, estou pronto a depor, quando for legalmente convocado, e afirmar que nenhum europeu jamais visitou aqueles países antes de mim. Quero dizer, se os habitantes locais merecem crédito, a menos que alguma disputa possa surgir sobre os dois yahoos que dizem ter sido vistos muitos anos antes em cima de um morro na Houyhnhnmlândia, dos quais consta que a raça daqueles brutos tenha descendido; e esses tais, pelo que sei, podem ter sido ingleses, o que de fato eu suspeitava, com base nos traços faciais da prole, embora muito desfigurados. Mas até que ponto isso justifica um título de posse, deixo a questão para os especialistas em legislação colonial.

Contudo, quanto à formalidade de tomar posse em nome do meu soberano, isso nunca me veio à mente; e se tivesse, a julgar pela minha situação à época, talvez eu devesse, por prudência e autopreservação, tê-lo adiado para uma oportunidade melhor.

Tendo assim respondido à *única* objeção que pode ser levantada contra mim na condição de viajante, despeço-me pela última vez dos meus amáveis leitores e volto a desfrutar de minhas próprias especulações em meu pequeno jardim em Redriff, aplicando as excelentes lições de virtude que aprendi com os houyhnhnms, instruindo os yahoos de minha própria família, na medida em que os considerar animais dóceis; contemplando minha figura seguidas vezes no espelho e, assim, se possível, com o passar do tempo, habituando-me a tolerar a visão de uma criatura humana; lamentando a brutalidade dos houyhnhnms em meu próprio país, mas sempre tratando suas pessoas com respeito, em honra ao meu nobre mestre, sua família, seus amigos e toda a raça dos houyhnhnms, à qual os nossos têm a honra de se assemelhar em todos os traços, por mais que seus intelectos tenham degenerado.

Desde a semana passada, comecei a permitir que minha esposa se sentasse para cear comigo, na extremidade oposta de uma mesa comprida, e respondesse (mas com a máxima brevidade) às poucas perguntas que lhe faço. Mesmo assim, sendo o cheiro de um yahoo ainda muito ofensivo, mantenho sempre o nariz bem tapado com folhas de arruda, alfazema ou fumo. E embora seja difícil para um homem, tarde na vida, livrar-se de velhos hábitos, alimento alguma esperança de, em algum momento, aceitar a companhia de um vizinho yahoo sem as apreensões que ainda tenho em relação a seus dentes ou suas garras.

Minha reconciliação com a espécie dos yahoos em geral talvez não fosse tão difícil se eles se contentassem apenas com os vícios e as sandices que lhes atribuiu a natureza. Não me irrito nem um pouco diante da visão de um advogado, um punguista, um coronel, um idiota, um lorde, um jogador, um político, um proxeneta, um médico, uma testemunha, um aliciador, um procurador, um traidor, ou semelhante; tudo isso está de acordo com o devido curso das coisas. Mas quando me deparo com algo que não passa de um monte de deformidade e doença, seja no corpo ou na mente, dominado pela soberba, a visão extrapola imediatamente todas as medidas da minha paciência; e jamais serei capaz de compreender como tal animal e tal vício podem se encaixar. Os sábios e valorosos houyhnhnms, nos quais sobram as virtudes que podem adornar uma criatura racional, não têm palavra para esse vício em seu idioma, o qual não possui termos para exprimir qualquer coisa que seja nociva — exceto aquelas palavras que descrevem as qualidades execráveis dos yahoos, entre os quais não puderam sequer perceber o vício da soberba — por falta de um entendimento completo da natureza humana, conforme manifestada em outros países onde esse animal governa. Mas eu, que tinha mais experiência, pude observar claramente alguns rudimentos desse vício nos selvagens yahoos.

Os houyhnhnms, porém, que vivem sob o governo da razão, não demonstram mais soberba devido às boas qualidades que possuem do que eu demonstraria por não ter uma perna ou um braço, carência da qual nenhum homem sensato se orgulharia, mesmo porque muito padeceria sem tais membros. Detenho-me mais neste assunto por conta do desejo que tenho de tolerar a companhia de um yahoo inglês como algo que não seja de todo insuportável; e, portanto, peço àqueles que têm algum vestígio desse vício absurdo que não ousem cruzar meu caminho.

Cronologia: Vida e obra de Jonathan Swift

1667 | 30 nov.: Jonathan Swift nasce em Dublin, na Irlanda, segundo filho de Jonathan Swift e Abigail Swift, imigrantes recentes da Inglaterra. Seu pai, que trabalhava como administrador no Tribunal de Justiça em Dublin, morre antes de o filho nascer.

1668-71: Por motivos desconhecidos, sua mãe volta para a Inglaterra quando Jonathan tinha três anos, deixando-o aos cuidados de um tio paterno, Godwin Swift.

1673: Ingressa na Kilkenny Grammar School sob a responsabilidade do tio.

1682-6: Frequenta o Trinity College, uma faculdade de prestígio na Irlanda. Embora tenha sido um aluno pouco esforçado e até mesmo punido por indisciplina, termina a graduação e recebe o diploma de bacharel em Artes.

1688: Guilherme de Orange, monarca holandês, invade a Inglaterra dando início à Revolução Gloriosa. Com Dublin em conflito político, o Trinity é fechado e Swift parte rumo às terras inglesas acompanhado da mãe.

1689: Na mudança para Moor Park, torna-se secretário na casa de um primo distante da mãe, sir William Temple. Diplomata e escritor, Temple mais tarde será mentor de Jonathan Swift. Durante a temporada em Moor Park, conhece Esther Johnson, a quem se refere como Stella em seus escritos e por quem se apaixona.

1690: Regressa à Irlanda.

1692: Temple permite que Swift receba seu diploma de mestrado em Oxford; Swift publica seu primeiro poema.

1694: Deixa a casa de Temple e regressa à Irlanda para receber ordens sagradas.

1695: É consagrado sacerdote na Igreja da Irlanda, o núcleo irlandês da Igreja anglicana.

1696-8: Retorna a Moor Park e compõe a maior parte de *A Tale of a Tub*, sua primeira grande obra.

1699 | 27 jan.: Sir Temple William morre aos setenta anos de causas naturais. Pouco tempo depois, Jonathan Swift viaja para a Irlanda e passa a ser secretário e capelão do conde de Berkeley.

1700: Recebe o título de vigário de Laracor e é apresentado à prebenda de Dunlavin, na catedral de são Patrício, em Dublin.

1701: Conquista mais um título, que corresponde ao de Ph.D. nos dias atuais, da Universidade de Dublin e publica seu primeiro panfleto político, "A Discourse on the Contests and Dissentions in Athens and Rome", apoiando os Whigs (liberais) contra os Tories (conservadores).

1704: Publica anonimamente *A Tale of a Tub*, sátira em que ridiculariza a hipocrisia e a corrupção presentes nas igrejas e na sociedade. A obra foi controversa e causou algumas reações contra o autor.

1707: Em Londres, como emissário do clero irlandês, busca a remissão do imposto sobre a renda dos clérigos irlandeses. Seus pedidos são rejeitados pelo governo Whig. Durante os anos seguintes, desloca-se frequentemente entre a Irlanda e a Inglaterra, onde se envolve nos mais altos círculos políticos.

1708: Conhece Addison e Steele, além de Esther Vanhomrigh, que adiante se torna sua amante de longa data e inspiração de um de seus poemas, "Cadenus and Vanessa". Publica *The Bickerstaff Papers* (coletânea de sátiras ironizando as previsões astrológicas de um escritor rival, John Partridge) e *An Argument Against Abolishing Christianity*.

1710: Falece Abigail Swift. | **Out:** De volta à Inglaterra, publica *A Description of a City Shower*. Desentende-se com os Whigs, alia-se aos Tories e vira editor do jornal Tory *The Examiner*.

1710-3: Torna-se conselheiro político de Robert Harley, líder do governo Tory na Inglaterra. Redige panfletos e ensaios políticos de apoio ao governo, incluindo "The Conduct of the Allies" e "The Public Spirit of the Whigs". Neste período, escreve *Journal to Stella*, uma série de cartas a Esther Johnson que permitem um vislumbre da sua vida e sentimentos pessoais.

1714: A morte da rainha Ana e a ascensão de George I levam a uma mudança de governo, e a influência política de Jonathan Swift diminui. Escreve *A Modest Proposal*, sátira sugerindo que os pobres irlandeses deveriam vender os filhos como alimento aos ricos ingleses.

1718: Dá início a uma série de publicações sobre questões irlandesas.

1720: Começa a trabalhar em *Viagens de Gulliver*, com a intenção, como diz em uma carta, "de irritar o mundo, não de diverti-lo".

1726: Publicação de *Viagens de Gulliver*, obra que critica a condição humana e expõe as contradições da humanidade. O livro foi um sucesso crítico e comercial, sendo o único pelo qual Swift recebeu pagamento.

1727: Depois de anos com a saúde debilitada, morre Esther Johnson.

1730: Por mais que continue a escrever, outros autores afirmam que a sanidade mental de Jonathan Swift está afetada. Estudiosos acreditam que a causa de seu estado de saúde é provocada pela síndrome de Ménière, uma vez que os sintomas consistiam em um distúrbio do ouvido interno que lhe causava vertigem.

1733: Publica o que considera ser a sua melhor sátira, "On Poetry: a Rhapsody", tendo como objeto os poemas e poetas de sua época.

1735: Publica *Drapier's Letters*. Seu estado de saúde se agrava.

1742: Sofre um derrame e seu quadro de demência se torna cada vez mais severo. O escritor é declarado mentalmente incapaz.

1745 | 19 out.: Morre em Dublin, aos 77 anos. É enterrado na catedral de são Patrício, onde serviu por mais de trinta anos. Seu epitáfio, escrito por ele mesmo em latim, prática comum na época e traduzido para o inglês por W. B. Yeats, registra: "Aqui jaz o corpo de Jonathan Swift, doutor em Teologia e deão desta catedral, onde fúria selvagem mais além não pode lacerar o coração. Segue, passante, e imita, se puderes, esse que se consumiu até o extremo pela causa da Liberdade". | Seu último trabalho, *Directions to Servants*, escrito entre 1731 e 1735, é publicado postumamente.

ESTA OBRA FOI COMPOSTA POR MARI TABOADA EM SWIFT E
IMPRESSA EM OFSETE PELA GEOGRÁFICA SOBRE PAPEL PÓLEN NATURAL
DA SUZANO S.A. PARA A EDITORA SCHWARCZ EM OUTUBRO DE 2023

FSC
www.fsc.org
MISTO
Papel | Apoiando o manejo florestal responsável
FSC® C019498

A marca FSC® é a garantia de que a madeira utilizada na fabricação do papel deste livro provém de florestas que foram gerenciadas de maneira ambientalmente correta, socialmente justa e economicamente viável, além de outras fontes de origem controlada.